«Ein starker Thriller. Noch ausgefeilter als der Vorgänger.» *L'Express*

«Die Handlung lässt Ihnen keine Atempause. Ein Volltreffer.» *Le Parisien*

Eric Giacometti ist Journalist und Autor zweier Sachbücher. Jacques Ravenne ist das Pseudonym eines französischen Freimaurers. Er half Giacometti bei der Recherche und lieferte wichtige Hintergrundinformationen zum Wesen der Freimaurerei. Das französische Autorenduo landete mit «Das Schattenritual» (rororo 24335) auf Anhieb einen Bestseller.

Eric Giacometti · Jacques Ravenne

Die Casanova-Verschwörung

Roman Deutsch von Hans-Joachim Maass
und Anja Malich

Rowohlt Taschenbuch Verlag

Die Originalausgabe erschien 2006
unter dem Titel «Conjuration Casanova»
bei Éditions Fleuve Noir, Paris

Deutsche Erstausgabe
Veröffentlicht im Rowohlt Taschenbuch Verlag,
Reinbek bei Hamburg, November 2007
Copyright © 2007 by Rowohlt Verlag GmbH,
Reinbek bei Hamburg
«Conjuration Casanova» Copyright © 2007
by Éditions Fleuve Noir, département d'Univers Poche
Redaktion Bettina von Bülow
Umschlaggestaltung any.way, Wiebke Jakobs
(Illustration: akg)
Satz Dante PostScript (InDesign)
bei KCS GmbH, Buchholz bei Hamburg
Druck und Bindung Clausen & Bosse, Leck
Printed in Germany
ISBN 978 3 499 24589 3

Vorbemerkung

Die Casanova-Verschwörung ist ein Roman, der Elemente und Tatsachen enthält, zu denen der Leser die Verweise im Anhang des Buches finden kann. Die Mitgliedschaft eines der beiden Autoren in einer Freimaurerloge bedeutet in keinerlei Hinsicht, auch nicht in indirekter Form, eine bestimmte geistige Abhängigkeit bei der Gestaltung dieses Romans oder der fiktiv geäußerten Ansichten seiner Protagonisten.

Die hier geschilderte Casanova-Loge ist eine Erfindung und hat keinerlei Beziehung zu Casanova-Logen, die es eventuell irgendwo auf der Welt gibt.

Im Anhang befindet sich u. a. ein Glossar mit den hier benutzten Begrifflichkeiten der Freimaurerei.

ERSTER TEIL

Das Geheimnis der Freimaurerei ist durch seine besondere Art unverletzlich, da es der Freimaurer, der es kennt, nur deshalb kennt, weil er es erraten hat. Er hat es von niemandem erfahren.

Casanova

Prolog
Sizilien
Abtei von Thélèma
15. März 2006

Kurz bevor er zu Tisch ging, steckte Thomas ihr den kleinen Zettel zu. Er ließ die Hand ein paar Sekunden in der ihren ruhen, gerade lange genug, um diesen kleinen Herzstich zu spüren. Ein flüchtiges Lächeln, ein verstohlener Blick, und er entfernte sich. Sie sah, wie er sich mit schnellen Schritten der Gruppe anschloss, die sich in der Ehrenhalle der Abtei zu Tisch setzte.

Anaïs faltete den zerknüllten Zettel auseinander.

Ich liebe dich. Wir werden zusammen weggehen.

Sie blieb wie erstarrt sitzen. Thomas hatte es also gewagt. Noch nie hatte sie diese unerhörte Empfindung verspürt, nicht einmal in ihrer Jugend, wenn sie träge vor ihrem Tagebuch saß, um von ihren Flirts zu träumen.

Sie fühlte sich töricht. Töricht, aber glücklich. Er war also schwach geworden. Anaïs faltete das Blatt Papier zusammen und steckte es in ihre Handtasche.

Ich liebe dich auch, Thomas.

Sie brannte darauf, zu ihm zu gehen, aber er war schon verschwunden. Er kannte ihre Ungeduld und verstand es, damit zu spielen. Sie würde bis zum Ende des Abendessens warten müssen, bis er es ihr von Angesicht zu Angesicht noch einmal sagte. Sie lächelte. Thomas hatte die zweite Liebespartie gewonnen. Sie würde sich nach dem Festmahl auf ihre Weise revanchieren.

Anaïs ging an einem großen Wandspiegel vorüber. Ihr gefiel, was sie darin sah. Wie alle Gäste trug auch sie eine Halbmaske. Sie hatte einen dunklen Jadeton gewählt, der das Grün ihrer Augen unterstrich. Das Haute-Couture-Kleid aus weißer Seide stand ihr perfekt, und das zart geschminkte Gesicht betonte ihren blassen Teint und ihre langen schwarzen Haare.

Ganz und gar nicht schlecht.

Anaïs fand sich schön. Sich im Spiegel zu betrachten bereitete ihr ein längst verloren geglaubtes Vergnügen.

Wie lange ist das nicht mehr passiert? Erinnerst du dich?

Es war Jahre her. Diese attraktive junge Frau, die sie im Spiegel sah, hatte nicht mehr viel mit der alten Anaïs gemein.

Dank ihm. Thomas.

Allein seinen Namen in Gedanken auszusprechen machte sie euphorisch.

Es fängt wieder an, Hilfe, ich werde wieder zu dem kleinen, schüchternen Mädchen.

Sie bereute ihren Aufenthalt in der Abtei nicht, sie fühlte sich wie neugeboren, ihrem farblosen und faden Leben entkommen. Und dann würden sie heute Abend, am Ende der zwanzigsten Stunde, bei dem großen Fest der Auferstehung der Naturkräfte vereint sein.

Von den hohen, weißgekalkten Wänden ertönte das Läuten einer Glocke: die Aufforderung, sich zum Festmahl einzufinden. Die Gäste nahmen unter fröhlichem

Stimmengewirr Platz, während zwei livrierte Diener die Vorspeisen brachten und reichlich Wein servierten.

Die Gesichter der Tafelnden waren teilweise hinter den Masken verborgen, aber sie erkannten einander an der Stimme. Anaïs setzte sich direkt unter einen gerahmten Kupferstich. Ein zeitgenössisches Porträt Casanovas.

Am anderen Ende des Saals fixierte sie Thomas, der eine weiße venezianische Halbmaske trug. Er deutete ein Grinsen an.

Sie neigte den Kopf leicht in seine Richtung und schenkte ihm ein distanziertes Lächeln.

Warte nur, bis wir allein sind, Thomas …

Hunderte von Kerzen erleuchteten den Saal und ließen die in silbernen Lettern an der Wand über dem monumentalen steinernen Kamin eingravierte Inschrift rot aufleuchten: Tu, was du willst.

Der Wahlspruch der Abtei.

Abtei. Ein unpassendes Wort, zumindest wenn man an seine ursprünglich christliche Bedeutung dachte. Ja, hier wurde der Geist emporgehoben, doch niemand übte sich in körperlicher Entsagung. Ganz im Gegenteil, die Unterweisung beruhte auf der leidenschaftlichen Erregung aller Sinne ohne jede Ausnahme. Die zehn Männer und Frauen, die an diesem abgelegenen Ort Siziliens zusammengekommen waren, hatten jeden Tag vierundzwanzig Stunden, um das, was sie lernten, in die Tat umzusetzen.

Plötzlich verstummten die Gespräche. Der Meister der Abtei kam langsam die Marmortreppe hinuntergeschritten und ließ dabei die Hand über das ziselierte Geländer gleiten. Die Gäste waren fasziniert von seiner eleganten Erscheinung und seinem gemessenen Gang. Eine beinahe theatralische Vorstellung, aber in dieser verzaubernden Umgebung schien nichts extravagant zu sein. Er trug einen dunklen Anzug im Stil des neunzehnten Jahrhunderts und ein weißes Rüschenhemd; das Gesicht war bedeckt von einer schmalen schmucklosen schwarzen Halbmaske, die seine Augen größer erscheinen ließ.

Das Echo seiner klaren Stimme hallte von den Wänden wider.

«Meine lieben Freunde, es ist mir eine außerordentliche Freude, dieses Festmahl mit euch gemeinsam einzunehmen. Leider ist es das letzte vor eurer Abreise.»

Niemand sprach, alle schienen völlig im Bann dieses Mannes zu stehen. Dionysos, wie er sich nannte, ging nun auf die Tafel zu.

Seine Stimme wurde wärmer.

«Aber sitzt doch nicht so steif da. Möge diese Mahlzeit eine Nacht des Vergnügens und der Freude eröffnen! Und möge das Feuer der Liebe euch mit sich fortreißen!»

Er setzte sich auf den letzten freien Platz.

«Bringen wir einen Toast auf unsere beiden Meister aus.»

Er hob sein Glas und sprach, den Blick in die Ferne gerichtet, mit lauter Stimme:

«Auf die Liebe und auf das Vergnügen, die jeder von euch in sich trägt.»

«Auf die Liebe und das Vergnügen», antworteten die Gäste im Chor.

Dionysos nahm einen tiefen Zug von seinem Wein,

stellte das Glas auf das makellose Tischtuch und klopfte mit der Handfläche auf den Tisch.

«Ich habe Hunger.»

Alle lachten herzlich, und das Festessen begann. Die Gäste scherzten, plauderten und beobachteten verstohlen ihre Liebhaber und Geliebten, die allesamt so schön und so selbstsicher waren. Anaïs diskutierte mit ihrem Tischnachbarn, der ebenfalls den Reizen einer der Eingeladenen der Abtei erlegen war. Sie verspeiste einen Langustenschwanz, bevor sie weitersprach:

«Ich begreife einfach nicht, warum ich ihn bei meiner Ankunft in der Abtei nicht bemerkt habe. Na ja, normalerweise werde ich bei androgynen Männern schwach. Und nun verliebe ich mich in einen Iren mit dem Charme eines Rugbyspielers.»

Ihr Tischnachbar lächelte.

«Bei mir ist es ähnlich. Ich bin verrückt nach einer Frau, die das genaue Gegenteil meines sonstigen Geschmacks ist, und ich danke den Göttern, dass sie zu dem Seminar gekommen ist. Was habt ihr beiden geplant?»

Während sie aß, gab Anaïs ihrem Geliebten erneut ein Zeichen und murmelte dann mit leiser Stimme:

«Thomas und ich werden morgen zusammen abreisen.»

«Und danach?»

«Werden wir uns nicht mehr trennen. Er wird mit mir in Paris leben. Er arbeitet bei einer Bank und dürfte keine Schwierigkeiten haben, eine Stelle in Frankreich zu finden. Außerdem wollen wir schon bald Kinder. Und du?»

«Ich habe mich entschieden, meine Frau zu verlassen. Gleich nach meiner Rückkehr will ich das Scheidungsverfahren einleiten und mein Leben ändern. Ich schwimme im Glück. In meinem Kopf dreht sich alles …»

Anaïs hörte nicht mehr genau, was er ihr erzählte, denn inzwischen hatte ihr Blick den des Geliebten getroffen, und sie spürte, wie ihr wieder schwindelig wurde. Aber diesmal nicht unter dem Einfluss der Leidenschaft.

Ihr drehte sich der Kopf.

Sie bemerkte, dass Dionysos sich erhoben hatte. Er beobachtete schweigend die Gäste. Ein winziges Lächeln umspielte sein feingeschnittenes Gesicht.

Anaïs legte ihr Besteck auf das Tischtuch und stützte den Kopf in die Hände.

Die Wände tanzten vor ihren Augen. Hatte sie zu viel Wein getrunken? Sie wandte den Kopf ihrem Tischnachbarn zu und sah, dass er auf seinem Stuhl weggesackt war. Sie wollte aufstehen, doch ihre Gliedmaßen waren wie betäubt, unfähig, sich zu bewegen.

Sie schlafen alle ein.

Verzweifelt suchte Anaïs ihren Geliebten, aber auch er war offenbar nicht mehr bei Bewusstsein.

Wo bist du, Thomas?

Sie blickte sich panisch um und begegnete dem Blick Casanovas, dessen dunkle Augen sie zu durchbohren schienen. Dann wurde es schwarz um sie.

Tiefe Stille hatte sich auf den großen Saal gelegt.

Der Mann im dunklen Anzug verschränkte die Arme. Er betrachtete lange die zehn Männer und Frauen, die bewusstlos auf ihren Plätzen zusammengesunken waren. Seine Stimme drang wie eine tiefe Klage aus seiner Kehle.

«Ihr seid so schön, so rein …»

Wie aus dem Nichts tauchten plötzlich vier Bedienstete mit Tragen auf. Sie umringten Dionysos und betrachteten die reglosen Körper, als wäre der Anblick vollkommen natürlich.

«Ihr wisst, was ihr zu tun habt. Das Gift war perfekt dosiert, sie sind alle eingeschlafen auf ewig. Aber die Nacht wird kurz sein.»

Ohne ein Wort näherten sich die vier Männer den leblosen Körpern und begannen sie auf die Tragbahren zu legen.

In finstereren Zeiten hatte die eng umschlossene Bucht den Berberpiraten als Zuflucht gedient, wenn sie von Raubzügen an den weiter westlich gelegenen Küsten, in der Gegend um Palermo, zurückkehrtcn. Ileutzutage versprach sie den Gästen von Thélèma perfekte Entspannung in völliger Abgeschiedenheit. Die Besitzer der Abtei hatten um die renovierten Gebäude herum weitläufig Land erworben. Die Felsen bildeten einen natürlichen Schutzschild um den kleinen Sandstrand und sicherten den Stammgästen vollkommene Ruhe.

Jenseits der dichtbewaldeten Berge sah man den riesigen dunklen Felsen La Rocca, der den Badeort Cefalù wie ein uralter Gebieter beherrschte. Das Geräusch der Meeresbrandung wurde stellenweise durch das Knistern der Feuer überdeckt, die genau in der Mitte der Bucht in den sternenklaren Himmel ragten.

Die Flammen loderten in die schwarze Nacht empor. Hoch, mächtig, majestätisch. Sie umgaben die Körper der zehn Männer und Frauen, die paarweise umschlungen auf fünf Holzstößen aufgebahrt lagen. Die Leichen der Liebenden waren von den Bediensteten sorgfältig präpariert worden, bevor sie an die für die Zeremonie aufgerichteten Scheiterhaufen gefesselt wurden. Die Männer und Frauen, die sich noch am selben Nachmittag unter der wohltuenden Sonne am Strand lachend amüsiert hatten, waren jetzt nichts weiter als leblose Puppen.

Das Feuer loderte heftiger. Die Liebenden schliefen ihren letzten Schlaf, während die Flammen an ihrer Kleidung zu züngeln begannen.

Dionysos hatte sich vor den fünf Scheiterhaufen auf einen Holzstuhl gesetzt und verlangt, während des Opferfeuers allein gelassen zu werden. Neben ihm standen auf einem kleinen Tisch eine Flasche Champagner und ein Kelch.

Seine Stimme erhob sich in der Dunkelheit.

«Die Liebe, die ich euch habe kennenlernen lassen, wird das Unterpfand eures Übergangs in die andere Welt sein. Ihr werdet nicht leiden, sondern auf ewig zusammenbleiben. Jahrhundert um Jahrhundert.»

Anaïs träumte. Ihr Geliebter hielt sie schützend in den Armen, und sie verschmolzen in der Ewigkeit miteinander. Sie spürte, wie seine kräftigen Arme sie auf immer umschlossen hielten. Ein weißer Tunnel öffnete sich vor ihnen. Er lächelte sie an, sie war trunken vor Glück, und sie würde ihn glücklich machen.

Doch der Tunnel änderte plötzlich die Farbe, löste sich in einem intensiven Rot auf. Etwas stimmte nicht. Das Gesicht ihres Geliebten zerfiel, seine Haare lösten sich auf, seine Haut rauchte …

Sie schrie auf.

Der Meister wandte den Blick nach rechts und sah, dass einer der Körper sich auf dem Scheiterhaufen wand. Das Schreien der jungen Frau entzückte ihn.

Arme Schwester, deine Reinigungsmission hat gerade erst begonnen. Er nahm eine Pistole aus der Tasche und zielte auf die junge Frau, die verzweifelt versuchte, ihrer Qual zu entkommen.

Dionysos schoss.

Befriedigt hob er eine Rose an die Nase, um den Gestank des verbrannten Fleischs zu überdecken, der in der Nacht aufstieg.

Er goss sich Champagner ein und hob dann das Gesicht zu den hoch auflodernden Flammen. Seine Augen glänzten unter dem glühenden Licht, das den menschenleeren Strand erhellte.

Seliger Casanova … sie sind unsterblich.

1
Paris
Palais Royal
März 2006

Das Erste, was er wahrnahm, als er aus seiner Betäubung aufwachte, war dieser durchdringende und so vertraute Blick. Zwei kleine dunkle Augen, überwölbt von feinen Brauen. Ein pausbäckiger Faun betrachtete ihn voller Ironie aus seinem vergoldeten Holzrahmen. Das war nichts Neues, der Faun hatte ihn noch nie gemocht. Das war ihm schon vor zwei Jahren klar geworden, kurz nachdem er den Scheck über die Kaufsumme unterschrieben und der Antiquitätenhändler das Bild eingepackt hatte. Das kleine mythologische Wesen hatte ihm damals einen ersten grausamen Blick zugeworfen, als wollte es ihm sagen: «*Jetzt, wo ich dir gehöre, haben wir beide etwas zu lachen, vor allem ich.*»

Es war das Gemälde eines unbedeutenden Meisters des 18. Jahrhunderts, das vergessen im Hinterzimmer eines Pariser Antiquitätenhändlers von zweifelhaftem Ruf hing. Es war nachlässig gemalt und stellte eine banale ländliche Szene dar – wären da nicht die zwei unbekleideten Nymphen, die offenbar entzückt waren von einem eigenartigen Geschöpf, halb Satyr, halb Faun. Bei der ersten Betrachtung hatte er verächtlich gelächelt, denn die Komposition erschien ihm vollkommen konventionell, doch als er näher an das Gemälde herantrat, hatte ihn die feine Zeichnung des Ausdrucks auf jedem der drei Gesichter überrascht. Die beiden Frauen schienen in eine unerklärliche Trance gefallen zu sein. Das kleine Geschöpf in der Mitte hatte sie ohne ersichtlichen Grund in einen ekstatischen Zustand versetzt, und das offenbar allein durch seine Anwesenheit. Das Ganze wirkte überhaupt nicht lächerlich.

Plötzlich war er fast eifersüchtig geworden auf dieses Geschöpf, das bei den beiden Frauen ein solches Glück auslösen konnte.

Er hatte das Gemälde aus Neugier gekauft, und seitdem prangte es an der Wand seines Schlafzimmers. Es erregte ihn beinahe, unter den Augen dieses unsympathischen Fauns zu lieben.

Ihn schwindelte. Er wandte den Blick vom Gemälde ab und schmiegte sich in die zartblaue Bettwäsche. Er spürte den Körper seiner Geliebten neben sich. Seiner Geliebten ... Ein vulgärer Begriff für die Frau, in die er abgöttisch verliebt war; er begehrte sie so besitzergreifend, dass er süchtig nach ihr geworden war und nicht einen einzigen Tag darauf verzichten konnte, sie zu sehen.

Er legte seine Hand auf ihre Haare und liebkoste eine schwarze, seidige Locke. Sie hatte ihm so viel über das Leben beigebracht. Und über sich selbst. Fieberhaft wartete er auf den Tag, an dem seine Scheidung endlich rechtskräftig war und er endlich frei und glücklich mit der Frau leben konnte, die alle seine Verrücktheiten teilte. Selbst die intimsten. Zum ersten Mal in seinem Leben war er richtig verliebt. Es war eine vollkommene

Liebe, ohne Vorbehalt, und er genoss die Hingabe wie ein göttliches Geschenk.

Der Kopfschmerz überfiel ihn mit brutaler Macht. Ihm ging plötzlich auf, dass die Sonnenstrahlen für einen jungen Morgen zu hell waren. Was war passiert? Hatte er nicht einige Stunden zuvor … vielleicht aber auch am Vortag … an einem Treffen des Rats teilgenommen? Er wusste es nicht mehr.

Irritiert drehte er sich auf dem Bett um, bemüht, die spärlichen Informationen zu sortieren, die ihm im Kopf herumschwirrten. Mit der Hand griff er nach dem elektronischen Wecker, der am Kopfende stand. 15 Uhr 45. Unmöglich, er hätte jetzt in seinem Büro sein müssen.

Langsam zog er die Bettdecke zu sich heran und entblößte so den Rücken seiner Gefährtin; er lächelte, während er ihre harmonischen Linien betrachtete, die sich in die verschlungenen Falten des Bettes schmiegten. Noch gut einen Monat, bis seine Scheidung rechtskräftig war, dann würde er sich nicht mehr zu verstecken brauchen, am wenigsten vor den Medien. Sie wären frei, zusammen zu leben. Ein Luxus, den sie sich seit seinem Auszug aus der ehelichen Wohnung vor drei Monaten nie erlaubt hatten. Damals hatte er eine Frau und zwei halbwüchsige Jungen verlassen, denen seine Abwesenheit allerdings nichts auszumachen schien.

Gabrielle war überraschend in seinem Leben aufgetaucht und hatte ihn mit ihrer Art verzaubert. Die augenblickliche Zärtlichkeit, die vollkommene Harmonie, die wiedergewonnene Jugend: Alles kam von ihr. Das hatte ihn so verrückt gemacht, dass er die Last der sech-

21

zig Jahre nicht mehr spürte, die unentrinnbar näher rückte.

Gabrielle war von eher klassischer als von strahlender Schönheit. Sie besaß etwas Undefinierbares, was den jungen Geliebten fehlte, die er bis dahin gewohnheitsmäßig benutzt und ausgenutzt hatte.

Als er sich aufrichten wollte, durchzuckte ein elektrischer Schlag sein Gehirn. Die Heftigkeit des Schmerzes ließ ihn nach hinten fallen, und sein Kopf landete wieder auf dem Kissen. Eine solche Migräne hatte er noch nie gehabt.

Beruhige dich, das geht vorbei, es kommt alles wieder in Ordnung.

Er musste am späten Nachmittag an einer wichtigen Sitzung teilnehmen. Nervosität begann in ihm aufzusteigen.

Was geht hier vor?

Er betrachtete die Wand gegenüber dem Bett. Der Faun schien sich noch unverschämter über ihn lustig zu machen.

Es läutete.

Das Bild befand sich zwei Meter vom Bett entfernt, und die Gesichtszüge des kleinen Geschöpfs traten mit drastischer Deutlichkeit hervor.

Ich sehe ihn ohne meine Brille. Das ist nicht möglich!

Sein Herz schlug heftig in der Brust.

Es sei denn ...

Wie gelähmt blieb er liegen. Die lückenhafte Erinnerung, die plötzliche Besserung seiner Kurzsichtigkeit, die schmerzhafte Migräne ... All diese eigenartigen Symptome, die er beim Aufwachen verspürt hatte, schienen einer tiefen gemeinsamen Quelle zu entspringen. Was war nur mit ihm los?

Wir haben ...

Er musste sich unbedingt genaue Notizen machen – wenn er es denn endlich schaffte aufzustehen. Doch seine Freude war von kurzer Dauer, denn schon überkam ihn eine neue Migräneattacke.

Reglos blieb er auf der Matratze liegen und wartete darauf, dass der Schmerz nachließ. Er musste wieder einen klaren Kopf bekommen, er musste aufstehen und ein Aspirin nehmen.

Plötzlich verschwand das Zimmer aus seinem Blickfeld. Bilder tauchten vor seinem inneren Auge auf.

Gabrielle, in ihrem schwarzen Kostüm, kam ihm auf dem Pont des Arts entgegen. Die Szene war so unglaublich wirklich, er konnte genau die Platinbrosche am Revers ihrer Jacke erkennen. Ihr Lächeln ließ ihn den Atem anhalten. Das Bild verschwamm vor seinen Augen, die Szenerie änderte sich. Wieder Gabrielle, die im Musée d'Orsay mit einem Finger auf ein Gemälde von Moreau deutete. Deutlich hörte er die Kommentare zweier deutscher Touristen, die neben ihm standen. Eine andere Vision tauchte auf. Gabrielle beugte sich über ihn, im Hintergrund das Deckengemälde seines Büros. Sie presste ihn auf das Parkett aus Nussbaumholz. Der Geruch von frischem Bohnerwachs stieg kaum merklich von den Fußbodendielen auf. Ihre tiefbraunen Augen durchbohrten ihn. Dieser Augenblick war ihm vertraut. Er erinnerte sich: Es war das erste Mal, dass sie sich nach Wochen des Wartens und der Verführung geliebt hatten.

Eine heftige und berauschende Umarmung in seinem Büro, während in dem angrenzenden großen Empfangsraum das Stimmengewirr von rund hundert Gästen zu hören war. Er, der Gastgeber des Abends, fand sich auf dem Fußboden liegend wieder, auf ihm saß rittlings diese verstörende Frau, und er verspürte eine bis dahin unbekannte Lust. Der warme Duft des Bohnerwachses war noch immer in seinem Gedächtnis eingegraben, sodass er sich gelegentlich, wenn er allein in seinem Büro und vor Blicken geschützt war, zum Parkett hinunterbeugte, um den Duft einzuatmen. Normal war das nicht. Aber so aufregend.

Seine Kopfschmerzen waren rasend, und die Umgebung schien sich erneut zu ändern. Ein Friedhof vor einem Strand. Gabrielle stand mit einem Dolch in der Hand vor einem Grab und weinte. Die Szenerie war ihm unbekannt. Und sie machte ihm Angst.

Das Kaleidoskop aus Bildern überwältigte seinen Verstand, er kämpfte, um in diesem unkontrollierten Strom beunruhigender Visionen nicht zu versinken.

Hört auf damit.

Er weinte. Gabrielle warf ihm einen irritierten Blick zu und verschwand.

Da tauchten sein Zimmer und der Faun wieder auf. Zu seiner großen Erleichterung ein sichtbares Zeichen, dass er wieder in der Wirklichkeit Fuß fasste. Er musste sofort aufstehen, um sein Treffen abzusagen oder seinen Assistenten zu instruieren. Außerdem musste er dringend einen Untersuchungstermin im Krankenhaus von Val-de-Grâce ausmachen, um einen Spezialisten zu konsultieren. Wenn er jeden Augenblick in ein Paralleluniversum kippen konnte, würde er wohl kaum eine Konferenz leiten können.

Es klopfte.

«Alles in Ordnung, Herr Minister?», fragte eine männliche Stimme hinter der Zimmertür.

Es war sein Assistent, der immer genügend Distanz wahrte, ihn aber vor aufdringlichen Besuchern schützte, wenn er allein bleiben oder einen Moment in Gabrielles Gesellschaft verbringen wollte.

«Natürlich. Sagen Sie den nächsten Termin ab und bitten Sie den Fahrer, sich in zwanzig Minuten bereitzuhalten.»

«Sind Sie sicher, dass alles in Ordnung ist? Ich habe einen Schrei gehört …»

«Ich hatte einen Albtraum. Machen Sie uns zwei Tassen starken Kaffee.»

«Sehr wohl, Monsieur.»

Sein tüchtiger Assistent stellte Anweisungen nie in Frage. Zehn Jahre Dienst, das war fast ein Rekord; man musste allerdings gehorchen können und durfte keine Fragen stellen.

Der Minister legte Gabrielle die Hand auf die Schulter und schüttelte sie behutsam. Ihre Haut war kalt.

«Wach auf, meine Liebe. Ich habe zu arbeiten.»

Kurz überraschte ihn ein flüchtiger erotischer Gedanke, als er ihr nach Ambra duftendes Parfüm roch. Aber es war nicht der Augenblick, er musste …

Eine andere Vision tauchte auf.

Es fängt wieder an.

Sie saßen einander von Angesicht zu Angesicht nackt auf dem Bett gegenüber. Beide streckten sie die

Hände aus. Gabrielles Finger wanderten langsam an seinem Körper hinunter; seine eigene Hand bewegte sich ebenso langsam, aber nach oben, zu ihrer Kehle. Er brannte vor Verlangen. Er wollte sie besitzen, aber es war zu früh, viel zu früh.

Die Vision verschwand abrupt. Der Minister hatte das Gefühl, den Verstand zu verlieren, wenn er weiterhin von diesen entfesselten Visionen heimgesucht würde. Er schluckte und fühlte sich schwach wie ein Kind. Er, der seine Zeit damit verbrachte, alles zu kontrollieren, fand sich plötzlich unfähig, seine Sinne zu beherrschen.

Ich werde verrückt.

Er brauchte Hilfe. Warum hatte er seinem Assistenten gesagt, alles sei in Ordnung? Gabrielle weigerte sich immer noch aufzustehen. Er schüttelte sie heftiger. Keine Reaktion. Sie tat mal wieder, als schliefe sie noch. Manchmal machte er sich das Vergnügen, sie aus dem Bett zu schubsen. Selbst ein Mann seines Alters liebte es eben, sich ab und zu wie ein Kind zu verhalten. Das war ein weiteres Geschenk Gabrielles. Bei ihr konnte er der sein, der er einmal gewesen war, bevor ihn das Leben hart gemacht und in einen berechnenden und herrschsüchtigen Mann verwandelt hat.

Gabrielle umhüllte immer noch ihr süßer Duft.

Aber er hatte jetzt keine Zeit mehr für Spielereien. Er fasste sie an der Taille und den Schultern und drehte sie auf dem Bett um. Diesmal konnte sie sich nicht verstellen.

«Komm jetzt, Chérie, steh auf. Ich fühle mich nicht wohl.»

In dem Augenblick, in dem sie zu ihm auf die Seite kippte, ereilte ihn eine andere Vision. Der Albtraum begann von neuem; er klammerte sich fieberhaft an der Matratze fest, um nicht das Gleichgewicht zu verlieren.

Nein, nur das nicht!

Gabrielle blätterte in einem Buch, das in altem, blank gewetztem Leder gebunden war, und betrachtete ihn dabei mit einem unergründlichen Lächeln. Sie saß in einem dunklen Zimmer mit dem Porträt eines Mannes an der Wand, dessen Gesichtszüge er nicht erkennen konnte. Zwei Marmorsäulen rahmten ihn ein. Diesmal hatte er die Empfindung, sich gleichzeitig in der Vision und in seinem Bett zu befinden und sich beider Universen vollkommen bewusst zu sein. Gabrielle betrachtete schweigend eine Zeichnung in dem seltsamen Buch, was es genau war, konnte er nicht ausmachen, offenbar eine Art Allegorie, gespickt mit fremdartigen Zeichen. Im Hintergrund des Zimmers glaubte er die dunkle Silhouette einer Gestalt zu erkennen, die eine Kapuze trug und Gabrielle betrachtete.

Die Vision verblasste. Er sah das Gesicht seiner Geliebten, deren Kopf auf dem Kissen lag. Ihre kohlschwarzen Haare zeichneten sich scharf gegen das blendende Weiß der Laken ab.

Ihre Augen waren halb geschlossen, und ihr Gesicht trug einen Ausdruck unsagbaren Glücks.

Er betrachtete sie aufmerksamer.

Ein dünner Blutstrahl lief ihr aus dem Mundwinkel, befleckte ihr Kinn und ihre blasse Kehle.

Wie betäubt schüttelte er ihren Körper, der aber unter seinen zitternden Händen leblos blieb.

Plötzlich begriff er, was geschehen war und warum sie zu dieser späten Tageszeit auf diesem Bett lagen. Er begriff auch den Sinn der Visionen, die seinen Geist heimsuchten.

Dies war sein letzter Moment bei klarem Verstand, bevor er in den Abgrund stürzte. Er nahm Gabrielle in die Arme, hob sie mühelos auf, wie in Zeitlupe. Er tastete nach dem Blut, das über die Brust seiner Geliebten lief.

Er brüllte. Aus Verzweiflung.

Der langgezogene Schrei hallte bis in die angrenzenden Zimmer und wurde wie ein Echo hundertfach von den Wänden zurückgeworfen. Schwere Schläge ertönten an der Tür. Die Türklinke wurde frenetisch niedergedrückt; jemand versuchte die abgeschlossene Tür zu öffnen. Die schrille Stimme des Assistenten verriet fieberhafte Besorgnis.

«Was geht da vor? Machen Sie die Tür auf, machen Sie auf, Herr Minister!»

Die Schluchzer aus dem Zimmer wurden immer lauter. Ein düsterer Klagegesang, der dem Assistenten das Blut in den Adern gefrieren ließ. Noch nie hatte er diesen Mann weinen hören. Er war ein starker, ein mächtiger Mann, der nie an sich zweifelte.

Der Assistent gab seine Versuche auf, den Minister zum Öffnen der Tür zu bewegen, und warf sich mit der Schulter dagegen. Ohne Widerstand sprang sie auf.

«Herr Minister, Sie …»

Auf dem zerwühlten Bett lag der Kulturminister vollkommen nackt und weinte; in den Armen wiegte er seine leblose Geliebte. Er heulte wie ein gejagtes Tier.

Der Faun an der Wand schien ein boshaftes Vergnügen daran zu finden, die Szene zu beobachten.

«Ich habe sie getötet», rief der Minister. «Ich habe sie getötet.»

2
Paris
Place des Vosges

«Einen Kaffee?»

Kommissar Antoine Marcas nickte und schaute griesgrämig drein. Der Kellner entfernte sich. Von hinten wirkte Maurice, wie ihn die Stammgäste nannten, immer noch jung. Seit fast vierzig Jahren durchmaß er die Terrasse des *Bon Roy Henri IV* mit eiligen Schritten. Ein Rekord für einen Brasseriekellner. Immer früh auf den Beinen, um den morgendlichen Kaffee für die Galeristen zu machen, die unter den Arkaden ihre Läden hatten, und spät zu Bett, um noch die Touristen zu bedienen, die die klassische Gestaltung der ehrwürdigen Place Royale bewunderten. Maurice kannte nichts außer seinem Alltag. Ein einfaches Leben ohne Höhen und Tiefen.

Ein Leben, um das ihn Marcas gelegentlich beneidete.

Der Kommissar seufzte. In letzter Zeit stellte er sich zuweilen existenzielle Fragen. Er spürte, wie seine Menschenverachtung zunahm. Entnervt hatte er seine Zeitung auf den Tisch geworfen, schon die Schlagzeile regte ihn auf. *Massaker auf Sizilien!* Er hatte genug davon, immer die gleichen schlimmen Katastrophenmeldungen zu lesen. Genug von dieser Bilder- und Textflut bei jedem neuen Unglück. Das Grauen, das sich auf der Titelseite ausbreitete, er wollte es nicht sehen. Aber offensichtlich war er der Einzige! Man brauchte sich nur anzuschauen, wie die anderen Gäste des Cafés vor dem Fernseher klebten, der immer wieder Bilder verkohlter Leichen zeigte. Im Hintergrund der Berichterstattung erklangen heulende Sirenen. *Live aus Sizilien!* Wieder ein Gemetzel. Antoine Marcas war zu weit vom Apparat entfernt, als dass er die Worte der Journalistin hätte verstehen können, die das Ereignis kommentierte. Er hatte die Nase voll von grausigen Todesfällen, Selbstmorden, Folteropfern, von all dem, was der menschliche Irrsinn zustande brachte, um seinesgleichen zu schaden. Vor einem Jahr war er auf eigenen Wunsch hin vom Dezernat für Gewaltverbrechen zum OCBC versetzt worden, der zentralen Behörde zur Bekämpfung des Handels mit Kulturgütern. Nun hoffte er auf ein ruhigeres Leben. Auf ein beschaulicheres. Seine letzte Ermittlung hätte ihn beinahe das Leben gekostet. Er hatte die Botschaft verstanden und alles darangesetzt, von der Mordkommission wegzukommen.

Seine Kollegen vom Morddezernat hatten sich über ihn lustig gemacht. Ausgerechnet er bei den Kulturfritzen vom OCBC! Gefälschte Gemälde, Plünderung der Kirche im Departement Morbihan, Schwarzhandel mit Maya-Skulpturen, das war etwas anderes als die schmutzigen Morde, die vorher sein täglich Brot waren. Er hatte Verbindungen mit Antiquariaten, Buchhändlern und Experten aller Art aufgenommen; das war eine angenehmere Welt als die der kleinen Gauner, die ihm im Quai des Orfèvres 36, bei der Kriminalpolizei, über den Weg liefen.

Und trotzdem war er niedergeschlagen.

«Na, Kommissar, haben Sie gesehen? Ihre italienischen Kollegen haben alle Hände voll zu tun!», sagte Maurice.

«Ich bin nicht im Dienst.»

«Neun Leichen. Und alle gegrillt wie Bratwürste. Eine Sekte, wie es scheint.»

Marcas nahm wieder seine Zeitung auf. Vielleicht würde Maurice sich einen anderen Zuhörer suchen, wenn er so tat, als würde er lesen.

«Lebende Fackeln, heißt es. Fünf Männer und vier Frauen. Wenn das kein Unglück ist! Was halten Sie davon?»

«Wollen Sie wirklich wissen, was ich davon halte?»

«Ja ... natürlich!»

«Nichts.»

Maurice schien entrüstet.

«Aber Sie sind doch Polizist!»

«Na und?»

«Das interessiert Sie also nicht?»

«Ganz offen gesagt?»

Maurice zögerte mit seiner Antwort. Marcas holte Luft:

«Also gut, ehrlich gesagt ist mir das scheißegal. Ich bin hergekommen, um einen Kaffee zu trinken, die Zeitung zu lesen, wenn ich noch einen interessanten Artikel finde, und die Fassaden zu bewundern, die unter

Louis XIII. gebaut wurden. Eine glückliche Epoche, in der es noch keine Nachrichten gab. Und außerdem haben Sie einen Bullen vor sich, der sich nicht mit Morden befasst.»

Der Kellner machte sich verdutzt wieder an seine Arbeit. Marcas seufzte und schlug das Feuilleton auf. Seit seiner Versetzung zur neuen Dienststelle war das seine Pflichtlektüre geworden.

REKORDPREIS IM PALAIS DROUOT
FÜR EIN MANUSKRIPT VON CASANOVA

Es war ein Irrtum, zu glauben, dass wir bereits alles über den legendären Casanova wüssten. Der Chevalier de Seingalt, wie er sich selbst nannte, hält zweihundertzwanzig Jahre nach seinem Tod eine neue Überraschung für seine Bewunderer bereit. Letzten Donnerstag ist im Auktionssaal des Hôtel Drouot ein bislang unveröffentlichtes Manuskript des ewigen Verführers verkauft wurde. Für nicht weniger als eine Million Euro gingen die Seiten an den Pariser Antiquar Édouard Kerll, der für einen anonym gebliebenen Kunstliebhaber bot. «Das ist einer der größten Augenblicke in der Geschichte des ehrwürdigen Drouot», erklärt der Auktionator, der den Zuschlag erteilt hat. «Der Schätzpreis lag bei 250000 Euro, und ich hatte nicht ernsthaft geglaubt, dass wir die Million erreichen würden. Könnte es einen besseren Beweis geben, dass Casanova nicht nur ein berühmter Herzensbrecher war, sondern vor allem ein großer Schriftsteller?»

Im Lauf der Gebotssteigerungen ist das Publikum bis zum Zuschlag in Atem gehalten worden. «Ich persönlich hatte große Angst, dass der Vertreter des amerikanischen Pensionsfonds die Hand hebt», berichtet der Schriftsteller Philippe Rubis, ein

Bewunderer Casanovas, der während der Auktion im Saal war, erleichtert. «Ich habe ihn sogar selbst überboten, um dieses Manuskript vor dem Schlimmsten zu bewahren, obwohl ich eine solche Summe überhaupt nicht besitze. Die Amerikaner wären im Stande, Merchandisingprodukte auf den Markt zu werfen, Parfüms oder sonst etwas, das Casanova beleidigen würde. Dass eines seiner Manuskripte auch nur mittelbar den alten Pensionären von Miami gehören könnte, wäre für mich ein unauslöschlicher Makel auf dem Andenken des Mannes gewesen, dem die Flucht aus den Bleikammern in Venedig gelungen ist.»

Unter den Deckenpaneelen des Drouot hatten sich Schriftsteller, Künstler, Adelige und ranghohe Persönlichkeiten eingefunden, selbst der Kulturminister war erschienen, um bei der Versteigerung der kostbaren Blätter die Schirmherrschaft zu übernehmen. Beim letzten Hammerschlag gratulierte er dem glücklichen Käufer, der in Begleitung der strahlenden Schauspielerin Manuela Réal erschienen war, die sich gegenwärtig in Paris zu Dreharbeiten aufhält.

Es dürfte schwerfallen, die zwei wohlgehüteten Geheimnisse dieser Versteigerung zu lüften. Die erste Frage ist: Wer hat das Geld bekommen? Niemand kannte die Identität des Verkäufers, der von einem Vertrauensmann mit Sitz in Zürich vertreten wurde. Wie dieser sogar durchblicken ließ, könnte es sich um Nachkommen Casanovas handeln. Noch eine andere Frage brannte dem Publikum auf der Zunge: Warum hat die Versteigerungssumme diese Höhen erreicht? Der neue Eigentümer schweigt sich aus, doch dürfte das Manuskript unseren Informationen zufolge Enthüllungen über das geheime Leben des großen Venezianers enthalten. Bei der Begutachtung vor der Versteigerung ist einer der möglichen Erwerber, der große

Modeschöpfer Henry Dupin, in Begleitung eines amerikanischen Universitätsprofessors namens Lawrence Childer erschienen, eines Casanova-Spezialisten. Dieser hat uns nach der Versteigerung bereitwillig seine Eindrücke anvertraut: «Leider haben wir das Manuskript nicht einsehen können, und ich kann Ihnen daher nicht genau sagen, was es enthält. Henry Dupin und ich haben nur einige Abschnitte zu sehen bekommen, die von einem Experten transkribiert worden waren. Wie Sie sicher wissen, will Édouard Kerll, wenn er das Einverständnis des neuen Eigentümers erhält, das Manuskript in Kürze bei einer Soirée vorstellen. Ich hoffe, wir werden noch mehr darüber erfahren.»

Bei dem Empfang aus Anlass der Versteigerung ging das Gerücht, dass zwei große Verleger, ein Amerikaner und ein Italiener, sich unter den Anwesenden befänden. Angeblich wollten sie die Veröffentlichungsrechte kaufen, und zwar zu Preisen, die bereits höher seien als das Ergebnis der Versteigerung. «Ich wünsche mir, dass ein Teil des erlösten Geldes dazu dient, die Errichtung einer Statue Casanovas auf dem Markusplatz zu finanzieren. Das wäre nur gerecht», sagte Philippe Rubis und brachte einen Toast zu Ehren des italienischen Cavaliere aus. Ein Wunsch, den alle Bewunderer Casanovas teilen dürften.

Marcas legte die Zeitung beiseite.

Eine Million Euro. Er hatte sich immer noch nicht an die astronomischen Summen gewöhnt, die in diesem Milieu den Eigentümer wechselten. Aus einem beruflichen Interesse heraus fragte er sich, warum die Identität von Verkäufer und Käufer unbekannt blieb. In dem besonders speziellen Geschäft mit alten Manuskripten waren – wenig überraschend, angesichts der exorbitanten Verkaufspreise – gelegentlich Fälschungen im Umlauf. Die Vermittlerrolle, die dieser alte Fuchs Kerll spielte, hatte leise Zweifel in ihm geweckt.

Die Schriften Casanovas waren sehr kostbar. Casanova! Sein Freund Anselme, der vor kurzem gestorben war, hatte ihm oft von ihm erzählt. An einigen Abenden nahm sein Freimaurerbruder, der ehrwürdige Meister der Loge zu den Drei Akazien, aus seiner Bibliothek das Handexemplar der *Geschichte meines Lebens* und las eine Passage daraus vor. *«Die Frauen sind immer gleich»*, zitierte er lachend. Casanova! Der ewige Verführer, der Libertin in all seiner Pracht, der von Fellini geschilderte Hampelmann mit Perücke, gepudert und bemitleidenswert, das waren die Bilder, die Marcas spontan durch den Kopf gingen.

Warum besaßen bestimmte Männer diese Verführungskraft? Oder vielmehr warum sie und nicht er?, fragte sich Marcas, und es wurde ihm bewusst, wie kindisch die Frage war. Seine eigene Verführungskraft hatte ihn seit seiner Scheidung verlassen. Als verheirateter Mann hatte er anderen Frauen gegenüber immer genug Selbstvertrauen gehabt. Seitdem er allein lebte, war er verwundbar geworden. Er hatte die kalkulierte Leichtigkeit verloren, die seinen Charme ausmachte. Einen Charme, der ihm in seiner Rolle als Junggeselle furchtbar fehlte.

Sein Gesicht oder seine Haltung hatten sich nicht geändert. Aber er war nicht mehr der Alte.

Er war weder von Natur aus ein notorischer Herzensbrecher, noch hatte er den dringenden Wunsch nach ständigen Eroberungen. Doch die Freiheit, die ihm geschenkt worden war, seitdem er allein war, entpuppte sich eher als quälende Einsamkeit, die ihn nicht von der Stelle kommen ließ. Seine letzte Affäre hatte in einem gewaltigen Desaster geendet. Und er musste wieder bei null anfangen. Jemanden neu kennenlernen, in Erstaunen versetzen, anlocken, verführen. Verführen …

Was redest du da! Du bist nicht Casanova.

Casanova! Dieser Name verursachte ihm Übelkeit und führte ihm wieder seine Misserfolge vor Augen. Warum nur hatte er diese Zeitung aufgeschlagen?

Marcas wandte den Kopf zur Place des Vosges. Direkt auf der anderen Seite befand sich das Musée Victor Hugo, auch er ein großer Verführer.

An meinem freien Tag hätte ich wohl lieber nicht aus dem Haus gehen sollen.

Sein Handy vibrierte. Er las die Nummer und wusste, dass sein Tag nun endgültig im Eimer war. Das Leben als Polizist kam wirklich einem Priesteramt im Dienst des Staates gleich. Einem Priesteramt ohne Ruhm und ohne Glück. Und vor allem ohne Liebe.

Marcas stand auf und warf einen Geldschein auf den Tisch. Nein, dies war entschieden nicht sein Tag.

3
Sizilien

Anaïs schlug die Augen auf.

Sie erkannte den Ort nicht, an dem sie sich befand. Ein kahler Raum, an der Wand ein Bild, das die Jungfrau Maria mit dem Kind darstellte. Eine Maria mit steinernem Blick ohne Mitgefühl oder Zärtlichkeit. Teile des Stucks um die alte Hängelampe herum waren von der Decke gebröckelt. Anaïs kniff die Augen zusammen, um sich an das schwache Tageslicht zu gewöhnen, das durch dünne, gelbe Vorhänge hereindrang. Nur die Geräusche eines Fernsehers, die von einem anderen Zimmer herübertönten, durchbrachen die Stille.

Instinktiv krampfte sie die Hände zusammen. Sie lag auf einem Bett. Einem Bett … Unter der klebrigen, feuchten Bettwäsche war sie vollkommen nackt. Ihr brannte die Kehle, und sie wollte etwas trinken, etwas Kühles, gleichgültig, was.

Ein bedrückendes Gefühl bemächtigte sich ihrer. Sie wusste, dass sie am Vorabend nicht in einem Bett eingeschlafen war. Ihr Herz begann zu rasen.

Wo bin ich? Ein von Kerzen erleuchteter Saal, ich sehe Thomas … Flammen. Scheiterhaufen. Unsere gefesselten Freunde. Er verbrennt. Sein Gesicht wird schwarz, seine langen blonden Haare fangen Feuer … Seine Augen, mein Gott, seine Augen platzen …

Sie schrie auf. Die Erinnerung kam zurück.

Sie schrie und schrie, ohrenbetäubend laut. Ihre Seele löste sich im Schrecken auf.

Die Bilder wurden scharf.

Die Flammen, der Scheiterhaufen, auf dem sie mit ihrem Geliebten festgebunden war. Diese albtraumhafte Szene fraß sich wie Gift in ihr Gehirn. Sie versuchte sich zu befreien, als das Feuer die Körper zu versengen begann. Das Gesicht von Thomas löste sich unter ihren Blicken auf. Wie durch ein Wunder waren die Fesseln verbrannt, die sie an den Pfosten banden. Sie hatte sich losgerissen, genau in dem Augenblick, als ein Schuss ertönte. Ihr Körper war auf die Böschung hinter dem Scheiterhaufen gerollt. Sie sah die Szene mit quälender Deutlichkeit vor ihrem geistigen Auge.

Über ihr erleuchteten die fünf brennenden Holzstöße den Nachthimmel. Abscheulicher Gestank von verkohltem Fleisch stieg ihr in die Nase. Kriechend war sie hinter die Reisigbündel gerutscht und hatte die Silhouette des Meisters gesehen, Dionysos, der reglos dastand und das Schauspiel betrachtete.

Unbändiger Hass auf diesen Mann hatte sie ergriffen. Er war verantwortlich für diese Bestialität. Sie hatte einen letzten Blick auf ihren Geliebten geworfen, der nur noch eine menschliche Fackel war. Dann war sie, so schnell sie konnte, in den Wald gerannt. Weinend und stolpernd. Wie ein wildes Tier, das den Jägern zu entfliehen versucht.

Sie hatte die dunkle und drohende Form von La Rocca ausgemacht und war in diese Richtung gelaufen, weil sie in Cefalù Hilfe zu finden hoffte.

Sie wusste nicht, wie viele Kilometer sie mit nackten und blutenden Füßen gelaufen war. Die Furcht hatte ihren Beinen ungeahnte Kräfte verliehen. Sie war gelaufen wie eine Verfluchte, die dem letzten Kreis der Hölle entflieht. Der Feuertod, dem sie entronnen war, ergab keinen Sinn, sie versuchte nicht einmal, die Gründe für dieses tödliche Schauspiel zu begreifen. Es zählte allein die Flucht. Und dann, eine Ewigkeit später, hatte sie sich in einem verlassenen Schafstall tief im Wald verkrochen.

Die Tür des Zimmers wurde grob aufgerissen, und der Raum war plötzlich in grelles Licht getaucht. Anaïs krümmte sich unter der Bettdecke zusammen wie ein verängstigtes Kind. Sie waren zurück. Sie wollten sie verbrennen. Anaïs weinte und hoffte, das Leintuch, das sie sich über den Kopf gezogen hatte, würde sie unsichtbar machen. Ihr ganzer Körper zitterte in unkontrollierbaren Zuckungen.

Sie hörte, wie im Zimmer geflüstert wurde. Ein Schatten beugte sich über sie, nur das dünne Betttuch trennte ihn von ihr. Die Stimmen wurden lauter und kamen näher. Anaïs machte sich in ihrer Angst noch kleiner. Panik ergriff sie. Sie konnte jetzt nicht einmal mehr weinen oder um Hilfe schreien. Ihre Lippen versuchten, Töne hervorzubringen. *Ich flehe Sie an, lassen Sie mich in Ruhe! Haben Sie Mitleid!*

Ein zweiter Schatten erschien über dem Betttuch. Anaïs fühlte, wie jemand an dem schützenden Stoff zerrte. In ihrer Verzweiflung packte sie das Betttuch und wickelte sich darin ein. Sie wollte die Gesichter ihrer Mörder nicht sehen. So gewann sie immerhin eine Atempause. Über ihr schimpfte eine Männerstimme. Der Schatten hüllte jetzt ihr ganzes Blickfeld ein. Sie spürte die Berührung einer fremden Hand, die sie unter-

39

halb der Taille anfasste. Eine große Hand mit kräftigen Fingern, die ihr das Betttuch zu entreißen versuchten. Sie nahm all ihre Kraft zusammen, um noch einmal Widerstand zu leisten, und krümmte sich zusammen. Eine andere Hand legte sich ihr auf das Gesicht, um es freizulegen. Unter Tränen und voller Wut schlug Anaïs die Zähne durch das Betttuch hindurch in diese fremde Hand hinein. Sie biss mit aller Kraft zu.

Der Schrei einer Frau war zu hören, wie ein Fluch, und die Hand zuckte zurück. *Ich habe euch doch gesagt, ihr sollt mich in Ruhe lassen! Verschwindet! Verzieht euch!*

Ihr Triumph währte nur den Bruchteil einer Sekunde. Dann presste sich der Schatten auf sie. Ihr Widerstand war innerhalb eines Augenblicks gebrochen. Das Gewicht des Mannes auf ihren Armen lähmte sie vor Schmerz. Sie wollte das Gesicht ihres Angreifers nicht sehen und schloss die Augen. Es war zu Ende, sie hatte nicht mehr die Kraft zu kämpfen.

Das Betttuch wurde ihr aus den Händen gerissen.

Anaïs stürzte in die Nacht.

4
Paris
Parc des Buttes-Chaumont

«... *Der Mann mit der Gorillamaske hörte nicht auf. Systematisch und ohne Gnade zerstückelte er den gemarterten Körper der jungen Arzthelferin. Er war unempfänglich für die erstickten Schreie seines Opfers und fand zunehmend*

Vergnügen daran, die Oberschenkel einzuritzen, immer höher, bis zu dem wollüstigen Augenblick, in dem er mit der Spitze seines blutbefleckten Messers das zuckende Geschlecht erreichen würde. Die Spuren im Fleisch waren sein Markenzeichen, seine Botschaft an Inspektor Hunter, das Ass des Morddezernats von Washington, den Einzigen, den er wegen seiner messerscharfen Intelligenz schätzte und der den tieferen Sinn seiner Verbrechen verstand. Verbrechen – was für ein hässliches Wort, er vollbrachte ein Kunstwerk! Er erhöhte den Druck des Messers. In dem Augenblick, in dem er die Innenseite des Schenkels durchbohrte, sah der Mörder die Tränen des Kindes, das neben seiner Mutter angekettet war ...»

Marcas stieß einen angewiderten Seufzer aus und klappte den Thriller zu, den einer seiner Kollegen ihm empfohlen hatte. Was für ein grauenhaftes Buch. Er hatte die Nase voll von Geschichten über Serienmörder von so überlegener Intelligenz, dass sie sich über stumpfsinnige Bullen lustig machten.

Aus krankhafter Neugier schlug er den Roman noch einmal an der Stelle auf, an der er aufgehört hatte. Wie erwartet musste auch das arme Balg die brutalsten Torturen erleiden.

Zum Kotzen!

Er hatte keine Lust, weiterzulesen.

Je erfolgreicher sie sein wollen, umso drastischer verletzten die Thriller die letzten Tabus. Zurzeit standen Kinder an der Spitze der Opferhitparade von Serienmördern, Abteilung Schlachterei.

Marcas schob das Buch ans Ende der Bank, auf die er

sich gesetzt hatte. Als Vater eines kleinen Jungen ertrug er keine Szenen, in denen wehrlose Kinder und Frauen leiden mussten oder gefoltert wurden. Wenn er diese Art Schmöker las, dachte er instinktiv an seinen Sohn und setzte dessen Gesicht an die Stelle des Opfers. Kalt lief es ihm den Rücken runter.

Zu Beginn seiner Laufbahn hatte Marcas in zwei Fällen von Kindsmord ermittelt. Eine Erfahrung, an die er eine bittere Erinnerung bewahrte. Den Leichnam eines kleinen, misshandelten Jungen zu sehen, der in Plastiksäcke gehüllt ist, war eine Prüfung, die er nicht einmal seinem schlimmsten Feind wünschte.

Der Kollege vom Morddezernat, der ihm dieses Buch gegeben hatte – *Schreie in Washington*, was für ein Titel! –, verschlang diese Romane in der Absicht, selbst einmal den ultimativen Serienkiller zu erfinden, das Genie des absoluten Bösen, einen perfekten Hybriden aus dem Kannibalen Hannibal Lecter und Einstein, um einen Bestseller zu schreiben und endlich die Reihen der Polizei verlassen zu können.

Marcas hatte ihm einen etwas originelleren Vorschlag gemacht. Für ihn war der ultimative Mörder ein Kretin, ein bluttriefender Stümper, der mit Spielzeugwaffen mordete. Ein behämmerter Schwachkopf, der sich vorgenommen hatte, Autoren von Büchern über Serienmörder vom Antlitz der Erde auszuradieren. Und um die Handlung zu würzen, ließ er ihn von einem Bullen jagen, der noch dämlicher war als der Kretin selber und der eigens aus einer Irrenanstalt entsprungen war. Am Ende würden die beiden Schwachköpfe entdecken, dass sie Zwillinge waren, die nach der Geburt getrennt wur-

den, und sich in die Arme fallen. Sie würden Fernseh-
stars werden und mit ihren Memoiren ihrerseits einen
Bestseller landen.

Marcas sah auf seine Armbanduhr: 18 Uhr 15. Der
Berater des neuen Innenministers hatte sich verspätet.
Er war ihm innerhalb eines Jahres bereits zweimal be-
gegnet. Ein Ehrgeizling, dem das Innenministerium als
Sprungbrett diente. Und der überdies kein Freimaurer
war – was für einen Berater an der Place Beauvau eine
Seltenheit darstellte.

Im Park dämmerte es bereits. Die Passanten beschleu-
nigten ihre Schritte, um zum Ausgang an der Rue Manin
zu kommen. Die Tore würden bald geschlossen und der
Park seiner nächtlichen Stille überlassen werden.

Auf dieser steinernen Bank unter der kleinen Ro-
tunde des Sibylle-Tempels hatte Marcas einen unver-
stellten Blick auf den ganzen Osten von Paris. Wie in
einer Laube, sagte sein Sohn jedes Mal, wenn sie im
Sommer hier picknickten.

Marcas dachte an die freimaurerische Trauerfeier für
Anselme, der er am Abend beiwohnen sollte. Er trauerte
um seinen Freund. Ein Freimaurer wie er. Ein Logenbruder, den er schmerzlich vermisste.

Ein Mann in einem dreiteiligen Anzug kam mit selbst-
sicheren Schritten auf ihn zu. Er setzte sich neben ihn
auf die Bank und schob dabei das Buch mit dem blut-
roten Umschlag zur Seite. Marcas hatte ihn nicht hören
kommen.

«Seltsam, ich hätte nicht gedacht, dass Sie diese Art
Bücher lesen. Empfehlen Sie es mir?»

Marcas reichte ihm die Hand und gab vor, die ironische Spitze nicht bemerkt zu haben.

«Nein, es ist sehr konventionell geschrieben, zehn Folterszenen, drei Vergewaltigungen, ein Geschlechtsverkehr mit einer Leiche. Nichts, wofür man sich die Nacht um die Ohren schlagen sollte.»

«Mein Minister würde es zu schätzen wissen …»

«Jedem seine Laster. Könnten wir zum Thema kommen? Ich habe noch eine Verabredung und würde mich nur ungern verspäten.»

Der Mann steckte sich eine Mentholzigarette mit weißem Mundstück an, was etwas gewollt wirkte. Er nahm einen tiefen Zug und blies den Rauch dann langsam in die Luft.

«Aber gern. Wie so oft ist alles klar und gleichzeitig dunkel. Ich werde Ihnen nicht noch einmal die ganze Affäre im Palais Royal skizzieren, mein Stellvertreter hat Sie ja schon ins Bild gesetzt. Morgen werden Sie also offiziell ernannt. Der Staatsanwalt hat die vorläufigen Ermittlungen angeordnet, und man hat Sie ausgesucht, diese Ermittlungen zu führen.»

«Warum mich? Ich bin für die Aufklärung von Kunstdiebstählen abgestellt. Mein Kollege Loigril wäre ein besserer Kandidat gewesen. Er hat seit der Aufklärung der Morde in der Rue Moabon eine Glückssträhne.»

Der Mann klopfte mit zerstreuter Miene auf die Bank.

«Wir haben tatsächlich zunächst an ihn gedacht, aber er produziert sich zu gern in den Medien, gibt unbedachte Interviews. Er hat sich in der Presse und vor den Kameras in Szene gesetzt wie der Mörder der alten Da-

44

men in der Rue Moabon. Es erschien uns ratsamer, einen diskreteren Mann zu wählen. Sie gehören immer noch zum Morddezernat, auch jetzt noch, während Ihrer Abordnung. Und außerdem kennen Sie sich im Kulturmilieu aus. Sie können natürlich ablehnen, aber das würde man Ihnen an der Place Beauvau übel nehmen. Das will ich Ihnen nicht verhehlen.»

«Ich habe nicht gesagt, dass ich ablehne, ich würde nur gern genau Bescheid wissen.»

Der Mann warf seine halb aufgerauchte Zigarette zu den Tauben hin, die gurrend davonflogen.

«Wie Sie meinen. Der Minister ist gegen 16 Uhr in seinen Privaträumen zusammen mit seiner toten Geliebten gefunden worden. Anscheinend handelt es sich um einen Gehirnschlag. Das Paar hatte noch wenige Minuten zuvor Verkehr gehabt.»

«Das hatte mir Ihr Stellvertreter bereits telefonisch berichtet. Es ist merkwürdig, ich dachte immer, dass es die Männer sind, die nach der Liebe sterben, und nicht die Frauen.»

«Wie dieser Kardinal, der in den Armen einer schönen jungen Frau das Leben aushauchte? Wie hieß er noch?»

«Danielou, glaube ich, Kardinal von Lyon.»

«Genau, Danielou. Ein herrlicher Tod, um den ihn viele Männer beneiden ... Wie auch immer, das Problem mit unserer kleinen Geschichte besteht darin, dass der Minister in eine Art Delirium gestürzt ist. Er wiederholt ständig, er habe seine Geliebte getötet. Man hat ihn unter strenger Bewachung ins Val-de-Grâce gebracht, wo er neurologisch untersucht wird.»

Marcas musste unwillkürlich lächeln, als er sich die Szene vorstellte.

«Ich verstehe. Ein Kulturminister als Mörder. Amüsant. Ich ...»

Der Mann schnitt ihm schroff das Wort ab.

«Sie verstehen gar nichts. Es ist eine brisante Angelegenheit, über die sich die Medien wochenlang hermachen werden. Ein karriereorientierter Politiker, der plötzlich vollständig durchdreht! Ein Minister, der eine Nummer im Palais Royal schiebt! Und eine tote Geliebte von zweifelhaftem Ruf! Das ist der Skandal, den man sich erträumt, um ganz Frankreich in Atem zu halten. Kommt außerdem noch dazu, dass der Minister ein persönlicher Freund unseres Innenministers ist ...»

Marcas vernahm ein leichtes Zögern in der Stimme seines Gesprächspartners.

«Gibt es noch etwas, was ich wissen sollte?»

Der Mann zündete sich eine neue Zigarette an. Mentholgeruch hüllte ihn ein.

«Der Minister ist einer Ihrer Freimaurerbrüder. Wussten Sie das?»

Marcas machte eine verneinende Geste.

«Er wurde vor zehn Jahren in die Loge Regius aufgenommen.»

«Ach, tatsächlich!»

«Diese Loge war in den Skandal um die Vergabe öffentlicher Aufträge in der Île de France verwickelt. Nun stellen Sie sich die Konsequenzen vor, wenn er noch unveröffentlichte Dokumente in seinem Tresor gelassen hat!»

Marcas biss die Zähne zusammen. Als müssten alle Freimaurer Frankreichs diesen unauslöschlichen Makel der Regius-Loge tragen, dieses Musterbeispiels dunkler Affären, die das Bild der Brüder befleckt hatten. Eine Loge, die nur aus gewieften Betrügern bestand, aus zweifelhaften Finanzvermittlern und abgehalfterten Politikern. Marcas besuchte oft auch andere Großlogen als die seine, und er begegnete immer nur Brüdern oder Schwestern, die gewöhnliche Berufe ausübten, die Lehrer waren, Ärzte, Polizisten, Geschäftsführer und Gewerkschafter. Normale Menschen, die gekommen waren, um sich in ihrem Leben zu vervollkommnen. In den sogenannten Jahren des Lichts erschienen die auf die schiefe Bahn geratenen Brüder, um die Logen zu besuchen, wo sie am «Bankett der drei Punkte» teilnahmen, wie es der ehrwürdige Anselme forderte.

Er beschloss, nicht um den heißen Brei herumzureden.

«Ich will das Wort Regius nicht mehr hören. Diese Schwindler hätten schon längst mit einem kräftigen Tritt in den Hintern aus unserem Logenverband verjagt werden müssen, und zwar sofort. Und Sie wollen also, dass ich Dokumente zurückhole? Unser Gespräch nimmt eine Wendung, die mir ganz und gar nicht gefällt. Ich bin bereit, diese Geschichte aufzuklären, wenn es überhaupt etwas aufzuklären gibt, aber es kommt für mich überhaupt nicht in Frage, dass ich den Geheimagenten spiele. Da bitten Sie lieber Loigril, der bestimmt gerne als Einbrecher tätig wird.»

«Seien Sie nicht albern, Marcas, Sie wissen sehr gut, dass …»

Ohne die Ausführungen seines Gegenübers abzuwarten, stand Marcas unvermittelt auf.

«Riechen Sie das auch?»

Der andere schaute den Kommissar überrascht an.

«Äh ... Nein.»

«Es riecht nach Schimmel. Nach Moder. Merkwürdig, wir befinden uns doch in einem Park mit viel frischer Luft. Nein! Mir gefällt Ihre Geschichte nicht, suchen Sie sich einen anderen Kandidaten.»

Der Mann machte eine versöhnliche Miene und ergriff Marcas am Ärmel.

«Ich bin untröstlich. Aber wir sollen vermeiden, dass diese Angelegenheit zu einem Finanz- und Politskandal wird, zu dem noch eine peinliche Sexgeschichte dazukommt. Falls die Dokumente in falsche Hände geraten, könnte sich das als katastrophal erweisen.»

«Das ist mir so was von egal! Ich bin nicht dazu da, unseren Politikern eine weiße Weste zu verschaffen.»

«Und gerade deshalb sind Sie der ideale Mann. Ihre Integrität ist über jeden Zweifel erhaben. Sie sollen herausfinden, was passiert ist, ohne den Gerichten etwas zu verbergen. Sie sollen Bericht erstatten.»

«Natürlich ... Und sollte zufällig ein Tresor irgendwelche übelriechenden Geheimnisse enthalten, soll ich sie einem Richter anvertrauen, nehme ich an?»

«So weit sind wir noch nicht. Wenn die vorläufige Ermittlung einen klaren Verdacht auf ein Verbrechen liefert, wird eine Voruntersuchung eröffnet und ein Richter benannt. Wie Sie sehen, hat das Ganze nichts Illegales an sich. Es bleibt dem Beamten, der die Ermittlung führt, überlassen, eine ergänzende Unterrichtung des Staatsanwalts zu verlangen.»

Marcas blickte seinen Gesprächspartner scharf an und rückte seinen Mantel zurecht.

«Der Richter wird dann selbstredend einen Schleier des Vergessens auf alte Geschichten legen, die aus einer schmerzlichen Vergangenheit auftauchen.»

Der Mann zuckte die Schultern.

«Nein, nicht unbedingt. Aber er wird die Geschichte auf keinen Fall den Journalisten hinwerfen, bevor er überhaupt eine Voruntersuchung eingeleitet hat. Noch einmal: Es geht nicht darum, eine mögliche Affäre zu vertuschen, sondern darum, die Dinge nicht durcheinanderzubringen. Das kann die Regierung jetzt gerade nicht gebrauchen.»

«Das können Regierungen nie gebrauchen.»

«Sie nehmen also an? Kann ich den Minister anrufen?»

Marcas schwieg. Die Angelegenheit reizte ihn. Der Schwarzhandel mit Kunstwerken dagegen kam ihm in diesem Augenblick geradezu muffig vor. Er selbst fühlte sich angestaubt. Ihm fehlte es an Energie. Aber er wusste bereits zu diesem Zeitpunkt, dass hier mit gezinkten Karten gespielt wurde. Er hatte das Alter hinter sich gelassen, in dem er noch an die Freiheit seiner eigenen Handlungen glaubte. Die Suche nach der Wahrheit war in dieser Welt, die an ihm vorbeizog, nichts weiter als ein Märchen. Er würde Bericht erstatten müssen und einem Zwischenträger Nachricht geben, der einer hochgestellten Person nahe stand.

Dieses subtile und perverse Spiel reizte ihn nicht mehr und hinterließ bei ihm einen bitteren Geschmack. Aber ohne Zweifel würde er den Befehlen nachkommen.

Er würde versuchen müssen, sich ein reines Gewissen zu bewahren. Wie viele Kompromisse hatte er akzeptiert, seit er diesen Beruf ausübte? Der Sohn eines Abgeordneten, der auf frischer Tat dabei erwischt worden war, als er eine Prostituierte verprügelte. Der Mann war auf freundschaftlichen Druck hin freigelassen worden, aber nicht auf Befehl. Niemals auf Befehl. Ein kokainsüchtiger alter Journalist, der total zugedröhnt in einem Nachtlokal der Rive Droite erwischt worden war, den man aber schonen musste, weil er ein Polizeispitzel war.

Letztlich hatte Marcas, verglichen mit der Zahl seiner Fälle, wenig Druck erlebt, aber bei den seltenen Gelegenheiten, wo Druck auf ihn ausgeübt wurde, fiel es ihm schwer, die Kompromisse zu schlucken. Er musste sich arrangieren. Das war die passende Formulierung für die Tarnung der kleinen Schweinereien, die er seinem Dienstgrad entsprechend hinnahm.

«Einverstanden. Aber ich warne Sie, keine Drohungen und kein Druck! Bei der ersten Erpressung geht bei mir der Vorhang runter.»

Marcas wusste, dass er sein Gegenüber nicht täuschen konnte, aber er wollte den Anschein wahren.

«Versprochen. Morgen um neun Uhr finden Sie sich am Quai des Orfèvres ein. Sie werden ein Büro bekommen, zwei Mann von Ihrer alten Mannschaft und ein brandneues Rechtshilfeersuchen. Ihr Vorgesetzter vom OCBC ist bereits von Ihrer vorübergehenden Unverfügbarkeit unterrichtet worden.»

«Ich hatte einen falschen Giacometti in Arbeit.»

«Der kann warten. Ein Kunstwerk ist schon definitionsmäßig auf Dauer angelegt», witzelte der Berater.

«Wann werden die Medien informiert? Und vor allem – was werden Sie als offizielle Version bekannt geben?»

«Der Pressesprecher des Kulturministeriums wird ein Kommuniqué veröffentlichen, in dem es heißt, dass der Minister alle seine Termine infolge eines Schwächeanfalls abgesagt hat und einige Wochen Urlaub nehmen wird.»

«Glauben Sie wirklich, dass die Journalisten das schlucken werden?»

«Nein, aber das verschafft Ihnen ein paar Tage Luft, um Ihre Ermittlung durchzuführen. Und drücken Sie die Daumen, dass der Minister wieder zu Verstand kommt. Wie es scheint, ist der Tod der jungen Dame tatsächlich ein reiner Unfall gewesen. Gerüchteweise wird die Angelegenheit dann als schwerer Fall von Liebeskummer lanciert. Der Hausherr im Palais Royal wird von sich aus zurücktreten, um seine persönlichen Angelegenheiten zu regeln, wie der übliche Ausdruck lautet.»

«Und wenn er sie doch getötet hat?»

«Das wird uns allein der Gerichtsmediziner sagen können. In einem solchen Fall wäre es dann notwendig, die Karten auf den Tisch zu legen und abzuwarten, bis der Skandal sich legt.»

«Ich nehme an, Élysée und Matignon haben ihre Nase schon in die Angelegenheit hineingesteckt.»

«Ja und nein. Sie wollen auf dem Laufenden gehalten werden, um Kollateralschäden vorzubeugen, vor allem aber wollen sie nicht hineingezogen werden. Der Minister gehört nicht zum engsten Kreis des Staatspräsidenten oder des Premierministers.»

Der Mann sah auf seine Armbanduhr und stand auf.

«Ich habe Ihnen damit alles gesagt. Diese vorläufige Ermittlung verlangt Diskretion. Der Polizeipräsident und der Generalsekretär des Ministeriums haben ihr Einverständnis gegeben. Um ehrlich zu sein, ich habe Ihren Namen nicht oben auf die Liste gesetzt, aber anscheinend haben Ihre Dienststellen und Ihre Zugehörigkeit zur gleichen Großloge wie dieser unglückselige Minister Sie zum idealen Kandidaten gemacht.»

Der Berater reichte Marcas die Hand, der den Druck schlaff erwiderte, und entfernte sich in Richtung der Brücke, welche die kleine Insel mit dem Park verband. Die Selbstmörderbrücke. Ein Spitzname, den sie ihrer schwindelerregenden Höhe und den Verzweifelten verdankte, die dort ihren Lieblingssport ausübten.

Der Berater des Ministers hatte seine Aufgabe erfüllt. Sobald er weit genug von Marcas entfernt war, tätigte er einen Anruf und gab dessen Antwort an höhere Stellen weiter. Er vergaß nicht hinzuzufügen, dass man Marcas unauffällig überwachen und sich vor seinen eigensinnigen Anwandlungen in Acht nehmen solle.

Marcas blieb noch längere Zeit auf der Bank sitzen. Am liebsten hätte er das Rad der Zeit zurückgedreht und wäre wieder so gewesen wie die Kinder, die ihre Boote jetzt ans Ufer brachten. Wie viele von ihnen würden frömmlerische Erwachsene werden, die sich mit dreckigen Affären und erbarmungswürdigen Geheimnissen beschäftigten?

Plötzlich spürte er den Wunsch, hinter dem Mann im grauen Anzug herzulaufen und ihm zu sagen, dass er den Fall ablehne. Er glaubte immer weniger an seinen Beruf, außerdem riskierte er mit einer Weigerung nicht einmal, in ein schäbiges Kommissariat abgeschoben zu werden, denn die Bruderschaft der Freimaurer würde ihn schützen. Man rührt Brüder wie ihn nicht an, schon gar nicht diejenigen, die seinen Grad erreicht haben.

Von irgendwoher ertönte ein Pfeifton, und die Parkwächter klatschten in die Hände, um die Spaziergänger zum Gehen zu bewegen. Der Park leerte sich wie durch Zauberei.

Marcas hatte keine Lust zu gehorchen und blieb absichtlich sitzen, um den Parkwächter zu reizen, der sich ihm energisch näherte.

Das konnte er sich erlauben, ein Kommissar befand sich in der Hierarchie weit über einem kleinen Parkwächter, selbst einem aus den Buttes-Chaumont.

Der Wächter, ein kräftig gebauter Mann von den Antillen, zeigte mit dem Finger auf die hohen Gitter.

«Monsieur, es ist Zeit für Sie, sich zum Ausgang zu begeben.»

«Nein.»

Der Mann mit der Schirmmütze starrte ihn verblüfft an.

«Das ist Vorschrift, sonst holen wir die Polizei, und Sie bekommen eine Geldbuße aufgebrummt.»

Marcas hielt dem Parkwächter seinen Ausweis unter die Nase.

«Ich bin die Polizei. Ich führe eine Beschattung durch. Diese Bank ist mir für meine Ermittlung sehr nützlich.»

Der Dienstgrad im Ausweis ließ den Parkwächter erstarren.

«Es tut mir leid, Herr Kommissar. Können wir uns irgendwie nützlich machen, meine Kollegen und ich?»

«Ja, ich bin hinter einem Mann mit einem Klumpfuß her, kahlköpfig und mit einem roten Spitzbart. Es handelt sich um einen Exhibitionisten, der sich im Gestrüpp versteckt. Sagen Sie Ihren Kollegen, sie sollen überall suchen, ohne rumzulärmen. Der Mann ist nicht gefährlich, aber ich möchte ihn um jeden Preis in die Finger bekommen.»

Der Parkwächter nickte und lief zu dem kleinen Häuschen, das ihm und seinen Kollegen als Büro diente. Marcas lächelte. Er hatte Lust, jemanden durch die Gegend zu scheuchen, und da kam ihm die Mannschaft der hiesigen Parkwächter gerade recht. Ein ordentlicher Machtmissbrauch, aber es tat gut. Er würde den Park ganz für sich allein genießen können, ein unvergleichlicher Luxus. Marcas zog seinen MP3-Player hervor und rief ein Stück von *This Mortal Coil* auf, ideal, um sich in der milden Abenddämmerung zu entspannen. Die klare und tiefe Stimme der Sängerin erfüllte den Park.

Help me lift you up.

Ein paar Dutzend Meter von ihm entfernt, den Hang hinab, brannte in einer Straßenlaterne eine Glühbirne durch. Marcas sah darin ein düsteres Vorzeichen.

5
Sizilien

«*Calma, signorina. Stati tranquilla.*»

Nachdem der Mann Anaïs das Betttuch vom Gesicht gezogen hatte, war er eilig in den hinteren Teil des Zimmers zurückgetreten. Eine alte Frau mit silbergrauen Haaren lächelte sie an, um sie zu beruhigen. Ihre Gesichter waren Anaïs unbekannt; sie hatte sie in der Abtei nie gesehen. Der Mann hatte sich eine alte Pfeife angezündet, er stieß Qualmwolken aus, die zur Zimmerdecke hinaufzogen. Ein Duft von Ambra erfüllte den Raum und lenkte von der spartanischen Einrichtung ab.

Die alte Dame streckte ihre runzlige Hand aus und streichelte Anaïs die Stirn.

Anaïs verstand kein Wort der Sizilianerin, aber ihr Tonfall beruhigte sie.

«*Non parlo francese. Non lo capisco.*»

Die Alte machte mit dem Kopf ein Zeichen zu dem Mann hin.

«*Giuseppe.*»

Der Mann betrachtete nachdenklich Anaïs' halb entblößten Körper und verließ dann wie bedauernd das Zimmer. Die Alte nahm eine kleine Schüssel, die am Fußende des Bettes stand, und entnahm ihr einen Stofffetzen, der in einer hellbraunen Flüssigkeit getränkt war und bitter roch. Behutsam betupfte sie Hände und Beine der jungen Frau. Anaïs zuckte vor Schmerz zusammen. Als der grobe Stoff ihre Brandblasen berührte, raubte es ihr den Atem.

«Hören Sie auf, das brennt!»

Ohne sich um ihr Geschrei zu kümmern, fuhr die Alte fort, ihr die Umschläge aufzulegen.

«*Calma.*»

Die junge Französin biss die Zähne zusammen. Vor Schmerz rollten ihr Tränen über die Wangen. Da spürte sie, dass auch ihr Gesicht höllisch brannte. Sie hob die freie Hand an die Stirn und die Wangenknochen. Die Alte schenkte ihr erneut ein Lächeln, und als hätte sie ihre Gedanken erraten, schüttelte sie verneinend den Kopf. Und dann, als sie Schritte hinter der Tür hörte, deckte sie Anaïs' Brust wieder mit dem Betttuch zu.

In Begleitung eines Jüngeren betrat der Mann mit der Pfeife wieder das Zimmer. Sein Begleiter war hochgewachsen und trug Jeans und einen Pullover mit dem aufgedruckten Namen einer Rockgruppe. Er ging zum Bett und nahm die Kopfhörer ab, aus denen das laute Dröhnen einer Bassgitarre zu hören war. Dann setzte er sich ans Fußende des Bettes und verschränkte die Arme.

«Ich heiße Giuseppe. Mein Vater meint, dass Sie Französin sind. Ich spreche Ihre Sprache ein wenig, weil ich hier im Sommer als Reiseführer mein Studium finanziere. Wenn Sie versuchen, langsam zu sprechen …»

Anaïs deutete ein Lächeln an.

«Vielen Dank. Wo bin ich, bitte?»

«Im Bauernhaus meines Vaters, zehn Kilometer von Cefalù entfernt, in der Nähe von Santa Rieta, das ist ein kleines Dorf. Einer der Hirten hat Sie gefunden, als er die Schafe in den Stall zurückbrachte. Was ist mit Ihnen passiert?»

Anaïs zuckte erneut zusammen. Die Flüssigkeit, die ihr über die Wunden lief, brannte auf der Haut.

«Ich will mit der Polizei sprechen. Bitte, es sind Morde begangen worden. Ich kenne die Täter …»

Die Worte drängten mit Gewalt aus ihr heraus, aber ihre Kehle war so trocken.

«Geben Sie mir bitte etwas zu trinken, ich kann nicht mehr!»

Der junge Mann gab der Alten ein Zeichen. Diese nahm ein Glas, das am Kopfende stand, und reichte es Anaïs. Die lauwarme Flüssigkeit strömte ihr in den Mund und floss in einem Zug in den Magen hinunter.

«Mehr, bitte.»

Sie trank das zweite Glas noch schneller als das erste und legte dann den Kopf zurück aufs Kissen. Giuseppe tätschelte ihr den Fuß.

«Die Polizei … Das ist keine gute Idee, *signorina*. Bei uns sind Sie in Sicherheit. Wenn irgendwelche Leute hinter Ihnen her sind, ist die Polizei … Also, das hier ist keine verschwiegene Gegend …»

«Sie verstehen nicht, ich habe meine Freunde sterben sehen. Sie wurden bei lebendigem Leib verbrannt. Man muss ihre Mörder festnehmen!»

Der Mann mit der Pfeife stützte sich an der Bettkante ab und murmelte dem jungen Burschen ein paar Worte zu.

«Mein Vater sagt, das ist nicht besonders schlau. Wir sind hier Morde gewohnt und regeln das meist unter uns. Er fragt mich nach weiteren Einzelheiten. Ich rate Ihnen, ihm zu antworten, er ist ziemlich gereizt.»

Anaïs sah in dem Blick des älteren Mannes Ungeduld aufblitzen und begriff, dass sie nichts zu verlieren hatte; diese Leute hatten sie bei sich aufgenommen und sich um sie gekümmert. Sie musste ihnen vertrauen. Nachdem sie ein drittes Glas ausgetrunken hatte, begann sie mit einem kurzen Bericht über das, was sie in den Stunden vor ihrer verzweifelten Flucht erduldet hatte. Während sie langsam und verständlich sprach, liefen ihr die Tränen über die Wangen. Giuseppe übersetzte nach und nach für seine Eltern.

Als sie sah, wie der Mann die Augenbrauen hob und den Kopf schüttelte, unterbrach Anaïs ihren Bericht.

«Warum macht Ihr Vater so ein ungläubiges Gesicht?»

Der junge Mann schaute verlegen.

«Er glaubt, Sie sind eine …»

«Eine was?»

«*Prostituta*, eine Prostituierte.»

Anaïs machte große Augen und schwieg. Alles hatte sie erwartet, nur das nicht. Der junge Mann rutschte verlegen auf der Bettkante hin und her und schien nach Worten zu suchen, während sein Vater mit leiser Stimme sprach.

«Er sagt, dass Sie lügen. Sie haben diese Geschichte erfunden, um Ihren Zuhälter nicht zu verraten. Seit letztem Jahr lassen die Albaner hier auf Sizilien Ausländerinnen für sich arbeiten. Sie haben dafür die Erlaubnis eines Clans aus Palermo, der alles organisiert. Die Albaner haben die Angewohnheit, ihre Frauen zu foltern, sie drohen ihnen, sie zu verbrennen, damit sie besser arbeiten. In der Nähe von Bagheria hat man zwei Frauen entdeckt, bei denen Gesicht und Körper durch Brandwunden von Zigaretten entstellt waren. Sie haben auch so Brandwunden am Körper. Und außerdem hat man im Schafstall einen sehr kurzen Rock gefunden, und in einer solchen Aufmachung unternimmt man keinen Ausflug ...»

Anaïs entnahm dem missbilligenden Blick das Mannes und der Verlegenheit seines Sohnes, dass ihre Darstellung der brennenden Scheiterhaufen und verkohlten Leichen sie nicht überzeugt hatte.

«Aber ich bin Französin! Ihre Prostituierten müssten Albanerinnen sein oder sonst was. Verdammt, Sie reden doch meine Sprache!»

«Das hat nichts zu sagen. Die Albaner lassen manchmal Frauen aus dem Nahen Osten oder Tunesien kommen, aus Ländern, in denen man Französisch spricht.»

Die Worte klangen streng und unbeirrbar. Anaïs wusste nicht, wie sie die Männer von ihrer Glaubwürdigkeit überzeugen sollte. *Das ist doch Wahnsinn, sie halten mich für eine Nutte. Ich muss mir unbedingt was einfallen lassen.*

«Was werden Sie mit mir machen?»

Giuseppe wandte den Blick ab.

«Hier mag man die Prostituierten nicht, sie entehren die Frau ... Es ... es tut mir sehr leid. Wenn es um die Ehre geht, kennt mein Vater keinen Spaß, und obendrein riskiert er ...»

«Was?»

Der junge Mann blickte seinen Vater lange an und sagte dann mit leiser Stimme:

«Wenn Sie es nicht schaffen, seine Meinung zu ändern, wird er Sie seinen Landarbeitern übergeben und Sie anschließend an Ihre Zuhälter ausliefern.»

59

6

Paris
Sitz der freimaurerischen Großloge

Die Wände des Tempels waren mit schwarzen Vorhängen bedeckt. Vor dem Podium des Hochwürdigen Meisters befand sich ein Totenkopf über zwei gekreuzten Gebeinen, der von der grünlichen Flamme einer Trauerlampe erleuchtet wurde. In den Kolonnen betrachteten die Brüder, die alle Trauerkleidung trugen, mit ernsten Mienen das musivische Viereck: einen dunklen Stoff mit dünner weißer Borte, der von drei mit schwarzem Krepp umhüllten Kandelabern umgeben war. Langsam legten zwei Beamte, der Erste und Zweite Aufseher, Stücke aus dicker Wolle auf ihre Unterlage: Die Hammerschläge brachten zum Zeichen der Trauer nur einen dumpfen Ton hervor.

Antoine Marcas hatte in der Kolonne im Norden Platz genommen. Sein Blick fiel auf einen hohlen, dreieckigen Pfeiler, der schwach von einem Lämpchen erleuchtet wurde. An dem Pfeiler war mit schwarzen Buchstaben ein Name zu sehen. Ein einziger.

«Bruder Erster Aufseher, um welche Stunde eröffnen die Brüder die Trauerarbeit?»

«In der Stunde, in der der Tag der Nacht begegnet.»

«Warum diese Stunde?»

«Weil es die Stunde der Trauer ist.»

«Wie spät ist es, Bruder Zweiter Aufseher?»

«Es ist die Stunde der Tränen.»

Die Litanei des Trauerrituals vollzog sich in festen Regeln. Unverändert seit Jahrhunderten. Im Frühjahr musste jede Loge ihrer Toten gedenken, der Brüder, die in den ewigen Osten eingegangen waren, wie es in der überlieferten Formel heißt. Mit einer Zeremonie, die ein sensibles Gleichgewicht schafft zwischen Gedenken und Hoffnung und zu der ausnahmsweise die Familien der Verstorbenen eingeladen werden. Dies ist die einzige Gelegenheit, bei der Profane in den Tempel Einlass finden. Aber in diesem Fall würde es keine Angehörigen geben. Anselme, der Altlogenmeister, der völlig unerwartet verstorben war, hatte nie geheiratet oder Kinder bekommen. Allein seine Brüder begleiteten ihn auf seinem letzten Weg.

Drei dumpfe Hammerschläge ertönten unter dem Sternenzelt. Das Echo erfolgte sogleich von den gedämpften Schlägen der beiden Aufseher.

Alle Brüder erhoben sich. Gleichzeitig schlugen sie sich mit der flachen Hand auf den Arm, wobei sie im Rhythmus dieses einförmigen Schlagens ohne Unterlass wiederholten: «Klagen wir! Klagen wir! Klagen wir!»

Die Trauerarbeit hatte begonnen.

Antoine Marcas kannte Anselme seit Jahren, und eigentlich gab es nichts, was sie gemein hatten. Da war die großbürgerliche Herkunft des Altlogenmeisters, sein Sinn für Gerechtigkeit und vor allem seine Leidenschaft für die Kunst der Verführung. Dennoch hatte die Loge sie vereint. Als Marcas sich scheiden ließ, war es Anselme, der ihn in den düsteren Monaten begleitete, in denen der Kommissar plötzlich allein war. Eine schmerzliche Phase seines Lebens, die unvermittelt gekommen war. Gehetzte Anwälte, blasierte Richter und inmitten familiärer Zwietracht und Zerrüttung ein Kind von neun Jahren. Anselme war für ihn da gewesen; er war sein einziger fester Bezugspunkt in diesem zerstörerischen Wirbel gewesen. Er verkörperte das Licht der Bruderschaft, das jeder wahre Freimaurer weitergeben sollte.

«Bruder Erster Aufseher» – die Stimme des Hochwürdigen Meisters ertönte im Tempel –, «sind alle Mitglieder unseres ehrbaren Tempels anwesend?»

«Das müssen wir in Erfahrung bringen, Hochwürdiger Meister.»

«Wie das, Bruder Zweiter Aufseher?»

«Indem wir uns vergewissern, dass unsere Bruderkette vollständig ist.»

Alle Brüder streiften ihre Handschuhe ab. Sie hielten die Arme vor der Brust verschränkt und ergriffen die Hand ihres Nachbarn. Langsam bildete sich eine Menschenkette, die nur an der Stelle unterbrochen war, an der gewöhnlich der Tote gesessen hatte: Ein Kettenglied fehlte.

Der Erste Aufseher ergriff wieder das Wort.

«Sie ist unterbrochen!»

Die ritualisierte Stille wirkte noch schwerer. Der Hochwürdige Meister fragte:

«Welches Glied fehlt?»

«Bruder Anselme, der einmal Hochwürdiger Meister unserer Loge war.»

Marcas betrachtete die leere Stelle, an der ein Blumenstrauß lag, der mit schwarzem Band gebunden war. Dort war Anselmes Platz gewesen, wenn er inmitten seiner Brüder in der Kolonne den Vorsitz führte. Auf einmal dachte Marcas an einen Film von Truffaut, *Der Mann, der die Frauen liebte.* Und vor allem dachte er an die letzte Szene: die Beerdigung des Helden, eines unverbesserlichen Verführers. Er sah all die Frauen wieder vor sich, die er erst geliebt, dann verlassen hatte und die nun schwarz verschleiert auf dem Friedhof auftauchten. Am Ende versammelten sie sich alle um das Grab und bildeten eine Kette, eine Kette der Liebe, die sie für denselben Mann empfunden hatten. Auch all die Frauen aus Anselms Leben hätte man einladen müssen, dachte Marcas. Sie waren seine wahre Familie.

Zur Linken des Hochwürdigen Meisters sitzend, hatte der Bruder Redner mit der Traueransprache begonnen. Eine mündliche Tradition, die aber keine Ähnlichkeit mit den Reden hatte, die man in der profanen Welt hören konnte, denn man sprach von nichts anderem als dem Leben und den freimaurerischen Arbeiten des Verstorbenen. Tatsächlich hatte Anselme, wie es der Bruder Redner erklärte, kurz vor seinem Tod eine Arbeit zu einem Thema begonnen, das ihm am Herzen lag: *Die Sekten und die Erotik.*

Marcas hob den Kopf. Er erinnerte sich an die letzten Gespräche mit Anselme über den kollektiven Selbstmord von Sektenmitgliedern. Von der Gruppe um Jim Jones in Guyana über die Waco-Sekte in den USA bis zu den Massakern des Sonnentempelordens in der Schweiz und in Frankreich. Insgesamt mehrere hundert Tote. Gläubige Jünger, die von paranoiden und größenwahnsinnigen Gurus manipuliert worden waren. Von Geisteskranken, die in ihrem mörderischen Wahn versklavte Geister mit Begeisterung erfüllten. Mochte

Anselme auch diese allgemeine Einschätzung teilen, so behauptete er doch, diese organisierten Tötungen seien fast immer mit dem Einverständnis der Mitglieder erfolgt. Als wäre ihnen etwas eingeflüstert worden, eine unbekannte Kraft, die sich ihnen offenbarte und sie in ihren Bann zog. Anselme war von diesem Thema ganz besessen gewesen. Selbst als seine Gesundheit nachließ, hörte sein Geist nicht auf, sich mit Sekten und deren Macht auseinanderzusetzen. Und bei jeder Begegnung mit Marcas kam der Altlogenmeister auf das Thema zu sprechen.

Ein Bruder erhob sich mit Akazienzweigen in der Hand, die er unter allen Angehörigen der Loge verteilte.

«Meine Brüder, es ist Zeit, unserem Altlogenmeister die letzte Ehre zu erweisen. Möge jeder von uns sich seinem Platz nähern und diesen Zweig niederlegen, als Symbol unserer Bruderschaft über den Tod hinaus.»

Marcas nahm seinen Platz in der Kette ein, die zu Anselmes verwaistem Platz führte. Eines Tages würden Brüder, die er noch nicht kannte, auch an seinem Platz den Abschiedszweig niederlegen.

In letzter Zeit hatte Anselme mit großem Interesse alles gelesen, was er über das Problem mit den Sekten finden konnte. Die Bücher stapelten sich auf seinem Schreibtisch, ebenso wie die Notizen und Entwürfe. Eine umfassende Arbeit, die den Rahmen eines Vortrags in der Loge, der sogenannten Logenzeichnung, in jedem Fall gesprengt hätte. Umso mehr, da der Gegenstand seiner Arbeit, der sich allmählich zu verfestigen schien, eine ganz besondere Thematik vertiefte.

Sein ganzes Leben lang hatte Anselme die Frage der Verführungskunst beschäftigt. Doch dann hatte seine Suche eine geradezu esoterische Wendung genommen. Als hätte plötzlich die Dimension der Liebe eine ganz andere Gestalt angenommen. Marcas hatte gelegentlich den Eindruck gehabt, dass der Altlogenmeister gegen Ende seines Lebens eine *terra incognita* entdeckt hatte, einen neuen Kontinent, von dem er im Voraus wusste, dass ihm nicht die Zeit bleiben würde, dessen gesamte Reichtümer zu erkunden. Hinter der Liebe – der Leidenschaft seines Lebens – schien er eine neue, eine andere Wirklichkeit wahrzunehmen. Zweifellos eine bittere Feststellung für einen Mann, der aus purem Vergnügen geliebt hatte, ohne ein anderes Ziel oder einen anderen Grund darin zu suchen. Plötzlich machte sich bei ihm das Bewusstsein breit, dass es hinter der alleinigen Befriedigung seiner Bedürfnisse andere Wege gab, Wege, auf denen bestimmte Sekten in der Geschichte zu unvorstellbaren Ergebnissen gekommen waren.

Marcas konnte den Ursprung einer solchen alles verzehrenden Neugierde nicht begreifen. Und wenn Anselme ihm von einer gnostischen Sekte erzählte, die die Liebe durch orgiastische Praktiken zu heiligen vorgab, oder von einer Initiationsbruderschaft berichtete, die den Weg der absoluten Keuschheit erkundete, um zu höchster Erleuchtung zu gelangen, begriff der Kommissar, der seiner Vernunft treu blieb, weder die verborgene Einheit solcher Praktiken noch warum sein Freund von solchen Dingen stets mit einem Lächeln redete.

Nach Marcas' Dafürhalten konnte es sich nur um die letzte Illusion eines alternden Mannes handeln. Aber jedes Mal, wenn er den Freund besuchte, verblüffte ihn der Wissensdurst, der seinen Logenbruder erfasst hatte. Und wenn er sich ein wenig über ihn lustig machte, antwortete Anselme stets mit der rätselhaften Bemerkung: «Das ist sie, die Stunde des Schicksals.»

7
Paris
Quai de Conti

Dionysos betrachtete durch das Fenster den feinen Regen, der auf das graue Wasser der Seine fiel. Typisch für diese Jahreszeit. Und so weit vom sonnendurchfluteten Frühling Siziliens entfernt, wo an den Orangenbäumen schon die ersten Früchte wuchsen. Beim Verlassen der Abtei hatte er einen letzten Blick auf die Olivenhaine geworfen, die eine friedliche, nächtliche Stille umgeben hatte. Ein beißender Geruch war vom Strand aufgestiegen. Für Dionysos kein Widerspruch. Es war die gleiche Kraft, die die knorrigen Baumstämme aus der Erde emporwachsen und die Körper auf den Scheiterhaufen versengen ließ. Die gleiche Kraft, die er entfesselt hatte.

Er musste unwillkürlich lächeln, während zugleich ein heißer Schauer langsam in ihm aufstieg. Er liebte dieses schwindelerregende Gefühl. Überall in Europa suchte man nach ihm, ohne seinen Namen oder sein Gesicht zu kennen. Er war das Phantom des absolut Bösen. Der Mann, der eine Mördersekte befehligt hatte, die fähig war, ihre Jünger zu verbrennen. Die Polizisten hatten nicht lange gebraucht, um Zeugenaussagen aus der Nachbarschaft über die seltsamen Aktivitäten der Männer und Frauen in Erfahrung zu bringen, die in der Abtei lebten. Alle Fernsehsender der Welt zeigten immer wieder die gleichen Bilder von verkohlten Leichen, man hörte die heulenden Sirenen, das ganze Szenario, das einen Strand auf Sizilien in einen Vorhof der Hölle verwandelt hatte.

Das Feuer! Er hatte seinen Jüngern das gegeben, was in ihrem glanzlosen Leben fehlte. Die reinigende Flamme. Unsterblichkeit. Von neuem spürte er, wie eine Hitzewelle ihn durchströmte. Er kannte diese Vorwarnung. Schon bald würde es eine Brandung sein. Er musste es nur wollen.

Dionysos ging auf die Kamera zu, die mit dem Plasmabildschirm verbunden war. Dort, im digitalen Gedächtnis, befand sich das absolute Bild. Das Bild, das alle Dämonen wecken und vereinen würde. Das Bild des Todes.

Außer ihm hatte niemand diese Aufnahmen gesehen. Der Meister hatte es am Strand selbst aufgenommen. Für den Privatgebrauch.

Als er sich der Kamera näherte, meldete sich jemand über die Gegensprechanlage.

«Besuch für Sie. Ein Monsieur … Monsieur Édouard Kerll.»

Der Antiquar war pünktlich, aber der Meister hatte eine andere Verabredung. Mit sich selbst.

«Lassen Sie ihn raufkommen. Einer meiner Mitarbeiter wird sich um ihn kümmern.»

Der Meister betrat das Vorzimmer. Ein Mann im schwarzen Anzug, der in einem Sessel gesessen hatte, das Gesicht der Tür zugewandt, sprang augenblicklich auf.

«Wir haben einen Besucher. Den Antiquar Édouard Kerll.»

«Empfangen Sie ihn?»

«Nein, ich habe keine Zeit. Sagen Sie ihm, dass ich beschäftigt bin.»

«Sehr wohl.»

«Aber er wird ein Buch für mich haben. Ich habe eine unterschriebene Empfangsbestätigung vorbereitet, die Sie ihm bitte geben.»

«Wird gemacht.»

Dionysos kehrte zum Bildschirm zurück und betrachtete die ersten Bilder. Eine blutrote Flamme explodierte in einem Funkenregen, während eine schwarze Gestalt sich in einem makabren Tanz wand. Seine Männer hatten ihren Job gut gemacht. Die Kamera war das allerneueste Modell, die Qualität der Bilder verblüffend, realistischer als die Wirklichkeit selbst.

Mit einer Hand berührte der Meister seinen Bauchnabel. Die Kraft wurde stärker. Sein Bauch fing unter einer intensiver werdenden Macht Feuer. Auf dem Bildschirm loderte ein Scheiterhaufen nach dem anderen in einem Flammenmeer auf. Die Hand bewegte sich zur Brust, als folgte sie einem unsichtbaren Pfad, der durch den Körper führte. Die Feuersbrunst füllte nun den ganzen Bildschirm aus. Mit gespreiztem Daumen presste die Hand jetzt gegen die Gurgel. Die Kraft war da. Die Kraft, die die Menschen beim Liebesakt verströmen, ohne sich ihrer bewusst zu sein. Die Kraft, die er, der Meister, zu kanalisieren wusste. Er allein.

Er hatte lange Zeit gesucht, in eingeweihten Kreisen verkehrt. Aber nichts schien ihm auf der Höhe seines Verlangens nach dem Absoluten zu sein. Bis zu dem Tag, an dem … Nie hätte er geglaubt, dass die Kraft sich in der Vereinigung von Körpern verbarg. Es war eine Offenbarung. Seitdem hatte er gelernt, diese Kraft zu beherrschen. Er hatte viel gelesen, sich die zentralen Texte verschafft und der verloren gegangenen Tradition nachgeeifert. Einer Tradition, die so manch ein Forschender auf seiner Suche nach dem Absoluten wie einen zugewachsenen Pfad, der im Dschungel sexueller Fragen unsichtbar geworden war, wiedergefunden hatte.

Im Orient hielt sich diese Praxis noch in bestimmten Kreisen. Die Ethnologen hatten sich kaum dafür interessiert. Für sie war es nichts weiter als eine wüste Anhäufung abergläubischer Vorstellungen. Und was man in Europa über sexuelle Grenzerfahrungen wusste, reduzierte sich auf eine einfache Folklore erotischer Rezepte. Ein Kamasutra für gestresste Kreise mit Angst vor Impotenz, eine Ratgeberspalte für Hausfrauen auf der Suche nach exotischen Phantasien.

Dennoch hatte es auch im Westen eine ähnliche Suche nach einer Liebe gegeben, die über den fleischlichen Akt hinausging. In bestimmten Unterweisungen der Kabbala hatte der Meister entsprechende Spuren verfolgt, er hatte den Minnedienst der Liebenden des Mittelalters durchstreift bis hin zu den esoterischen Sekten in Deutschland und Italien. Am Ende war er in diesem Labyrinth fündig geworden. Aber wie in der Theseus-

Legende war eine solche Suche nach Initiation ohne Opfer nicht möglich. Um zur Wahrheit des Mythos vorzudringen, musste er den Minotaurus töten.

Töten, um wiedergeboren zu werden.

Die Nacht senkte sich auf das Zimmer. Der Meister öffnete die Tür des Vorzimmers. Das Buch, das der Antiquar Kerll gebracht hatte, lag auf dem Garderobentisch. Daneben befand sich ein Begleitbrief.

«… Wie Sie wissen, hat die Versteigerung des Casanova-Manuskripts in den Medien lebhafte Neugier ausgelöst. Ich weiß, welch großen Wert Sie darauf legen, Ihre Anonymität zu bewahren. Allerdings besteht die Gefahr, dass die Behörden aktiv werden, wenn sie unter Druck geraten, und die Identität des Käufers aufklären müssen. Genau wie Sie wünsche ich keinerlei Indiskretion in dieser Angelegenheit, die privat bleiben soll. Aber wir sollten den Journalisten einen kleinen Knochen hinwerfen.

Deshalb schlage ich vor, in meinem Namen eine Präsentation von Teilen des Manuskripts zu organisieren, um die Neugier der Öffentlichkeit zu befriedigen …»

Der Meister faltete den Brief zusammen. Es war eine riskante Entscheidung, aber sie war notwendig. Nach kurzem Zögern richtete er sich an seinen Mitarbeiter.

«Rufen Sie Édouard Kerll an und sagen Sie ihm, dass ich einverstanden bin. Dass er vorbeikommen und das Manuskript abholen kann, wenn er den Tag für seine Ausstellung bestimmt hat.»

«Sehr wohl, Meister. Ich erledige den Auftrag auf der Stelle. Ich …»

«Was?»

«Es geht um Sizilien …»

«Und?»

«Im Radio heißt es, es gebe neun Opfer. Fünf Männer und … nur vier Frauen.»

Der Meister zeigte keinerlei Regung. «Du kannst dich zurückziehen. Ich werde alles Notwendige erledigen.»

8
Sizilien

Was für ein Irrsinn! Dem Tod entkommen, um am Ende von sizilianischen Bauern vergewaltigt zu werden! Diese bornierten Sizilianer halten mich für eine Nutte.

Die Absurdität der Situation hatte den Strom ihrer Gefühle versiegen lassen. Zum ersten Mal seit ihrem Erwachen gewann die Vernunft die Oberhand. Die Furcht ließ nach.

Während sie so vor den Unbekannten dalag, nackt und verwundbar, suchte Anaïs fieberhaft nach einer Lösung, um sich aus diesem Albtraum zu befreien, der nicht enden wollte. Der Mann mit der Pfeife wirkte voreingenommen und schwer zu überzeugen. Und dann dieser Blick, mit dem er sie ansah …

Sie streckte sich auf dem Bett aus und versuchte ihrer Stimme einen gefassten Ton zu verleihen:

«Was muss ich tun, damit er mir glaubt?»

Ihre Frage wurde mit verlegenem Schweigen aufgenommen. Die Alte hatte aufgehört, ihre Wunden zu

71

versorgen, und wrang den schmutzigen Lappen in der grauen Waschschüssel aus. Giuseppe warf unaufhörlich Seitenblicke auf seinen Vater, der gerade mit einer ungeduldigen Bewegung die Vorhänge zugezogen hatte. Aber er schwieg beharrlich.

«Ich habe keinerlei Papiere bei mir, aber ich kann Ihnen Einzelheiten nennen über den Ort, an dem ich die letzten Tage verbracht habe, über die Leute, die mich begleiteten, ich ...»

«*Zitta, puttana!*», blaffte der ältere Mann sie ungehalten an.

Giuseppe schien sich zunehmend unbehaglich zu fühlen. Er warf Anaïs hilflose Blicke zu.

«Er sagt, dass Sie zu viel reden für eine ...»

«... eine Nutte. Ich habe verstanden, vielen Dank!»

«Sie müssen wissen, er ist nicht böse, aber er steckt in einer verzwickten Lage. Wenn die Leute erfahren, dass er einer Frau wie Ihnen geholfen hat, wird das großen Ärger geben mit den Clans, die mit Prostitution Geld verdienen. Es wäre eine Kriegserklärung. Das kann er sich nicht erlauben.»

«Aber warum lässt er mich nicht ganz einfach gehen? Hier kennt mich doch kein Mensch. Ich werde einfach verschwinden.»

«So einfach ist es nicht! Die Schäfer, die sie hergebracht haben, haben Sie in dieser ... in dieser Aufmachung gesehen. Und die Geschichte wird im Dorf die Runde machen.»

Anaïs seufzte. Sie wusste nicht, wie sie die Situation retten konnte. Die Alte war aufgestanden und hatte die Waschschüssel an die Wand gestellt. Sie schien die

Einzige zu sein, die Verständnis hatte. Anaïs flehte sie an:

«Madame, ich bitte Sie, helfen Sie mir, Sie sind eine Frau, Sie müssen mir glauben!»

Die Alte ging auf den jungen Mann zu, wobei sie ein paar Worte auf Italienisch murmelte.

«Was sagt sie?»

«Dass Sie viel zu schön sind, um so zu leiden, und dass sie für Sie beten wird. Aber mehr könne sie nicht tun, sie ist hier nur ein Dienstmädchen. Sie sagt, sie habe Ihnen ein Schlafmittel in Ihr Wasserglas getan, das wird Ihnen gut tun.»

Es schien, als hätte die ganze Welt sich gegen sie verschworen. Anaïs spürte erneut die Verzweiflung in sich aufsteigen wie eine Welle, die sie überspülen und auf immer verschlingen würde. Sie begann zu schluchzen. Alles stürmte auf sie ein. Thomas' Gesicht blitzte vor ihrem geistigen Auge auf, die kurzen Augenblicke des Glücks, der so bewunderte Dionysos, der sie verraten hatte, um sie den Flammen des Todes zu übergeben. Sie hatte alles verloren.

Anaïs sackte auf dem Bett zusammen. Alle Energie floss aus ihrem Körper.

Plötzlich schrie die Alte auf. Sie griff Anaïs an den Hals und riss ihr mit einer schroffen Bewegung ein feines Halsband ab. Und mit einer Kraft, die man bei einer Frau ihres Alters kaum vermutet hätte, wedelte sie die Trophäe drohend durch die Luft. Der Mann mit der Pfeife ging mit hochgezogenen Augenbrauen auf sie zu. Er nahm das Halsband an sich, an dem ein Anhänger aus Alabaster baumelte, und betrachtete ihn nachdenklich. Immer wieder warf er Anaïs beunruhigte Blicke zu. Schließlich wandte er sich an seinen Sohn und flüsterte ihm etwas ins Ohr.

«Er will wissen, wer Ihnen dieses Halsband gegeben hat.» Giuseppes Stimme hatte einen strengen Ton angenommen.

Anaïs fand die Frage lächerlich und entgegnete mit müder Stimme:

«Warum? Will er es verkaufen? Sagen Sie ihm, dass es nichts wert ist.»

Der Alte trat an sie heran und setzte sich unvermittelt auf die Bettkante. Er schien sie mit seinen dunklen Augen zu durchbohren. Ein leichter Geruch von gegerbtem Leder stieg ihr in die Nase.

«Antworten Sie ihm. Schnell!»

«Der Eigentümer der Abtei hat sie uns bei unserer Ankunft gegeben. Es ist ein ägyptisches Symbol, das Auge des Horus. Es gilt als Glücksbringer.»

Bei diesen Worten wurde ihr der Hohn dieser Geste bewusst. Giuseppe übersetzte weiter.

«Er will wissen, um welche Abtei es sich handelt.»

«Sie ist in der Nähe von Cefalù, da wo ich gewesen bin …»

Der alte Mann stieß einen Fluch aus, spuckte auf den Boden, als hätte sie etwas Beleidigendes gesagt, und stand unvermittelt auf. Anaïs fuhr zusammen.

«Was ist mit ihm?»

«Er kennt diesen Ort sehr gut. Es ist der Wohnsitz des Teufels.»

Anaïs zeigte ein verkrampftes Lächeln.

«Des Teufels! Ja, kann man so sagen.»

«Sie verstehen nicht. Unser Nachbar, Don Sebastiano, hat vor zwei Jahren eine seiner Töchter verloren. Man hat sie tot auf der Straße gefunden, die zu dem Anwesen führt, in dem Sie gewohnt haben. Sie hatte sich von der Felswand gestürzt, die das Gebäude überragt. In der Hand hielt sie den gleichen Anhänger, den Sie am Hals trugen. Das Mädchen war erst fünfzehn Jahre alt. Sie hatte sich in einen Bewohner dieser Abtei, wie Sie sie nennen, verliebt, aber Don Sebastiano hatte seiner Tochter verboten, den Fremden wiederzusehen. Daraufhin … Jedenfalls ist der Ort seitdem verflucht!»

Zum ersten Mal spürte Anaïs bei ihren Bewachern so etwas wie Verunsicherung. In ihrem Kopf drehte sich alles. Das Schlafmittel begann zu wirken.

«Sagen Sie ihm, dass ich nicht lüge … Wenn er die Bewohner der Abtei nicht leiden kann, soll er mal hinfahren. Dann wird er herausfinden, was dort tatsächlich passiert ist. Ich …»

Anaïs konnte nicht mehr weitersprechen. Ihr schwindelte. Die Gesichter verschwammen, die Matratze senkte sich unter ihr, wie um sie zu verschlingen. Und sie versank.

9
Paris
Sitz der freimaurerischen Großloge

«Meine Brüder, machen wir uns bereit. Wir wollen die durch den Tod unterbrochene Bruderkette wieder-herstellen.»

Ein Hammerschlag ertönte.

«Steht auf!»

Langsam formierte sich die Bruderkette erneut.

«Meine Brüder, unsere Kette ist nun wieder zusam-mengewachsen. Zeigen wir unsere Erhabenheit mit denen, die wir beweinen, und seien wir angesichts des ewigen Ostens ohne Angst.»

Der Erste Aufseher ergriff das Wort.

«Die Furcht ist eine der Ursachen menschlichen Un-glücks.»

Der Zweite Aufseher erwiderte wie ein Echo:

«Allein die Bruderschaft kann den Menschen sich selbst zurückgeben.»

Es war nicht die erste Trauerloge, der Marcas bei-wohnte. Gleichwohl bewegte ihn das Zeremoniell. Diese Männer, die einander ohne die Freimaurerei niemals be-gegnet wären, kamen hier in einem Geist zusammen, der sie einte. Auf ihren ernsten Gesichtern zeichnete sich die gleiche Inbrunst ab, alle folgten konzentriert dem genauen und unveränderbaren Ablauf der Trau-erloge. Das Heilige existiert nicht nur in den Kirchen. Es enthüllt sich überall dort, wo Menschen zusammen-kommen, um eine höhere Wahrheit zu suchen.

Das war auch Anselmes Meinung gewesen, der in

der anarchischen Blüte der Sekten ein nicht zu unterdrückendes Bedürfnis nach Heiligem beobachtet hatte. Ein tiefes Verlangen nach Spiritualität, das die moderne Gesellschaft nicht befriedigen konnte. Auf dem materialistischen Nährboden des hemmungslosen Konsums blühten die Sekten auf wie Rosen auf einem Misthaufen. Aber auch die sektiererischen Grüppchen kannten das Gesetz der Konkurrenz. Es herrschte ein verbissener Wettbewerb unter den Gurus, Magiern und anderen spirituellen Führern, ein permanentes Sich-Übertrumpfen von Mysterien, Kulten und obskuren Grüppchen. Bestimmte Sekten waren gefährlich, weil sie sich in ihren Gewissheiten einschlossen. Eine Paranoia, die in abwegigen Praktiken bis hin zum kollektiven Mord kulminierte.

Der Hochwürdige Meister erhob sich.

«Bruder Großer Experte und Bruder Zeremonienmeister, begeben Sie sich bitte an das symbolische Grab.»

Die beiden Beamten stellten sich auf. Der Hochwürdige Meister ergriff wieder das Wort:

«Freimaurer, strecken wir die Hand zu der Stelle aus, die unser Bruder Anselme verlassen hat. Nehmen wir feierlich die Verpflichtung auf uns, die Bruderkette zu bewahren und ohne Unterlass die universelle Harmonie anzustreben.»

Der Große Experte wandte sich nach Osten:

«Im Namen aller anwesenden Brüder: Ich verspreche es.»

«Ich nehme Ihr Versprechen zur Kenntnis», antwortete der Hochwürdige Meister.

Marcas erinnerte sich an ein Zitat von Paul Valéry,

das Anselme ihn nach seiner Scheidung hatte auswendig lernen lassen. «Don Juan suchte die Frauen und die Liebe der Frauen, doch weder um des Vergnügens selbst noch um der Freude am Sieg willen ... Doch er spürte und wusste vielleicht, dass die ersten Augenblicke der Liebe und die erste Zeit nach dem Triumph im menschlichen Wesen eine Energie von höchster Güte erzeugen, eine Art jugendliche Trunkenheit, die das Leben leicht und inhaltsreich macht, die den Geist funkeln und die Seele sich selbst seltsam angenehm erscheinen lässt.»

Auf Anraten seines Mentors hatte er diesen Satz zum Spaß Dutzende von Malen wiederholt. Als sagte er in der Grundschule ein Gedicht auf. Anselme erkannte darin einen tiefen Sinn, den Marcas sich nicht erklären konnte.

Die Macht der Liebe? Marcas lächelte in sich hinein. Er konnte gut verstehen, dass Anselme sich gerne in Abenteuer gestürzt hatte. Immerhin war es ein vornehmer Anspruch, sein Schicksal besser verstehen zu wollen, dem Leben einen Sinn zu geben, der es erleuchtet und über es hinausgeht.

Der Hammerschlag des Hochwürdigen Meisters wurde sogleich von den beiden Aufsehern wiederholt.

«Bruder Erster Aufseher, um welche Stunde beenden die Freimaurer ihre Trauerarbeit?»

«Bei Tagesanbruch.»

«Welche Stunde ist es, Bruder Zweiter Aufseher?»

«Es ist die Stunde, in der die Morgenröte erscheint.»

«Dann ist es an der Zeit...»

Die Trauerloge war beendet. Die Brüder erhoben sich zu einer letzten Ehrerbietung. Als der Hammer

dreimal aufschlug, erklang wie aus einem Mund die Formel: «Hoffen wir! Hoffen wir! Hoffen wir!»

Die Lichter gingen aus …

10
Paris
Quai de Conti

Dionysos begann mit seinem einsamen Ritual. Zuerst die Nachttischlampe links von seinem Schreibtisch
anschalten. Eine Lampe aus weißem Holz und gefloch-
tenem Metall mit einer Kugelleuchte aus Rauchglas, die
das allzu starke elektrische Licht dämpfte. Dann rechts
die Kerze in ihrem kupfernen Kerzenhalter anzünden.
Die einzige Erinnerung an die Abtei, die er aufbewahrte.
Zum Schluss die rechte Hand auf das Buch legen.

Angeblich war der Einband gegen Ende des achtzehnten Jahrhunderts in Wien hergestellt worden. Ohne
Zweifel von einem Italiener. Das geprägte Leder war
ein bordeauxrotes Maroquin mit kaum wahrnehmbarer
Narbung. Man musste die Augen schließen, um unter den
Fingern die hauchzarte Unregelmäßigkeit der Oberfläche zu spüren. Eine Fläche, die sich unter der Liebkosung
warm und weich anfühlte. Mit dem linken Zeigefinger
strich der Meister über den Buchrücken. Kein geprägter
Titel, kein Autorenname. Der Buchbinder hatte sich auf
eine einzige Verzierung beschränkt: einen einfachen
Goldfaden, der sich über den Buchrücken schlängelte.
Eine Nüchternheit, die erstaunlich war, wenn man die

Macht der Sätze kannte, die unter dem dünnen Einband ruhte. Eine einfache Kunst, um das Verlangen zu erregen. Das Verlangen, Casanova zu lesen.

Schloss Dux
Böhmen
2. April 1798

Ich bin heute dreiundsiebzig Jahre alt. Wenn ich mich in meinem Spiegel betrachte, sehe ich einen alten Mann mit zahnlosem Mund, einer verrutschten Perücke und einem verkniffenen Lächeln. Nichts ähnelt mehr dem Mann, der ich einmal war. Vor etwa fünf Jahren, am 13. September 1793, habe ich beim Aufstehen an Selbstmord gedacht. An jenem Tag fühlte ich mich wie Treibgut des Lebens, wie ein Schriftsteller ohne Publikum, wie ein gesellschaftlicher Parasit ohne Familie und ohne Liebe, auf die ich hoffen konnte. An jenem Tag hätte ich mich töten sollen. Ich habe es nicht getan, ich habe vielmehr zu Feder und Papier gegriffen und geschrieben. Ich habe geschrieben, dass ich eigentlich sterben sollte, und während ich dieser Erkenntnis nachspürte, ist das Verlangen plötzlich verschwunden, meinem Leben selbst ein Ende zu bereiten.

Heute greife ich erneut zur Feder, doch aus einem ganz anderen Grund. Diesmal weiß ich, dass ich sterben werde. Mein Atem ist schwach, und mein kraftloser Körper weigert sich, mir zu gehorchen. Allein in meinem Bett warte ich auf den letzten Augenblick. Ich flehe nur darum, dass Gott mir noch die Kraft geben mag, das zu vollenden, was ich tun muss, um meiner Seele und meinem Gewissen Ruhe zu verschaffen.

Möge der große Architekt den Plan meines Lebensweges ausführen, und möge der ewige Osten die Pforten des Vergessens nur in der sicheren Stunde meines Todes eröffnen! Ich habe Folgendes zu sagen ...

[durchgestrichener Absatz]

... Am Tag nach dem großen Unglück sehe ich zwei schwarzgekleidete Männer an meiner Tür läuten, die ich sofort als die Sekundanten des Grafen von Terrana erkannte. Nachdem sie sich vorgestellt hatten, fragten sie mich nach meinen Absichten. Ich erwiderte, ich stünde ihnen zur Verfügung.

«Wir bezweifeln nicht, dass Sie ein Ehrenmann sind, bereit, sich mit der Waffe dem tödlichen Unrecht zu stellen, das Sie dem Haus der Terrana zugefügt haben.»

«Meine Herren, ich bin keineswegs der Ansicht, die junge Person entehrt zu haben, die im Mittelpunkt dieser Angelegenheit steht, bin aber durchaus bereit, mich allen Bedingungen zu unterwerfen, die ihr Bruder, der Graf von Terrana, mir stellen wird.»

«Ein Duell mit Pistole auf zehn Schritt.»

«Aber das ist eine Auseinandersetzung auf Leben und Tod, die Sie mir da vorschlagen!»

«Der Graf von Terrana wird nichts anderes akzeptieren.»

«Dann sagen Sie Ihrer Eminenz, dass ich mich seinem Verlangen nicht länger verweigern werde.»

«Morgen früh also, wenn es Ihnen recht ist?»

«Ich werde bei Tagesanbruch bereit sein.»

«Der Graf wird Ihnen seinen Wagen schicken.»

Die beiden Sekundanten verabschiedeten sich. Ich betrachtete die Stutzuhr, die auf dem Kamin die Stunde schlug. Das Gespräch, das über mein Leben entschieden hatte, hatte nicht mehr als fünf Minuten gedauert.

Am Abend entschloss ich mich, das Haus nicht mehr zu verlassen. Obwohl meine Brüder aus Madrid mir durch ihre Diener eine Einladung zum Souper geschickt hatten, lehnte ich ab, da ich allein sein wollte, um meine Angelegenheiten zu ordnen. In Wahrheit wollte ich das Spiegelbild meiner Seele betrachten. Tatsächlich machte es mir nicht das Geringste aus zu sterben, aber eine andere Angst, die sehr viel quälender war, krampfte mir das Herz zusammen. Zum ersten Mal im meinem Leben hatte mich mein Verlangen im Stich gelassen. Zum ersten Mal hatte sich mein Körper angesichts des nackten Körpers einer Frau enthalten. Und ich wusste nicht, warum.

Von ferne sah ich eine von sechs Pferden gezogene Kutsche näher kommen, vorneweg ritten zwei Stallburschen, gefolgt von zwei Adjutanten. Kaum hielt der Wagen vor meiner Tür, stieg ich vom dritten Stockwerk hinunter und erblickte den Grafen in Begleitung zweier Sekundanten. Der erste öffnete den Wagenschlag, und ich nahm Platz. Während der Fahrt sprach niemand auch nur ein Wort. In solchen Momenten tut der Mensch gut daran, in sich zu gehen. Ich hielt es trotzdem für richtig, noch einmal meine Unschuld zu beteuern.

«Euer Eminenz, ohne dass das, was ich sagen werde, etwas an meiner Entschlossenheit ändert, mich mit Ihnen zu duellieren, flehe ich Sie an zu glauben, dass ich die Unschuld von Donna Anna, Ihrer Schwester, respektiert habe.»

Mein Gesicht zeugte von einer solchen Aufrichtigkeit, dass es den Grafen zu verwirren schien.

«Aber Monsieur, man hat Sie doch im Zimmer meiner Schwester gefunden, und zwar zu einer sehr ungewöhnlichen Stunde und in einer Stellung, die gleichsam keinerlei Raum für Zweifel ließ.»

«Euer Eminenz, ich leugne nicht im Geringsten, durch die Schönheit Donna Annas in Erstaunen versetzt worden zu sein und versucht zu haben, ihr meine Liebe zu beweisen, aber …»

«In diesen Angelegenheiten gibt es kein Aber, Monsieur! Leugnen Sie etwa, dass Sie entkleidet waren? Leugnen Sie, dass meine unglückliche Schwester – möge Gott ihr vergeben – ebenfalls nur in Evas Gewand war?»

Die Wahrheit sprudelte aus mir heraus, obwohl die Schmach es mir schwer machte, die Worte zu finden.

«Ebendiese Reize, Euer Eminenz, haben mich …»

Ich konnte den Satz nicht vollenden, doch der Graf erbleichte. Er hatte verstanden.

«Und Sie müssen mir glauben», fuhr ich fort, «dass mir das Geständnis meines Unvermögens einen unvergleichlichen Schmerz bereitet.»

«Genug! Ich will nichts mehr davon hören, Monsieur! Sie sollten erröten, weil – was noch schlimmer ist – Sie nicht einmal ein Mann waren.»

Die Beleidigung ließ mich den Griff meines Degens umklammern. Doch als die Kutsche hielt, hätte mich meine gepeinigte Ehre, wie ich glaube, gleichwohl nicht zum Äußersten getrieben.

Als wir am Ort des Duells angekommen waren, legte ich meine Weste ab und ergriff die erste der herbeigebrachten Pistolen. Der Graf nahm sich die andere. Angesichts meiner Entschlossenheit erbleichte er, doch dann warf auch er seine Weste und sein Hemd ab und ließ mich seine vollkommen nackte Brust sehen. Ich ging fünf oder sechs Schritte zurück. Weiter konnten wir nicht zurücktreten. Als ich sah, dass er genauso entschlossen war wie ich, die Sache zu Ende zu bringen, bot ich ihm die Ehre an, als Erster auf mich zu schießen. Er antwortete mir nicht, sondern legte auf mich an. Sein Kopf war hinter dem Kolben seiner Pistole verborgen. Diese Feigheit missfiel mir. In dem Augenblick, in dem sich sein Schuss löste, schoss auch ich.

Als ich ihn fallen sah, lief ich zu ihm. Er lag auf der Erde, die offene Brust blutgetränkt. Als ich mich bückte, um ihm zu helfen, sich zu erheben, schrie er mich an:

«Lassen Sie mich! Sie haben sich als Ehrenmann verhalten. Aber vergessen Sie nicht, dass Sie ein Ausländer sind und ein Freimaurer dazu. Meine Freunde werden Ihnen nichts schenken. Verlassen Sie diese Gegend besser auf der Stelle und kümmern Sie sich nicht um mich!»

Am selben Abend noch reiste ich nach Granada weiter.

Das Telefon läutete, und Dionysos unterbrach seine Lektüre.

«Haben Sie irgendwelche Neuigkeiten?»

«Die italienischen Medien bestätigen, dass eine Person dem Scheiterhaufen lebend entkommen ist. Die fünfte Frau, es muss eine Frau sein, die Männer sind ja alle tot.»

Dionysos schwieg.

«Sie gilt als Kronzeugin und unter Umständen sogar als Verdächtige.»

Der Meister nahm das Buch in die Hände und strich behutsam über das Leder des Einbands.

«Die Wege des Schicksals sind verwirrend.»

11
Sizilien

Als sie die Hochzeitstorte vor den anwesenden Gästen anschnitt, hielt Thomas ihre Hand. Weißgekleidete Kinder sprangen um sie herum. Das Orchester stimmte eine irische Melodie an. Thomas nahm sie in die Arme, und sie tanzten langsam unter den erwartungsvollen Blicken seiner ganzen Familie. Sogar sein Großvater war da, obwohl er schon seit zehn Jahren tot war, doch er hatte immer gesagt, dass er bei seiner Hochzeit dabei sein würde. Auch ihre eigene Familie war da, und sie betrachteten sie voller Liebe … Selbst ihr Vater, der sie immer wegen ihrer Lebensführung kritisiert hatte, lächelte ihr zu, und ihre Mutter an seiner Seite war zu Tränen gerührt … Sie drehte sich immer schneller in Thomas' schützenden Armen und gab sich rückhaltlos der Süße seiner Küsse hin. Seine Augen strahlten vor Freude. Dies war der wundervollste Augenblick ihres Lebens, und er sollte nie zu Ende gehen.

Doch der Rhythmus des Orchesters wurde langsamer und die Musik immer schwächer. Die Lichter gingen nacheinander aus. Die Gesichter verschwammen in der Nacht, bis ihre Eltern und ihre Freunde einer nach dem anderen verschwunden waren. Beklemmung befiel sie. Auch Thomas löste sich in einem Nebel auf. Der Druck seiner Umarmung ließ nach.

Sie sah sich in dem großen Spiegel des Ballsaals, allein in ihrem schönen funkelnden Kleid tanzen. Und sie weinte ...

Ich will nicht aufwachen. Als Anaïs die abgewetzten gelben Vorhänge erkannte, begann sie zu schluchzen wie ein kleines Mädchen.

Nachdem sie eine Viertelstunde geweint und zwischendurch immer wieder das Bewusstsein verloren hatte, kam sie allmählich ganz zu sich. Wie lange hatte sie geschlafen? Sie wusste es nicht. Sie trank das Glas Wasser, das neben ihr stand. In dem Augenblick, in dem sie aufzustehen versuchte, ging die Tür auf und ein starker Geruch von gekochten Zwiebeln drang ins Zimmer.

Giuseppe durchquerte den kleinen Raum und setzte sich auf die Bettkante. Er sah verstört aus. Anaïs betrachtete ihn.

«Habe ich lange geschlafen?»

«Den ganzen Nachmittag. Es ist schon sieben Uhr abends. Wir sind zu dem Ort gegangen, den Sie uns beschrieben haben.»

«Und?»

«Überall Polizisten, Krankenwagen und viele Journalisten. Sie hatten recht, es ist alles tatsächlich so passiert, wie Sie es geschildert haben. Die Scheiterhaufen waren noch da, und … und was von den verbrannten Leichen noch übrig war.»

«Ich hab also doch nicht halluziniert!»

«Die ganze Umgebung ist von der Polizei abgeriegelt. Mein Vater wurde ebenfalls befragt, ob er Fremde gesehen hätte. Eine Ausländerin.»

«Und?»

«Er hat nichts gesagt.»

Anaïs richtete sich auf.

«Aber warum? Ich bin doch eine wichtige Zeugin.»

«Sie verstehen nicht. Die Polizisten suchen angeblich nach den Eigentümern des Anwesens und nach einer Frau, die einem Schäfer aufgefallen war. Die Journalisten haben diese Information in den Medien verbreitet.»

«Aber ich kann doch der Polizei erklären, was passiert ist!»

«So einfach ist es nicht. Als mein Vater dort unten war, hat er gehört, wie zwei Polizisten lange mit einem Mann diskutierten, der in den Selbstmord der Tochter Don Sebastianos verwickelt war. Es ist derselbe Mann, der die Angelegenheit damals vertuscht hat. Ein Notar aus der Gegend. Man hat ihn oft die Abtei besuchen sehen.»

«Dann muss er verhört werden!»

«Sie verstehen mich immer noch nicht. Diese beiden Polizisten waren damals beauftragt, die Hintergründe des Selbstmords zu ermitteln. Es ist bekannt, dass sie von diesem Mann Geld bekamen, um beide Augen zu-

zudrücken. Selbst Don Sebastiano hat nichts tun können.»

Anaïs fiel zurück auf ihr Bett.

«Korrupte Polizisten … Das hat mir gerade noch gefehlt!»

«Wenn die Sie in die Hand bekommen, sind Sie nicht mehr sicher. Ein Unfall passiert hier sehr schnell, und kein Mensch wird Fragen stellen. Glücklicherweise …»

Die junge Frau musterte ihn erstaunt.

«Glücklicherweise … was? Das Wort hätte ich in diesem Zusammenhang jetzt nicht erwartet.»

«Mein Vater will Ihnen helfen. Er hat seinen Irrtum eingesehen und Don Sebastiano um Hilfe gebeten. Das bedeutet aber, dass Sie …»

Mit einem Mal begriff Anaïs.

«Dass ich …» Sie wagte nicht, die Worte auszusprechen.

«Dass Sie flüchten müssen! Ja. Und zwar so schnell wie möglich! Es heißt, dass auf Ihren Kopf schon ein Preis ausgesetzt wurde.»

12
Paris

Marcas verließ die Metrostation Austerlitz und ging in Richtung Brücke, die auf das rechte Seine-Ufer führte.

Ein Besuch im Gerichtsmedizinischen Institut, wo er sich die Leiche des Opfers ansehen wollte, würde seine

Stimmung nicht heben können. Beim Gedanken an seine Aufgabe verzog er das Gesicht. Heute Morgen hatte er in seinem kleinen vorläufigen Büro bereits mit seinen beiden Mitarbeitern eine Besprechung abgehalten. Sie waren den geplanten Tagesablauf durchgegangen, und der versprach nichts Erfreuliches: zunächst das Institut, dann die Wohnung des Ministers, seine Familie, dann wieder ins Büro. Wenn alles gut lief, würde Marcas anschließend noch den Minister in der Klinik in Louveciennes besuchen. Er hoffte, dass der Fall damit abgeschlossen wäre.

Der Verkehrsstrom erzeugte ein sonores Dröhnen in den Ohren der Fußgänger, die sich schon zu dieser Uhrzeit auf dem Bürgersteig drängten. Immer wenn er Termine im Zentrum von Paris wahrnahm, ließ Marcas seinen Wagen lieber stehen. Selbst das Blaulicht nützte in dieser Stadt nichts mehr, die wegen der zahlreichen Baustellen vollständig verstopft war. Anfänglich hatte er wie alle Pariser darüber geschimpft, war aber mittlerweile dazu übergegangen, öffentliche Verkehrsmittel oder seinen Motorroller zu benutzen. Zu seiner großen Überraschung gefiel es ihm sogar.

Eilig überquerte er jetzt die Brücke und sah schon ein Stück weiter rechts das Backsteingebäude des Gerichtsmedizinischen Instituts. Diese Bezeichnung erschien ihm wesentlich seriöser, neutraler und behördenmäßiger als «Leichenschauhaus». Ein Wort, das gleich an die zahlreichen tiefgekühlten Leichen und unappetitlichen Autopsien erinnerte.

Marcas nahm den Quai de la Rapée und bog dann zur Place Mazas ab, wo sich der Eingang des ehrwürdigen Instituts befand. Die Formalitäten waren schnell erledigt, und in weniger als zehn Minuten wurde er in den Raum der amtlichen Identifizierung geführt. Ein Angestellter brachte ihn zu einer fahrbaren Trage, auf der eine Leiche mit einem blauen Tuch bedeckt war. Das Gesicht der Toten schimmerte durch den Stoff.

Marcas trat näher an den Leichnam heran und zog den Stoff zurück. Er schätzte den direkten Kontakt mit tiefgekühlten Leichen nicht besonders. In dieser kalten und aseptischen Atmosphäre schienen ihre Seelen endgültig auf die andere Seite hinüberzuwechseln.

Völlig verblüfft betrachtete er nun das Opfer, denn es war das erste Mal, dass er eine Leiche lächeln sah. Das feingeschnittene schöne ovale Gesicht trug einen Ausdruck undefinierbaren Glücks, als wären die Muskeln des Mundes im Moment des Hinscheidens erstarrt.

«Mein Gott, muss der Tod schön sein.»

Marcas zuckte zusammen und drehte sich um. Ein Mann mit durchdringendem Blick, leicht gebeugt, stand direkt hinter ihm. Er hatte ihn nicht kommen hören. Das Namensschild am weißen Kittel wies ihn als Dr. Pragman aus. Marcas kannte den Namen: Es war der für die Autopsie zuständige Gerichtsmediziner.

«Guten Tag, Herr Kommissar, ich hoffe, ich habe Sie nicht warten lassen.»

Marcas ergriff die feste Hand, die der Arzt ihm hinstreckte.

«Nein, ich war gerade dabei, diese junge Frau zu betrachten. Hätte sie nicht diese bläuliche Gesichtsfarbe, könnte man glauben, dass sie jeden Moment aufwachen wird.»

«O nein, das wird sie sicher nicht, und Sie können mir glauben, dass ich es durchaus bedaure. Sie muss eine sehr schöne Frau gewesen sein, die einen sehr schönen Tod erlitten hat.»

«Was meinen Sie damit?»

Der Pathologe öffnete einen Plastikbeutel, der an einer Sprosse der Rollbahre hing, und entnahm ihm ein Krankenblatt aus blauem Karton. Er setzte sich eine Brille mit kleinen rechteckigen Gläsern auf und studierte aufmerksam die Seite.

«Ich erspare Ihnen die Details der Autopsie und komme direkt zu der vorläufigen Schlussfolgerung. Diese Frau ist sehr wahrscheinlich nach einem intensiven Geschlechtsverkehr an einem Gehirnschlag gestorben. Das kommt selten vor, aber es kann passieren. Allerdings …»

Dr. Pragman stockte.

«Ja?»

«Allerdings zeigt sie nicht die üblichen Anzeichen dafür, dass auch das Herz einen zu heftigen Blutstrom erhalten hat. Das ist sehr eigenartig.»

Marcas wurde ungeduldig.

«Herr Doktor, ich möchte eigentlich nur wissen, ob es sich um Mord handelt oder nicht. Ist der Minister Ihrer Ansicht nach für den Tod dieser Frau verantwortlich?»

Das Gesicht des Arztes verdüsterte sich.

«Ihr Polizisten habt es immer eilig … Ich würde sagen nein, es ist fast unmöglich.»

Marcas seufzte zufrieden.

«Na, bravo. Ihre Analyse wird es dem Richter erlauben, einer schnellen Beerdigung zuzustimmen und diese

Angelegenheit rasch zu beenden. Kein Grund also, eine Regierungskrise auszulösen. Akte geschlossen.»

Marcas schämte sich ein wenig, die Affäre des Ministers mit solcher Lässigkeit abzutun, aber die Vorstellung, diesen Klotz am Bein loszuwerden, verschaffte ihm eine intensive Befriedigung. Die Voruntersuchung wäre beendet, bevor sie überhaupt begonnen hatte. Und er könnte wieder zu seinen Fälschern zurückkehren und vielleicht bald Urlaub machen.

Als er sich gerade vom Pathologen verabschieden wollte, bemerkte er, dass dieser keinerlei Anstalten machte, sich zu bewegen.

«Gibt es noch etwas, Dr. Pragman?»

«Ich möchte allerdings doch noch einige ergänzende Untersuchungen vornehmen.»

«Wieso das? Die Todesursache steht doch fest!»

«Ich habe nur gesagt, dass der Minister höchstwahrscheinlich, und ich bestehe auf diesem Ausdruck, dass er höchstwahrscheinlich nicht für den Tod dieser Frau verantwortlich ist. Aber ich würde gerne noch weitere toxikologische und biologische Untersuchungen vornehmen, denn das Herzversagen kommt mir verdächtig vor.»

Marcas musste seine Verärgerung hinunterschlucken. Solange der Pathologe nicht seinen endgültigen Bericht abgab, würde die Voruntersuchung weitergehen.

«Und ohne Sie drängen zu wollen, wie viel Zeit ist dazu nötig?»

«Ich weiß nicht. Drei, vielleicht vier Tage.»

«Sie wissen, dass man diese Angelegenheit auch von höherer Stelle verfolgt. Alle warten ungeduldig darauf, den Fall zu den Akten zu legen. Ich habe Beauvau,

Matignon und den Élysée-Palast am Hals. Ein Minister hockt in einer Irrenanstalt und ...»

«Ich weiß», schnitt ihm der Arzt das Wort ab, «aber Sie werden mir nicht vorschreiben, wie ich meine Arbeit zu tun habe. Wir sind hier schon mit ganz anderen Dingen fertiggeworden. Aber in diesem konkreten Fall könnten die Schlussfolgerungen der Gerichtsmedizin schnell in die öffentliche Kritik geraten. Die Familie des Opfers erstattet Anzeige, und meine Arbeit steht plötzlich im Mittelpunkt einer endlosen juristischen Schlacht. Und nur weil ich bei einer Autopsie auf den ausdrücklichen Wunsch eines unterwürfigen Polizisten gepfuscht habe. Ich bitte Sie also, Herr Kommissar, ersparen Sie mir Ihre politischen Ratschläge. Guten Tag.»

Dr. Pragman machte auf dem Absatz kehrt und ließ Marcas mit der Leiche allein in dem großen leeren Saal zurück. Die Haltung des Pathologen war ungeheuerlich. *Er ein unterwürfiger Polizist ...?* Die Art und Weise, wie der Arzt diese Worte ausgesprochen hatte, zeugte von eisiger Verachtung.

Marcas warf einen letzten Blick auf das Gesicht der jungen Frau und verließ eilig das Gerichtsmedizinische Institut.

Draußen fegte ein starker Wind und trieb die Abfälle auf den Straßen vor sich her. Marcas ging mit schnellen Schritten. Seine Stimmung hatte sich noch weiter verschlechtert, und er versetzte einer Schachtel, die auf dem Bürgersteig herumlag, einen Fußtritt, ohne dass sich seine Wut legte. Zuerst hatte ihn dieser Berater des Ministers mit seinem Auftritt im Park provoziert, und dann noch dieser arrogante Quacksalber.

Seit er von Jade getrennt war, ging alles in seinem Leben schief. Sie hatten sich geliebt, aber nach ein paar Monaten des Zusammenlebens war die Idylle geplatzt. Zu unabhängig war diese Frau gewesen, zu selbstsicher, zu schön, zu anders. Ihre Beziehung war schließlich im Treibsand der kleinen alltäglichen Zankereien stecken-geblieben, und am Ende hatten sie einer erlösenden Trennung den Vorzug gegeben. Jade hatte eine Stelle an der französischen Botschaft in Washington ange-nommen und ihn eines Abends allein in seiner weitläufi-gen Wohnung in der Rue Muller in Paris zurückgelas-sen.

Seitdem haderte er mit sich und dem ganzen Leben. Sein Beruf machte ihm keine Freude mehr, und selbst die Freimaurertreffen und die Tempelarbeiten ließen ihn leer und antriebslos zurück.

So konnte es nicht weitergehen. Sollte er vielleicht eine Therapie beginnen? Mit einundvierzig Jahren. Sollte er sich einen Psychoanalytiker suchen? Einen Freimau-rer? Diese Frage erschien ihm unpassend und sinnvoll zugleich, denn nur ein Bruder konnte die Bedeutung der Tempelarbeit für die persönliche Entwicklung ver-stehen. Wenn er einem profanen Psychoanalytiker die Tatsache erklären sollte, dass ein Freimaurer sein Leben als rauen Stein begreift, den er zu einem Kubus zu ver-wandeln versucht, würde ihn dieser sicher für verrückt erklären. Gab es überhaupt eine spezifische Therapie für Freimaurer? Er würde diese Frage seinem Hochwür-digen Meister vorlegen.

Marcas hatte Mühe, gegen den Wind anzugehen, und beugte sich unter dem Druck der Böen. Am Ende der Brücke kam ihm eine schwangere junge Frau entgegen, die äußerst behutsam ging, zweifellos aus Angst, umgeweht zu werden. Bei der nächsten heftigen Windböe geriet sie ins Stolpern und fiel vor Marcas auf den Bordstein. In dem Moment raste ein dreirädriger Lieferwagen mit hohem Tempo auf die beiden zu. Die Frau schrie auf. Der Fahrer konnte nicht mehr rechtzeitig bremsen und schlitterte mit dem Wagen gegen das Brückengeländer, wo er schließlich zum Stehen kam. Marcas beugte sich über die Schwangere und machte einem anderen Fußgänger Zeichen, den Verkehr umzuleiten. Der jungen Frau fehlte anscheinend nichts.

«Danke, ich habe solche Angst gehabt.»

«Alles in Ordnung?»

Die werdende Mutter lächelte.

«Mir fehlt nichts.»

Da ertönte eine wütende Stimme hinter ihnen.

«He, du Schlampe, pass beim nächsten Mal gefälligst auf, wo du herlatschst! Mein Lieferwagen ist umgekippt.»

Der Fahrer, ein kahlköpfiger Typ mit Bierbauch, betrachtete den Schaden an seiner Ladung.

Marcas wartete einen Augenblick, bis die Frau sich wieder gefasst hatte, und ging dann auf den Fahrer zu.

«Sie könnten höflicher sein. Immerhin hätten sie die Frau beinahe überfahren.»

«Habe ich dich angequatscht, du Halbaffe? Nerv hier nicht rum. Ich arbeite!»

Marcas hatte endlich ein Ventil für seine Wut gefunden und hielt dem Fahrer seinen Polizeiausweis vor die Nase.

«Weißt du, was der Halbaffe jetzt mit dir macht? Er wird dich wegen Beamtenbeleidigung und versuchter Gewaltanwendung gegen eine wehrlose Person anzeigen.»

Der Fahrer erbleichte und begann zu stottern.

«Es tut mir leid … Wirklich. Ich … Ich wusste ja nicht …»

Marcas packte ihn am Kragen seiner Windjacke.

«Und jetzt wirst du dich bei der Dame entschuldigen und ihr helfen, die Brücke zu überqueren. Wenn ich dann mit dir zufrieden bin, lasse ich dich laufen. Haben wir uns verstanden?»

«Verstanden … ja, Monsieur.»

«Monsieur was? Bin ich ein Hund?», gab Marcas mit eisiger Stimme zurück.

«Monsieur äh …»

«Man sagt: Herr Kommissar.»

«Ja, Herr Kommissar.»

Der Fahrer geleitete die junge Frau am Arm. Zum Dank schenkte sie Marcas ein bezauberndes Lächeln.

Der Zwischenfall hatte Antoine Marcas ein wenig besänftigt. Nach und nach beruhigte er sich.

Du lässt deine Wut an einem armen Fahrer aus, du missbrauchst deine Macht an einem Parkwärter … Marcas, das Älterwerden macht dich erbärmlich!

Während er zum Quai zurückging, dachte Marcas an das Gespräch mit dem Pathologen. Dr. Pragman hatte recht. Marcas verspielte seinen guten Ruf als unbestechlicher Polizist. Und was noch schlimmer war, er tat es nicht einmal aus Unterwürfigkeit, sondern aus purem

Egoismus. Er wollte sein Leben nicht noch zusätzlich verkomplizieren. Hatte er vergessen, weshalb er sich einmal für eine Polizeikarriere entschieden hatte? Er wollte doch ein weniger gewöhnliches Leben führen und der Gerechtigkeit zum Sieg verhelfen. Ein zugegebenermaßen etwas aus der Mode gekommenes Ideal und eine ziemlich anmaßende Einstellung. Aber die gleichen Gründe hatten ihn bewogen, zu den Freimaurern zu gehen und «der Tugend Tempel zu errichten und dem Laster düstere Gefängnisse».

Plötzlich musste er wieder an das Gesicht der Toten denken, die in der Kälte erstarrt war und schon bald in einem einsamen Grab verwesen würde, vergessen von den Menschen und der Justiz, nur weil er, Marcas, schneller in Urlaub fahren und weitere Schwierigkeiten vermeiden wollte.

Er musste sich seiner Aufgabe stellen. Morgen würde er den Minister in der Klinik aufsuchen. Marcas nahm sein Handy und rief in seinem vorläufigen Büro am Quai des Orfèvres an.

«Besprechung morgen früh um acht!»

Ohne darauf einzugehen, erklärte einer seiner Mitarbeiter: «Wir haben die Familie der jungen Frau besucht. Ich …»

«Den Bericht kannst du mir morgen liefern. Ich nehme mir jetzt die Wohnung und das Büro des Ministers vor. Ich werde ein bisschen Einbrecher spielen.»

13
Paris
Palais de Pimodan
21 Uhr

Allmählich ließ der Verkehrslärm nach. Das alte Viertel der Île Saint-Louis wirkte wie ein mastloses Schiff, das mitten in Paris auf Grund gelaufen war. Von der Seine, die am Quai d'Anjou entlangfloss, zogen lange Nebelschwaden hoch. Einzelne Schleier verhüllten die Hausecken und verdeckten die breiten Toreinfahrten, deren Einfassungen mit Wappen geschmückt waren. Weder das gelbliche Licht der Straßenlaternen noch die vereinzelten Lichtkegel, die aus den erleuchteten Stockwerken auf die Straße fielen, vermochten den Dunst zu durchdringen.

Auf dem vom Regen nass glänzenden Bürgersteig eilten zahlreiche Passanten zum Eingang des Palais de Pimodan. Eine Brise, die den Geruch des Flusses herantrug, ließ die Pelzmäntel der Frauen flattern. Die Männer schlugen den Kragen ihres Smokings hoch. Wie war der Antiquar Kerll nur auf die Idee verfallen, ganz Paris zu einem solchen Ort einzuladen? Doch er war eine Berühmtheit, bekannt für seine Phantasie und seine Provokationen, und als die ersten Blitzlichter zuckten, zeigten die Gäste gern ihr VIP-Lächeln.

Das unter Louis XIV. erbaute Palais umschloss einen viereckigen, unregelmäßig gepflasterten Innenhof, der von Fassaden mit hohen Fenstern umschlossen war. Schon stiegen die ersten Gäste die Freitreppe hinauf, die zum Empfang führte. Lautes Lachen und angeregte Gespräche waren überall zu hören. Auf jeder Stufe erhob sich an der breitesten Stelle ein Bronzemast, an dessen Spitze jeweils eine Sphinx angebracht war, die über die Besucher zu wachen schien. Die gekrümmten Krallen hielten eine brennende Kerze umschlossen. Zweifellos ein Echo des 17. Jahrhunderts, einer der prunkvollsten Epochen, aus der dieses Palais stammte. Eine Erinnerung auch an eine Erzählung Théophile Gautiers, *La Mille et Deuxième Nuit*, denn hinter den Mauern dieses Gebäudes gaben sich Balzac, Baudelaire, Nerval und Delacroix bizarren Haschischorgien hin, die hier genossen wurden wie eine köstliche Mahlzeit.

Édouard Kerll, der auf dem Treppenabsatz stand, war zweifellos der Einzige, der die literaturgeschichtlichen Bezüge kannte und genoss. Er begrüßte seine Gäste mit einem Lächeln auf den Lippen, nickte den Männern zu und verneigte sich vor den Frauen. Seine Haltung verriet altmodische Zuvorkommenheit und aristokratische Ungezwungenheit, derer er sich bediente, um seine enthusiastischen oder vernichtenden Urteile zu sprechen. Monsieur Kerll war in den Kreisen der Kunsthändler und Sammler gefürchtet. Er hatte sich auf Inkunabeln spezialisiert, auf kostbare Einbände und Handschriften der größten Schriftsteller, und nahm mittlerweile eine äußerst privilegierte Stellung auf dem Pariser Kunstmarkt ein. Keine Erstausgabe aus der Zeit der Renaissance, kein unveröffentlichtes Manuskript entging seinem Geschäftssinn. In den Schriftstellerfamilien und den besonnenen Kreisen der Sammler wusste man, dass er alles, was ihm in die Hände fiel, in Gold verwandelte. In wenigen Jahren hatte er den Markt für Bücher und

Manuskripte revolutioniert. Er verkaufte den Japanern, die nach kreativen Geldanlagen suchten, Originalhandschriften von Proust und dem amerikanischen Pensionsfonds Erstausgaben von André Breton mit Illustrationen von Picasso. Sein Vermögen und sein Ruf erlaubten es ihm, in der Innenstadt von Paris dieses legendäre Palais für eine mondäne Soirée zu mieten. Es sollte die wichtigste Veranstaltung dieses Frühlings werden.

So wie die gesellschaftlichen Stars und Sternchen hatten sich auch die bedeutendsten Journalisten im Vorfeld zu allerlei Schmeicheleien herabgelassen, um eingeladen zu werden. Jeder Artikel drehte sich seitdem um die Versteigerung des Casanova-Manuskripts. Diese zwei Jahrhunderte lang verloren geglaubten Seiten hatten die Leidenschaft der Medien geweckt. Die Edelfedern der großen Zeitungen hatten ihre Superlative poliert, ihren Adjektiven den letzten Schliff gegeben und aus ihren Lobhudeleien Girlanden geflochten.

Dennoch überraschte die Auswahl der von Kerll verschickten Einladungen. Auch wenn die Spitzen der schreibenden Zunft alle eine der begehrten Einladungen erhalten hatten, so waren doch auch andere, weniger bekannte Journalisten eingeladen. Kerlls Methode bestand darin, das Fußvolk nicht zu vernachlässigen, wenn er dort Potenzial witterte. Das vermutete zumindest eine Gruppe junger Journalisten, die sich um einen Kamin versammelt hatte, den ein mythologischer Fries schmückte. Im Geiste fotografierten sie jeden Einzelnen der prominenten Gäste, die den großen Salon betraten.

Noch wurde der Saal, in dem das Manuskript ausgestellt war, verschlossen gehalten und die Tür diskret von zwei Männern im Smoking bewacht. Man erwartete jeden Augenblick die Vertreter des Kulturministeriums, um mit den Ansprachen zu beginnen.

Als Édouard Kerll nun langsam vortrat, sank der Geräuschpegel mit einem Mal. Begleitet wurde er von einem Mann in einem tadellos geschneiderten Maßanzug. Jeder der Gäste erkannte Henry Dupin, den Modeschöpfer, der die Frauenmode nach '68 revolutioniert hatte und seitdem zurückgezogen in seiner Villa in Nizza lebte. Seine Anwesenheit erstaunte die Laien, nicht jedoch die Sammler, die von der Leidenschaft des Modeschöpfers für literarische Handschriften wussten. Seit dreißig Jahren kaufte er systematisch Manuskripte und seltene Schriftstücke. Seine Privatsammlung mit Werken Cocteaus übertraf alles, was sich in öffentlichen Bibliotheken befand. Doch seit einigen Jahren hatte er die Literatur des 18. Jahrhunderts für sich entdeckt. Es wurde gemunkelt, er besitze einen unveröffentlichten Brief Rousseaus über Homosexualität und sogar ein unbekanntes Fragment der *Gefährlichen Liebschaften*. Angeblich war er auch einer der Hauptbieter für das Casanova-Manuskript gewesen. Und obwohl ihn seine Niederlage stark betrübt haben musste, war er heute Abend da. Aufgrund seines hohen Alters ging er etwas gekrümmt und versteckte seinen durchdringenden Blick hinter einer Schildpattbrille. Schweigend lauschte er den Worten, die ihm der Antiquar gerade ins Ohr flüsterte.

«Meine sehr verehrten Damen und Herren» – von der anderen Seite des Saals erhob sich die Stimme eines bekannten Fernsehmoderators. «Darf ich um Ihre Aufmerksamkeit bitten. In wenigen Minuten wird unser Gastgeber den Salon öffnen lassen, in dem sich – ausgestattet mit allen Sicherheitsvorkehrungen – das unveröffentlichte Manuskript von Giacomo Casanova befindet. Dieses bisher unbekannte Denkmal der Literatur, das unser Freund Édouard Kerll vor kurzem erworben hat –»

«... für einen Mandanten, der anonym bleiben möchte», unterbrach ihn der Antiquar, «und der sich einverstanden erklärt hat, dieses außergewöhnliche Manuskript hier heute Abend auszustellen.»

Die Gäste klatschten frenetisch Beifall.

«Im Namen aller Anwesenden», fuhr der Moderator fort, «danke ich diesem unbekannten Mäzen, der, wie ich hoffe, schon bald eine Ausgabe dieser bislang unveröffentlichten Memoiren vorbereitet.»

Eine neue Welle des Beifalls brandete im Saal auf.

«Und jetzt, lieber Édouard, der Augenblick, auf den wir alle gewartet haben ...»

An der Eingangstür kam es plötzlich zu einem Aufruhr, und ein Blitzlichtgewitter ließ alle Köpfe herumwirbeln. In der Menge tauchte eine Frau in einem scharlachroten Abendkleid auf, die von Leibwächtern in dunkler Kleidung umringt wurde. Während sie durch den Saal schritt und die Menge teilte, machte ihr Name unter den Gästen die Runde. Das war die größte Überraschung Édouard Kerlls: die französisch-spanische Schauspielerin Manuela Réal, deren engelhaftes Lächeln und unverschämte Oberweite morgen auf allen Titelseiten der Boulevardblätter erscheinen würden.

Auf seinem Podium begriff der Fernsehmoderator, dass er schnell fortfahren musste.

«Meine Damen und Herren, ich bitte um Applaus für die unvergleichliche …»

Seine Worte wurden von lautem Beifall erstickt. Die Schauspielerin grüßte huldvoll mit der Hand, während sich ihre Augen wie auf Befehl mit Tränen füllten.

«… Manuela Réal, danke, dass Sie heute hier erschienen sind, von ganzem Herzen, vielen Dank für Ihr Erscheinen, vielen Dank. Und jetzt …!»

Ein Cembalo ertönte, dem sich kurz darauf Geigen anschlossen. In gedämpfter Lautstärke spielten die Musiker ein Konzert von Vivaldi, zunächst schnell wie ein Windstoß, dann getragener, bis nach und nach die Akkorde eines Cellos die Melodie rhythmisch mit einer langsamen Klage betonten.

Édouard Kerll gab seinen Wächtern ein Zeichen. Die Musik verstummte urplötzlich, die große Doppeltür ging langsam auf, und ein gelblicher Lichtstrahl blendete die Gäste.

14
Sizilien

Anaïs erwachte aus einem traumlosen Schlaf. Im Zimmer war es völlig still, doch sie hatte das Gefühl, nicht allein zu sein. Die Tür stand einen Spaltbreit offen, und sie blickte prüfend in die Dunkelheit, konnte aber nichts erkennen. Die kleine Stutzuhr zeigte elf Uhr abends.

Deine Phantasie spielt dir Streiche.

Sie nahm ein mit Orangenblüten aromatisiertes Glas Wasser – ein Beleg für die Fürsorge, die ihr die sizilianische Familie nunmehr gewährte – und spürte den leichten Medikamentengeschmack des aufgelösten Schlafmittels. Sie trank das Glas dennoch in einem Zug leer, in der Hoffnung, schnell wieder einzuschlummern. Doch nach einigen Minuten stand sie auf und setzte sich vor den Spiegel auf der Kommode, vor den die alte Frau eine Waschschüssel mit Wasser gestellt hatte.

Anaïs betrachtete sich im Spiegel. Sie sah erschöpft aus. Wo war die Prinzessin der Abtei geblieben, die betörende Frau in ihrem schönen Kleid? Sie fand sich hässlich und fühlte sich allein in diesem kargen Zimmer.

Ihr Anblick erinnerte sie an die alte Anaïs. Wie sie ihr kleines, unbedeutendes Leben verabscheute! Ihr Job war zwar verantwortungsvoll, aber doch nicht übermäßig spannend. Sie analysierte den Rohstoffmarkt und verbrachte ihre Arbeitstage in einem Büro im Stadtteil La Défense. Der Alltag war geprägt durch die kleinen Gemeinheiten unter Kollegen, die ausgelaugten Gesichter in der S-Bahn, ihrer Nachbarin, die sie beim Verwalter angeschwärzt hatte, weil sie sich einen Fußabtreter mit einem rosigen Schwein hingelegt hatte – ein grober Verstoß gegen die Vorschrift zur Einheitlichkeit der Fußabtreter. Ihre Sonntage verbrachte sie meist im Bett, wo sie sich DVDs aus dem goldenen Zeitalter Hollywoods anschaute, allein oder zusammen mit ihren kurzen Affären. Mit Männern hatte sie einfach kein Glück.

Mein armseliges Leben als kleine Pariserin in meinem armseligen Job mit meinen armseligen Liebschaften. Alles war

*klein und armselig. Wie konntest du nur all diesen Unsinn
von Dionysos und seine Lehren schlucken? Er hat dich belogen
und dir eingeredet, du seiest anders. Interessanter. Schöner.
Jemand, der besser ist als die Schafherde, in die du dich jeden
Morgen in der Metro einreihst. Als wärst du ein funkelndes
Sternchen.*

Anaïs rieb sich die Augen. Spuren von Wimperntusche waren noch zu sehen und betonten ihre dunklen Augenringe. Sie sehnte sich nach ihrer Reinigungsmilch, ihren Wattestäbchen, ihrer Feuchtigkeitscreme für den Abend, ihren …

*Ich will mein Badezimmer! Ich will wieder zu Hause sein,
in meiner Zweizimmerwohnung in der Rue Montorgeuil. Ich
will hier raus!*

Das Gesicht von Dionysos kam ihr wie eine böse Erinnerung in den Sinn. Eine Erinnerung, die man unbedingt loswerden will, die aber voller Grausamkeit vor dem geistigen Auge verharrt.

Anaïs musste an ihre erste Begegnung mit ihm vor sechs Monaten denken. Sie war so angeödet gewesen von ihrer Arbeit, ernüchtert von dem letzten Mann, mit dem sie zusammengelebt und der sie betrogen hatte. Auf der Suche nach einer neuen Perspektive und nach einem Ziel in ihrem Leben hatte sie sich für einen Lehrgang zur Persönlichkeitsentwicklung angemeldet. Am letzten Tag des Seminars war Dionysos als Gastredner aufgetreten und hatte über Tantrismus und spirituelle Praktiken des Orients referiert.

Sein fremdartiger Charme wirkte wie ein starker Zauber. Er stellte sich als Gründer einer Gruppe von Eingeweihten vor, der Abtei von Thélèma, die «Männer und Frauen mit ihrem fleischlichen Dasein und ihrem Geist versöhnen will. Um ein vollkommenes androgynes Wesen zu schaffen.»

Dieser Dionysos bezog seinen Namen vom griechischen Gott der Feste und des Vergnügens. Er bestätigte amüsiert, dass dieser Name viel besser sei als sein wahrer, der sich scheußlich banal anhöre und den er nur aus verwaltungstechnischen Gründen behalte.

Er hatte sich nicht als Guru einer neuen Offenbarungsreligion aufgeführt, sondern als ein bescheidener Jünger von «großen Persönlichkeiten, die mir vorangegangen sind», Männern wie Gandhi, Krishnamurti und sogar Casanova, dessen Darstellung als niederträchtiger Verführer seiner Ansicht nach falsch und beleidigend sei. «Die großen monotheistischen Religionen haben schon immer versucht, die Idee des Vergnügens als solches zu verbieten, obwohl doch genau darin die Quelle der menschlichen Entfaltung liegt. Wenn man das Vergnügen befreit, befreit man sich vom wahren Bösen und tut somit das Gute.»

Seine Worte hatten sich Anaïs ins Gedächtnis eingegraben. Sie hatte sich von diesen Ideen verführen lassen und war in der Folgezeit anderen Mitgliedern der Abtei begegnet. Sie begann, die Lehren des Dionysos aufmerksam zu lesen. Es handelte sich um einen eigenwilligen Synkretismus spiritueller Erzählungen, die hauptsächlich von magischen und sexuellen Praktiken handelten. Anaïs hatte diese Mischung zunächst ein wenig besorgt betrachtet, obwohl sie in Liebesdingen keine Tabus kannte. Aber ihre Befürchtungen waren spätestens dann ausgeräumt worden, als sie entdeckte, dass Dionysos keinerlei sexuelle Beziehung mit seinen Jüngern hatte, obwohl er ohne Probleme die meisten Frauen hätte verführen können, die sich ihm anschlossen.

Schon nach mehreren Monaten glaubte Anaïs endlich das gefunden zu haben, was ihr im Leben fehlte. Sie traf Menschen, die sie so akzeptierten, wie sie war, mit all ihren Fehlern und Widersprüchen, und die ihr keine Moralvorstellungen aufzwingen wollten. Sie vernachlässigte ihre alten Freunde, die ihr jetzt wie Unwissende erschienen, und schloss sich dieser neuen Familie an. Eine von Dionysos' Devisen lautete: «Tu das, was du willst.» Das war keine Anspielung auf Rabelais, wie sie anfänglich geglaubt hatte, sondern auf einen obskuren englischen Spiritisten, dessen Namen sie vergessen hatte.

Nach ihrer Initiation in einem Tagungshaus der Gruppe im Departement Var war sie der Einladung gefolgt, an einem längeren Treffen auf Sizilien teilzunehmen. Dort war sie Thomas begegnet. Ein Traum schien sich zu erfüllen.

Ein Traum, der sich in einen Albtraum verwandelt hatte.

Ich habe mich mit einer Sekte von Verrückten eingelassen. Und ich habe nichts von alldem kommen sehen. Nichts.

15
Paris
Palais de Pimodan

In der Mitte des Saals auf einem einfachen Tisch aus weißem Holz lagen die Seiten des Casanova-Manuskripts. Einige Passagen waren verdeckt. Erleuchtet war die Stelle von einem blassgelben Licht aus mehreren Spots, die in die Decke eingelassen waren.

Seltsamerweise gab es keine Absperrung zwischen Manuskript und Publikum, auch keine Vitrine aus Sicherheitsglas oder einen Bewegungsmelder. Fast hätte man das kaum vergilbte Papier berühren und mit dem Finger über die Tinte streichen können. Eine Versuchung, der gleichwohl niemand nachgab. Die Gäste riskierten neugierige Blicke, kommentierten das ein oder andere und stürzten sich dann auf das Buffet. Es kam nicht so sehr darauf an, das Manuskript zu bewundern, sondern vielmehr sagen zu können: «Ich bin dabei gewesen.»

Nur ein einziger Gast blieb reglos vor dem Manuskript stehen und starrte fasziniert auf die vor ihm liegenden Seiten: Henry Dupin. Er betrachtete begierig die Schriftschnörkel und die mit fiebrigen Strichen zu Papier gebrachten Worte des Abenteurers, dessen amouröse Erkundungen die Menschen noch immer provozierte.

«Die verdeckten Stellen sind wirklich merkwürdig!», äußerte eine Frauenstimme hinter ihm. «In den Manuskripten Casanovas, die ich habe einsehen können, scheint die Schrift in einem einzigen Anlauf zu fließen. Hier sehe ich zum ersten Mal, dass ...»

«Vergessen Sie nicht, dass es sich um ein spätes Manuskript handelt, das von einem alten Mann geschrieben worden ist», unterbrach sie die schneidende Stimme des Experten. «Und außerdem stellt es eine Rohfassung dar. Ein Text, den Casanova niemals überarbeitet hat. Ein erster Entwurf.»

Die Frau lächelte gequält. Sie war die Konservatorin der Nationalbibliothek und fühlte sich bloßgestellt.

«Zweifellos! Zweifellos! Doch insgesamt wissen wir sehr wenig darüber, wie unser Venezianer zu schreiben pflegte.»

«Jedenfalls genug, um dieses Manuskript für echt zu erklären. Sechzig hastig geschriebene Seiten. Die letzte Arbeit eines Mannes, dem der Tod jeden Tag ein wenig näher rückte.»

«Sein Testament?», erkundigte sich nun Manuela Réal, die an den Tisch getreten war.

Henry Dupin verbeugte sich vor der Schauspielerin.

«Mehr als das, Madame, sehr viel mehr als das!»

An einem mit Samt bespannten Tisch hinter dem Manuskript beendeten Techniker gerade ihre Mikrophontests. Auf der anderen Seite begannen die Journalisten Platz zu nehmen. Édouard Kerll wollte den Abend mit einer Pressekonferenz abrunden. Eine Übung, die er liebte. Eine Art Duell, bei dem er zu glänzen wusste.

Sobald die Fragerunde eröffnet war, erhob sich eine junge Frau.

«Monsieur Kerll, wo haben Sie dieses Manuskript gefunden?»

Die Antwort kam schnell und unerwartet, wie ein Schwerthieb:

«Dort, wo man nicht gesucht hat!»

«Könnten Sie das etwas präzisieren?»

«Sie sollten nur so viel wissen: Das Manuskript hat seit mehr als zwei Jahrhunderten in der Provinz geruht. Casanova besaß einen Bruder namens François, einen zu seiner Zeit berühmten Maler, der in Frankreich eine Familie gegründet hatte, bevor er nach Wien ins Exil ging. Kurz vor seinem Tod hat Casanova dieser französischen Familie, die er aus den Augen verloren hatte, ein Paket geschickt. Ein Paket mit einem Manuskript … Und er äußerte einen Wunsch.»

«Einen Wunsch?»

«Ja, in dem beigelegten Brief äußerte er den Wunsch, dass …»

Der Antiquar betrachtete sein Publikum, und ein Lächeln umspielte seine Lippen.

«Er äußerte den Wunsch, dass dieses Manuskript einem Adligen übergeben werden solle, dem Herzog von Clermont.»

«Dem Herzog von …?»

«Dem Herzog von Clermont. Einem Prinzen von altem Adel. Doch der Herzog war seit 1771 tot. Aber das wusste Casanova nicht.»

Nun stürzten mehrere Fragen gleichzeitig auf Édouard Kerll ein.

«Aber warum sollte das Manuskript ausgerechnet diesem Herzog übergeben werden?»

«Ich weiß es nicht. Vielleicht zur Erinnerung …?»

«Zur Erinnerung an was?»

Das Lächeln des Antiquars wurde breiter.

«Vergessen Sie nicht, dass Casanova zu der Zeit in die Durchsicht seiner Memoiren vertieft war. Er durchlebte sein ganzes Leben von neuem. Seine amourösen Begegnungen. Seine Aufenthalte in Paris. Seine Freunde … und seine Brüder.»

Eine Stimme erhob sich.

«Haben Sie gerade ‹seine Brüder› gesagt?»

«Ja, seine Brüder! Der Herzog von Clermont war der Großmeister aller Großlogen Frankreichs. Er war derjenige, der Casanova in die Hochgrade der Freimaurerei eingeführt hat.»

Im Saal wurde es unruhig.

«Sie machen Scherze?»

«Niemals! Casanova wurde im Juni 1750 in Lyon bei den Erleuchteten aufgenommen. Lesen Sie seine Memoiren. Band 3, Kapitel 7.»

«Und weiter?»

«Er wurde in Paris zunächst Geselle, dann Meister, und zwar in der Loge Saint Jean de Jérusalem. Diese Information hat Casanova selbst in der zweiten Manuskriptfassung seiner Memoiren hinzugefügt. Sie können sich selbst davon überzeugen.»

«Aber Sie haben doch gesagt, dass er auch in die Hochgrade eingeführt wurde?»

«Stimmt. 1760 hält sich Casanova in den Niederlanden auf. Er wohnt einer Tempelarbeit in der Loge Zu den Guten Freunden in Amsterdam bei. Und wie jeder Bruder, der zu Besuch kommt, schreibt auch er sich in die Anwesenheitsliste ein. Und zwar als ‹Großinspektor›, was dem dreiunddreißigsten Grad entspricht, dem höchsten Grad nach dem schottischen Freimaurerritus.»

Eine schmale Hand erhob sich und ließ dabei silberne Armbänder klirren.

«Ja, Mademoiselle?»

«Ich habe hier vor mir die Beschreibung des Manuskripts, so wie es bei der Versteigerung vorgestellt worden ist. Ich bin wie zweifellos alle meine Kollegen von dem, sagen wir, sehr knappen Umfang überrascht. Man findet zwar zahlreiche Details über den Einband der Zeit, die gelegentlich ungenaue Paginierung, das verwendete Papier, die graphologische Analyse der Schrift. Kurz, alle Einzelheiten, die es erlauben, diese Seiten tatsächlich Casanova zuzuordnen. Aber über den Inhalt steht hier im Grunde kein Wort. Es handele sich, und ich zitiere, um ein unveröffentlichtes Kapitel der Memoiren, in dem Casanova kurz vor seinem Tod auf bestimmte bemerkenswerte Aspekte seines Daseins zurückkommt. Ein Text, in dem er angeblich intime Erinnerungen und philosophische Überlegungen vermischt und –»

«Haben Sie die erste Seite des Katalogs gelesen, Mademoiselle?», unterbrach sie Kerll.

«Ja, ich habe sie gelesen. Da gibt es die üblichen Details über Ort und Datum der Versteigerung. Den Namen des Auktionators, des Experten und –»

«Und auch meinen Namen, mit dem folgenden Zusatz: ‹…*steht den Interessenten zur Verfügung.*› Das ist eine Zeile, die meine Kunden selten vergessen.»

«Ausführliche Erläuterungen sind also Ihren besten Kunden vorbehalten?», fragte eine Journalistin, die bei der Zeitung *L'Humanité* das Kulturressort leitete.

«Genauso, wie Ihre Zeitung die rätselhaftesten Geheimnisse des Kreml für sich behält!»

Lautes Gelächter im Saal. Édouard Kerll hatte einen Treffer gelandet.

«Aber was enthüllt denn dieses Manuskript von Casanova nun eigentlich, Monsieur Kerll?»

Die Frage kam vom Redakteur des *L'Intermédiare des Casanovistes*, Lawrence Childer, einem Spezialisten der Materie.

«Nun ja, zunächst einmal eine Reise, die in seinen veröffentlichten Memoiren nicht erwähnt ist.»

«Eine Reise?»

«Vielleicht sollte ich vielmehr sagen, einen Aufenthalt.»

«Und wo?»

«In Granada im Jahre 1768. Um diese Zeit hält sich Casanova in Spanien auf. Er ist dreiundvierzig Jahre alt und spürt bereits, wie er allmählich altert. Es ist eine schwierige Phase in seinem Leben. Sein Alter und seine Ruhelosigkeit bringen ihn zunehmend dazu, sich der Reflexion zu widmen.»

Am anderen Ende des Saals wurde Henry Dupin plötzlich bleich. Als hätten die letzten Worte des Antiquars einen empfindlichen Punkt getroffen. Er zog sich einen Stuhl heran, setzte sich und senkte den Kopf.

«Während dieses Aufenthalts beginnt Casanova zu schreiben. Keine Notizen, wie er sie in seinen Heften zu machen pflegte, sondern einen Essay. Eine philosophische Arbeit, die er während seines ganzen Lebens für sich behält. Und die er sich sozusagen erst am Vorabend seines Todes wieder vornimmt.»

Lawrence Childer bat erneut ums Wort.

«Monsieur Kerll, Casanova hat aber während seines ganzen Lebens geschrieben. Philosophische Essays. Wissenschaftliche Abhandlungen. Politische Utopien. Theaterstücke. Opern. Literaturkritiken … Das alles ist ausführlich besprochen und untersucht worden. Wir kennen heute auch die kleinste seiner Zeilen. Und jetzt frage ich Sie, welche neuen Erkenntnisse bringt dieses Manuskript?»

Édouard Kerll wurde plötzlich unruhig.

«Das ist eine Frage, Monsieur Childer, die Sie dem neuen Eigentümer des Manuskripts stellen müssen. Er wird ohne Zweifel gute Gründe dafür haben, mehr als eine Million Euro für rund sechzig Seiten zu bezahlen!»

Als die Konservatorin der Nationalbibliothek die Summe hörte, kniff sie die Lippen zusammen. Das Kulturministerium war bereits bei der Hälfte dieser Summe ausgestiegen. Allein Henry Dupin hatte weiter geboten, bevor auch er knapp unter der Million das Handtuch warf.

«Wer ist denn der Eigentümer des Manuskripts?»

«Ein anonymer Sammler, der auch ungenannt bleiben möchte.»

«Erwägt er, diese unveröffentlichten Seiten eines Tages zu publizieren?»

«Ich habe ihn nicht gefragt. Aber warum nicht? Im Gegensatz zu dem, was man allgemein annimmt, leben die Sammler nicht in Abgeschiedenheit, um ihre verborgenen Schätze heimlich zu betrachten. Es sind ganz einfach leidenschaftliche Menschen, die diskret bleiben müssen, wenn sie ein so einzigartiges Stück kaufen.»

«Aber dieses Manuskript, von dem niemand, abgesehen von Ihnen und einigen Privilegierten, den wahren Inhalt kennt, was kann es enthalten, um einen solchen Rekordpreis zu erzielen, den höchsten, der jemals für ein unveröffentlichtes literarisches Manuskript gezahlt wurde?»

Édouard Kerll lachte laut los.

«Weder Geheimnisse noch eine Offenbarung. Sondern die letzten Gedanken eines Mannes, der nur für das Vergnügen gelebt hat.»

Nachdem die Pressekonferenz beendet war, bildete sich in der Nähe des Buffets ein lärmender Kreis um Manuela Réal, die für die Fotografen posierte. Erneut flackerten unzählige Blitzlichter auf. Für einen kurzen Augenblick erleuchteten sie die einsame Gestalt eines Mannes, der zum Ausgang eilte. Über die Wände huschte der überlebensgroße Schatten Henry Dupins.

ZWEITER TEIL

Jeder Mann, jede Frau ist ein Stern.

Aleister Crowley

16
Paris
Morddezernat

Wie ein Wirbelwind fegte Marcas in sein kleines Büro und schloss die Tür hinter sich. Seine beiden Mitarbeiter saßen gegen die Wand gelehnt und rauchten, ohne sich um die dicke weiße Qualmschicht zu kümmern, die auf halber Höhe im Zimmer schwebte.

«Es ist zum Kotzen. Da komme ich nach einem Jahr zurück und höre eure Lungen schon wieder um Hilfe schreien.»

Die Ironie war nicht zu überhören, und ein mächtiges Lachen ertönte im Raum. Marcas war selber ein starker Raucher.

«Schön, Sie wieder bei uns zu sehen. Haben Sie die Nase voll von den Klugscheißern?»

«Ja, es wird Zeit, wieder nur Worte mit maximal zwei Silben zu benutzen. Dann können sich meine Neuronen endlich ausruhen.»

Er setzte sich auf einen klapprigen Stuhl und fixierte seine beiden Mitarbeiter.

«Also, hat das bei der Familie des Mädchens etwas ergeben?»

Der Jüngere der beiden, ein dunkelhaariger Typ, konsultierte ein kleines rotes Notizbuch.

«Sie wussten von nichts. Es sind harmlose, in Pflau-

menschnaps eingelegte Rentner, die von den sentimentalen Fernsehserien schon völlig verblödet sind. Ihre
Tochter hatte schon seit fünf Jahren alle Brücken zu ihnen abgebrochen. Sie machten außerdem den Eindruck,
als wäre ihnen ihr Tod egal. Wir haben hin und zurück
nach Oise drei Stunden gebraucht, aber die Fahrt war
völlig umsonst. Und bei Ihnen?»

Marcas nahm eine Zigarette aus der Schachtel seines
Mitarbeiters und zündete sie an.

«Die Ehefrau des Ministers hat mir großes Theater
vorgespielt: Sie möchte Ihren Mann sofort sehen… sofort nach ihrer Reise zu den Malediven. Wie es scheint,
will sie sich scheiden lassen. Sie hat mir auch verraten,
dass sie sich wegen des Mädchens heftig gestritten hat.
Ihr zufolge hat diese Gabrielle ihn in eine etwas seltsame
Psychotherapiegruppe gelockt. Den Namen konnte sie
mir aber nicht nennen.»

Marcas zog es vor, seinen kleinen Abstecher an den
Tresor des Ministers zu verschweigen. Die Ehefrau hatte
ihm, ohne zu zögern, den chiffrierten Code mitgeteilt,
ihn dann aber die ganze Zeit im Auge behalten. Im Safe
befand sich jedoch kein einziges ungewöhnliches Dokument.

Der zweite Mitarbeiter brach sein Schweigen.

«Und sein Büro im Palais Royal, wo er sich in die
vierte Dimension geschossen hat?»

«Ich habe einen seiner Mitarbeiter getroffen, einen
eiskalten Typen. Er schwört, sein Chef habe das Mädchen nicht getötet. Er sei niemals gewalttätig gegen sie
geworden. Er habe sie zu sehr geliebt. Der Mann hat mir
aber bestätigt, dass der Minister mit seiner Geliebten

tatsächlich so einen speziellen Kurs besucht hat, aber er kannte weder den Namen noch den Ort der Veranstaltung.»

Marcas hatte im Tresor auch nichts gefunden, was einen Bezug zur Loge Regius herstellen würde. Zum Glück! So hatte er zumindest die moralische Befriedigung, diesen widerlichen Teil der Ermittlung losgeworden zu sein.

«Was sollen wir jetzt tun? Unser Oberindianer sieht es höchst ungern, dass wir vorübergehend Ihnen zugeordnet sind. Er ist echt sauer.»

«Verstehe. Seht im Computer nach, ob die Tote eine Vergangenheit hat. Wie auch immer die aussehen mag. Ich fahre jetzt los, um seine Exzellenz den Minister in seiner Spezialklinik zu besuchen. Ich glaube nicht, dass uns diese Angelegenheit noch sehr lange beschäftigen wird.»

Marcas stand auf und wollte gerade gehen, als einer der beiden Polizisten ihm nachrief:

«Ich habe noch eine Kleinigkeit vergessen. Der Herr Papa hat, bevor er uns die Tür vor der Nase zuknallte, noch geschimpft, dass seine Tochter ihre Seele schon seit langem an den Teufel verkauft hat.»

17
Sizilien

Der Teller aus blauem Porzellan leuchtete in der Sonne, er war leer und gab Zeugnis ab für den gierigen Hunger, den Anaïs verspürt hatte. Sie hatte alles verschlungen, was ihr die alte Köchin an Spezialitäten serviert hatte: die *arancini*, Kügelchen aus Reis und Fleisch, die *panelle*, eine Art Pfannkuchen aus Kichererbsenmehl, eine Portion *involtini*, mit Tomate gefüllte Auberginen, und sogar die *caponata*, eine köstliche kalte Ratatouille.

Gesättigt und mit halb geschlossenen Augen, die Füße auf einen Holzstuhl gelegt, genoss Anaïs die wärmende Frühlingssonne, während sie ein Glas Moscato austrank. Allmählich kehrten ihre Kräfte zurück, auch ihre Verbrennungen waren durch den Breiumschlag der alten Frau wie durch ein Wunder schon fast verheilt. Und ihr Muskelkater war nur noch eine Erinnerung. Giuseppe hatte erreicht, dass man ihr einen Aufschub von vier Tagen gewährte. Ihre Tränen waren getrocknet und einem brennenden Hass auf Dionysos gewichen. Dieser Hass war für sie ein völlig neues Gefühl, das jetzt aber ihr ganzes Sein erfüllte. Ein saurer Wein, den sie mit zunehmender Erregung trank. Sie stellte sich vor, wie der «Meister» in einer Feuersbrunst, deren Holzscheite sie angezündet hatte, schreiend verbrannte.

Krepiere, du Abschaum! Leide, wie sie gelitten haben.

Zum ersten Mal lächelte sie wieder, als sie sich am Morgen zurechtmachte. Die Gedanken wirbelten ihr im Kopf herum.

Wenn es ihr gelingen sollte, die Insel zu verlassen und

nach Frankreich zurückzukehren, würde sie die Behörden informieren, um diesen Geisteskranken festnehmen zu lassen. Aber die italienische Polizei schien eher an ihr interessiert zu sein als an Dionysos.

Mit Giuseppe hatte sie bereits lang und breit alle Möglichkeiten für eine Rückkehr nach Frankreich besprochen.

Jetzt saß Anaïs auf der Terrasse, unter sich das Meer, und überlegte, was sie am nächsten Tag tun würde, dem Tag ihres Abschieds von diesem Bauernhof.

Don Sebastiano hatte es sich um seiner Ehre willen nicht nehmen lassen, Anaïs zu beschützen, die ihn an seine verschwundene Tochter erinnerte. Auch wenn sein Handlungsspielraum eng war – er konnte es nicht riskieren, sich dem unredlichen Notar offen zu widersetzen, da dieser von den Familien Palermos beschützt wurde –, hatte er sich gleichwohl darum bemüht, Anaïs' Flucht zu organisieren.

Eine Bedienstete hatte die langen Haare der jungen Frau abgeschnitten und sie blond gefärbt. Dann war ein Fotograf gekommen, um eine Aufnahme von ihr zu machen. Das Foto würde einen Reisepass schmücken, der am Vortag einer jungen Belgierin gestohlen worden war. Giuseppe hatte lachend erklärt, das sei das Werk des *scippatore*, des örtlichen Taschendiebs, der das Opfer anschließend selbst zur Außenstelle der Polizei begleitet hatte. Dort hatte ein eingeweihter Polizist die Aussage über den Diebstahl zu Protokoll genommen. Gegen eine gewisse Summe war im Vorfeld vereinbart worden, dass der Diebstahl erst nach ein paar Tagen im Zentralcomputer registriert werden würde. Die Zeit, die notwendig war, damit Anaïs ihr Flugzeug nehmen konnte.

Vor ihrer Abreise verbrachte sie den größten Teil der Tage vor dem Fernseher, wo sie sich die Nachrichten ansah, die immer wieder die gleichen Bilder der Abtei und der Streifenwagen brachten, die das Hauptgebäude der Anlage umringten.

Das Gemetzel hatte in ganz Italien und auch im Ausland ein großes Medienecho ausgelöst. Fernsehcrews aus der ganzen Welt waren angereist, um sich in Cefalù einzurichten und die Ermittlungen zu verfolgen. Die Hoteliers rieben sich die Hände über diese besonderen Touristen, aber die Einwohner sahen es nicht gern, wie die Fremden in der Umgebung herumfuhren und kritische Fragen stellten.

«*Buona sera, signorina, come va?*»

Die melodische Stimme Giuseppes harmonierte gut mit der lieblichen Landschaft, dachte Anaïs; zu einer anderen Zeit und wenn er nicht so jung gewesen wäre, wäre sie vielleicht auf den Charme des Sizilianers angesprungen.

Der junge Mann trug ein weißes Hemd, das seinen dunklen, strahlenden Teint unterstrich. Obwohl seine Stimme selbstsicher klang, wirkte er aufgeregt.

«Don Sebastiano hat gerade angerufen. Wir müssen Ihre Abreise vorverlegen.»

«Warum?»

«Der Notar ist gekommen, und er weiß, dass Sie hier sind. Einer der Schäfer hat ihn auf der Straße in seinem Wagen gesehen. Packen Sie schnell Ihre Sachen zusammen, ich bringe Sie nach Palermo.»

Sein Tonfall duldete keine Widerrede; es war kein Jüngling mehr, der vor ihr stand, sondern ein zielstrebiger Mann. Anaïs erhob sich mit weichen Knien.

Sie warf einen letzten Blick auf die Küste und die mit Steineichen bewachsenen Hügel, die zum Meer hin abfielen. Im Westen lag die Bucht, wo sie dem Tod entronnen war, und Anaïs spürte, wie ihr die Galle in die Kehle stieg. Anders als sie gehofft hatte, war ihre Angst immer noch präsent; sie hatte in ihren Eingeweiden geschlummert, bereit, jederzeit aufzuwachen.

18
Louveciennes

Das patinierte Eingangstor öffnete sich auf Knopfdruck hin lautlos und wie von unsichtbarer Hand gezogen. Marcas lenkte seinen Wagen auf einen von zahlreichen, sehr gepflegten Blumenbeeten gesäumten Weg und verlangsamte vor einem kleinen Wachposten, der von der Straße aus nicht zu sehen war, das Tempo. Ein Wachmann mit argwöhnischem Blick trat aus dem Verschlag und gab ihm durch ein Zeichen zu verstehen, er solle das Seitenfenster herunterkurbeln. Marcas hielt ihm seinen Ausweis hin und ließ sich von dem stiernackigen Mann mustern. Dieser zeigte sich durch Marcas' Dienstgrad wenig beeindruckt. In der Hand hielt er ein schwarzes Heft, in dem er alle Besucher notierte. Er streckte Marcas einen Stift hin, ließ ihn unterschreiben und winkte ihn dann weiter, nachdem er ihm den un-

125

terhalb des Herrenhauses liegenden Parkplatz gezeigt hatte.

Der dunkelblaue Dienstwagen, den Marcas sich geliehen hatte, rollte langsam über den Kiesweg. Er hatte mit der Staatsanwaltschaft telefoniert, um sich die notwendigen Genehmigungen geben zu lassen.

Der Besuch in der Wohnung des Ministers hatte nichts Neues ergeben. Marcas hatte amüsiert die Gereiztheit eines seiner Berater registriert, als er ihm telefonisch vom Fehlen belastender Dokumente berichtete. *Schon gut, schon gut, aber vergessen Sie nicht, sie weiter zu suchen*, hatte der hohe Beamte in einem irritierten Tonfall hinzugefügt.

Marcas parkte an der angegebenen Stelle und musterte mit Interesse das Hauptgebäude des Schlosses, das sich nun in seiner vollen Pracht seinem Blick darbot. Die Türme mit ihren Schieferdächern im Renaissancestil hatten etwas überraschend Heiteres an sich, was den an sich strengen Stil des Hauptgebäudes milderte. Riesige Eichen umgaben das gesamte Anwesen, in dessen Mitte ein kleiner französischer Garten lag. Winzige Eiben, die man zu auf dem Kopf stehenden Kreiseln zurechtgestutzt hatte, schmückten die Grünanlage. Zwei zeitgenössische Skulpturen aus schwarzen Betonwürfeln thronten am Eingang und säumten eine Freitreppe aus weißem Stein.

Es fiel Marcas schwer zu glauben, dass dies eine psychiatrische Klinik sein sollte, denn alles erinnerte eher an ein Schlosshotel. Gleich würde ein livrierter Portier auftauchen, um ihm sein Gepäck abzunehmen.

Die Klinik nahm hochrangige Persönlichkeiten der

Republik auf, die an Depressionen litten oder, in den schlimmsten Fällen, an vorübergehendem Irrsinn. Sie war eine Art Schleuse, bevor man die Betroffenen endgültig in eine Nervenheilanstalt einlieferte. Das Anwesen wurde Tag und Nacht von Polizisten überwacht, die den Auftrag hatten, jedes ungebetene Eindringen von Fremden zu verhindern.

Man hatte Marcas genauestens informiert über diese der Öffentlichkeit weitgehend unbekannte Einrichtung, die aus geheimen Regierungstöpfen finanziert wurde. Er sollte einen gewissen Dr. Anderson treffen, den Chefpsychiater der Klinik, der sich seit der Verlegung des Ministers aus dem Val-de-Grâce um ihn kümmerte. Die Sekretärin des Arztes, die Marcas am Morgen angerufen hatte, hatte ihm bestätigt, dass er den Minister einige Augenblicke lang würde sehen können, um ihn im Rahmen seiner Ermittlung zu befragen.

Marcas klemmte sich seinen Regenmantel unter den Arm und ging auf den etwa zwanzig Meter entfernten Eingang zu. Auf dem oberen Treppenabsatz erwartete ihn bereits ein hochgewachsener, kahlköpfiger Mann mit breiten Schultern. Die hohen Wangenknochen, die mandelförmigen Augen und die vor dem weißen Kittel gefalteten Hände verliehen ihm einen Ausdruck von beherrschter Macht. Kein Zweifel, er war der Herr über dieses Anwesen. Marcas ging vorsichtig auf ihn zu und begegnete den smaragdgrünen Augen, die ihn fixierten wie die eines Greifvogels.

Mit seiner imposanten Figur blieb der Mann reglos oben auf der Treppe stehen und schien den Weg mit seinem ganzen Körper zu versperren. *Ein richtiger Cerberus,* dachte Marcas und kramte mit mürrischer Miene nach dem vom Innenminister gegengezeichneten Auftrag. Als er nur noch einige Meter von dem Mann entfernt war, ging ihm auf, warum dieses Gesicht und diese Silhouette ihm nicht unbekannt waren.

Der gelbe Schatten. Der teuflische Feind von Bob Morane, dem beliebten Romanhelden, dessen Erzählungen er als Junge verschlungen hatte. Dieser Typ vor ihm hätte in irgendeinem Hollywoodfilm problemlos den Mörder geben können. Sein muskulöser Körper wirkte in dem weißen Kittel viel zu klein, es schien, als ob der mächtige Brustkorb und die kompakten Arme in jedem Augenblick die Kleidung sprengen würden.

Doch plötzlich wurde das Standbild aus Fleisch lebendig, und das steinerne Gesicht des Mannes belebte sich. Er begrüßte Marcas mit einem überraschend warmherzigen Lächeln.

«Kommissar Marcas, es ist mir eine Freude, Sie in unserer Klinik zu begrüßen. Das Ministerium hat mich von Ihrem Besuch unterrichtet. Ich bin Dr. Anderson. Jacques Anderson.»

Marcas ergriff die Hand, die der Arzt ihm hinhielt. Es war eine für seine Kämpferstatur erstaunlich feingliedrige Hand, deren Druck, ganz im Gegensatz zu Marcas' Befürchtungen, die seine nicht zerquetschte. Als ob diese zarten Hände ihm verpflanzt worden wären, um den gewaltigen Anblick der Erscheinung zu mildern.

«Es ist mir ein Vergnügen, Herr Doktor. Sie haben eine sehr schöne Einrichtung hier. Bei meiner nächsten Depression würde ich gern ein paar Tage bei Ihnen verbringen.»

Der Mann im Kittel taxierte ihn mit eindringlichem Blick, ohne zu blinzeln.

«Ich hoffe, dass Sie nie hier eingeliefert werden, Herr Kommissar. Die Klinik besitzt zwar alle Bequemlichkeiten eines Palasts – beheiztes Schwimmbad, Fitnessraum, Massagezentrum sowie ein Restaurant, das vier Sterne im Michelin verdient hätte –, aber die Gäste, die wir hier empfangen, leiden an tiefen Seelenstörungen. Selbst wenn die Klinik in aller Bescheidenheit glänzende Ergebnisse vorweisen kann, die leider nie in den medizinischen Zeitschriften bekannt gemacht werden, bezweifle ich, dass Sie sich hier auch nur einen Augenblick wohlfühlen würden. Folgen Sie mir jetzt bitte in mein Büro, dort können wir uns ungestörter unterhalten.»

Dr. Anderson vollführte eine halbe Drehung und stieß eine große Glastür auf, die mindestens drei Meter hoch war. Marcas folgte ihm und betrat eine Halle von eindrucksvollen Ausmaßen. Nichts ließ vermuten, dass er sich in einer Klinik befand: ein Empfangstresen aus altem Holz, Skulpturen, Köpfe aus poliertem Metall, vielleicht Brancusi der frühen Periode, ein Parkettfußboden, der an manchen Stellen mit Teppichen in warmen Farbtönen belegt war, an den Wänden Bilder mit mittelalterlichen Schlachtszenen … Vier Sessel und ein Chesterfieldsofa vervollständigten diese überraschend einladende Einrichtung. Am Empfang saßen ein Mann und eine Frau – beide von höflichster Zurückhaltung – unter einem großen Wandteppich, einer beeindruckenden Kopie der *Dame mit dem Einhorn.*

Dr. Anderson durchquerte die Halle und nickte dem Paar zu. Die beiden antworteten mit einem Lächeln.

«Mein Büro liegt im ersten Stock des Ostturms. Das ist ein kleiner Luxus, den ich mir geleistet habe, als ich hier meinen Dienst antrat. Das Büro meines Vorgängers gefiel mir nicht.»

«Warum nicht? Nicht groß genug? Gefiel Ihnen die Einrichtung nicht?»

Anderson beschleunigte seinen Schritt.

«Einrichtung … Wenn Sie so wollen. Man hat ihn völlig verblutet aufgefunden, die Adern waren an Handgelenken und Fußknöcheln aufgeschnitten. Das Parkett hatte seinen Lebenssaft vollkommen absorbiert und einen bräunlichen Farbton angenommen, der mir überhaupt nicht gefiel. Schade, denn sein Büro bot einen großartigen Blick auf den Park.»

Marcas hätte schwören können, auf den Lippen des imposanten Arztes ein flüchtiges Lächeln gesehen zu haben. Sie durchquerten einen langen und breiten Flur mit hellen Wänden, an denen Reproduktionen historischer Wappen in schillernden Farben hingen. Dann gingen sie eine Wendeltreppe hinauf, die in den ersten Stock eines der Türme führte. Anderson steckte einen Schlüssel in die massive Eichentür, schloss auf und trat zurück, um seinen Gast eintreten zu lassen.

Marcas hatte das Gefühl, einen Sprung in die Vergangenheit zu machen, genauer gesagt ins Mittelalter. Ein Ritter in einer funkelnden Rüstung, der mit beiden Händen ein Schwert hielt, thronte in der Mitte des runden Zimmers. Er wirkte rätselhaft und bedrohlich und schien jeden Augenblick bereit zu sein, aus seiner Erstarrung aufzuwachen und sein Schwert auf mögliche Eindringlinge niedersausen zu lassen. Im hinteren Teil

130

des Zimmers, dessen Wände weiß gekalkt waren, stand ein Schreibtisch aus Mattglas neben einem großen mit Rohseide bezogenen Kanapee. Ein sehr süßliches Parfüm hing in der Luft, ein scheußlich süßer Mandelduft.

Der Arzt legte der Rüstung die Hand auf die Schulter und betrachtete Marcas mit einem neugierigen Blick.

«Willkommen in meinem Refugium. Darf ich Ihnen Baron von Hund vorstellen, der mir als treuer Wächter und als Allegorie auf die Hauptaufgabe unserer Klinik dient.»

«Ich verstehe nicht ganz.»

Über die Wirkung seiner Worte amüsiert, tippte Anderson mit den Fingern auf das Metall und löste damit ein leicht blechernes Scheppern aus.

«Diese Rüstung ist eine getreue Nachbildung eines preußischen Adligen aus dem Mittelalter, eines Freiherrn der Familie von Hund. Dieser Aristokrat vertrieb sich die Zeit mit Fehden und verbreitete Angst und Schrecken auf seinen Ländereien und denen seiner Nachbarn. Während seiner mörderischen Ausritte pflegte er diesen Kürass zu tragen, den der beste Rüstungsschmied der Epoche hergestellt hatte und der überall seine Unbesiegbarkeit verkündete. Bei Zweikämpfen mit dem Speer gelang es selbst seinen besten Gegnern nicht, ihn zu verletzen, so undurchdringlich schien das Metall seiner Rüstung zu sein.»

Marcas lächelte höflich. Zweifellos erzählte der Arzt diese Geschichte zum tausendsten Mal, um seine Besucher zu beeindrucken. *Überheblichkeit, das erste Kennzeichen von Schwäche,* dachte er. Anderson setzte seine Erzählung in emphatischem Ton fort:

«Eines Tages geriet er in einen Hinterhalt von Söldnern, die ein Adeliger aus einer benachbarten Grafschaft bezahlt hatte, in der unser Freund, der Baron, einige Gemetzel provoziert hatte, wie es mit dem Geist dieser so rohen Zeit durchaus vereinbar war. Sie banden ihn an einen Baum und steckten ihm Dutzende Kakerlaken und Spinnen in die Gelenke seiner Rüstung. Die kleinen Tierchen wollten nichts weiter, als in den Falten seiner Anatomie verschwinden. Es war ein schreckliches Martyrium. Der Todeskampf des Barons währte drei Tage. Er wand sich und zitterte, unfähig, sich zu befreien. Er wurde von innen zerfressen. Seine Rüstung hatte sich in ein Gefängnis aus Metall verwandelt.»

«Wirklich raue Zeiten.»

«Dieser mächtige Mann wurde ein Gefangener dessen, was er für unüberwindlich gehalten hatte, niedergestreckt von lächerlichen Insekten, die man an empfindlichen Stellen ausgesetzt hatte. Nun ja, hier, in der Klinik, kümmern wir uns um mächtige Männer, deren Inneres von etwas Bösartigem verwüstet wurde. Um Menschen, die hohe Stellungen innehaben und plötzlich durch das Eindringen eines fremden Elements in ihr Gehirn aus der Bahn geworfen werden, etwas, das in die Rüstung ihres Seelenzustands eingedrungen ist. Die Rüstung, die Sie hier sehen, ist nichts weiter als eine Illusion der Macht. Sie wirkt beeindruckend, aber ihre Verwundbarkeit sitzt in ihren Gelenken.»

«Bravo, Herr Doktor, eine schöne Demonstration. Könnten wir uns jetzt zu dem Minister begeben?»

Marcas wollte zeigen, dass er kein Besucher war, dem daran lag, sich an den Wirkungen pseudointellektuellen

Geschwafels zu ergötzen. Es gefiel ihm nicht, wie der Arzt sich in Szene setzte.

Dr. Anderson schlug betont langsam eine rote Aktenmappe auf, die eine Aufstellung medizinischer Untersuchungen enthielt.

«Um es kurz zu sagen: Wir wissen noch immer nicht, was im Kopf unseres Ministers vorgeht. Die IRM und Computertomographien meiner Kollegen vom Val-de-Grâce haben nichts Auffälliges gezeigt, was aber im Rahmen dessen, wo meine Arbeit beginnt, normal ist, da es keine neurologisch nachweisbaren Traumata gibt. Momentan befindet sich der Patient im Beobachtungsraum und wartet darauf, dass wir mit einer gründlichen Untersuchung beginnen.»

Marcas bemerkte eine offensichtliche Selbstgefälligkeit in den Erklärungen des Arztes.

«In was für einem Zustand befindet er sich?»

«Er wechselt zwischen Phasen tiefer Niedergeschlagenheit und einer Art Delirium hin und her. Ich bezweifle, dass Sie ihm etwas Vernünftiges entlocken können, wenn Sie ihn befragen.»

Marcas' Stimme wurde lauter.

«Das würde ich gern selbst versuchen.»

Dr. Anderson verkrampfte sichtbar.

«Warum? Haben Sie besondere analytische Fähigkeiten? Ein klassisches Polizeiverhör würde nämlich zu nichts führen und überdies die Gefahr in sich bergen, dass man den Minister gegen sich aufbringt. Ich habe strenge Regeln für das größtmögliche Wohlergehen unserer Patienten erlassen. Genauer gesagt, sind es Gesetze, denn wir stehen im Dienst der Republik.»

133

«Die Doktor-Anderson-Gesetze ... Ist das nicht ein bisschen prätentiös?»

Die Partie war eröffnet, und die beiden Männer spielten ihre Karten aus. Marcas fuhr in einem eisigen Tonfall fort:

«Ich habe nicht den Ehrgeiz, seine Rüstung zu durchdringen, aber das Untersuchungsverfahren macht es erforderlich, dass ich mich mit dem Minister unterhalte, da er des Mordes verdächtig ist. Es sei denn, Sie sind der Ansicht, dass es ihm unmöglich ist, mir zu antworten, dann unterschreiben Sie mir eine Bestätigung, die ich dem Untersuchungsrichter vorlegen werde, oder aber Sie führen mich jetzt zu seinem Zimmer.»

Anderson setzte eine unergründliche Miene auf. Marcas hielt seinem Blick stand. In diesem Spiel konnte er seinen Gegner schlagen: Inzwischen schaffte er es, während der Tempelarbeit über Stunden den Blicken seines Gegenübers standzuhalten. Die Unterredung in dieser mittelalterlichen Umgebung kam ihm irreal vor, mit diesem Ritter in seiner Rüstung, der bei ihrem stummen Duell als Schiedsrichter zu fungieren schien.

Ohne Marcas aus den Augen zu lassen, griff der Arzt zum Telefon.

«Ist der Patient Sand aufgewacht?»

Nach einigen Sekunden legte er wieder auf und erhob sich, wobei er mit der Hand auf die Tür zeigte.

«Kommen Sie mit, ich führe Sie zu den Gemächern des Ministers», erläuterte er in einem ironischen Tonfall.

Marcas nickte. Er hatte die erste Runde gegen den gelben Schatten gewonnen.

«Warum haben Sie ihn Sand genannt?»

«Das ist der Name seines Zimmers. Ich habe jedem Zimmer einen in der Heraldik üblichen Begriff gegeben, der seine jeweilige Farbe bezeichnet. In diesem Fall war das Zimmer, in dem jetzt der Minister liegt, früher einmal sehr dunkel. Statt des banalen Schwarz nennen wir diese Farbe hier Sand. Wahrscheinlich der Einfluss des Barons von Hund.»

Marcas erinnerte sich an eine Tempelarbeit über Heraldik und Symbolik, die von einem seiner Brüder präsentiert worden war, und machte einen neuen Anlauf.

«Soweit ich weiß, entspricht jede Farbe einem Planeten, einem Stein und einem Ideal.»

Der Arzt ging vor ihm die Treppe hinauf.

«Genau. Schwarzer Sand symbolisiert Traurigkeit. Sein Stein ist der Diamant und der Saturn sein Planet. Unser Minister fängt regelmäßig an zu schluchzen, und so habe ich es für angemessen gehalten, ihn in dieses Zimmer zu verlegen.»

Die beiden Männer gingen einen Flur entlang, der durch einen quadratischen Saal mit vier Glastüren verlief. Neugierig trat Marcas auf eine dieser Türen zu und war verblüfft über das, was er dahinter entdeckte.

Auf einem Podium stand ein Mann in einem dreiteiligen Anzug vor einem Pult und hielt mit lauter Stimme vor etwa dreißig Männern und Frauen, die auf Holzbänken saßen, einen Vortrag. Eine Fernsehcrew filmte die Szene, die auf einem riesigen Bildschirm hinter dem Redner übertragen wurde. Marcas drückte die Nase an der Glasscheibe platt und erkannte den verschwitzten Redner.

«Das ist doch der Abgeordnete Censier! Ich dachte, er hätte vor drei Monaten einen Unfall mit seinem Motorrad gehabt und sei gegen eine Platane gefahren.»

«Das hat man den Medien erzählt. In Wahrheit leidet der Abgeordnete an starken Depressionen: Er hatte entsetzliche Angst vor großem Publikum zu sprechen. Er ist aber schon fast wieder gesund. Die Zuhörer, die Sie sehen, setzen sich aus Klinikpersonal zusammen. Alles praktizierende Ärzte, sorgfältig ausgewählt. Und es gibt sogar einen ehemaligen Journalisten, der die Aufgabe hat, dem Abgeordneten die Hölle heißzumachen.»

«Lassen sich viele Politiker hier behandeln?»

«Sie können sich gar nicht vorstellen, wie häufig Depressionen in der politischen Führungsschicht auftreten. Politiker sind ständig verpflichtet, sich den Anschein zu geben, als würde alles besser werden, und der Öffentlichkeit ein lächelndes und vertrauensvolles Gesicht zu zeigen. Trotzdem sind es auch nur Menschen, und manche drohen an dem Widerspruch zu zerbrechen. Sie ziehen es dann vor, sich in aller Stille behandeln zu lassen. Das Bild, das sie von sich haben, fällt zunächst in sich zusammen. Ihre Rüstung, es ist immer die Rüstung …»

Im Saal ertönte Beifall, und der Abgeordnete zeigte ein strahlendes Lächeln. Marcas ging zur nächsten Glastür. Diesmal sah er eine Frau in einem schwarzen Kostüm, die vor einem großen ovalen Tisch saß und eine Sitzung zu leiten schien. In der Mitte des Tischs thronte ein Huhn auf einem Tongefäß. An der rechten Seite des Saals saßen in einem angeschlossenen Zimmer, das als Regieraum diente, zwei Männer in weißen Kitteln, die unverwandt auf ihre Monitore blickten.

Marcas richtete sich an den Arzt.

«Und das da? Dieses Huhn ist doch total absurd.»

«Claire D., Promotion an der Elitehochschule ENA 1985, eine brillante Bürochefin in mehreren Ministerien, ist in dem Moment durchgedreht, in dem die Vogelgrippe ausbrach. Man hat sie eines Morgens gefunden, als sie gerade dabei war, ein Huhn auf dem Teppich ihres Büros mit Messerstichen zu traktieren. Sie hat eine Zwangsneurose: Hühner. Die Krise bricht aus, sobald sie Geflügel zu sehen bekommt. Parallel zu einer Therapie gewöhnen wir sie daran, in einem Team zu arbeiten, so als würde sie ihre Arbeit fortsetzen.»

«Bleibt sie lange hier?»

«Das wissen wir nicht. Die Psyche der Staatselite ist ein ziemlich rätselhaftes Terrain.»

Darauf wusste Marcas keine Antwort und wollte sich gerade der dritten Tür nähern, als ein Mann in einem weißen Kittel herangestürmt kam.

«Dr. Anderson, wir haben ein Problem mit Sand.»

«Was ist los?»

«Er wird von starken Zuckungen geschüttelt, und außerdem hat er …»

Marcas sah, wie der Arzt seine selbstgefällige Maske verlor.

«Was?»

Der Mann stammelte.

«Es ist kein schöner Anblick.»

19
Sizilien

Der alte gelbe Fiat raste über die kleine Landstraße, die zur Nationalstraße in Richtung Palermo führte. Schweigend betrachtete Anaïs die Landschaft, während der junge Sizilianer am Steuer immer wieder nervös in den Rückspiegel blickte und umständlich an seiner Zigarette sog.

Am Ende einer scharfen Kurve riss er plötzlich heftig das Lenkrad herum. Der Wagen verließ die Straße und fuhr auf einem schlammigen Weg weiter, der von dichtem Buschwerk gesäumt war. Anaïs hielt sich instinktiv am Griff ihrer Wagentür fest. Hinter einer Gruppe knorriger Olivenbäume kam der Fiat schließlich zum Stehen. Noch bevor sie ein Wort sagen konnte, legte Giuseppe einen Finger an seine Lippen.

«Bleiben Sie still.»

Kaum hatte er diese Warnung ausgesprochen, als ein schwarzer Wagen aus der Kurve flitzte, die sie gerade verlassen hatten. Anaïs konnte flüchtig das Profil eines Mannes mit Adlernase erkennen. Ihre Hände verkrampften sich im Polster des Beifahrersitzes.

Es war einer von Dionysos' Dienern.

Der Schreck durchströmte ihren Körper. Der Mann war bei der Errichtung der Scheiterhaufen dabei gewesen, und er suchte sie jetzt, um seine Arbeit zu Ende zu führen. Heftige Zuckungen fuhren ihr durch die Beine, und ein unkontrollierbares Zittern schüttelte sie. Wieder wollte man ihr etwas Böses antun.

Giuseppe verstärkte den Druck seiner Arme, die er

um die junge Frau geschlungen hatte, um sie zu beruhigen. Vergeblich. Sie sträubte sich wie ein verwundetes Tier und zerkratzte ihrem Beschützer die Haut. In seiner Unentschlossenheit spürte Giuseppe, dass auch er in panische Angst geriet. Seit sie das Haus der Familie verlassen hatten, waren ihre Verfolger hinter ihnen her, und wenn sie sahen, dass ihre Opfer die Landstraße verlassen hatten, würden sie sofort umkehren. Giuseppe fluchte. Er zog die junge Französin hoch und schüttelte sie.

«Beruhigen Sie sich, Anaïs. Der Wagen ist verschwunden. Wir können sie abhängen.»

«Nein, Sie kennen sie nicht. Das sind Ungeheuer, sie werden mich finden.»

Der junge Sizilianer schüttelte sie heftiger.

«Die Gefahr ist vorüber. Reißen Sie sich zusammen.»

Anaïs spürte, wie ihr Zittern nachließ. Sie schluckte mehrfach und richtete sich auf ihrem Sitz auf.

«Geht's jetzt besser?», fragte Giuseppe lächelnd.

Er ließ den Motor an. Der Fiat zog eine Wolke aus ockergelbem Staub hinter sich her und kam in der Gegenrichtung wieder auf die asphaltierte Straße zurück. Kurz darauf bog er auf einen Schotterweg ab, der in die Berge führte und von Olivenhainen gesäumt war. Giuseppe umfuhr geschickt die Schlaglöcher, und nach einer Viertelstunde chaotischer Fahrt lenkte er den Wagen auf eine starkbefahrene Straße. Anaïs erkannte den Stadtrand von Cefalù und die dunkle, massige Gestalt von La Rocca, dem Felsen, der die Stadt beschützte. Der Ort war ihr vertraut geworden. Sie hatte diese Straße eines Abends mit ihren Freunden aus der Abtei genommen, um am Hafen der Stadt einen Spaziergang zu machen.

Die Bilder strömten in ihrem Kopf zusammen: Thomas in seinem weißen Pullover mit Zopfmuster, der sie in die Arme nahm und sie von der Gruppe wegzog, um mit ihr zu der sogenannten Normannenkathedrale zu gehen. Oder als er sie in dem kleinen Gässchen unter einem mit Blumen geschmückten Balkon und unter den amüsierten Blicken einer verhutzelten alten Frau umarmt hatte, die auf ihrer Terrasse strickte. Sein Geruch, seine Arme …

Tot. Er ist tot. Reiß dich zusammen.

Anaïs verjagte ihre Gespenster und konzentrierte sich auf die Straße, die an ihr vorübersauste.

«Ich schwöre Ihnen, dass dieser Abschaum Sie nicht kriegen wird», knurrte Giuseppe in einem Ton, der beruhigend klingen sollte.

Anaïs bemerkte die besorgten Blicke ihres Fahrers in den Rückspiegel und erschauerte.

20
Paris
Quai de Conti

Dionysos saß vor dem Monitor des Computers und hatte gerade die Internetsuchmaschine aktiviert. Ein letzter Klick, und er würde zu dem gewünschten Chatforum gelangen. Die Jünger kommunizierten durch das System der Pyramide miteinander. Jeder von ihnen kannte nur zwei weitere Mitglieder der Sekte. Ein einfaches Mitglied und einen Jünger eines übergeordneten

Dreiecks. Damit waren die Kontakte zwischen den Ebenen auf ein Mindestmaß reduziert, und nur eine exklusive Handvoll Eingeweihter konnte darauf hoffen, bis zum Meister vorzudringen.

Nur die Informationen selber wurden übermittelt: Die Jünger lieferten je nach Aufgabe, die ihnen anvertraut war, ihren jeweiligen Vorgesetzten im Dreieck einen Bericht über ihre Tätigkeit. Die Information wurde in einem Zufallsgenerator codiert und auf jeder Ebene neu verschlüsselt, um dann in ein neues Forum verschickt zu werden, bevor sie auf dem Monitor des Meisters erschien. Die Entschlüsselung erfolgte augenblicklich, und die Website öffnete sich.

Der Meister las sehr aufmerksam. Es hatte ihn große Überwindung gekostet, das Casanova-Manuskript zu verleihen, und sei es auch nur für einen einzigen Abend. Und dann gerade noch für einen gesellschaftlichen Anlass. Aber das Ziel war vermutlich erreicht worden. Man sprach nicht mehr vom Manuskript, sondern von der von Kerll organisierten Soirée und den zahlreichen Prominenten, die daran teilgenommen hatten. Die alte Kriegslist des Rauchvorhangs.

Dionysos schloss die Website, tippte dann noch etwas auf der Tastatur und schaltete per Satellit den Fernsehempfang ein. Ein Mosaik von Programmen erschien. Er machte es sich in seinem Sessel bequem und zoomte die kleinen Vierecke aus flirrenden Bildern heran. Fasziniert und angewidert zugleich, betrachtete er diesen unablässigen Strom von Programmen, die ohne sichtbare Logik den Fernsehzuschauern auf der ganzen Welt vorgesetzt wurden. Ein Mahlstrom aus Filmen, Serien,

141

Wettkämpfen, Talkshows und Dokumentarfilmen aller Art, die Tag und Nacht wiederholt wurden. Dionysos klickte die Nachrichtensender an, um etwas Neues über sein sizilianisches Freudenfeuer zu erfahren. Er begann mit einem italienischen Sender, an dem er besonders mochte, wie die Journalisten mit Vorliebe verängstigte Gesichter vorführten. Eine Brünette von etwa fünfzig Jahren lief in den Straßen von Cefalù herum und hielt Passanten ihr Mikrophon unter die Nase. Ob ihnen die Bewohner der Abtei bekannt seien? Ob sie etwas Verdächtiges bemerkt hätten? Die Antworten entsprachen der Armseligkeit der Fragen.

Ein Metzger mit misstrauischer Miene erklärte, er habe sich immer geweigert, der Abtei seine Produkte zu liefern, er habe diese Leute schon immer für verdächtig gehalten. Dionysos lachte laut auf, als er den Mann erkannte: Jede Woche hatte er die Abtei beliefert. Er hatte Dionysos sogar vorgeschlagen, seinen Gästen zur Entspannung Prostituierte zu schicken.

Dionysos zappte zu einem anderen Sender, der noch einmal die schon hundertmal gezeigten Bilder von den verkohlten Überresten der Scheiterhaufen zeigte. Er blickte auf seine Armbanduhr und klickte einen französischen Nachrichtensender an. Auf dem Bildschirm erkannte er die Fassade der Abtei. Eine sehr ernst dreinblickende Frau, die als Sektenspezialistin vorgestellt wurde, erklärte die Motive für diese kollektiven Massaker, unter denen einige zu trauriger Berühmtheit gelangt waren: «Die Denkweise einer Sekte ist mehr als verlässlich. Man fühlt sich hier an den Fall des Reverend Jim Jones in Guayana und des Sonnentempels in der Schweiz erinnert.

Leider ist der Guru geflüchtet und bleibt nach wie vor gefährlich. Die von der Polizei gemeldete Vorgehensweise erlaubt es ...» Dionysos lauschte den Worten nicht mehr, sondern konzentrierte seinen Blick auf die Frau, Isabelle Landrieu, die ihn ins Pantheon der schwarzen Magier erhob.

Schon bald würde er sie für immer in den Schatten stellen.

«Die Verantwortlichen in diesen parareligiösen Gruppen sind häufig mit einer außergewöhnlichen Intelligenz ausgestattet. Diejenigen, die das Massaker auf Sizilien geplant haben, scheinen mir besonders gefährlich zu sein, da sie es vorziehen, im Verborgenen zu bleiben. Vielleicht sind sie dabei, einen weiteren Massenmord vorzubereiten. In meinem letzten Werk über die Macht der Sekten liefere ich eine ...» Dionysos dankte der Expertin im Geiste für das Kompliment und schaltete ohne Bedauern ab, um sich wieder in die Lektüre des Casanova-Manuskripts zu vertiefen.

Er brauchte jetzt die weiche Berührung des Leders, die Sanftheit des Velinpapiers unter dem Finger und die Tatsache, dass sich sein Atem bei jeder neuen Seite beschleunigte.

... am Tag nach meiner Ankunft wurde ich zu Bruder Eques in seiner Loge Capite Galeato geführt. So nannte sich der Marquis de Pausolès in der Vertrautheit der Logen.

Nachdem ich meinen Brief übergeben hatte, wurde ich in sein Zimmer gebeten. Ich sah, wie sich ein Mann von kräftigem Körperbau erhob und mich mit fröhlicher Miene fragte, was er in Granada für einen Mann tun könne, den der Graf von Clermont empfohlen habe.

Anstatt zu direkt zu antworten, erzählte ich ihm zunächst die Geschichte meiner Abenteuer in Madrid und welchen Grund ich gehabt hatte, eilig nach Granada aufzubrechen. «Sodass Sie», gab er zurück, «ohne dieses Duell nie daran gedacht hätten, mich aufzusuchen.»

«So ist es. Ich schätze mich jedoch sehr glücklich, mir auf diese Weise die Ehre verschafft zu haben, Euer Exzellenz kennenzulernen, einen Bruder, von dem alle Logen Europas sprechen, gesprochen haben und noch lange Zeit sprechen werden.»

Er erwiderte mir, dass der Brief des Grafen von Clermont ihn verpflichte, etwas für mich zu tun. Er wolle dafür sorgen, dass ich drei oder vier unserer Brüder kennenlernte, alles beeindruckende Persönlichkeiten. Er lud mich ein, jeden Freitag bei ihm zu speisen, und versprach, mir einen Diener zu schicken, um mir den Weg zu zeigen.

Da mich der Brief des Herzogs als einen gebildeten Mann auswies, erhob er sich und sagte mir, er wolle mir seine Bibliothek zeigen. Ich folgte ihm durch den Garten in einen anderen Teil des Anwesens. Wir betraten ein Zimmer mit vergitterten Schränken, die von Vorhängen geschützt wurden und die er fest verschlossen hielt. Als ich anstelle der Bücher dort jedoch mit Wein gefüllte Flaschen entdeckte, lachte ich laut auf.

«Das», sagte er mir», ist meine Bibliothek und mein

Serail. Da ich ein alter Mann bin, würden die Frauen mir das Leben verkürzen, während ein guter Wein es nur erhalten oder mir zumindest angenehmer machen kann.»

«Ich nehme an, dass Euer Exzellenz von den kirchlichen Behörden einen Dispens erlangt haben, um an einem Freitag zu trinken, einem Tag, an dem man fasten soll.»

«Sie täuschen sich. In Spanien hat jeder das Recht, seine Verdammung zu bewirken, wenn es ihm beliebt. Die Vergnügungen dürfen nur nicht allgemein bekannt werden. Und wenn doch, bekommt man es mit der Inquisition zu tun. Bemühen Sie sich, diesen Rat zu befolgen, wenn Sie bei uns glücklich bleiben wollen.»

Während der zwei Stunden, die ich bei ihm verbrachte, fragte er mich über mehrere unserer Brüder in Paris aus, vor allem erkundigte er sich nach Abbé Pernety, dessen mytho-hermetisches Wörterbuch nach wie vor von allen Freimaurern, die sich für Mysterien begeistern, leidenschaftlich konsultiert wird. 1758, bei meinem zweiten Aufenthalt in Frankreich, hatte ich ganz Paris mit Entzücken in diesem Werk lesen sehen, das, wie schlecht es auch geschrieben war, alle Geheimnisse der Alchemie zu enthüllen schien. Auf die Frage meines Gastgebers erläuterte ich ihm, dass Bruder Pernety seine Nachforschungen in der königlichen Kunst fortsetze und noch nicht die Hoffnung aufgegeben habe, eines Tages den Stein der Weisen zu finden. Er entgegnete mir, er glaube nicht an dieses alberne Geschwätz, und die wirkliche Macht, falls es sie überhaupt gebe, ruhe in uns selbst und nicht in einer vermeintlichen Substanz, die ins Reich der Fabel gehöre.

«Ich bin sicher», sagte er mir, «dass unser Geist alle Fähigkeiten bereithält, die zu unserem Glück nötig sind.»

«Das glaube ich ebenso», entgegnete ich ihm, «obwohl ich weiß, wie sehr der Geist, wenn er von einem Übel gequält wird, unsere Hölle sein kann.»

«Deshalb kann er auch ohne Zweifel unser Paradies sein. Aber Sie sprechen vom Leiden, mein lieber Casanova. Was für ein Unglück hat ein Mann wie Sie erfahren, um so zu sprechen?»

Angesichts solch brüderlicher Aufmerksamkeit und Güte zögerte ich nicht mehr, sondern erzählte ihm von meinen letzten Erfahrungen. Er hörte mir aufmerksam zu und ließ gelegentlich ein Seufzen hören, wenn ich ihm von meinen inneren Qualen berichtete.

«Sie sind», erläuterte er mir, «mit einer großen Empfindsamkeit begabt, sowohl zum Genuss wie zum Leiden. Der Bericht über Ihre Lieben ist Beweis genug, dass Sie eine besondere Gabe besitzen.»

«Eine Gabe, unter der ich heute leide, da ich sie nicht mehr verstehe.»

«Die Gabe zu lieben und vor allem geliebt zu werden, ist die größte von allen, Casanova. Sie macht uns in bestimmten Augenblicken den Göttern gleich, in anderen allerdings macht sie uns zu Verdammten. Wenn sie uns aber überwältigt, müssen wir lernen, sie zu beherrschen.»

«Ich verstehe Sie sehr wohl, bin aber weit davon entfernt, diese Weisheit zu besitzen.»

«Bis jetzt haben Sie nur genossen und die verführerischen Blumen gesammelt, die das Schicksal Ihnen auf den Weg gestreut hat. Aber heute fragen Sie sich nach dem Grund Ihrer Verführung. Und Sie haben keine Antwort darauf.»

«Ich muss zu meiner großen Bestürzung gestehen: nein.»

«Und nun wird Ihre Seele von einer Liebe heimgesucht, um die Sie sich vergeblich bemühen. Jede Ihrer Eroberungen scheint nur noch als ein flüchtiger Reflex des Absoluten, das Sie leitet. Wenn es wirklich so ist … Aber folgen Sie mir doch.»

Er erhob sich von neuem, und wir spazierten in seinen Gärten umher, die großartig waren.

«Sehen Sie diese Gärten, Casanova, unsere alten Meister, die Mauren, haben sie angelegt. Meine Familie hat sie geerbt. Es ist eine Verpflichtung, und ich habe nie aufgehört, meinen Beitrag zu diesem Erbe zu leisten. An manchen Abenden sehe ich darin alles, was wir Menschen wissen müssen. Die Kraft, das Verlangen, das diese Pflanzen zum Licht führt. Die Schönheit, die daraus entspringt. Und die ganze Arbeit des Menschen, die darin besteht, diesem großen Werk eine hilfreiche Hand zu leihen. Die Liebe ist ähnlich. Sie erfordert eine Anstrengung, ein über sich selbst Hinauswachsen, um zur Wahrheit zu gelangen.»

«Wenn ich Sie richtig verstehe, gibt es also ein Ziel, zu dem die Liebe nichts weiter ist als der Weg? Manche Menschen sind so geschaffen, dass die Liebe ihr ganzes Leben beherrscht. Sie verzehren sie auf der Suche nach einer Glückseligkeit, die immer erträumt, aber ohne Unterlass verweigert wird. Für sie hat der Weg kein Ende. Andere Menschen wiederum finden einen eigenen Weg. Aber zunächst muss man straucheln, um wahrzunehmen, dass man überhaupt unterwegs ist.»

Mein Herz begann zu flattern, als ich diese Worte hörte. Es war wie ein Glas reinen und frischen Wassers, das auf wundersame Weise hervorsprudelt, um den Durst eines verirrten Reisenden zu löschen.

«Ihre Worte erstaunen und bezaubern mich. In diesem Jahrhundert der Vernunft von der Liebe zu sprechen, als wäre sie ein Weg, auf dem der Mensch sich verwirklichen könnte! Das ist sehr weit von dem entfernt, was uns die moderne Philosophie lehrt. In Paris würde man Sie auslachen!»

«Sie sind aber hier, in Granada, mein lieber Freund. Wir leben in einer alten Welt der Liebe. Die maurischen Paläste hallen noch immer vom Gesang der Poeten wider, die die wahre Kunst des Liebens kannten. Wer weiß? Vielleicht werden Sie die Gelegenheit haben, sie zu hören?»

Ein Diener näherte sich mit einem Brief. Es war für mich an der Zeit, mich zu verabschieden. Wir trennten uns und hatten uns doch gegenseitig verzaubert. Er sagte mir, dass er mit Ungeduld das Vergnügen erwartc, mich wiederzusehen. Ich verließ ihn, das Herz von einer Hoffnung erfüllt, die ich seit langem nicht mehr gekannt hatte.

21
Sizilien

Giuseppe schaltete das Radio ein und suchte nach einem Sender. Zuerst war ein wahnsinniges Geschrei auf Italienisch zu hören, wahrscheinlich ein Fußball-spiel, dann der Krach von Rap-Musik, gefolgt von einem Violinkonzert. Schließlich legte er eine Kassette ein, und ein Trompetensolo erfüllte den Innenraum des Wagens. Anaïs kannte diese traurige Melodie, konnte sich aber nicht an den Titel erinnern.

Giuseppe, der sie verstohlen betrachtete, musste lä-cheln. Anaïs bemerkte, dass er sehr weiße, fast blitzende Zähne hatte.

«Warum lächeln Sie?»

«Haben Sie die Musik erkannt?»

«Sie kommt mir bekannt vor. Woher kenne ich sie?»

«*Il Padrino*!»

«Was soll das heißen, *Il Padrino*?»

«Der Film! *Der Pate*! Die Familie Corleone, Brando, Pacino, de Niro … Haben Sie ihn nicht gesehen?»

«Doch, aber es ist lange her. Er ist ziemlich klischee-haft. Diese Art Filme muss Sie unglaublich nerven, wenn man bedenkt, was für einen mafiösen Ruch sie Ihnen eingebracht haben.

Der Wagen überholte einen Laster, der mit stot-terndem Motor Bierfässer transportierte.

«Im Gegenteil, es ist sehr schmeichelhaft. Coppola hat Sizilien berühmt gemacht. Ein Bürgermeister einer kleinen Stadt hier aus der Gegend wollte sogar eine Statue von Marlon Brando mitten auf dem Dorfplatz errichten lassen. Auch die Cosa Nostra war von der Trilogie entzückt und hat dem Filmteam Geschenke geschickt. Sizilien und Mafia, das setzt die Phantasie in Bewegung. Sardinien kann man dagegen nur bedauern. Die Insel hat nichts, was die Phantasien anregt.»

Jetzt musste auch Anaïs lächeln. Sie erinnerte sich wieder an das Gesicht von Marlon Brando, der sich Wattebäusche in den Mund gesteckt hatte, um dickere Wangen zu bekommen. Und Al Pacino, der in jungen Jahren hier auf dieser Insel strandete und sich in eine schöne Sizilianerin verliebte, bevor sie durch eine Autobombe zerfetzt wurde.

«Die Leute sagen immer, dass ich etwas von Al Pacino an mir habe», flötete Giuseppe und warf ihr einen kurzen Blick zu. «Was meinen Sie?»

Anaïs ging darauf nicht ein.

Es ist nicht zu fassen, jetzt will er mich anmachen. Und das bei allem, was ich durchgemacht habe.

Sie zog es vor, zu schweigen. Kurze Zeit später ergriff Giuseppe wieder das Wort.

«Ich übertreibe ein bisschen mit der Mafia. Sie hat immerhin viele Leute umgebracht, angefangen mit guten Leuten wie dem Richter Falcone. Man muss sich mit ihnen arrangieren.»

«Und hören Sie die Filmmusik auch, wenn Sie Don Sebastiano und seine Kumpel spazieren fahren? Wie ein kleiner Mafioso.»

Während er einen raschen Blick in den Rückspiegel warf, zeigte Giuseppe ein angedeutetes Lächeln.

«Ganz und gar nicht, das ist für die Touristen, die hierherkommen. Die wollen Lokalkolorit. Dann ziehe ich mein weißes Hemd an, meine schwarze Weste, eine alte Schirmmütze und kutschiere sie im Hinterland herum und erzähle einen Haufen Legenden über die Cosa Nostra. In einem kleinen Dorf lege ich immer eine Pause ein, wo ein paar Kumpel von mir, alles unrasierte Männer, in einer Kneipe die harten Burschen spielen. Ich habe sogar ein altes Gewehr im Kofferraum und tue so, als würde ich es einem Typen aus der Gegend liefern.»

«Sind Ihre Kunden zufrieden?»

«Sie sind begeistert! Sie können gar nicht genug davon bekommen, vor allem die Frauen …»

Er fängt schon wieder an, ganz schön hartnäckig, dieser Typ. Aber trotzdem gar nicht so schlecht.

Anaïs verzog das Gesicht und sah ihn skeptisch an. Sie hatte einen trockenen Mund.

«Könnten wir anhalten, um etwas zu trinken?»

«Das wäre höchst unklug!»

«Ich habe aber großen Durst und müsste mal aufs Klo.»

Der Sizilianer knurrte. Anaïs glaubte, dass er seinen Willen durchsetzen würde, aber nach fünf Minuten betätigte er den Blinker, um in eine Querstraße einzubiegen. An einer Kreuzung tauchte ein Café mit heruntergekommener Fassade auf. Giuseppe hielt rund zwanzig Meter vom Eingang entfernt, an einer Stelle, die durch drei riesige Zypressen vor Blicken von der Straße geschützt war. Er zeigte mit dem Finger auf die Tür.

«Zehn Minuten, nicht mehr. Ich werde die Zeit nutzen, um Don Sebastiano anzurufen und ihm zu sagen, dass man uns beschattet hat. Bis zum Flughafen brauchen wir noch eine Viertelstunde.»

«Danke, ich verspreche mich zu beeilen.»

Anaïs stieg aus und reckte sich. Die strahlende Sonne blendete sie, und eine angenehme Wärme strömte durch ihre Gliedmaßen. Sie betrat das menschenleere Café, wo ein Kellner ihr bald darauf ein großes Glas eisgekühltes Zitronenwasser servierte. Erfrischt und mit gelöschtem Durst kehrte sie zum Wagen zurück, sie war jetzt wesentlich entspannter als zuvor. Dennoch musste sie wieder an den Mann denken, der sie verfolgt hatte, und ihr ging auf, dass dies eigentlich ein schöner Ort zum Sterben wäre, auf diesem Kap über dem azurblauen Meer. Was blieb ihr noch, jetzt, da ihre einzige Liebe tot war? Sie verspürte plötzlich das Bedürfnis, dass ein Mann sie in die Arme nahm und ihr ein wenig Zärtlichkeit und Trost spendete.

Sie näherte sich dem Wagen und sah, wie sich Giuseppe mit nacktem Oberkörper über den Kofferraum beugte, um sich ein frisches Hemd aus einer Schachtel zu nehmen. Seine feine und deutlich hervortretende Muskulatur überraschte sie. Kleine Schweißtropfen auf seinem Rücken leuchteten im Sonnenschein.

Es erregte sie, und eine starke, fast animalische Lust überkam sie, mit diesem Unbekannten zu schlafen. Sie wollte sich, und sei es nur für einen Augenblick, wieder begehrenswert fühlen.

Das solltest du nicht. Gib dich mit der Phantasie zufrieden. Hast du Thomas schon vergessen?

Sie verscheuchte ihre erotischen Gedanken. Es war wirklich nicht der richtige Augenblick!

Giuseppe drehte sich um, als er sie kommen hörte. «Bitte entschuldigen Sie meine Aufmachung, ich wollte gern mein Hemd wechseln. Ich wollte Sie nicht erschrecken.»

Seine spöttischen dunkelbraunen Augen straften die Schüchternheit seiner Worte Lügen. Siegesgewiss trat er auf sie zu. Sein ironisches Lächeln und sein Zwei-Tage-Bart ließen ihn tatsächlich wie den jungen Al Pacino aussehen. Sie betrachtete die muskulösen Wölbungen seiner Schultern.

«Ich bin nicht eine von deinen verliebten Touristinnen», hauchte sie und trat näher an ihn heran.

Er überragte sie um mindestens fünfzehn Zentimeter, und trotz seiner Jugend schien es ihm nicht an Selbstsicherheit zu mangeln. Bevor sie überhaupt reagieren konnte, fasste er sie um die Taille und umarmte sie begierig. Seine Hände glitten unter ihr Kleid, dass ihr Don Sebastiano besorgt hatte, und berührten ihren Baumwollslip. Sie fühlte, wie sie vor Lust dahinschmolz, machte sich aber frei.

«Nein, ich will das nicht.»

Schuldgefühle quälten sie.

Thomas ist tot. Ich darf das nicht machen.

Sie versuchte ihn zurückzustoßen.

Ich werde vielleicht auch sterben. Vielleicht ist dies die letzte Gelegenheit.

Der junge Mann verstärkte seinen Druck. Er streichelte ihren Rücken. Sie sträubte sich.

«Wir sollten das nicht tun, Giuseppe.»

Ohne sich um ihre Ausflüchte zu kümmern, presste er plötzlich seine Lippen auf ihren Mund. Sie fühlte sich in die Enge getrieben, erwiderte seinen Kuss aber leidenschaftlich. Im Wageninneren fielen sie dann übereinander her. Anaïs spürte ihre Erregung wachsen. Sie liefen Gefahr, jeden Moment überrascht zu werden.

Kümmere dich nicht drum, wenn du nur noch einmal Frau sein kannst.

Sie machte sich am Hosenschlitz des Sizilianers zu schaffen und strich ihm über sein Glied, während er ihr die Zunge ins Ohr steckte. Sein heißer Atem steigerte das Verlangen, das ihren ganzen Körper erfasste. Sie zog sich keuchend ihr Höschen herunter. Ungeduldig.

Noch einmal ...

Mit erstaunlicher Behutsamkeit drang er in sie ein. Sein heißer Körper vibrierte unter ihren zitternden Händen, und seine Zunge fuhr ihr gierig über die Lippen. Seine Haut schmeckte nach Salz. Anaïs krallte die Fingernägel in seinen schweißnassen Rücken, dann in seine muskulösen Hinterbacken, die sich im Rhythmus seiner Stöße wölbten. Er beschleunigte das Tempo. Sie fühlte sich bereit, sich zu verlieren, aber Giuseppe kam ihr zuvor. Er stieß einen dumpfen Laut aus.

Ein Schauder durchströmte sie. In diesem Augenblick wusste sie, dass sie nie mehr mit diesem Mann Sex haben würde. Sie wartete darauf, dass er wieder zu Atem kam, und schob ihn dann behutsam von sich.

Er betrachtete sie mit seinen großen fragenden Augen.

«Du bist ... du bist sehr schön.»

Anaïs zog sich schnell wieder an, während er sich seine Hose überstreifte. Sie schämte sich. Sie hätte sich nie dazu hinreißen lassen dürfen.

Ich habe Thomas verraten.

Giuseppe startete den Wagen, und sie fuhren weiter

in Richtung Palermo. Sie schwiegen und hörten im Radio die Nachrichten. Ein Verkehrsschild auf der rechten Seite zeigte die Abfahrt zum Flughafen. Der Fiat schlängelte sich zwischen den Wagenreihen hindurch. Wenig später parkten sie in der Tiefgarage des Flughafens. Giuseppe stellte den Motor ab und legte Anaïs eine Hand auf den Schenkel.

«Ich wollte dir sagen, dass …»

Anaïs unterbrach ihn.

«Nein, sag nichts.»

«Aber hast du es auch genossen?»

Anaïs dachte, dass Männer oft überhaupt nichts begriffen.

«Reden wir nicht mehr drüber. Ich habe einen Fehler gemacht. Sonst gibt es dazu nichts zu sagen.»

Sie spürte am Zusammenzucken seiner Hand auf ihrer Haut, dass die Botschaft bei ihm angekommen war. Sie stiegen aus und gingen Richtung Abfertigungshalle. Giuseppe sagte mit zögernder Stimme:

«Don Sebastiano hat alles Nötige veranlasst. Du brauchst dich nur mit dem Ticket und dem Pass am Schalter zu melden. Verwechsle bloß nicht den Namen!»

Sie hielt inne und fasste ihn am Handgelenk.

«Ich weiß nicht, wie …»

Er blickte sie sehr ernst an.

«Sagen wir, dass es für uns eine Ehrensache ist. Wie du weißt, sind wir nichts weiter als Mafiosi …»

Sie stellte sich auf die Zehenspitzen und küsste ihn auf die Wange. Er warf einen Blick auf seine Armbanduhr.

«Wir sind spät dran. Wir müssen noch die ganze Halle durchqueren, um zu den Abflugschaltern zu kommen.»

Als Giuseppe und Anaïs vor die Schiebetür zur Abfertigungshalle traten und die beiden Glasscheiben gerade auseinanderglitten, tauchte von links plötzlich ein Mann auf.

Anaïs' Herz verkrampfte sich. Sie hatte den Mann erkannt. Es war einer der Schergen von Dionysos, und er zog ein Messer.

«Sieh mal einer an! Der Meister brennt vor Ungeduld, dich wiederzusehen, mein liebes Kind.»

22
Louveciennes

Marcas staunte über die Geschwindigkeit, mit der Dr. Anderson trotz seiner eindrucksvollen Gestalt vor ihm herschritt. Sie hatten nur wenige Minuten gebraucht, um das ganze Hauptgebäude der Klinik zu durchqueren. Als sie das Zimmer Sand betraten, hielten gerade zwei Krankenpfleger einen Mann in blauem Pyjama auf dem Bett fest, der nicht einmal versuchte, sich zu wehren.

«Was geht hier vor?», fragte der Arzt.

Marcas brauchte die Antwort der Krankenpfleger nicht abzuwarten, um zu begreifen, was hier geschehen war. Die Wände des Zimmers waren mit Blut beschmiert. Große scharlachrote Ornamente bildeten Muster, die an Satzteile erinnerten. Das leuchtende Rot hob sich auf obszöne Weise von den eierschalenweißen Wänden ab, so als wären die Linien in die Oberfläche eingeritzt wie ein von Narben durchzogenes aschgraues Fleisch.

«Er hat sich die Adern am Handgelenk aufgeschnitten, um das Zimmer neu zu gestalten», entgegnete mitleidig einer der Pfleger.

«Ich dachte, man hätte ihm alle scharfen Gegenstände weggenommen», erwiderte Dr. Anderson mit fester Stimme und beugte sich über den Kranken.

«Er wollte sich rasieren, und wir dachten, das wäre keinerlei Gefahr», murmelte einer der Männer im weißen Kittel.

«Idioten, lassen Sie sich auf der Stelle ablösen», knurrte der Arzt.

Der Minister lächelte, während er einen imaginären Punkt über dem Kopf des Arztes anstarrte. Auf der Bettwäsche und dem Kopfkissen zeichneten sich ebenfalls Blutspuren ab. Marcas trat an das Bett heran; ihm war bewusst, dass die Vernehmung sich jetzt sehr schlecht anließ.

Ein weiterer Krankenpfleger tauchte mit einem kleinen Wagen auf, auf dem Kompressen und eine Flasche für eine Infusion lagen. Dr. Anderson trat zur Seite und ergriff Marcas' Arm.

«Ich halte es für besser, wenn Sie jetzt gehen. Wir werden ihm ein Beruhigungsmittel geben und eine Bluttransfusion anlegen. Er muss durch diese Schmierereien gut einen Liter Blut verloren haben.»

Sein Tonfall duldete keinen Widerspruch. Die beiden Männer musterten einander feindlich. Marcas kam zu dem Schluss, dass es besser wäre, den Rückzug anzutreten. Um sich dennoch nicht geschlagen zu geben, erwiderte er mit lauter Stimme:

«Einverstanden, aber ich werde noch vor dem Wochenende wiederkommen. Ich muss ihn auf jeden Fall für die Untersuchung befragen.»

«Natürlich, aber im Moment ist es völlig unmöglich. Er ist dazu einfach nicht in der Verfassung, und Sie sollten jetzt lieber ...»

Noch bevor er seinen Satz beenden konnte, wurde das Zimmer von einem Schrei erschüttert.

«Nein!»

Marcas und Dr. Anderson drehten sich zum Bett hin um. Der Minister starrte sie mit großen Augen an.

«Ich bin bereit zu antworten. Ich habe nichts vor der Polizei zu verbergen.»

Der Arzt ging auf den Patienten zu, doch Marcas war schneller. Er stellte sich vor das Bett und zog ein kleines schwarzes Notizbuch hervor.

«Sind Sie sicher, Herr Minister?»

Dr. Anderson knurrte vor sich hin.

«Ich verbiete Ihnen, auf meinen Patienten Druck auszuüben, Herr Kommissar. Es liegt in meiner Verantwortung ...»

«Seien Sie still, Herr Doktor!», unterbrach ihn harsch der Kranke, der plötzlich wieder bei klarem Verstand zu sein schien.

«Aber ...»

«Das genügt. Sie werden mir jetzt zuhören, Herr Doktor. Und hören Sie auf, mich wie einen dummen Jungen zu behandeln. Ich weiß nicht, was mit mir passiert ist. Plötzlich sah ich, wie ich mir selber die Vene

158

aufschnitt, und dann habe ich das Bewusstsein verloren. Ich bin erst wieder aufgewacht, als Ihre Schergen mich auf das Bett pressten. Was geht hier eigentlich vor?»

Marcas nahm einen kleinen Stuhl und zog ihn ans Kopfende des Bettes. Die Gelegenheit für eine Vernehmung war jetzt günstig, bevor der Mann erneut das Bewusstsein verlieren würde, denn der Schweiß, der ihm von der Stirn tropfte, und seine aschgraue Hautfarbe verrieten seine nach wie vor schwache Konstitution.

«Das wüssten wir auch gern, Herr Minister. Ich bin Kommissar Marcas und mit der Voruntersuchung über den Tod von … von der Person betraut, mit der Sie sich in ihrem Büro befanden.»

Das Gesicht des Ministers verfinsterte sich von einer Sekunde auf die andere, und er verdrehte seine Augen in alle Richtungen. Marcas wollte ihn beruhigen – war der Minister nicht ein Bruder? Ihm kam eine Idee. Er beugte sich zum Ohr des Kranken und flüsterte ihm eine der heiligen Formeln ins Ohr, die jedem Freimaurer bekannt waren.

«Nenn mir den ersten Buchstaben …»

Der Minister entspannte sich. Er hatte verstanden und schenkte dem Polizisten die Andeutung eines bleichen Lächelns, bevor er erwiderte:

«… dann nenne ich dir den zweiten.»

Der Arzt, der am Fußende des Bettes stand, blieb stumm und strafte den Polizisten mit einem bösen Blick. Der Minister versuchte den Kopf zu heben, während einer der Pfleger die Infusion an seinem Unterarm legte.

«Mein Gott, es ist wahr. Es war kein Albtraum … Sie ist tatsächlich tot. Die höchste Ekstase …»

Seine Stimme wurde abgehackter, und Speichel lief ihm aus den Mundwinkeln. Er schien zu kämpfen, um nicht wieder ins Delirium zu verfallen, und ergriff Marcas am Handgelenk. Seine Fingernägel krallten sich ins Fleisch. Auf ein Kopfnicken des Arztes hin legte ein zweiter Krankenpfleger dem Minister an Unterleib und Beinen Sicherheitsgurte an. Dem Kranken fiel es immer schwerer, sich zusammenhängend zu äußern, und er fasste Marcas am Arm, als wollte er sich an einer Rettungsboje festklammern. Tränen liefen ihm über die unrasierten Wangen.

«Ich ... Ich verliere den Boden unter den Füßen ... Die Wand, mein Bruder, die Wand, du wirst verstehen ... Die Sterne ... Wir sind alle Sterne ...»

Als er mit dem Finger auf seine blutige Kalligraphie zeigte, die an verschiedenen Stellen der Wand des Zimmers verlief, verlor er das Bewusstsein.

Dr. Anderson, der nur auf diesen Augenblick gewartet zu haben schien, sprang drohend auf Marcas zu.

«Sehen Sie nur, in welchen Zustand Sie ihn versetzt haben, Herr Kommissar. Ich befehle Ihnen, dieses Zimmer und meine Klinik auf der Stelle zu verlassen. Sie werden erst wiederkommen, wenn ich es erlaubt habe. Ist das deutlich genug?»

«Ja», entgegnete Marcas und erhob sich langsam.

Ohne sich um den zornigen Blick des Arztes zu kümmern, trat er an die Wand mit den rätselhaften Mustern. Instinktiv steckte er die Hand in die Innentasche seiner Weste und zog sein Handy hervor.

«Es ist verboten, in Krankenzimmern zu telefonieren.»

Marcas hielt dem Blick des Arztes stand und lächelte. «Ach ja? Ein Paragraph der Anderson'schen Gesetze, wie ich annehme? Seien Sie unbesorgt, ich werde nur einen kleinen Film machen.»

Marcas fuhr mit seinem Handy auf Höhe der Muster langsam an der Wand entlang.

«Der Fortschritt ist nicht aufzuhalten. Das Ding dient auch als Kamera. Ich möchte mir dieses Bildwerk zu Hause in aller Ruhe ansehen können.»

Jetzt filmte er die Stelle erneut, diesmal in umgekehrter Richtung. Zufrieden steckte er sein Handy wieder in die Weste und verabschiedete sich vom Arzt.

«Und machen Sie sich bloß keine Mühe, ich kenne den Weg hinaus.»

Dr. Anderson verschränkte die Arme und musterte ihn feindlich.

«Ich werde über Ihr Verhalten einen Bericht schreiben, Herr Kommissar, und all Ihre Brüder im Ministerium werden nicht ausreichen, um Sie zu schützen.»

Marcas begriff, dass der Arzt die Worte des Ministers mitbekommen hatte. Er zuckte die Schultern und ging zur Zimmertür. Im Hinausgehen sagte er, ohne sich noch einmal umzudrehen:

«Übrigens, nehmen Sie es mir nicht übel, aber Ihre Theorie mit der Rüstung kommt mir ein wenig simpel vor. Ich glaube, ich habe sie schon mal in einer Fernsehserie gehört. Auf bald.»

Zufrieden mit seinem Abgang machte sich Marcas auf den Weg durch den langen Flur, der zum Empfang führte. Er hatte nichts Wesentliches erfahren und sah auch noch keinen Zusammenhang zwischen den Momenten geistiger Verwirrtheit des Ministers und dem Tod der jungen Frau. Überdies hatte er sich den Chef der Klinik zum Feind gemacht, der sicher seine Beziehungen nach oben hatte. Eilig durchquerte Marcas die große mittelalterliche Halle und trat erleichtert auf die Freitreppe hinaus. Dieses Luxusasyl für gewichtige Staatsdiener verursachte ihm Unbehagen, und die Vorstellung, dass er dem gelben Schatten eines Tages selbst in die Hände fallen könnte, ließ ihn frösteln. Er nahm die Treppe in großen Sprüngen.

Vor der Freitreppe hatte gerade ein nachtblauer Peugeot gehalten und wartete mit abgestelltem Motor. Ein Krankenpfleger in weißem Kittel öffnete behutsam eine der hinteren Türen, um einen Mann mit kurzen Haaren aussteigen zu lassen, der einen kastanienbraunen Morgenmantel trug. Direkt hinter ihm stieg ein kleinwüchsiger Mann aus, der einen Aktenkoffer trug. Als sie die Stufen hinaufgingen und an ihm vorbeikamen, erkannte Marcas den Mann mit dem Morgenmantel. Es handelte sich um einen hochrangigen Militär, der in Misskredit gefallen war, weil er versucht hatte, eine verpatzte Operation in einem afrikanischen Land zu vertuschen. Auch er war für einige Monate aus dem Verkehr gezogen worden. Die kleine Gruppe ging an Marcas vorüber, und er schnappte die Worte «plötzlicher Rückfall» und «seinen Posten verlassen» auf. Als er die Tür seines Wagens öffnete, fragte er sich, ob die von Dr. Anderson behandelten Militärs ein eigenes Klassenzimmer mit falschen Soldaten hatten, die stramm standen und wie in den Kasernen morgens zum Fahnenappell erschienen.

Er ließ den Motor an und nahm die kleine Straße zur

Ausfahrt. Der Schlagbaum ging hoch, und in weniger als einer Minute befand er sich auf der Hauptstraße, die ins Stadtzentrum von Louveciennes führte. Marcas schaltete das Radio ein und wurde nachdenklich. Die Aufforderung des Ministers, er möge sich die Zeichnungen ansehen, entsprang ganz sicher dem Wahn.

Sterne, wir sind alle Sterne.

Für einen Profanen hatte das Wort *Stern* kaum eine tiefere Bedeutung, aber bei einem Freimaurer war das ganz anders. *Der funkelnde Stern* war das Hauptsymbol des Gesellengrads. Ein Wegweiser und zugleich ein Ziel, das es zu erreichen galt. Alle Brüder kannten diesen Stern mit seinen fünf Strahlen … Und wenn der Minister nicht phantasiert hatte …

Die Schmierereien an der Wand schienen keinen Sinn zu ergeben. Dr. Anderson würde es sich sicherlich zu einer Herzensangelegenheit machen, den psychoanalytischen Sinn dieser Striche und Muster zu entziffern. Als Marcas an einer Verkehrsampel hielt, nutzte er die Rotphase, um sich eine Zigarette anzuzünden. Diese Angelegenheit trug vollkommen absurde Züge und zeigte nicht einmal die Spur einer logischen Erklärung. Eine junge Frau war an einer Herzattacke gestorben, nachdem sie es mit ihrem Liebhaber allzu heftig getrieben hatte. Daraufhin knallte dessen Gehirn durch. Nichts, absolut nichts war stichhaltig. Die Ampel sprang auf Grün um, und Marcas bog nach links in Richtung Paris ab. Er zögerte, die Nationalstraße zu nehmen, denn dann käme er von Westen nach Paris rein und riskierte, in einen Stau zu geraten, besonders auf der Höhe des Triumphbogens. L'Étoile würde zu dieser Uhrzeit voll-

163

ständig verstopft sein. Außerdem musste er den Weg über Saint-Cloud abkürzen und ... L'Étoile? Der Stern?

Plötzlich erinnerte sich Marcas an ein Detail, das er in den Schmierereien des Ministers flüchtig wahrgenommen hatte.

Der Stern. Warum war ihm das nicht schon früher eingefallen? Er fuhr auf den Seitenstreifen und schaltete den Motor aus, um sich auf dem Handy die kleine Videosequenz anzusehen. Der Minister war ein Bruder, er argumentierte wie ein Freimaurer, und seine Zeichnungen ...

Marcas kramte sein Handy hervor und ließ die Bilder ablaufen. An einer bestimmten Stelle hielt er den Film an.

Dies war vielleicht eine Fährte. Endlich.

23
Sizilien
Flughafen von Palermo

Der Mann fuchtelte mit der Messerklinge herum und zeigte die Andeutung eines Lächelns. Er war sich der Wirkung seiner Worte sicher.

«Endstation. Alles aussteigen. Ihr seid nicht gerade schlau. Auf dem Parkplatz des Cafés habe ich euch um eine Minute verpasst ... Und du, Spaghettifresser, du verhältst dich ruhig. *Capisci!*»

Anaïs spürte, wie ihr das Blut in den Adern gefror. Ihre Kehle schnürte sich zusammen, und instinktiv packte sie Giuseppe, der noch ihre Reisetasche festhielt, am Handgelenk.

Der Mann kam näher.

«Ich habe keine Zeit zu verlieren. Ist das klar?»

Giuseppe befreite sein Handgelenk mit einer knappen Geste und stieß Anaïs zurück. Er warf der jungen Frau einen Blick zu und sagte mit tonloser Stimme:

«Ich will keinen Ärger. Ich habe nur gehorcht.»

Anaïs erstarrte. Wenn Giuseppe nicht mehr da war, konnte niemand sie vor ihren Peinigern schützen. Schockiert sah sie, wie Giuseppe zur Seite trat, um dem Diener des Meisters Platz zu machen.

«Geh zu deinem Wagen zurück und verdufte. Ich kümmere mich um die Mademoiselle hier. Ihr Besuch auf der Insel ist noch nicht zu Ende.»

In dem Moment, in dem er auf Anaïs zuging, um ihre Hand zu ergreifen, ging die Schiebetür zur Abfertigungshalle auf und ließ eine Frau mit silberweißen Haaren durch, die einen Gepäckwagen schob. Ahnungslos richtete sie sich mit einer schrillen Stimme an den Angreifer.

«Please, could you …»

Der Mann wandte den Kopf und erkannte im Bruchteil einer Sekunde, dass er einen Fehler gemacht hatte. Anaïs' Reisetasche traf ihn mit voller Wucht. Die Touristin stieß einen spitzen Schrei aus. Giuseppe hatte sich auf den Mann gestürzt, und die beiden wälzten sich auf dem Boden. Wie gelähmt betrachtete Anaïs die Szene, fasziniert von dem Zweikampf der beiden Männer. Die ältere Frau fluchte, und Anaïs glaubte das Wort «Mafia» erkannt zu haben. Ohne sich weiter um das Gerangel zu kümmern, schob die Touristin ihren Gepäckwagen energisch in Richtung Tiefgarage.

Die beiden Männer setzten ihren Kampf fort. Giuseppe hielt seinen Angreifer fest, doch das Messer näherte sich gefährlich seinem Bauch. Er schrie:

«Anaïs, hau ab! Deine Tickets und der Pass sind in der Tasche.»

Die junge Französin zögerte ein paar Sekunden, schnappte sich dann aber ihre Tasche und wandte sich zur Schiebetür. Doch sie besann sich anders. Mit Wucht traf die Gepäcktasche erneut den Kopf des Angreifers, wobei die Schnalle seine Wange aufriss. Vor Schmerz schrie der Mann auf und lockerte seinen Griff. Giuseppe nutzte die Gelegenheit und begann mit den Fäusten auf ihn einzuschlagen. Als er schließlich aufstand, hielt er sich die Seiten.

«Schnell! Wenn du in der Abflughalle bist, kann dir nichts mehr passieren. Kümmere dich nicht um mich!»

Anaïs schluckte.

«Er wird seine Leute vorwarnen. Selbst wenn sie mich hier nicht schnappen, werden sie mich bei meiner Ankunft in Paris erwarten.»

«Nein, ich werde mich um ihn kümmern. Vertrau mir. Los jetzt!»

Dionysos' Diener begann sich aufzurappeln, und Giuseppe versetzte ihm einen Fußtritt.

Anaïs verzog sich Richtung Schiebetür.

«Viel Glück!»

Ohne seine Antwort abzuwarten, eilte sie durch den Eingang. Sie hatte keine Zeit mehr, sich umzudrehen, und zwang sich zur Ruhe, als sie die Rolltreppe erreichte.

Um die Angst zu verscheuchen, befahl sie sich, ruhig zu atmen. Jeden Augenblick erwartete sie Dionysos' Schergen hinter sich.

Wenn Giuseppe tatsächlich die Oberhand behalten sollte, würde ihr die Flucht vielleicht gelingen. Anaïs wandte den Kopf und konnte zu ihrer großen Erleichterung niemanden erkennen. Wie um das Schicksal zu beschwören, kreuzte sie die Finger ihrer freien Hand und ging mit selbstsichererem Schritt zur Abflughalle der inneritalienischen Fluglinien. Eine Wanduhr zeigte 15 Uhr 30. Jetzt blieb ihr nur noch eine Viertelstunde, um sich am Schalter zu melden, bevor der Flug geschlossen wurde.

Als sie sich der Abflughalle näherte, begann ihr Herz wieder schneller zu schlagen. Fünf mit Maschinenpistolen bewaffnete Polizisten versperrten den Zugang hinter einem breiten Absperrband aus Kunststoff, das nur an einer Stelle unterbrochen war und einen schmalen Durchgang freiließ. Davor hatte sich bereits eine lange Warteschlange gebildet. Giuseppe hatte sie vorgewarnt: Es gab bei den Inlandsflügen strenge Sicherheitskontrollen, doch sie hoffte, dass die Polizisten bei den internationalen Flügen vielleicht weniger rigoros waren.

Sie wurde gesucht. *Ich werde niemals durchkommen.* Anaïs reihte sich in die Schlange ein und blickte sich erneut um. Hätte Giuseppe seinen Gegner schon überwältigt, wäre er längst hier aufgetaucht. Besorgt zog sie ihren gestohlenen Pass aus der Jacke. Die Schatten im Gesicht auf diesem Foto verrieten eine tiefe Erschöpfung, und der Haarschnitt verlieh ihr ein härteres Aussehen. *Diese Frau, das bist du*, wiederholte sie sich, *es ist kaum*

zu glauben. Und dieser alberne Name ... Jocelyne Grignard.
Ein Name, bei dem einem die Papiere geklaut werden müssen.
Jocelyne Grignard, geboren am 21. Juli 1970 in Lüttich.
Sie hatte diese Angaben auswendig gelernt und betete
sie nun wie ein Mantra herunter. Noch nie war Anaïs
in Lüttich gewesen und hatte auch noch nie einen Fuß
nach Belgien gesetzt. Schon die bloße Vorstellung, von
der Polizei befragt zu werden, lähmte sie.

Ich heiße nicht mehr Anaïs Lesterac. Ich bin Jocelyne Gri-
gnard. Grignard ...

Je weiter die Schlange vorrückte, desto stärker
krampfte sich ihr Magen zusammen. *Ich werde nie ankom-*
men, sie werden sofort sehen, dass ich einen gestohlenen Pass
habe. Ich sehe auch überhaupt nicht wie eine Belgierin aus.
Anaïs fühlte sich töricht, wahnsinnig allein und töricht.

Plötzlich spürte sie jemanden hinter sich, jemanden,
der sich gegen sie drängte.

Er hatte sie gefunden, und sie hatte nichts gehört. Sie
wagte nicht, sich umzudrehen, aus Furcht, das Gesicht
des Killers zu sehen. Tränen traten ihr in die Augen. Er
würde sie wieder Dionysos, diesem Irren, übergeben.
Panik ergriff sie, eine blinde, tückische Panik. Ihr einziger Ausweg bestand darin, die Polizisten auf sich aufmerksam zu machen und sich zu stellen.

Ich habe keine andere Wahl. Auch wenn die Bullen kor-
rupt sind.

Ihre Hände zitterten, und sie ließ ihre Tasche fallen.

In diesem Augenblick vernahm sie hinter sich eine
dünne Männerstimme auf Französisch:

«Gehen Sie doch weiter! Ich werde noch meinen Flieger verpassen.»

Sie drehte sich um und starrte in das griesgrämige Gesicht eines alten Mannes mit einer Mütze, der heftig gestikulierte.

Er ist es nicht. Vielleicht habe ich doch noch eine Chance!

Auf einmal ging es in der Schlange zügig weiter.

Schweiß lief ihr über den Rücken. Anaïs hob ihr Gepäck wieder auf und rückte vor. Sie musterte die Anzeigentafel mit den Abflügen. Ihr blieben nur noch fünf Minuten, bis das Check-in geschlossen wurde. Der nächste Abflug nach Rom war für zwanzig Uhr vorgesehen. *Unmöglich.* Sie musste die Insel jetzt verlassen. Weitere fünf Stunden am Flughafen von Palermo zu warten wäre so, als würde sie ihr Todesurteil unterzeichnen.

24
Paris
Morddezernat

Die Blutzeichnungen des Ministers bildeten in der Dunkelheit, in die das Büro von Marcas getaucht war, einen Farbtupfer. Die sternförmigen Motive formten auf dem Computermonitor ein braunes Raster. Marcas zoomte auf eine der Zeichnungen, die klarer als die übrigen zu sein schien.

Ein Stern, der sich spiralenförmig drehte.

Er vergrößerte die Stelle und druckte die Seite aus. Das Surren des Druckers durchbrach die Stille, die auf dem Flur der Dienststelle herrschte. So spät am Abend lagen die Räume verlassen da. Erschöpft von diesem

nicht enden wollenden Tag, rieb sich Marcas die gerö-
teten Augen. 23 Uhr, und immer noch bei der Arbeit.
Er fragte sich, warum er sich in den Kopf gesetzt hatte,
ins Büro zurückzukehren, statt direkt nach Hause zu
fahren und sich ein heißes Bad einlaufen zu lassen. Das
Innenministerium würde ihm seine Überstunden nicht
bezahlen. In seinem Beruf gab es eigentlich gar keine
Überstunden. Was die Fünfunddreißig-Stunden-Woche
betraf, grenzte der Job ans Groteske.

Ein schrilles Piepen ertönte. Marcas seufzte, der
Drucker hatte immer noch die gleichen Macken. Nichts
hatte sich seit seinem Abschied geändert. Der Form halber klopfte er auf die Druckerhaube und setzte sich wieder vor seinen Monitor.

Das vom Minister gezeichnete Muster fesselte ihn.
Es war eigenartig, abstrus. Ein rotierender Stern.

Warum berauschte sich ein Typ dieses Kalibers daran,
solche Kritzeleien mit seinem eigenen Blut zu pinseln?
Marcas wusste nicht, was er von dieser Geschichte halten sollte, wäre da nicht das Motiv gewesen, das ihm
nicht unbekannt war. Und genau darin lag das Problem.
Die Verbindung ergab überhaupt keinen Sinn.

Das letzte Mal hatte er einen solchen Stern gesehen,
als er sich in Gesellschaft seiner Exfrau befand, in einem
vegetarischen Lokal im ersten Arrondissement in der
Rue Saint-Martin – ein Ort, den sie liebte, ein Lokal mit
orientalischer Musik und seidenen Kissen. Sie hatten
sich dort getroffen, um die Modalitäten ihrer Scheidung
zu besprechen. Nach dem Essen hatte Anne einen letzten Versöhnungsversuch machen wollen und ganz eifrig
ein Kartenspiel auf den Tisch gelegt. Das Tarot einer

Wahrsagerin. Um die richtige Entscheidung zu treffen. Die Moderedakteurin liebte es, ihrem Mann und all ihren Freunden die Zukunft vorherzusagen. Ihr Erfolg dabei war proportional zur Energie, die sie aufwandte, um sich selbst von ihrer Begabung zu überzeugen. Marcas, der ohnehin nicht von der Kunst des Wahrsagens im Allgemeinen überzeugt war und noch weniger von der, die seine Frau praktizierte, hatte diese Schrulle dennoch immer unterstützt, indem er ihr zu jedem Hochzeitstag ein anderes Kartenblatt geschenkt hatte. Auch wenn er nicht an ihre wahrsagerischen Fähigkeiten glaubte, so wusste er doch die Ästhetik und die Symbolik zu schätzen. Beim Nachtisch hatte Anne ein Set hervorgezogen und ihm zum letzten Mal die Karten über ihr gemeinsames Leben gelegt. Das Ergebnis war eindeutig gewesen: Sie sollten sich nicht scheiden lassen. Die Karten irrten nie. Marcas hatte beim Anblick der Tränen in den Augen seiner Frau und angesichts dieser entwaffnenden Naivität ein Gefühl zärtlicher Zuneigung verspürt. Sie hatte die letzte Karte gezogen und gemurmelt: *Der Stern, das Zeichen der Hoffnung.* Die Karte zeigte eine Frau, die Wasser von einem Becher in einen anderen goss. Links oben auf der Karte war ein Stern zu sehen. Ein rotierender Stern.

Anne hatte ihm die Karte geschenkt und ihm das Versprechen abgenommen, sie aufzuheben, damit sie ihm Glück bringe. An jenem Abend vor zwei Jahren hatten sie sich ein letztes Mal geliebt. Am Morgen darauf hatte Marcas sich verdrückt und die Karte mitgenommen. Sechs Monate später war die Scheidung rechtskräftig geworden. Er hatte die Karte ein gutes Jahr lang in einer

Schublade aufbewahrt, bevor er sie bei seinen Eltern in einen Karton mit alten Erinnerungsstücken legte.

Das Knattern eines Motorrads unten auf dem Quai des Orfèvres riss ihn aus seinen Gedanken.

Er musste diese Tarotkarte wiederfinden. Marcas stellte im Internet die Verbindung zu einer Suchmaschine her und gab «Wahrsager» und «Tarot» ein. Zu seiner großen Überraschung tauchte eine eindrucksvolle Zahl von Suchergebnissen auf. Die erste Website bot Wahrsager-Dienste an, die man per Bankkarte zahlte. Fünf Euro pro Sitzung! Er war der 657 000. Besucher. Eine wahre Goldgrube! Marcas klickte eine weitere Website an. New-Age-Musik erklang, und eine schöne Dunkel-häutige von ägyptischem Aussehen versprach ihm, die gesamte Bedeutung der rätselhaften Welt des Tarot zu erklären. Er betrachtete die einundzwanzig Hauptkar-ten des Marseille-Tarots, dem berühmtesten Blatt, doch es gab keine genaue Erklärung des Geheimnisses, das ihn interessierte. Enttäuscht surfte er auf eine andere Website, aber auch dort fand er keine ernsthafte Ana-lyse.

Zur Entspannung klickte er den Freimaurer-Blog an, den er immer dann konsultierte, wenn er sich über et-was informieren wollte, was in irgendeiner Form mit Freimaurerei zu tun hatte. Der belgische Bruder, der die Website unterhielt, verwies auf eine amerikanische Website mit zahlreichen Cartoons, die sich über die Frei-maurer lustig machten. Außerdem hatte Jiri eine neue verschwörerische Website entdeckt – eine Unverschämt-heit! –, auf der die Freimaurer für Pädophilie verantwort-lich gemacht wurden, ebenso wie für die Anschläge vom

11. September, alle Kriege in der Welt, Homosexualität
– als ob sie ein Makel wäre –, und all das in Zusammenarbeit mit «Abtrünnigen» wie den Juden. Marcas musste
ein Lachen unterdrücken. Die menschliche Dummheit
kannte keine Grenzen! Und die Freimaurer wurden oft
zu ihrer Zielscheibe.

Er lehnte sich in seinem Stuhl zurück und zündete
sich eine Zigarette an. Die Geschichte mit dem Tarot
quälte ihn.

Seine Exfrau hatte ihm erklärt, dass es auf der Welt
mindestens hundert verschiedene Tarotblätter gebe,
von denen viele ganz offensichtlich von einem gemeinsamen Vorläufer inspiriert seien, dem Marseille-Tarot.

Entweder würde Marcas heute die ganze Nacht damit verbringen, im Internet zu surfen, oder er fuhr in
sein Elternhaus, um seine Kartons aufzumachen. Oder
er rief seine Exfrau an. Keine er drei Möglichkeiten begeisterte ihn wirklich. Resigniert klappte er sein Handy
auf und wählte Annes Nummer.

*Es ist lächerlich, um elf Uhr abends anzurufen, um nach
dem Namen eines Tarotspiels zu fragen. Sie wird mich auslachen.*

Er hatte es sich gerade anders überlegt und wollte
die Verbindung unterbrechen, als sie sich meldete.

«Ja?»

Im Hintergrund waren Gesprächsfetzen und Techno-
Musik zu hören. Wie es Annes Gewohnheit entsprach,
ließ sie zur Begrüßung kein guten Tag hören, sondern
begnügte sich damit, ein blasiertes Ja zu säuseln. Und
wie immer war Marcas verpflichtet, als Erster zu grü-
ßen. Ein unveränderlicher Ritus, der sich alle zwei Wo-

chen und jeweils zum Ferienbeginn wiederholte, wenn
er seinen Sohn zu sich nahm.

«Guten Abend, ich bin's, Antoine. Ich möchte dich …
um einen kleinen Gefallen bitten.»

«Wenn du anrufst, um dein Wochenende mit Pierre
abzusagen, lautet die Antwort nein. Ich reise in den Sü-
den. Ich habe auch ein Recht auf ein bisschen Freiheit.»

Marcas fühlte sich ertappt. Er hatte wegen seiner Arbeit schon eine Woche Winterferien mit seinem Sohn
abgesagt.

«Nein, beruhige dich, ich werde ihn am nächsten
Wochenende nehmen. Ich wollte … Ich wollte nur wissen, wie der Name des Tarotspiels war, von dem du mir
die Karte geschenkt hast. Du erinnerst dich?»

«Soll das ein Scherz sein? Ich bin gerade mit Freunden zum Essen.»

«Nein, es ist mir sehr ernst. Ich bin mit einer Strafsa-
che befasst und brauche diese Info unbedingt.»

Marcas hörte lautes Lachen und die Stimme des
neuen Lebensgefährten seiner Exfrau. Einige Sekunden
verstrichen, bevor sie mit gedehnter Stimme erwiderte:

«Der liebe Kommissar Marcas. So vernünftig und so
intelligent, erkundigt sich nach Tarotkarten! Erwartest
du, dass die Sterne dir deinen Schuldigen nennen?»

Marcas wurde spürbar gereizter, zwang sich aber, geduldig zu bleiben.

«Einverstanden, sag mir nichts. Schönen Abend noch
und grüß mir Pierre.»

«Sei doch nicht gleich sauer. Es handelt sich um das
Thot-Tarot, das kannst du in jedem Esoterikladen fin-

den, der diesen Namen verdient. Wozu willst du das wissen?»

«Bedaure, das ist vertraulich.»

«Ich habe nichts anderes erwartet. Mach, was du willst. Übrigens …»

«Was?

«Dieses Tarotblatt damals, ich habe es nicht aufgehoben. Du weißt, warum?»

Der Ton ihrer Stimme wurde weicher, und Marcas erkannte den Klang wieder, der ihn einmal so bezaubert hatte. Er entgegnete mit etwas mehr Wärme:

«Tut mir leid, dich gestört zu haben. Ich weiß …»

«Du weißt immer alles, natürlich.»

Es hatte es vermasselt. Sie wurde wieder sarkastisch.

«Ich glaube, ich überlasse dich jetzt deinem Festmahl.»

«Vergiss Pierre nicht. Sonnabend. Punkt zwölf.»

Sie legte auf.

Marcas legte das Handy auf den Tisch und wendete sich wieder dem Computer zu. Zwei Jahre – und die Wunden waren noch längst nicht verheilt. Er fragte sich, wie lange diese giftigen Scharmützel noch weitergehen würden. Er tippte die Begriffe «Buch Thot» und «Tarot» ein und klickte die Website an, die ihm am umfassendsten erschien. Sie war den Tarotkarten angelsächsischer Prägung gewidmet, darunter *Das Buch Thot*, das um die letzte Jahrhundertwende von einer britischen Künstlerin namens Frieda Harris gezeichnet worden war. In der Einführung wurden die einundzwanzig Karten mit ihrem jeweiligen Namen vorgestellt. Marcas überflog die Liste und fand am Ende das, was er suchte.

Das Blatt Nummer siebzehn. Der Stern. Er klickte die Karte an.

Es war genau die gleiche wie in seiner Erinnerung. Eine sitzende Frau, die Wasser eingoss, und in der oberen linken Ecke der rotierende Stern. Im Zentrum eines mauvefarbenen Planeten war ein weiterer Stern des gleichen Typs, der spiralförmig strahlte.

Marcas vergrößerte das Motiv und setzte es neben die Zeichnung des Ministers. Die Übereinstimmung war perfekt. Abgesehen von der Farbe – weiß auf der Karte, rot an der Wand der Klinik –, erwiesen sich die beiden Motive als identisch.

Zufrieden zündete sich Marcas eine weitere Zigarette an und starrte nachdenklich auf den Monitor. In seinem Wahn hatte ihm der Minister einen Hinweis geben wollen, aber welchen? Die Website lieferte keine weiterführenden Informationen. Marcas klickte zu der Ergebnisliste der Suchmaschine zurück. Am Ende entdeckte er eine Website, die ausschließlich dem *Buch Thot* gewidmet war. Wieder einmal dauerte der Aufbau der Verbindung.

Plötzlich leuchtete der Monitor in bunten Farben, dann erschien ein dreidimensionales Buch, dessen Titel in schwarzen Buchstaben eingraviert war: *Das Buch Thot, das Geheimnis aller Geheimnisse.* Marcas musste über diese ambitionierte Darstellung schmunzeln. Er klickte auf den Umschlag des Buches und gelangte zum Inhaltsverzeichnis. Um die Bedeutung der einzelnen Karten zu erklären, bediente sich der Text dem für diese Materie typischen mystisch-esoterischen Vokabular.

Der Stern.

Marcas sah noch immer nicht den Zusammenhang zu dem Minister und versuchte es mit einem anderen Kapitel: *Ursprung des Buches Thot.*

Er fand den Namen der Künstlerin, die das Tarotblatt gezeichnet hatte. Dem Redakteur der Website zufolge war aber auch sie nicht wirklich die Urheberin. Sie hatte auf Anweisung eines gewissen Perdurabo gehandelt, eines englischen Okkultisten und Gründers einer Gruppe, die magische Praktiken ausübte.

Wieder so ein Scharlatan. Egal, um welche Epoche es sich auch handelt, man findet immer Leute, die von der menschlichen Leichtgläubigkeit leben.

Marcas klickte das Porträt des englischen Magiers an. Ein kahlköpfiger, dicker Mann, der den Kopf zwischen den Händen hielt und einen lüsternen Gesichtsausdruck zur Schau trug. Auf dem Schädel prangte ein seltsamer dreieckiger Hut. Seine Haltung wäre lächerlich erschienen, wenn die Starrheit seines Blicks nicht eine fast steinerne Härte hätte durchschimmern lassen.

Marcas konnte nicht mehr darüber lachen, er hatte genug von diesem verworrenen Unsinn, der ihn nicht weiterbrachte.

Die Müdigkeit wurde zu stark, und er wollte nur noch möglichst schnell nach Hause kommen. Er drückte den Befehl zum Ausdruck der gesamten Seite und schnappte sich seinen Mantel. Der Drucker hatte für mindestens eine gute Stunde zu tun, um alles zu bearbeiten. Marcas machte das Licht in seinem Büro aus und wollte gerade das Zimmer verlassen, als sein Blick von dem leuchtenden Monitor angezogen wurde: Der tote Magier schien ihn mit einem feindseligen Blick anzustarren.

25
Sizilien
Flughafen von Palermo

Die Schlange gab das Tempo vor. Jetzt blieb noch eine Gruppe von rund zwanzig Japanern vor ihr, von denen einige ihre Papiere nicht finden konnten und in riesigen Koffern herumwühlten.

Anaïs wurde immer ungeduldiger. Hinter der Absperrung füllten drei Fluggäste die Kofferanhänger aus.

Ich werde den Flug noch verpassen, Scheiße.

Sie musste sich etwas einfallen lassen.

Jetzt kannst du beweisen, dass du Mut hast, meine Gute.

Der alte Tourist hinter ihr rückte ständig näher, murrte unverständliches Zeug und hauchte ihr seinen feuchten Atem in den Nacken. Plötzlich kam Anaïs eine Idee. Sie rief:

«Sie altes Schwein!»

Anaïs trat aus der Schlange, baute sich vor dem verblüfften Typen auf und ohrfeigte ihn unter den entsetzten Blicken der Fluggäste und Polizisten mit ganzer Kraft. Einer der Beamten unterbrach seine Arbeit und kam mit hochgezogenen Augenbrauen auf sie zu. Anaïs blickte ihm direkt in die Augen und setzte eine entrüstete Miene auf.

«*Io non parlare italiano.* Belgierin. Dieser alte Bock schreckt nicht davor zurück, sich an mir zu reiben, außerdem hat er mir gerade in den Hintern gekniffen. Verstehen Sie, was ich sage?»

Sie wunderte sich über ihre eigene Dreistigkeit. Einer ihrer Freunde, Olivier, ein großmäuliger Zeichner, der sich für das Jiddische begeisterte, nannte so etwas «Chuzpe», wobei er immer auch auf die Anekdote des Juden verwies, der seine Eltern tötet und die Geschworenen anfleht, eine Vollwaise nicht zu verurteilen.

Anaïs war dabei, ihr Chuzpe-Diplom zu erwerben.

Sie legte sich eine Hand aufs Hinterteil und massierte die Stelle unter dem amüsierten Blick des Polizisten. Der alte Tourist mit der Mütze riss die Augen auf und sah, dass alle Anwesenden ihn voller Verachtung ansahen.

«Ich habe nichts gemacht, das ist eine Verrückte.»

«Sie altes Ferkel! Sie sollten sich schämen.»

Anaïs fasste den Polizisten behutsam am Arm und setzte ihre flehentlichste Bambi-Miene auf. Das liebe kleine Mädchen braucht Hilfe.

«Ich werde meinen Flieger nach Rom verpassen, ist es möglich, vor dieser Gruppe durch die Kontrolle zu gehen? Das Einchecken endet in wenigen Minuten.»

Der Polizist streckte die Brust raus.

«Aber natürlich. Gehen Sie hier durch und zeigen Sie mir Ihren Pass und Ihr Ticket.»

Anaïs holte tief Luft und hielt ihm den Pass von Jocelyne Grignard hin, wohnhaft in Lüttich.

«Sie sind Belgierin?»

«Ja.»

Sie wagte nicht, ihm ins Gesicht zu sehen, völlig verängstigt von der Vorstellung, entlarvt zu werden.

«Ein schönes Land. Mein Vetter betreibt in Brüssel eine Pizzeria. Kennen Sie Brüssel?»

«Aber ja, meine Mutter wohnt in der gleichen Straße wie das Manneken-Pis.»

Wenn du mich sehen könntest, Olivier! Du würdest mir

das Chuzpe-Examen mit den Glückwünschen der Jury über-reichen.

Der Polizist betrachtete Anaïs eindringlich und gab ihr nach einigen Augenblicken lächelnd ihren Pass zurück.

«Guten Flug, Mademoiselle. Sie haben gerade noch Zeit einzuchecken, aber behalten Sie Ihre Papiere in der Hand. Bevor Sie an Bord gehen, wird es noch eine weitere Ausweiskontrolle geben.»

Anaïs bemühte sich zu lächeln, winkte ihm mit der Hand und lief bis zum Schalter von Alitalia. In einer Viertelstunde würden die Passagiere an Bord gehen, kurz nach dem Abflug der Maschine nach Mailand. Anaïs hielt triumphierend ihre Bordkarte hoch und passierte die Kontrolle von Zoll und Polizei.

Sie befand sich jetzt in dem Teil des Flughafens, der für die Fluggäste reserviert war, außer Reichweite von wem auch immer, geschützt durch die große gläserne Trennscheibe.

Ich habe es geschafft, ich werde entkommen, ich werde diese verfluchte Insel endlich verlassen.

Nur wenige Fluggäste warteten auf die verschiedenen Flüge innerhalb Italiens. Anaïs machte Ausgang C ausfindig, der für den Flug nach Rom bestimmt war. Ein letztes Mal blickte sie zurück, weil sie hoffte, Giuseppe dort auftauchen zu sehen. Sie wollte ihm für seine Hilfe danken. Sie hätte sich gerne von ihm verabschiedet.

Doch plötzlich schrak sie zusammen. Etwa drei Meter vor ihr, direkt hinter der Glastür, entdeckte sie den Killer. Er musterte sie mit hasserfülltem Blick.

26

Paris
Sitz der freimaurerischen Großloge

Der Logengroßmeister musste erneut an sich halten, um sich nichts anmerken zu lassen. Er wartete, bis sich Schweigen ausgebreitet hatte, und nutzte die Zeit, um die einzelnen Gesichter der Ordensberater der Reihenfolge nach, so wie sie um ihn herumsaßen, zu betrachten. Sie hatten ihn erst vor wenigen Monaten gewählt, und er würde noch viel lernen müssen.

«Warum habt ihr mir nichts gesagt?»

Eine Stimme erhob sich.

«Wir waren der Ansicht, dass es sich um ein unbedeutendes Detail handelte. Man kann die Logen nicht kontrollieren. Was zum Augenblick Ihrer Wahl wichtig war, war die Einheit des Logenverbandes. Wir wollten den Wünschen aller Freimaurer entsprechen, die …»

«Erspar mir die übliche Litanei, mein Bruder! Unsere Mitgliederzahlen werden ständig größer, wir gründen Niederlassungen in der ganzen Welt. Und warum? Weil wir freigeistige Freimaurer sind! Weil wir jede zweifelhafte Spiritualität ablehnen, die den Menschen entfremdet! Und jetzt erfahre ich von euch, dass wir seit Monaten eine Loge von … Pseudomagiern beherbergen?»

«Aber das haben wir nicht gewusst! Wir dachten, dass es den Brüdern dieser Loge einfach nur am Herzen lag, die traditionellen Wege der europäischen Hermetik zu erforschen. Sie haben …»

«Sie haben die Grundfeste zerstört! Das ist die Wahrheit. Es fängt damit an, dass sie die Rituale verändern, neue Zeremonien erfinden, und endet in einem mystischen Quasidelirium ... Und sag mir nicht, dass ich übertreibe! Willst du, dass ich Namen nenne?»

«Dieser Bruder hat sich verirrt und ...»

«Dieser Bruder ist ein Minister der Republik und versteckt sich in einer Irrenanstalt mit einer Leiche im Keller!»

Der Großmeister wurde lauter.

Einer der Berater klatschte leise in die Hände – die traditionelle Form, in der Loge ums Wort zu bitten. Diese diskrete Erinnerung an das Ritual stellte wieder ein wenig Ruhe her.

«Meine Brüder, ich glaube, dass es zu nichts führt, sich aufzuregen. Gegenwärtig weiß die Öffentlichkeit weder über die Probleme unseres Bruders noch über seine Zugehörigkeit zu unserer Großloge Bescheid. Offiziell hat der Kulturminister nur ein paar Tage Urlaub genommen. Das ist wahrlich nichts, was die Medien auf den Plan rufen dürfte.»

Der Großmeister lächelte. Die Brüder blieben sich immer gleich! Glaubten immer, sie hätten die Situation unter Kontrolle. Er drückte eine Taste der Gegensprechanlage.

«Bringen Sie uns Kaffee. Ja, ... und auch die Morgenzeitungen. Danke, Claire.»

Er blickte sich um.

«Nichts, was die Medien auf den Plan rufen dürfte ... Glaubt ihr das wirklich?»

Die Gesichter verkrampften sich. Eine Tür ging auf, die Sekretärin stellte eine Kaffeekanne auf den Tisch und legte die Tageszeitungen daneben.

«Warten Sie mit dem Servieren, Claire. Lesen Sie uns erst die Schlagzeile auf Seite eins dieser Zeitung vor.»

«*Todesfall im Palais Royal.*»

«Und der Untertitel?»

«*Kulturminister in Affäre verwickelt.*»

Der Großmeister sah die Berater erbleichen.

«Danke, Claire, das war alles.» Er wartete, bis die Sekretärin die Tür hinter sich geschlossen hatte, und fuhr dann fort: «Ich reiche euch die wichtigsten Artikel nach, die in groben Zügen wiedergeben, was im Ministerium passiert ist. Aber lesen wir zuerst die Pressemeldung unten auf der Seite, die mit dem Foto von einem Mann mit einer Meisterschürze illustriert wird. Ich zitiere die Bildunterschrift: *Der Minister ist ein ehemaliger Angehöriger der Loge Regius.*»

Die Berater griffen zu den Kopien auf dem Tisch und begannen zu lesen.

Gegenwärtig liegen die genauen Ereignisse noch im Dunkeln. Auch die Hypothese von einem banalen Unfall kann derzeit nicht ausgeschlossen werden. Demnach soll ein außergewöhnliches Schäferstündchen ein schlechtes Ende genommen haben. Aber zahlreiche Gerüchte machen die Runde.

Nach unseren Informationen besitzt der Minister den Grad eines Meisters der Freimaurerei. Angeblich hat er lange der berühmten Loge Regius angehört, die vor rund zwölf Jahren in eine Affäre mit gefälschten Rechnungen verwickelt war. In den Freimaurerkreisen wird zunehmend lauter gemutmaßt, dass der Minister sich ebenso wie einige seiner Freunde, ebenfalls Brüder, der Faszination bestimmter extremer Erfahrungen hingegeben hat. Die regelmäßigen Treffen fanden unter dem Deckmantel von Freimaurerlogen statt. Diese Tatsache erklärt gleichfalls, warum die freimaurerische Großloge, zu der diese ungewöhnliche Loge gehörte, es damals so eilig hatte, die Angelegenheit möglichst schnell zu begraben. Es sei daran erinnert, dass die Machenschaften hochrangiger Mitglieder der Loge Regius, darunter auch der Kulturminister, nie durch-leuchtet worden sind. Die Freimaurer, die auf dem politischen Parkett so zahlreich vertreten sind, legen keinen besonderen Wert darauf, dass die Wahrheit ans Licht kommt und damit die schwarzen Schafe entlarvt werden.

«Und jetzt, meine Brüder, habt ihr mir zweifellos etwas zu erklären. Wollen wir diese Loge Regius noch länger mit uns herumschleppen? Wenn ich daran denke, dass ich einer der Ersten gewesen bin, der den damaligen Großmeister auf die Machenschaften dieser Gauner aufmerksam machte …»

Einer der Berater ergriff das Wort:

«Regius gibt es seit zehn Jahren nicht mehr, und die Mehrzahl ihrer Mitglieder ist ausgeschlossen worden. Es ist ein Phantom. Aber zurück zu unserer eigentlichen Angelegenheit: Das Kulturministerium wird noch heute Vormittag eine Pressekonferenz geben. Überdies sind schon weitere Vorkehrungen getroffen worden. Im Gegensatz zu dem, was dieses … dieses Schmierblatt behauptet. Der Innenminister hat bereits eine Voruntersuchung angeordnet.»

Der Großmeister erbleichte.

«Was bedeutet das?»

«Das bedeutet, dass alles geregelt ist. Von Anfang an.»

«Und die Untersuchung, wer wird …?»

«Einer unserer Brüder!»

«Kenne ich ihn?»

«Nein. Antoine Marcas, früher beim Morddezernat, jetzt abgestellt zur Bekämpfung des Handels mit gefälschten Kunstwerken. Er war damals in die Thule-Affäre verwickelt. Schreibt Artikel über die Geschichte der Freimaurerei. Ein Einzelgänger und Idealist in einer Person.»

«Und ihr seid sicher, dass …»

«Wir werden ihm helfen», fügte Alexandre Parell, einer der Berater, hinzu.

Der Großmeister hatte keine Fragen mehr. Jetzt wusste er, warum er gewählt worden war.

27
Sizilien
Flughafen von Palermo

Am liebsten hätte sie geschrien, aber es kam kein Ton über ihre Lippen. Langsam fuhr sich der Mann mit der Hand über die Kehle und lächelte bösartig. Sein Mund formte Wörter, die sie nicht verstand.

Anaïs zuckte zurück, als träte der Killer durch die Glasscheibe, die sie trennte. Sie begriff: Wenn er gesund und munter vor ihr stand, bedeutete das, dass Giuseppe tot war. Eine Welle des Zorns überflutete sie, und einige Sekunden lang senkte sie den Blick, um ihm zu verstehen zu geben, dass sie sich seinem Willen nicht unterwerfen würde. Dann kehrte die junge Frau ihrem Angreifer abrupt den Rücken und ging mit langsamen Schritten zu ihrem Gate. Sie versuchte ihre Gedanken zu ordnen. Welche Aussicht hatte er, sie doch noch zu schnappen? Er hatte kein Transitticket und wusste folglich nicht, welchen Flug sie nehmen würde. Von der Stelle aus, wo er sich jetzt befand, konnte er die verschiedenen Ausgänge nicht erkennen. Sechs Flüge folgten kurz aufeinander. Dionysos konnte nicht über so viele Leute verfügen, um sie auf jedem der möglichen Zielflughäfen zu erwarten. In Rom würde sie jedenfalls vor dem Weiterflug nach Paris in der Transitzone bleiben. Anaïs' Verstand arbeitete mit Hochdruck. Der Killer würde die Polizisten nicht befragen, und die Stewardessen hatten kein Interesse daran, sie zu verraten.

Sie ging schneller, um eine möglichst große Entfernung zwischen sich und den Mörder zu legen, dessen Blick sie im Nacken spürte.

Giuseppe ist tot. Alle Männer, die mich auf dieser Insel geliebt haben, sterben. Ich bringe Unglück.

Anaïs entdeckte erleichtert die Tür mit der Aufschrift C. Die Fluggäste gingen schon an Bord, und sie drängte sich zu ihnen in den Gang, der zum Flugzeug führte. Eine Stewardess kontrollierte ihre Bordkarte und wies ihr ihren Platz im hinteren Ende des Flugzeugs an. Zehn Minuten später startete die Maschine. Anaïs begann sich endlich zu entspannen.

Sie saß am Fenster, und die Berührung mit der kleinen Scheibe erfrischte ihr verschwitztes Gesicht. Mehrere hundert Meter unter ihr entfernte sich allmählich die Küste Siziliens. Sie entdeckte Palermo auf der rech-

186

ten Seite, dann änderte das Flugzeug den Kurs, und sie sah nur noch das türkisfarbene Wasser des Mittelmeers. Sie hätte den Hals recken können, um La Rocca von Cefalù zu sehen, doch sie machte sich nichts daraus und ließ sich in die Rückenlehne ihres Sitzes fallen.

Der letzte Küstenstreifen verschwand aus ihrem Blickfeld und mit ihm die dunkle und allgegenwärtige Bedrohung durch die Sekte, die sie zum Tod verurteilt hatte. Anaïs dachte an ihre ermordeten Freunde, deren Asche auf dieser Insel ruhte. Auch sie hätte in einer kleinen Urne enden sollen.

Und jetzt … was wirst du tun?

In den letzten Tagen hatte sie über die Möglichkeiten nachgedacht, die sich ihr nach ihrer Rückkehr in Paris boten. Ihren ersten Gedanken, nämlich sich der Polizei zu stellen, hatte sie auf Anraten von Giuseppe verworfen. Sobald sie eine Polizeiwache betrat, würde sie erbarmungslos verhört werden und anschließend wahrscheinlich den Medien zum Fraß vorgeworfen. Andererseits blieb sie die einzige Zeugin in diesem monströsen Fall, und ihr Leben war in Gefahr: Dionysos und seine Komplizen wären durchaus imstande, ihr auch jetzt noch gefährlich zu werden. *Paradoxe Anweisungen führen immer zu einem psychotischen Verhalten*, hätte ihr Therapeut analysiert, der sie seit Jahren behandelte.

In ihre Wohnung konnte sie jedenfalls nicht mehr zurück. Die Abtei besaß ihre Adresse, und sie hatte sogar Mitglieder der Sekte zu Meditationsabenden bei sich zu Hause eingeladen. Blieben noch die Freunde und ihre Familie. Sie könnte versuchen, einige von ihnen zu erreichen, aber die meisten waren sicher schon in den

Osterurlaub gefahren. Ihre Mutter litt an Alzheimer und erwartete ihr Ende in einer Spezialklinik. Ihr Vater hatte es bereits am Tag ihrer Geburt für besser gehalten, sich aus dem Staub zu machen.

Ich bin allein. Mutterseelenallein.

Es gab nur einen einzigen Menschen, der ihr helfen konnte, gleichwohl war er der Letzte, den Anaïs um Hilfe bitten wollte: ihr Onkel Anselme, mit dem sie sich heftig gestritten hatte, als sie in die Gruppe von Dionysos eingetreten war. Anselme. Der Freimaurer der Familie, der ihr auf die Nerven ging, wenn er nur den Mund aufmachte, um über alles und nichts zu dozieren. Sie waren beide wie Hund und Katze gewesen. Sie fühlte sich angezogen von der Spiritualität und der Suche nach dem Mystischen, er war überzeugter Atheist und eingefleischter Vernunftsmensch, allzeit bereit, Gott und die Seinen zu attackieren. Und doch war er seit der geistigen Umnachtung ihrer Mutter der Einzige, der ihr von ihrer Familie noch geblieben war. Sie hatte ihn allerdings schon seit letzten Weihnachten nicht mehr gesehen, nachdem sie ihm gestanden hatte, der Abtei anzugehören, und er außer sich vor Wut geraten war. Im Geiste sah sie ihn noch in seiner Wohnung in der Rue des Martyrs, wie er die Arme zum Himmel riss und sie mit einem vernichtenden Blick strafte. «Meine Nichte, die Jüngerin einer Sekte! Und ich dachte, ich hätte schon alles erlebt ... Du bist verrückt! Man wird dich einer Gehirnwäsche unterziehen und eine Sklavin aus dir machen!» Voller Verachtung hatte sie ihm geantwortet: «Du hast es gerade nötig, mir Moralpredigten zu halten! Ausgerechnet du, Mitglied einer Sekte, deren

Anhänger mit Schürzen herumlaufen, Machos, die aller Welt Tugend und Toleranz predigen! Du bist ein alter Idiot!» Sie hatte die Tür hinter sich zugeknallt, ohne die Handtasche mitzunehmen, die er ihr zu Weihnachten schenken wollte.

Das Flugzeug neigte sich erneut, diesmal nach links. Als die Leuchtschrift, die zum Anlegen der Sicherheitsgurte aufforderte, erlosch, lehnte sich Anaïs wieder gegen die Fensterscheibe und betrachtete unter ihr einen verlorenen weißen Punkt inmitten der ungeheuren blauen Weite. Wahrscheinlich ein Ozeandampfer voller sorgloser Touristen. Sorglosigkeit, ein Wort, das von nun an verboten war.

Innerhalb der letzten Tage hatte sie ihrem Onkel bereits dreimal auf den Anrufbeantworter gesprochen. Vergeblich. Aber selbst wenn er nicht zu Hause war, konnte sie bei der Concierge vorbeigehen, um die Schlüssel zu holen, wie sie es vor ihrem Streit immer getan hatte. Anselme besaß nicht den gleichen Nachnamen wie sie, und deshalb würde kein Mitglied der Sekte eine Verbindung zwischen ihnen herstellen können. Ein einziges Mal nur hatte sie mit Dionysos über ihren Onkel gesprochen. Mit seiner seltsam sanften und eindringlichen Stimme hatte er sein Mitgefühl bekundet: «Du darfst ihm nicht böse sein, er lebt nicht im Licht der Liebe. Man muss denen vergeben, die in Unwissenheit leben.»

Die Erinnerung an den Mörder ihres Liebhabers ließ sie vor Ekel erschauern.

28
Paris
Rue Muller

Das Telefon läutete durchdringend. Obwohl sich Marcas nie mit diesem aggressiven Gebimmel hatte anfreunden können, behielt er den Apparat. Eine Antiquität angesichts der modernen Geräte; sie hatten ihn kurz nach ihrer Hochzeit gekauft. In der Wohnung hatte sich seitdem nichts geändert. Von seinem Zimmer abgesehen, in dem die Bücher sich in wackeligen Säulen stapelten. Seine Exfrau hatte nie mehr einen Fuß in die Wohnung gesetzt, und trotzdem hatte er sich nicht entschließen können, irgendetwas zu ändern. Antoine beließ alles an seinem alten Platz. Gelegentlich überkam ihn die Lust darauf, alles gründlich umzuräumen, umzuziehen oder ganze Wochenenden mit Malerarbeiten zu verbringen. Man kennt das aus Büchern: diese Junggesellen, die sich mit einem leise vor sich hin dudelnden Radio, mit einem Pinsel oder einer Maurerkelle in der Hand ein neues Leben zusammenbasteln. Aber Marcas war handwerklich unbegabt. Eine Glühbirne wartete wochenlang darauf, ausgewechselt zu werden, ein Türknauf hing windschief an der Wohnungstür. Was seine flüchtigen Beziehungen betraf, so interessierten sich die Freundinnen kaum für die Einrichtung. Der Anblick des mit Büchern vollgestopften Zimmers genügte ihnen, um zu begreifen, dass sie sich in der Höhle eines hartgesottenen Junggesellen befanden.

Das Telefon läutete hartnäckig weiter. Marcas verabscheute es, so früh am Morgen gestört zu werden. Das waren seine bevorzugten Stunden, in denen er, auf sein Kanapee gelümmelt, in ein Schottenplaid gewickelt, nachdenken konnte. Dennoch stand er jetzt auf.

«Sind Sie Antoine Marcas?»

«Ja», entgegnete er in einem mürrischen Tonfall.

«Alexandre Parell. Ich bin Berater in deiner Loge. Guten Tag, mein Bruder.»

«Guten Tag», erwiderte Marcas mit etwas liebenswürdigerer Stimme. «Was verschafft mir das …?»

«Deine Ermittlung, mein Bruder.»

«Meine Ermittlung?»

«Ja. Hast du die Zeitungen von gestern gesehen?»

«Eine einzige hat mir genügt.»

«Dann weißt du ja schon Bescheid. Ein Minister und Freimaurer wird verdächtigt. Die Loge hat beschlossen zu reagieren. Dir zu helfen.»

Also wirklich, die Brüder überschätzten sich. Und die abgedroschenen Phrasen seines Gesprächspartners gingen ihm jetzt schon auf die Nerven.

«Nun, dann bitte richte doch allen Brüdern meinen Dank für ihre Unterstützung aus. Die so schnell kommt. Und außerdem so unerwartet. Aber meine Ermittlung wird ohne sie stattfinden.»

«Ich fürchte, das wird sie bedauerlicherweise nicht.»

«Oh doch.»

Am anderen Ende der Leitung war ein Seufzer zu vernehmen.

«Man hat mir zwar gesagt, dass du schwierig bist, aber …»

«Da hat man dich nicht getäuscht. Gibt es sonst noch etwas?»

«Wir müssen uns dringend treffen.»

«Nutzlos. Ich hab's dir gerade gesagt.»

«Überleg's dir nochmal. Ich werde um zehn Uhr im Café der Passage Vivienne sein und dort eine Viertelstunde auf dich warten, und ...»

«Du verplemperst deine Zeit.»

«... und ich empfehle dir, zu kommen.»

Der Tonfall störte Marcas genauso wie das Klingeln des Telefons.

Es ist Tradition bei den Brüdern, einander gegenseitig zu helfen. Mit seinem Freimaurereid verspricht jeder neue Erleuchtete, all diejenigen zu unterstützen, die sich hilfesuchend an die Bruderschaft wenden. Ein Gelöbnis, das meist respektiert wird. Selbst wenn die Grenzen der Hilfe gelegentlich schwer auszumachen sind.

Doch wie weit muss sich ein Bruder auf einen Mitbruder einlassen? Und bis zu welchem Punkt kann eine Loge einem Bruder beistehen? Und warum jetzt diese Initiative? Marcas seufzte beim Gedanken an Anselmes Tod. Der hätte ihm einen Rat geben können. Nun war er auf sich gestellt. Allein.

Er war allein. Das traf es genau. Eine bisweilen feindselige Exfrau, flüchtige Liebschaften und ein Sohn, den er ab und zu sehen durfte. Er gab das Bild eines Polizisten ab wie so viele, aufgefressen von der Last der Arbeit. Aber trotz seiner unbelehrbaren vierzig Jahre waren seine Schläfen noch immer dunkelhaarig. Er konnte sich nicht einmal silbergraue Haare zunutze machen, um eine Frau zu verführen.

Seit einigen Wochen hatte Marcas das Gefühl, alles

viel klarer zu sehen. Eine plötzliche Gabe, die er schon längst hinter sich gelassen zu haben glaubte. Bevor er einschlief, suchten ihn in letzter Zeit Erinnerungen heim, die ein zunehmend deutlicheres Bild abgaben und ihn beunruhigten. Sein Leben zog noch einmal an ihm vorüber. Urlaub in der Provinz. Verschwundene Freunde. Gesichter von Frauen, die nicht gealtert waren, erstarrt in der Verheißung ihrer Jugend. Flüchtig wahrgenommene Landschaften, die aus einer vergessenen Erinnerung auftauchten. Eine Vergangenheit, die nach Rechenschaft verlangte. Die vierzig Jahre schonten ihn nicht, das war gewiss. Es ist das Alter, in dem man zum ersten Mal Bilanz zieht. Die Zeit der Enttäuschungen und der Gewissensbisse. Wie bei einem Fächer, der mit einem Schlag zusammengeklappt wird. Selbst seine Veröffentlichungen über die Geschichte der Freimaurerei beflügelten ihn nicht mehr. Er schrieb sie mit Desinteresse. Um zu vergessen.

Und dennoch … Wie die Katholiken, die nach ihrer Messe süchtig sind, blieb auch ihm ein unerschütterlicher Halt. Die Arbeit in der Loge. Schweigen. Demütig verharren. Zuhören. Das Ritual präzise und nüchtern ausführen. Sein ganzes Wesen an den Toren des Tempels niederlegen. Das tat ihm gut.

Und dann war da noch seine Arbeit. Und diese Ermittlung, die sich als schwierig erwies. Wozu sollte er von seinem Kanapee aufstehen? Wozu die Fensterläden öffnen? Und am Ende vielleicht zu diesem Treffen gehen? Vielleicht, aber vorher musste er noch einen Freund besuchen.

Eine Stunde später stieg Antoine Marcas in der Rue Monsieur-le-Prince vor einem Antiquariat aus dem Taxi.

LES LARMES D'ÉROS – Alte Bücher

Die Inschrift in verblassten goldenen Lettern prangte über einer Auslage aus dunklem Holz, die sich seit mehreren Generationen kaum verändert haben konnte. Im Schaukasten waren gebundene Bücher aufgereiht oder gestapelt, die dort schon eine Ewigkeit zu liegen schienen. Der Eigentümer gab sich sichtlich keine Mühe, auf sich aufmerksam zu machen. Darüber hinaus lag die Rue Monsieur-le-Prince nicht in einer Einkaufsgegend. Vielmehr war es eine friedliche Straße, die zum Haupteingang des Jardin du Luxembourg führte. Nur Kenner frequentierten diese schnörkellose Straße, und die wenigen Buchhändler, die dort Läden unterhielten, hatten sich alle auf eine bestimmte Literaturgattung spezialisiert.

Marcas öffnete die Tür des Antiquariats. Eine Glocke ertönte aus den Tiefen des Ladens, und sofort meldete sich eine Stimme in der Nähe der Tür, der sogleich ein ebenso hochgewachsener wie schlanker Körper folgte.

«Sie wünschen? ... Ach, du bist es!»

«Ja. Guten Tag, mein Bruder.»

«Frieden und Brüderlichkeit, mein Bruder. Suchst du einen bestimmten Fälscher? Willst du mich vor einem Betrug warnen, oder machst du einfach nur einen Ausflug in den Park Luxembourg?»

Diese Begrüßung war ein freundschaftlicher Ritus zwischen Antoine und Stéphane Belleau. Bei jedem seiner nostalgischen Spaziergänge im Park Luxembourg ging Marcas im *Larmes d'Éros* vorbei, um mit Stéphane über Literatur zu diskutieren. Sie sprachen über Gide, der schon als Kind diese Orte besucht hatte: die alte Buchhandlung Corti, die Bibliothek des Senats mit den Arbeiten des Beamten Anatole France. Eine ganze Kulturwelt, deren Spuren allmählich verblassten, deren Erbe aber Marcas und Belleau pflegten.

«Nein, ich habe eine Verabredung, sagen wir einen beruflichen Termin, und ich bin gekommen, um dich um einen Rat zu bitten.»

«Einen alten Frauenheld wie mich?»

Stéphane Belleau hatte sich auf seltene Bücher der erotischen Literatur spezialisiert. Ein Markt, der nie eingebrochen war. An Sammlern für diese Art von Werken fehlte es nicht. Ein anonymes Werk des achtzehnten Jahrhunderts oder eine Erstausgabe von de Sade mit freizügigen Kupferstichen wurden für teures Geld verkauft. Überall in der Welt.

Auf dem Tisch lagen zwei makellos gebundene Bücher und warteten darauf, verpackt zu werden.

«Was ist das?»

Stéphane Belleau blickte den Stapel zerstreut an.

«*Le Portier des Chartreux* und *Les Fureurs utérines de Marie-Antoinette*. Ein revolutionäres Pamphlet über die Verderbtheit dieser armen Frau. Eine unglückliche Königin und vernachlässigte Ehefrau. Total pornographisch.»

«Und *Le Portier des Chartreux*?»

«Gut geschrieben. Für meinen Geschmack aber recht banal. Was passiert wohl in einem Mönchskloster, wenn die Nacht hereinbricht? Du kannst dir die Antwort leicht vorstellen. Damals gefiel das den Leuten.»

«Das gefällt ihnen noch heute.»

«Oh ja!»

«Kurz, du bist ein zufriedener Mann?»

«Der Händler ist zufrieden. Der Kunstliebhaber erheblich weniger. Sieh dir dieses Buch an.»

Ein dünnes Büchlein ruhte auf dem Schreibtisch.

«Die Erstausgabe von *Madame Lawrencea* von Georges Bataille. Eine seltene Ausgabe und ein literarisches Meisterwerk. Aber das hat noch keinen Abnehmer gefunden.»

«Zu verkopft. Außerdem hat die erotische Literatur immer schon Zeit gebraucht, um die Nachwelt zu erreichen. Das Werk von de Sade hat mehr als zwei Jahrhunderte gewartet, bevor es anerkannt wurde. Die Pleiade-Ausgabe ist immer noch druckfrisch.»

«Oh ja: ‹*Die Hölle auf Bibeldruckpapier*.›»

«Apropos Hölle …»

Marcas' Stimme wurde ernster.

«… was kannst du mir über die Liebe und … den Tod sagen?»

Stéphane machte es sich in seinem Sessel bequem.

«Der Minister, ist es das?»

Antoine schnitt eine Grimasse.

«Der Minister und Bruder!»

«Na schön, da hast du es in aller Brüderlichkeit.»

«Ich könnte gut darauf verzichten», entgegnete Marcas. «Ein Flittchen unserer Republik ist unter ungeklärten Umständen gestorben. Und einen Minister und Bruder ereilt ein Anfall von Demenz.»

«Die Zeitungen behaupten, dass …»

Antoine blickte nervös auf seine Armbanduhr.

«Die Zeitungen schreiben, was sie wollen!»

«Aber woran ist diese Frau denn gestorben?»

«Zweifellos an einem geplatzten Blutgefäß, dem eine innere Blutung folgte.»

«Und die Ursache dafür?»

«Keine Ahnung. Ich weiß nur, dass sie zuvor Geschlechtsverkehr hatten. Und das beunruhigt mich.»

Marcas betrachtete die mit Büchern vollgestopften Regale.

Der Buchhändler faltete die Hände zu einem Dreieck und brachte sie an die Lippen. Als wollte er mit gedämpfter Stimme sprechen.

«*Mort* et *amor*! Darüber willst du mit mir sprechen? Seit Jahrhunderten ein infernalisches Gespann. Du weißt, dass man die sexuelle Ekstase als den kleinen Tod bezeichnet?»

Marcas nickte.

«Für einige Leute ist die Liebe übrigens der schönste Weg zum Tod gewesen: Man nennt das Epektase, ein seit 1899 gebräuchlicher medizinischer Begriff.»

«Klär mich auf.»

«Sagt dir die Affäre Félix Faure nichts?»

«Nein!»

«Ein Präsident der Republik, der bei der Ausübung seiner … seiner amourösen Vergnügungen starb?»

«Wirklich?»

«Wir müssen dein Wissen auffrischen!»

«Ich bitte darum, aufgeklärt zu werden.»

«Am 16. Februar 1899 war Präsident Félix Faure mit einer gewissen Mme. Steinheil in eine höchst intime Konversation verwickelt …»

«Du beginnst, mein Interesse zu wecken.»

«Eine Dame, deren Zärtlichkeiten angeblich dergestalt waren, dass sie die Gesundheit schädigen konnten.»

«Eine sehr fingerfertige Frau also!»

Stéphane Belleau lachte laut auf.

«So sehr, dass der unglückliche Félix Faure in den kundigen Händen besagter Person verschied, die anschließend halb nackt über eine Dienstbotentreppe flüchtete. Ein nationaler Skandal!»

«Wie er auch meinem Minister passieren kann!»

«Von den spitzen Federn der Journalisten ganz zu schweigen …»

«Damit habe ich auch schon Bekanntschaft gemacht», seufzte Marcas bitter.

«… und nicht zu vergessen die vernichtenden Worte der politischen Gegner. Nach dem Tod des Präsidenten bestieg Clemenceau die Rednertribüne in der Deputiertenkammer.»

«Ich rechne mit dem Schlimmsten …»

«Das kannst du auch! Mit anderen Worten, er hat den Sarg seines Rivalen zugenagelt: ‹Félix Faure hielt sich für Cäsar, dabei war er nichts weiter als Pompeius.›»

Marcas fasste sich an den Kopf, als sei er bestürzt.

«Du kannst dir die Reaktionen in der Nationalversammlung vorstellen! Einfach umwerfend!»

«Ich kann mir die Reaktionen der Presse gut vorstellen, wenn ich keine vernünftigen Erklärungen für den Tod der Geliebten des Ministers finde.»

Der Buchhändler neigte sich zu seinem Bruder vor:

«Aber woran ist sie denn gestorben?»

Marcas blickte erneut auf seine Armbanduhr. Nur noch eine halbe Stunde bis zum Treffen in der Rue Vivienne. Er stand auf.

«Woran sie gestorben ist? Aber du hast es mir doch gerade gesagt ... An der Liebe!»

Er verabschiedete sich mit einer kleinen Handbewegung.

Die Passage Vivienne war als Verbindung zwischen den Quartiers der Nationalbibliothek und der Börse geplant worden, als ein Treffpunkt von Finanzwelt und Geisteselite. Aber der Ort hatte schon alles Paradoxe verloren. Die Börse war, ebenso wie die Nationalbibliothek, an einen anderen Ort umgezogen. Nach einigen Jahren war die Passage nun zu neuem Leben erwacht, denn eine Reihe von neuen Geschäften und Boutiquen hatte hier eröffnet. Darunter die Ateliers eines großen Modeschöpfers, der wegen seiner avantgardistischen Arbeiten geschätzt wurde.

Die Passage Vivienne, um 1820 erbaut, war zweifellos, ebenso wie die benachbarte Galerie Colbert, von Freimaurern entworfen worden. Sonst ließen sich die seltsamen Friese aus Relief-Medaillons nur schwerlich erklären, die die Innenfassaden schmücken.

Wenn ein Freimaurer durch eine dieser Passagen ging, versäumte er es nie, sich möglichst diskret mindestens zwei der Medaillons anzusehen: Eines stellt einen Bienenkorb dar, der die Arbeit in der Loge symbolisiert, das zweite ein freimaurerisches Händeschütteln.

Als Marcas bei diesem Erkennungszeichen ankam, fragte er sich, wie er den Berater der Loge erkennen sollte. Aber er brauchte sich die Frage nicht lange zu stellen, denn das Café war bis auf einen Platz leer.

«Parell. Alexandre Parell. Ich bin froh, dass du Zeit gefunden hast.»

Mit seinem Zeigefinger machte er eine rituelle Geste. Der Kommissar erwiderte sie auf die gleiche Weise, bevor er das Wort ergriff.

«Du hast es eilig, nicht wahr? Ich auch. Also was will die Loge?»

«Transparenz und Diskretion.»

«Soll das ein Scherz sein?»

Marcas machte Anstalten aufzustehen. «Die Transparenz für uns, die Diskretion für die Profanen. Wegen dieser bedauerlichen Angelegenheit läuft die gesamte Freimaurerei Gefahr, in den Schmutz gezogen zu werden.»

«Dort sitzen wir schon!»

«Hör mal, du siehst doch, dass….»

«Aber nein, ich sehe nichts. Diese Angelegenheit hat nichts mit der Freimaurerei zu tun. Es ist eine Privatangelegenheit.»

«Ich glaube nicht, dass …»

«Es war einfach eine flotte Nummer zu viel zwischen einem Minister, der sich für einen jungen Mann hielt, und einer Frau mit einem schwachen Herzen.» Parells Stimme wurde plötzlich ernster. «Du hast alle Autopsieberichte gelesen?»

«Nein, ich erwarte …»

«Wir schon! Und sie ist keineswegs an Herzinsuffizienz gestorben.»

Marcas' Gesicht wurde rot vor Zorn.

«Ich habe den Pathologen selbst gesprochen. Und er hat mir gesagt, dass ...»

«Und zuvor hatte ihm der Innenminister gesagt, er solle seine Arbeit beschleunigen und die Berichte weitergeben ... Du hast ja gar nichts bestellt. Willst du einen Kaffee?»

«Was für ein Spiel treibt ihr da?»

«Das einzige Spiel, das man spielt, wenn man in der Tinte sitzt: möglichst schnell rauszukommen ...»

«Das verstehe ich nicht.»

«Und wir glauben, nur allzu gut zu verstehen.»

Marcas blickte seinem Bruder in die Augen. Er war etwas über dreißig, trug eine elegante Brille mit federnden Bügeln und einen perlgrauen Anzug. Dies war eine neue Generation von Freimaurern, auf der Schwelle zwischen Politik und Medien. Männer, die genau wussten, wo heute die wahre Macht lag. Es ging darum, die Information zu kontrollieren, ihr Sender und nicht ihr Empfänger zu sein. Und die Loge sollte in diesem Fall nicht in den Schmutz gezogen werden.

«Wir haben ein Dossier für dich vorbereitet. Ein möglichst vollständiges. Unser Bruder, der Minister, hatte bestimmte Vorlieben. Eines Tages wirst du das verstehen.»

«Da bin ich mir nicht sicher.»

«Jeder Bruder sucht seinen Weg. Und manche ... verirren sich gelegentlich.»

Marcas wiederholte:

«Verirren sich?»

«Die Freimaurerei ist ein schwieriger und langer Weg. Und da ist es leicht, auf Abwege zu kommen ...»

«Und unser Bruder ist vom Weg abgekommen?»
Parell legte das Dossier auf den Marmortisch.
«Sehr viel mehr als das!»

29
Paris
Rue des Martyrs

Der kalte Wind peitschte ihr ins Gesicht und fuhr ihr
unters Kleid. Anaïs unterdrückte ein Zittern, stieg aus
dem Taxi aus und lief durch den Regen auf den Hauseingang zu. Sie tippte den Zahlencode aus sechs Ziffern
in das elektronische Türschloss ein und betete, der Code
möge sich seit ihrem letzten Besuch nicht geändert haben. Zu ihrer großen Erleichterung ging die Tür mit
einem lauten Sirren auf. Sie ging zum hinteren Ende des
Innenhofs, wo sich die Loge der Concierge befand.

Sie klopfte kräftig gegen die Glasscheibe und hätte
um ein Haar die Scheiben zerbrochen. Ein alter orange-
farbener Vorhang wurde zur Seite gezogen und gab den
Blick auf das Gesicht einer liebenswürdigen jungen Frau
frei. Anaïs erkannte die Tochter der Concierge, eine Studentin, die ihre Mutter in den Ferien vertrat, um sich
etwas Geld dazuzuverdienen. Sie öffnete die Tür.

«Mademoiselle Anaïs, treten Sie ein! Sie werden sich
bei dem Wetter noch erkälten!»

Anais wärmte ihre klammen Glieder in dem kleinen
Raum. Die Studentin musterte sie von oben bis unten,
sichtlich überrascht von Anais' sommerlicher Kleidung.

«Setzen Sie sich. Ich mache mir gerade eine Tasse Tee, wollen Sie auch eine?»

«Nein, vielen Dank, ich möchte nur die Schlüssel zur Wohnung meines Onkels.»

«Natürlich. Da gibt es sicher viele Erinnerungen … Aber sind Sie wirklich sicher, dass Sie nicht doch erst eine kleine Tasse wollen?»

Anaïs war völlig erschöpft und versuchte die Unterhaltung abzukürzen.

«Die Erinnerungen …? Ich möchte nur die Schlüssel. Ich bin völlig erledigt, ich komme gerade von einer langen Reise zurück und muss mich erholen. Mein Onkel dürfte um diese Zeit noch nicht zu Hause sein.»

Die Studentin erstarrte.

«Mein Gott! Sie wissen noch gar nicht Bescheid?»

«Worüber Bescheid?»

«Ihr Onkel ist vor knapp zehn Tagen gestorben!»

Anaïs hatte das Gefühl, als würde ihr der Boden unter den Füßen weggezogen. Der Albtraum begann von neuem. Sie bekam keine Luft mehr und ließ sich langsam in einen kleinen, mit grauem Stoff bezogenen Sessel fallen.

«Ihr Onkel hatte einen Herzanfall, als er die Treppe hinaufging. Als ich ihn fallen hörte, bin ich losgerannt, um den Notarzt anzurufen, aber es war bereits zu spät. Selbst der pensionierte Arzt im vierten Stock und seine Nachbarin haben nichts mehr machen können, um ihn noch zu retten.»

Anaïs musste an sich halten, um nicht in Tränen auszubrechen. Sie musste jetzt durchhalten und durfte nicht schwach werden. Nur ein paar Minuten noch, so

lange, bis sie oben in Anselmes Wohnung war. Mit tonloser Stimme sagte sie:

«Geben Sie mir bitte die Schlüssel.»

Die Studentin nahm ein Schlüsselbund, das an einer
Korkplatte hing.

«Sagen Sie, wollen Sie, dass ich mit Ihnen hoch-
gehe?»

«Nein, danke. Es wird schon gehen.»

Anaïs stand auf, um die Schlüssel an sich zu nehmen,
und ging schweigend unter dem besorgten Blick der
Studentin hinaus. Im Treppenhaus roch es nach Bohnerwachs. Langsam stieg sie die Treppenstufen hinauf.
Tränen begannen ihr über die Wangen zu laufen.

Anselme war tot. Jetzt konnte ihr kein Mensch mehr
helfen.

Als sie im zweiten Stock ankam, öffnete sie die vertraute schwere Eichentür und schloss sie fest hinter sich
zu.

Die Wohnung war in Halbdunkel getaucht. Nach
und nach schritt Anaïs durch die einzelnen Zimmer. Im
Schlafzimmer berührte sie das Bett, ohne zu wissen,
warum. Alles war aufgeräumt, sauber und ordentlich,
als hätte Anselme gerade erst die Wohnung verlassen. In
seinem Arbeitszimmer begriff sie dann die schreckliche
Wahrheit. Auf dem Tisch lagen zahlreiche Bücher, Zeitungsausschnitte und aufgeschlagene Akten. Und schon
jetzt bedeckte sie eine feine Staubschicht.

30
Paris
Quai de Conti

Dionysos legte die Zeitungen auf den Tisch. Er hatte darauf bestanden, sie selbst am Kiosk zu kaufen, nachdem er seine Verabredungen in der Hauptstadt unter Dach und Fach hatte.

Er konnte sich immer auf die Medien verlassen, wenn es darum ging, einen Sturm der Entrüstung anzufachen und so die Spuren zu verwischen. Die Flammen der sizilianischen Scheiterhaufen hatten auch auf andere Länder übergegriffen. Das Thema füllte ganze Seiten in *Le Parisien, Libération* und *Le Figaro,* und bekam eine ausführliche Analyse in *Le Monde.* Alle fragten sich nach den Urhebern des Massakers und ihren Beweggründen. Die Sektenexpertin, die er im Fernsehen gesehen hatte, dozierte weiter über die Persönlichkeit des Gurus. Ein anderer Experte behauptete kategorisch, der Einfluss esoterischer Bücher auf die Gesellschaft führe zu diesen Verirrungen. Er glaubte, dass schon bald die ersten Überlebenden des Sonnentempelordens auftauchen würden.

Der Dummkopf. Der Sturm hatte gerade erst begonnen.

Der Meister lächelte. Er legte die Zeitungen hin und schlug erneut das Casanova-Manuskript auf.

… Der Diener des Marquis kam um elf Uhr und führte mich zu seinem Herrn, den ich in einem kleinen Zimmer seines Wohnsitzes vorfand. Der Fußboden

war mit Seidenkissen bedeckt, und auf kleinen runden Tischen mit Kupfer- und Silberplatten waren diverse Gerichte zubereitet. Es erschienen noch weitere Gäste des Marquis, und wir setzten uns zu siebt zu Tisch. Das ganze Festmahl wurde nach Maurenart serviert, was sowohl für das Zeremoniell als auch für die Speisen galt. Diese Eigenart überraschte mich nicht. Ich wertete sie als Zeichen der Achtung und des Vertrauens. Seit meiner Ankunft in Granada hatte ich bemerkt, dass viele Traditionen aus der Zeit der Kalifen überlebt hatten. Es hieß, dass einige Familien sogar dem Glauben ihrer Vorfahren treu geblieben waren. Und es wurde gemunkelt, dass selbst noble Christen bestimmte Traditionen maurischen Ursprungs weiter praktizierten.

Unser Gastgeber hatte es nicht versäumt, mich allen Anwesenden vorzustellen, doch der Gast, der mich am meisten interessierte, war ein stattlicher Mann um die sechzig, dessen Physiognomie Weisheit und Sanftheit ausstrahlte. Bei allen Äußerungen, die ich bei Tisch getan hatte, hatte er mir mit größter Aufmerksamkeit zugehört, ohne selbst auch nur ein einziges Mal das Wort zu ergreifen.

Als ich den Saal verließ, in dem wir gespeist hatten, fragte ich Marquis de Pausolès, wer der Gast gewesen sei; und er antwortete mir, das sei ein Mann, wie man ihn nur selten treffe, und er gab mir den Rat, seine Freundschaft zu pflegen, falls er sie mir anbiete.

Diese Beschreibung gefiel mir, und nachdem wir durch den Garten promeniert waren, betrat ich wieder den großen Salon und setzte mich neben Don Ortega:

Das war der Name des Spaniers, der mich neugierig gemacht hatte und der mir nun anbot, in seiner Gesellschaft zu rauchen. Ein Diener von Marquis de Pausolès brachte mir eine Pfeife, die er mit Sorgfalt vorbereitete, bevor er sie mit einem Stück Holzkohle anzündete.

Don Ortega fragte mich nach den Gründen, die mich nach Granada geführt hätten. Um seine Neugier zu befriedigen, erzählte ich ihm die Geschichte meines Lebens seit meiner Ankunft in Spanien. Ich ließ keine Einzelheiten aus, selbst die nicht, die mich in der Öffentlichkeit lächerlich gemacht hätten.

«Mein Lieber, Sie stehen an einem Scheideweg Ihres Lebens. Nur wenige Männer gelangen zu einem solchen Bewusstseinsgrad. Und die wenigsten gelangen noch darüber hinaus.»

Seine Rede erinnerte mich an die des Marquis de Pausolès. Ich fragte ihn, ob er auch ein Bruder sei. Er lächelte, ergriff meine Hände und vollzog die rituellen Berührungen. Ich umarmte ihn, von Herzen entzückt über diese Brüderlichkeit, die mich so glücklich machte.

«Sie sind also in Frankreich von Erleuchteten aufgenommen worden», sagte er mir, «unsere dortigen Brüder scheinen mir eher um politische als um philosophische Fragen besorgt zu sein.»

«Es stimmt», erwiderte ich, «dass *Le contrat social* von Rousseau in allen Logen gelesen wird. Man liest ihn, kommentiert ihn …»

«Und träumt von einer großen Reform der Gesellschaft. Aber glauben Sie mir, mein Bruder, die wirkliche Revolution gibt es nur in einem selbst.»

Seine Worte stimmten mich nachdenklich. Die Freimaurerei würde sich nicht nur auf politische Versammlungen beschränken können, die sich ausschließlich damit befassten, den Lauf der Geschichte zu beeinflussen. Viele Brüder hatten auch andere Ambitionen, und zahlreiche Logen praktizierten Riten, die offenkundig mystischen Gedankengängen entsprangen.

«Das glaube ich gern, umso mehr, als ich einigen Brüdern begegnet bin, für die das Ziel der Freimaurerei nichts Profanes an sich hatte. Ganz im Gegenteil, auch sie suchten die verborgene Wahrheit.»

Ich wusste eigentlich nicht, was ich von diesen Logen halten sollte, die sich zusammenfanden, um Riten zu praktizieren, deren Rätselhaftigkeit angeblich die Garantie für ihren Erleuchtungswert waren. An der Ernsthaftigkeit der Brüder, die sich diesen Riten hingaben, mochte kein Zweifel bestehen, doch konnte man denen, die sie leiteten, nicht unbedingt die gleiche Ehrhaftigkeit nachsagen.

Don Ortega lächelte traurig.

«Ich sehe, worauf Sie anspielen, doch ich fürchte, dass zahlreiche dieser Versuche nichts weiter sind als esoterische Albernheiten, welche die wahre Freimaurerei entehren.»

Ich dachte an einen gewissen Cagliostro, von dem ich schon in Italien hatte reden hören und den ich ein Jahr später in Aix-en-Provence kennenlernen sollte. Auch er hatte zahlreiche unerklärliche Wunder bewirkt und war ein Spezialist für eindrucksvolle Rituale.

«Es ist wahr, dass wir in einer Epoche der Scharlatane leben, die so tun, als hielten sie Zwiesprache mit dem Himmel. Abenteurer, die jeden Tag neue Riten erfinden.»

Und ich erzählte ihm, dass ich in Paris und Lyon Logen besucht hatte, in denen die Brüder versuchten, mit dem großen Architekten des Universums in direkten Kontakt zu treten. Er lachte laut los.

«Ich selbst habe gewissen Zeremonien beigewohnt. Sie waren einst auch in Spanien Mode, trotz der damit verbundenen Risiken, denn die Inquisition versteht bei Magie keinen Spaß, selbst dann nicht, wenn sie lächerlich ist.»

Und so sprachen wir über esoterische Rituale, bei denen Brüder, obwohl sie vernünftige Männer waren, zu primitiven Geistern beteten und den Engel Uriel anflehten.

«Und um alle verborgenen Kräfte des Weltalls zu beschwören, entwerfen sie die Sonne als ein absurdes Pentagramm!»

«Oder sie verlieren sich in Weihrauchwolken!»

«Gleichwohl enthüllt all das», begann Don Ortega, der wieder ernsthaft geworden war, «einen wirklichen Mangel. Der Mensch ist unvollkommen, solange er seine zweite Hälfte nicht gefunden hat.»

Ich blieb stumm.

«Was Sie mir über Ihre Abenteuer in Madrid erzählten, lässt mich vermuten, dass auch Sie auf der Suche nach dem fehlenden Teil sind.»

Ich wollte gerade antworten, doch da erhob er sich.

«Es hat mich gefreut, mich mit Ihnen zu unterhalten. Denn ich sehe, dass Sie ein reines Herz haben und dass Ihre Seele voller Hoffnung ist. Das sind die Bedingungen, die für ein reines Gewissen erforderlich sind.»

Ich sagte ihm, wie sehr seine Anwesenheit und seine Worte meine Seele beschwichtigt haben. Und wie glücklich ich sein würde, mich zu seinen Freunden zählen zu können.

Ein Lächeln erstrahlte in seinem Gesicht, und er schloss mich in die Arme.

«Verlassen Sie sich darauf, Casanova, dass ich Sie bald wiedersehen möchte und dass die Freundschaft, die Sie mir vorschlagen, Sie zufriedenstellen wird. Es ist Sitte unter Brüdern, unser Wissen von der Welt – und sei es noch so gering – weiterzugeben. Zählen Sie auf meine brüderliche Hilfe auf Ihrem weiteren Weg, der ein Weg des Herzens ist.»

Ich begleitete ihn bis zur Tür, wo uns der Marquis de Pausolès erwartete. Ich verabschiedete mich von Don Ortega, der sich mit dem Versprechen empfahl, mich bald wiederzusehen.

«Nun, was halten Sie von unserem Bruder?», fragte mich der Marquis, als wir allein waren.

«Mir fehlen die Worte, um die Dankbarkeit zu schildern, die ich Ihnen schulde, weil Sie mich mit einem solchen Mann bekannt gemacht haben.»

«Unser Bruder ist ein wahrer Gelehrter im edlen Sinn des Worts. Er hat zahlreiche Jahre seines Lebens dem Studium der Geschichte Granadas geweiht. Er hat seine Nächte damit zugebracht, die alten Chroniken aus der Zeit der Mauren zu lesen. Sie müssen seine

Bibliothek sehen. Er hat unzählige Bücher und alte Pergamente aus der Zeit der Muselmanen gesammelt.»

«Ist es nicht gefährlich, sich für die heiligen Bücher einer anderen Religion zu interessieren?»

«Don Ortega ist ein geachteter Mann, und alle Großen des Königreichs haben sich schon seiner Dienste bedient. Außerdem sind die Gläubigen dieses Landes ebenso unwissend wie habgierig. Wenn sie in ihrer Bibliothek einen arabischen Text entdecken, verbrennen sie ihn nicht, wie es die Inquisition verlangt, sondern begeben sich zu unserem Bruder, um einen guten Preis dafür zu erhalten.»

Ich lächelte bei der Vorstellung, wie ein Mönch in einer schmutzigen Soutane ein seltenes Buch gegen ein paar elende Geldstücke eintauschte.

«Übrigens», begann der Marquis de Pausolès erneut, «unser Bruder Ortega ist nicht der einzige, der sich für den Geist der Vergangenheit interessiert. Ich habe es Ihnen schon gesagt, wir leben hier auf einem traditionsreichen Stückchen Erde, als deren aufmerksame Verwalter wir uns erweisen müssen. Auch die Mauren waren nichts weiter als die Erben noch älterer Lehren.»

Wir befanden uns noch immer im Vorzimmer, wo ein livrierter Diener wartete, um mich hinauszubegleiten.

«Sie werden schon bald Gelegenheit erhalten, diese Fragen mit Ortega persönlich zu besprechen. Und ich will dem Thema nicht den Reiz des Neuen nehmen. Aber sagen Sie mir, welche Pläne haben Sie morgen?»

Ich erwiderte sogleich, dass ich mich ganz zu seiner Verfügung halten würde.

«Kennen Sie das Kloster zur Heiligen Dreieinigkeit?»

«Ich hatte noch nicht diese Ehre.»

«Es ist das älteste Kloster der Stadt. Meine Schwester lebt dort zurückgezogen. Sie betet für den Frieden unserer Seelen und beschäftigt sich mit der Erziehung junger Novizinnen.»

«Eine heilige und edle Berufung!»

«Daran sollten Sie nicht zweifeln! Die jungen Mädchen, die man in dieses Kloster schickt, sind zuweilen … überraschend.»

«Sie reizen meine Neugier!»

«Sind Sie nicht in Granada, um am Leben neuen Geschmack zu finden?»

«Mit Ihrer Hilfe, ja.»

Der Marquis ergriff mich bei der Hand, bevor er sagte:

«Sie werden den Weg kennenlernen.»

31
Paris
Rue Monplaisir

Seit seinen Studienjahren schätzte Marcas die Atmosphäre von Cafés. Der dort herrschende Lärm störte ihn nicht. Im Gegenteil, es gelang ihm ohne Schwierigkeiten, sich von der unruhigen, bewegten Atmosphäre zu lösen, um sich in seine Überlegungen zu vertiefen.

Und außerdem liebte er es zu warten. Besonders, wenn er mit einem Unbekannten verabredet war.

Als Marcas jetzt abrupt aufstand, verstreute er in seiner Hast den Zucker für seinen Kaffee. Die Unbekannte setzte sich zu ihm und legte ihren Freimaurerausweis auf den Tisch: *Isabelle Landrieu.*

«Sie haben nicht erwartet, mit einer Frau verabredet zu sein, nicht wahr?»

«Nein, und als ich Sie eintreten sah, habe ich obendrein geglaubt ...»

«Dass ich ein Mann bin? Ja, ich weiß, heute muss ich aber eher männlich aussehen: Anzughose, zweireihiges Jackett ... An anderen Tagen hätten Sie mich nicht erkannt, da wäre ich als Femme fatale gekommen ...»

«Nein, aber im Augenblick ...»

«Im Augenblick was? Bin ich wirklich so farblos?»

«Nein, ganz im Gegenteil. Äh ...»

Marcas sah, wie sie die Stirn runzelte. Er verheddarte sich wie ein pickliger Jüngling und sagte:

«Verraten Sie mir lieber, was genau Ihre Aufgabe ist?»

«Erst Sie. Sagen Sie mir, was Sie über mich wissen! Ich habe heute nicht sehr viel Zeit.»

Marcas seufzte. Er hatte einen guten Teil der Nacht mit der Lektüre des Berichts verbracht, den ihm der Abgesandte der Loge anvertraut hatte. Das Lesen hatte ihn jedoch nur noch mehr verwirrt. Am Morgen hatte er dann Parell angerufen, der darauf verzichtete, einen ironischen Kommentar abzugeben. Beide waren sich darin einig gewesen, dass die Situation sehr heikel war. Parell hatte ihm Hilfe angeboten:

«Hör zu, wir kommen sonst aus der Sache nicht mehr raus. Wir haben da jemanden. Einen Spezialisten für diese Fragen. Du musst ihn treffen. Dann bleibt das Ganze in der Familie, du weißt schon, was ich meine?»

Marcas hatte sehr wohl verstanden und ein Treffen in einem Café in der Rue Monplaisir akzeptiert. Er erwartete einen Bruder. Es war aber eine Schwester.

«Was ich weiß? Zunächst einmal könnten wir ruhig du zueinander sagen. Immerhin bleibt alles ...»

«... in der Familie, ja. Nun?»

«Parell hat mir gesagt, du seist eine Sektenspezialistin und dass du zur ministeriumsübergreifenden Kommission gehörst. Kurz, du seist eine Koryphäe.»

«Das ist alles?»

Isabelle fischte sich eine Zigarette aus der Schachtel von Marcas. Im Café drehte einer der Kellner auf Bitten einer Gruppe belgischer Touristen, die Nachrichten hören wollte, die Lautstärke des Fernsehers auf.

«Reicht das etwa nicht?»

«Doch! Ich arbeite tatsächlich gelegentlich als Beraterin der Regierung, wenn es um Sekten geht. Ich helfe den Organisationen im Kampf gegen die Sekten, nehme an parlamentarischen Untersuchungen teil, sammle Informationen. Auch Journalisten rufen mich gelegentlich an ... Aber du solltest noch etwas wissen ...»

«Willst du mir Angst machen?»

«Ich bin in erster Linie als Schwester hier. Hast du den Artikel gelesen?»

«Leider ja.»

«Glaub mir, abgesehen von der bedauernswerten Affäre um den Minister hat man es nicht auf die Regierung abgesehen, sondern auf uns! Es geht primär darum, uns als eine Gruppe von Sektierern bloßzustellen.»

Marcas fuhr mit der Handfläche über die Akte, die ihm der Berater der Loge übergeben hatte.

«Das dürfte ihnen hiermit auch nicht besonders schwerfallen! Ich glaube allerdings nichts von dem, was hier steht. Freimaurer, die sich für gleichsam magische Zeremonien hergeben ...!»

Isabelle durchwühlte ihre Tasche und zog ein ähnliches Dossier hervor.

«Ich habe dieselbe Akte. Ich arbeite seit Anfang der Woche daran. Parell hat gute Arbeit geleistet.»

«Ich kann es gar nicht fassen! Das sind Riten aus längst vergangenen Zeiten. Von Mystikern ohne Glauben und ohne Gesetz, nur auf der Suche nach Macht. Als wollten sie die alten Götter zu neuem Leben erwecken!»

«Jedenfalls sind es keine Erleuchteten! Was über ihre Praktiken durchgesickert ist, lässt vermuten, dass sie sich an zeitgenössischen Quellen orientiert haben.»

«Was soll das heißen?»

Die Beraterin setzte ein eigentümliches Lächeln auf.

«Eine Matroschka!»

«Ich verstehe kein Wort.»

«Das System der russischen Puppen: eine Gruppe, die eine andere in sich birgt!»

«Geht es noch etwas genauer?»

Isabelle zündete sich eine Zigarette an.

«Zunächst einmal haben wir da diese neue Loge, zu der auch der Minister gehört. Natürlich spreche ich nicht von Regius, die nicht mehr existiert, sondern von einer neuen Loge, die auf traditionelle Weise gegründet worden ist. Alles strikt nach Vorschrift.»

«Abgesehen davon, dass man dort einen Minister findet und zweifellos auch ...»

«Berühmte Persönlichkeiten, ja. Aber das ist nichts Neues, das müsstest du doch wissen! Ebenso wie die Freimaurer haben auch prominente Leute die Neigung, sich in Kreisen zusammenzufinden, wo sie unter sich sind.»

«Eine schöne Vorstellung von Brüderlichkeit ...!»

«Und dennoch macht das noch keine Sekte aus.»

Jetzt griff auch Marcas nach einer Zigarette.

«Und wann gerät das Ganze außer Kontrolle?»

«Wenn sie das Ritual anrühren. Seit zwei Jahren bitten sie um die Genehmigung, einen altertümlichen Ritus praktizieren zu dürfen. Das tun bestimmte Logen gelegentlich, um einen Teil der Freimaurergeschichte wiederzubeleben.»

«Einen bekannten Ritus?»

«Ja und nein. Im achtzehnten Jahrhundert hat es zahlreiche Riten gegeben, von denen man nichts weiter kennt als den Namen, weil sie in Polizeiberichten und privaten Briefen aufgetaucht sind. Im gegenwärtigen Fall handelt es sich um einen zwar erfassten Ritus, dessen Inhalt aber leider unbekannt ist. Ein Köder. Ganz einfach.»

«Aber es wurde doch sicher ein Text vorgelegt? Hat die Ritenkommission ihn akzeptiert?»

«Ja.»

«Dann müsste es auch eine Kopie davon geben.»

«Nein. Das Dossier ist verschwunden. Genauso wie

die Listen der Logen, die die Namen der Brüder enthalten, sowie die Anwesenheitsliste, die Aufschluss über die Identität der Gäste geben könnte. Auch die Rechenschaftsberichte der Logen haben sich in Luft aufgelöst.»

«Und was bleibt noch übrig?»

«Was Parell in Erfahrung gebracht hat sowie ein Minister in der Irrenanstalt und eine Tote im Leichenschauhaus!»

«Na, klasse!»

«Aber es kursiert ein Gerücht, bei dem der Name Henry Dupin fällt.»

«Der Modeschöpfer?»

«Genau der. Man sagt, er sei einer der Beamten dieser besonderen Loge. Aber das ist nur eine Vermutung.»

Marcas klopfte mit den Fingern leicht auf den Tisch. Isabelle sah auf ihre Armbanduhr, bevor sie fortfuhr:

«Jedenfalls ist diese Loge von einer Sekte unterwandert worden. Dessen bin ich sicher.»

«Das ist auch die Vermutung von Parell. Aber, offen gestanden, erkennt man einen Guru doch sofort.»

«Ich bezweifle, dass du einen erkennst, wenn du ihm begegnest. Vor allem wenn er sein Handwerk versteht.»

«Wie bei unserem Minister, der geglaubt hat, eine zweite Jugend gewonnen zu haben! Wer weiß, sein geistiger Führer hatte vielleicht das Elixier ewiger Jugend hervorgezaubert. Immerhin handelt es sich nicht um den Heiligen Gral oder den Stein der Weisen.»

«Es sei denn, die drei sind in Wahrheit ein und dasselbe.»

«Machst du Witze?»

«Nicht wirklich.»

217

«Du glaubst doch nicht im Ernst, dass …»

Marcas musste mit einem Mal an Anselme denken. Doch Isabelle unterbrach seine Gedanken.

«Hör zu, ich muss jetzt gehen, aber ich habe ein Dossier über einige wissenschaftliche Forschungen der letzten Zeit vorbereitet. Du wirst sehen. Wenn der Geist gut trainiert ist, vermag er vieles. Man muss ihm einfach helfen zu glauben. Und einer der besten Hebel ist …»

«Ist was …?»

«Sex!»

Isabelle legte eine blaue Akte auf die falsche Marmorplatte des Tischs, bevor sie aufstand.

«Lies das.»

Im Café erklang plötzlich zustimmender Beifall. Marcas warf der Touristengruppe einen Blick zu. Die Männer lachten, zeigten mit dem Finger auf den Fernseher und riefen etwas. Auf dem Bildschirm war zu sehen, wie sich die Schauspielerin Manuela Réal zu einem Mikrophon beugte und ihr großzügiges Dekolleté den Blick auf einen traumhaften Busen frei gab.

Daraufhin neigte sich Isabelle zu Marcas:

«Was habe ich dir gesagt?»

32
Paris
Quai de Conti

Dionysos hatte sich in der Mitte des Salons auf einen Diwan gesetzt. Die zwei Fenster der Wohnung lagen zur Seine. Durch das eine konnte man auf die Fassade des Innenhofs vom Louvre blicken, durch das andere auf den Square du Vert-Galant. An diesem frühen Abend hatte der Meister die Vorhänge zurückgezogen, und die Lichter der Stadt drangen ins Zimmer, wo sie geometrische Muster auf den Teppichboden zeichneten.

Der Diwan stand den Fenstern zugewandt und mit der Rückseite zur Tür. Im Vorzimmer hielt ein Jünger Wache, den Blick fest auf die Kamerabilder geheftet, die die verschiedenen Eingänge des Gebäudes überwachten. Die Gewissheit, seine gesamte nähere Umgebung unter Kontrolle zu haben, beruhigte Dionysos und erregte ihn gleichzeitig.

Trotz der Lichtkegel von der Straße konnte Dionysos sein Gesicht im Spiegel nicht erkennen, der in einer Zimmerecke hing. Er nahm nur eine Gestalt wahr, einen undeutlichen Lichtfleck, der aus seinem Zusammenhang gelöst zu sein schien. Dionysos hatte lange gebraucht, bis er gelernt hatte, sein Gesicht zu lieben. Die Zeit nämlich, um zu begreifen, dass ein Blick oder ein Lächeln so entsteht, wie man eine Statue meißelt, gemäß vollkommenen und anspruchsvollen Formen. Ein Gesicht muss durch ein inneres Bild belebt werden, wenn es existieren will. Und dazu musste man eine Methode besitzen.

Langsam besann sich Dionysos auf das Schlagen seines Herzens. Die Schläge wurden immer regelmäßiger, bis er den Eindruck hatte, ein Metronom schlagen zu hören. Ein unfehlbarer Rhythmus, an dem er seine Atmung ausrichten konnte. Bei jedem Einatmen stellte er sich ein präzises Detail seines Gesichts vor, bei jedem Ausatmen prägte er sich dieses Detail im Gedächtnis ein. Am Ende der Übung sah er sich wie auf einer Fotografie. Von da an atmete er langsamer, und nach jeder Atembewegung verharrten seine Lungen einen Augenblick. Eine körperliche Übung, mit der er die Empfindung über jede Veränderung verband, die er seinem Porträt hinzufügte. Nach und nach drückte sich seine Phantasie wie eine fotografische Platte auf die herbeimeditierten Veränderungen. Als Dionysos ein ziemlich genaues Bild von sich geschaffen hatte, brach er die Übung kurzerhand ab. Er hatte festgestellt, dass sie so am wirkungsvollsten war: Er musste das Unbewusste arbeiten lassen. Schon die mit den griechischen Mysterien von Eleusis Vertrauten wussten dies und feierten in ihren geheimsten Zeremonien die langsame Reifung des Weizenkorns in der dunklen Erde. Es war ein symbolischer Tod, eine Hingabe an die Kräfte der Tiefe, damit die vollkommene Form sich endlich dem Licht enthüllen konnte.

Dionysos schlug die Augen auf und streckte die rechte Hand aus. Auf der Lehne des Kanapees lag das Buch, das er fast zu Ende gelesen hatte. Eine Veröffentlichung, auf die er schon lange gewartet hatte. *Casanova, der Freimaurer* von Lawrence Childer.

Diesem anerkannten Spezialisten zufolge war Casanova nur aus reiner Neugier Freimaurer geworden. In der kosmopolitischen und oft zweideutigen Gesellschaft, in der sich der legendäre Verführer bewegte, war die Zugehörigkeit zum Freimaurertum zunächst die Garantie für eine Brüderlichkeit, die an allen Höfen und in allen Städten Europas kultiviert wurde. Die Gewissheit, einem internationalen Netzwerk anzugehören, das von Neapel über Berlin und Paris bis nach Sankt Petersburg reichte, erlaubte es ihm, in jeder Loge Unterstützung zu finden. Childer war es gelungen, den freimaurerischen Umgang Casanovas seit seiner Einweihung im Juni 1750 in Lyon nachzuverfolgen: Die Kontakte des Autors von *Geschichte meines Lebens* reichten von Goethe bis Voltaire, vom Chevalier d'Éon bis zum Preußenkönig Friedrich II. In den schwierigen Phasen seines Lebens hatten die Brüder keine Mühe gescheut, um ihm aus der Klemme zu helfen, und ihn oft davor gerettet, festgenommen oder ausgewiesen zu werden. Von seinen ewigen Geldproblemen ganz zu schweigen ... So beschrieb Childer mitfühlend die brüderliche Fürsorge des Herzogs von Braunschweig, der 1764 einen Schuldschein Casanovas akzeptierte – und den seine eigenen Bankiers dann später anfochten! Wenn man dieser Darstellung folgte, erstaunte die beschämende Naivität der damaligen Freimaurer, es sei denn, Bruder Casanova hätte ihnen womöglich einen Gegenwert geboten.

Für Childer gab es keinen Zweifel: Wenn Casanova in den Logen verkehrte und dort primär Kontakte zu den hohen Graden pflegte, dann mit Sicherheit, um sein internationales Netz zu vergrößern, vor allem aber, um sich mit neuen Riten vertraut zu machen, deren Enthüllung er später während seiner verschiedenen Reisen zu Geld machen konnte. So hatte man ihn die Loge des

Bruders Tschoudy besuchen sehen, eines in Neapel nach alten Traditionen Geweihten, dessen Buch *Der leuchtende Stern* zu einem Nachschlagewerk für das gesamte europäische Freimaurertum geworden war. Man begegnete ihm auch in Gesellschaft eines gewissen Joseph Balsamo, der schon bald unter dem Namen Cagliostro bekannt wurde und der die ägyptische Freimaurerei begründet hatte, die sich auf der ganzen Welt ausbreitete. Und selbst in Russland stand Casanova einem rätselhaften Mann namens Melissino nahe, einem Erleuchteten, der die Hochgrade am Zarenhof eingeführt hatte. Die sorgfältig begründete Beweisführung Childers war schlüssig. Sie würde ohne jeden Zweifel alle Kritiker überzeugen.

Dionysos las die Schlussfolgerung noch einmal durch und legte das Buch dann auf die Armlehne. Er war außer sich. Wie immer, wenn er sah, dass die Unwahrheit sich allmählich durchsetzte, sich weiterentwickelte und schließlich triumphierte. Kein Zweifel, nach einem solchen Buch würde man von dem Freimaurer Casanova nicht mehr wie von einem Scharlatan sprechen und die Logen der Brüder als Zirkel von Leichtgläubigen abtun. Childer hatte ganze Arbeit geleistet. Nur hatte er sich einfach in der Perspektive getäuscht. Dass Casanova die Logen so häufig besuchte und er sich sogar unter die zahlreichen Mitglieder der Hochgrade mischte, hatte nichts damit zu tun, dass er dort eine Einkommensquelle zu finden hoffte, nein! Er hatte es aus einem ganz anderen Grund getan!

«… Wussten Sie», sprach der Marquis zu mir, als wir auf das Kloster zugingen, «dass bestimmte junge Mädchen zur Zeit der Mauren ausschließlich für das Vergnügen ausgebildet wurden?»

«Dieses sinnenfreudige Detail war mir nicht bekannt.»

«Überrascht es Sie?»

«Keineswegs. Hat der Prophet den Vorkämpfern seiner Sache nicht versprochen, sie würden im Paradies Allahs Jungfrauen vorfinden, die alle nur ihrem Vergnügen geweiht wären?»

«Ich sehe, dass Sie den Koran kennen!»

«Ich habe ihn ebenso studiert wie alle großen heiligen Texte.»

«Interessieren Sie sich auch für die esoterische Gesellschaft der Sufis?»

Ich erinnerte mich, dass man mir während meines Aufenthalts in Konstantinopel von dieser muselmanischen Sekte erzählt hatte, die mal triumphierte, mal verfolgt wurde, die aber heute völlig verderbt zu sein schien.

«So eine Art tanzende Derwische?»

Der Marquis de Pausolès konnte sich ein Lächeln nicht verkneifen.

«Sie sprechen wie Voltaire! Nein, die Sufis waren absolute Wahrheitssucher. Sie suchten nach Wegen, die zur Göttlichkeit führen.»

«Das Gesetz des Propheten kennt nur einen Weg.»

«Obwohl sie ernsthafte Muslime waren, haben sie sich nicht immer dem Dogma gebeugt. So haben sie die Fackel der Weisheit weitergetragen.»

Ich schwieg, und der Marquis fuhr fort:

«Es ist einer der großen Reichtümer der Sufis, zahlreiche Traditionen gesammelt und erforscht zu haben,
die gleichwohl nicht zu ihrer ursprünglichen Kultur
gehörten.»

«Eine Toleranz, die sie ehrt!»

«So hatten sie beispielsweise bei den Frauen der
Wüste – den Berberinnen – erstaunliche Fähigkeiten
bemerkt, den Männern Vergnügen zu bereiten.»

«Eine seltene Eigenschaft!»

«Gleichsam göttlich!»

Ich wagte die Frage nicht zu stellen, doch mein
Verlangen war stärker.

«Und die man noch heute antrifft?»

Der Marquis deutete auf die langen weißen Mauern
vor uns, die im Sonnenlicht leuchteten.

«Wir sind da.»

Nachdem er seine Schwester von unserer Anwesenheit unterrichtet hatte, führte der Marquis uns in ein
Besucherzimmer. Und einen Augenblick später sahen
wir sie mit einer Schülerin eintreten, der seine Zuneigung galt. Mein Begleiter stellte mich vor. Das junge
Mädchen hatte noch nicht das neunzehnte Lebensjahr
vollendet, und ihr Gesicht trug Züge von Sanftheit
gepaart mit Vornehmheit. Brünett, sinnenfreudig und
an der Taille von einem Korselett eingeschnürt, ließ sie
ihre Brüste erahnen. Sie erfreute sich daran, betrachtet
zu werden und das zu zeigen, was die Liebe sich nur
wünschen kann. Es war gleichwohl leicht zu erraten,
wie der ganze Rest ihrer Persönlichkeit beschaffen war.

Und ihre verführerische Gestalt ließ ohne weiteres Rückschlüsse auf ihren größten Vorzug zu.

Einen Augenblick lang grübelte ich über die Natur der Beziehungen nach, die es zwischen dieser jungen Schülerin und der Schwester meines Freundes geben konnte. Diese hatte einen schelmischen Ausdruck, der mich sehr neugierig machte. Für eine Ordensfrau, die dazu verurteilt war, im Kloster zu leben, fand ich auf ihrem Gesicht eine Frische und Heiterkeit, die die düstere Strenge ihres Nonnenhabits Lügen straften. Dieser Gegensatz fiel mir auf. Und mein Geist zog daraus gewohnheitsmäßig Schlussfolgerungen, die schon bald meinen Körper entflammten. Dieser innere Aufruhr musste mir anzusehen sein, denn die beiden jungen Frauen lachten plötzlich laut auf. Und sogar der Marquis riskierte ein Lachen über meine Erregung.

«Ah, mein lieber Casanova, was habe ich Ihnen gesagt? Sind das nicht die Blumen, deren Düfte trunken machen?»

«Ein Strauß, der wahrlich alle Sinne erfreut!»

Die junge Schülerin schien sehr unerschrocken zu sein. Mehrmals begegnete ihr Blick dem meinen. Ich glaube, ich habe noch nie in einem Austausch von Blicken mehr Möglichkeiten gesehen. Mein Geist erkundete das Gelände, und während ich die Unterhaltung mit Komplimenten würzte, ging mein Verlangen seltsame Wege, um schneller zum Ziel zu kommen. Ich habe schon immer eine lebhafte Phantasie besessen, aber dieses Kind mit dem zweideutigen Lächeln schien mir die Verkörperung einer Göttin, die aus der Antike auferstanden war, um die Träume von Sterblichen heimzusuchen.

«Dürfte ich Ihren Namen erfahren, Mademoiselle?»

Die Schwester des Marquis antwortete:

«Wir nennen sie Alsacha.»

«Im Altmaurischen bedeutet das Stern», erläuterte mein Begleiter, «sie kommt aus einem einsam gelegenen Bergdorf, und sie ist … stumm.»

Diese Enthüllung machte mich sprachlos.

«Sie kann nicht sprechen?»

«Genau! Aber Gott hat ihr andere Gaben verliehen.»

«Es stimmt, dass ihr Blick …»

«Sie haben eine rasche Auffassungsgabe. Und welche Wirkung hat er auf Sie?»

Ich suchte nach einem Ausdruck, um einerseits diese bezaubernde Person zu verführen, und andererseits meine genaue Empfindung wiederzugeben.

«Ihr Blick ist ein Wind, der die Glut der Phantasie in Brand setzt.»

«Genau. Und ihr erzwungenes Schweigen ist in Wahrheit ein Glücksfall.»

«Wie das?»

«Was sich sonst in Worten verliert, konzentriert sich hier.»

«Ich kann Ihnen nicht mehr folgen.»

«Sie werden schon bald verstehen.»

Irgendwo im Inneren des Klosters ertönte eine Glocke. Sofort bedeckten die beiden jungen Frauen ihre Gesichter mit einem dunklen Schleier, der auf ihren Schultern lag.

«Es ist Zeit für die Messe», verkündete der Marquis, «wir müssen gehen.»

Während ich mich erhob, um mich zu verabschieden, drehte sich Alsacha, bevor sie die Tür des Empfangszimmers durchschritt, um und warf mir einen letzten Blick zu. Mein Herz machte einen Satz. Ich fühlte mich bis in den Grund meiner Seele erschüttert. Als hätte die Erde gebebt. Einen Augenblick lang glaubte ich eine neue Welt wahrzunehmen. Mit einer Hand griff ich nach der Schulter meines Begleiters.

«Sie haben soeben den ersten Schritt zum wahrhaften Leben gemacht», flüsterte mir der Marquis ins Ohr.

DRITTER TEIL

Nimm einen Mann und eine Frau, zeichne einen Kreis, dann ein Quadrat, dann ein Dreieck und schließlich einen Kreis, dann hast du den Stein der Weisen gefunden.

1618, Michael Maier, Alchimist

33
Granada
Stadtteil Albaicín

Obwohl der Sommer noch weit weg war, herrschte überall in der Stadt schon jetzt gnadenlose Hitze. An den Strebepfeilern der Alhambra im Kathedralenviertel, vom Hügel des Albaicín bis zu den Zigeunerhöhlen des Sacromonte nutzten alle Bewohner die Abendstunden, um auf den Straßen zu flanieren und die nächtliche Frische zu genießen. Die Unterhaltungen drehten sich um das derzeit einzige Gesprächsthema: die Vorbereitungen für die Semana Santa, die in vier Tagen beginnen sollte. Die Prozessionswege jeder der vermummten Bruderschaften war bis auf den Meter genau berechnet, damit die Ehrung der Heiligen Familie möglichst würdevoll geriet. Wie in allen Städten Andalusiens – in Sevilla, der großen Rivalin, dem stolzen Córdoba oder dem am Meer gelegenen Cadiz – füllten sich auch die Straßen Granadas mit den inbrünstigen und bisweilen schaurig anmutenden Prozessionen. Tag und Nacht drängten sich dann Zehntausende Gläubige um die tischförmigen Holzkonstruktionen, die von Büßern in Gewändern und Spitzhauben getragen wurden. Die Bruderschaften trugen ihre jeweiligen Farben zur Schau, Schwarz, Blau, Rot, Weiß, und defilierten zum Ruhme von Jesus und der Jungfrau vorbei.

Mochte der höchst katholische Gott auch über einen großen Teil der Seelen im andalusischen Spanien herrschen, Manuela Réal sah sich nicht als Mitglied dieser bigotten Hammelherde, wie sie sie verächtlich nannte. Die Schauspielerin hatte den Nazarener und sein Kreuz der Schande schon längst aus ihrem Gehirn verjagt, für sie das Symbol von Unterdrückung und jahrhundertelanger Enttäuschung. Ihre Residenz im Stadtviertel Albaicín hatte sie mit Antiquitäten aus allen Kontinenten üppig ausgestattet, aber nirgends, weder an den Wänden noch in den Schränken, fand sich auch nur die kleinste Spur christlicher Objekte. Sie hielt sich für eine *bruja*, eine Hexe, die demjenigen, den man Gott nannte, nebst seinen vor Frömmigkeit zitternden Vasallen keinerlei Rechenschaft schuldig war.

Manuelas Abscheu gegen die katholische Religion ging direkt auf die Verfolgungen zurück, die ihre Familie in der Zeit Francos erlitten hatte. Ihr Großvater, ein bekannter Rechtsprofessor und progressiver Christ, war von den Gefolgsleuten des Caudillos wegen seiner zu offenkundigen Sympathien für die Republik gefoltert und später erschossen worden. Manuela war in einer Klosterschule erzogen worden, die Franco geweiht war. Ihr Körper trug noch die Erinnerung an die Strafen, die sie für ihre vermeintliche Aufsässigkeit erlitten hatte, und ihre Seele die Sticheleien gegen ihre Familie, die als *Rote* galten. Es hagelte Schläge auf den Rücken, um sie zu zwingen, den Blick vor dem Kreuz zu senken, und ihr Hass wuchs mit jedem Hieb. Als sie volljährig wurde und die Klosterschule verließ, schwor sie sich, Christus und seine Heilige Familie für immer abzulehnen.

Und sie hatte ihre Meinung nie geändert.

Im Gegenteil, je berühmter sie wurde, desto leidenschaftlicher interessierte sie sich für alle antiklerikalen Strömungen und philosophische Richtungen, die sich gegen die Kirche auflehnten. In Ägypten war sie während Dreharbeiten sogar zu den archäologischen Ausgrabungen von Nag Hammadi gefahren, wo man eine geheime Bibliothek mit gnostischen Manuskripten gefunden hatte. Sie wollte mit eigenen Augen die verborgenen Orte sehen, wo Menschen gelebt hatten, die jahrhundertelang die siegreiche Macht des Christentums herausgefordert hatten. Diese Häretiker, wie die Priester sie nannten, beflügelten Manuelas Phantasie. Sie fühlte sich vor allem von der Gedankenfreiheit dieser Anarchisten angezogen, die sich den verstümmelnden Dogmen der offiziellen Religion verweigerten. Besonders im sexuellen Bereich, wo sie eine absolute Unabhängigkeit bekundeten. Eine Freiheit der Sitten, die sie faszinierte.

Im Laufe ihrer Karriere hatte sie dieses alte Stadthaus in Granada gekauft, das unmittelbar vor den Mauern der Alhambra lag. Sie hatte eine riesige Terrasse mit Schwimmbecken und einen Garten anlegen lassen, dessen Orangenbäume und Sträucher den gewöhnlichen Sterblichen den Blick versperrten.

Nach der Einnahme Granadas durch die Katholischen Könige waren die Mauren vor den Verfolgungen in dieses alte Stadtviertel geflüchtet. Manuela hatte erfahren, dass ihr Haus der letzte Wohnsitz eines arabischen Arztes gewesen war, der in der Weihnachtsnacht 1568 wie Hunderte andere Muslime massakriert worden war. Zum höheren Ruhme Christi, natürlich.

Zwischen zwei Dreharbeiten am anderen Ende der Welt flüchtete sie sich in ihr kleines Palais, um wieder Kraft zu schöpfen und mit ihrem Mann zusammen zu sein. Anders als viele Schauspielerinnen hatte sie nur einmal geheiratet. Eine Verbindung, die trotz der Zweifel und kaum verhüllten Missbilligung ihrer Verwandten Bestand hatte. Einen jüngeren Mann zu heiraten, selbst im Spanien nach der *movida*, hieß, ständig den abfälligen Blicken angepasster Menschen zu trotzen. Und sie waren zahlreich, diese Heuchler, Enttäuschten und Duckmäuser. Es genügte, all die Menschen zu sehen, die sich einmal im Jahr, zu Ostern, mit religiösem Eifer Christus zu Füßen warfen. Schafsköpfe, die in der übrigen Zeit die Evangelien vergaßen und sich dem Laster hingaben. Manuela hatte sich jedenfalls entschieden, ihre Liebe offen zu zeigen.

Die Heirat mit Juan Obregón, einem in Spanien verehrten Sänger, hatte bei ihren jeweiligen Fans einen Proteststurm ausgelöst. Als sie das Standesamt verließen, war eine Verrückte auf Manuela zugestürzt. Sie wollte ihr an die Kehle gehen und schrie, dass die Schauspielerin den Sänger in die Hölle entführte. Manuela erinnerte sich noch gut an das scharfe Messer der vermeintlich aufgeklärten Christin.

Während Manuela nun im Halbdunkel auf ihrer Terrasse stand, betrachtete sie die angestrahlten zinnengekrönten Mauern der Alhambra und genoss das unaussprechliche Glück, das sie eben erleben durfte. Sie hatten sich geliebt wie niemals zuvor. Am Morgen war Manuela aus Paris zurückgekehrt, und sie waren einander wie bei jedem Wiedersehen in die Arme gefallen. Aber dies-

234

mal hatten sie etwas ganz Besonderes probiert. Manuela hatte geglaubt zu sterben und dann neu geboren zu werden, um anschließend erneut ins Nichts zu stürzen. Ein wahnsinniger Orgasmus, der sich von allem unterschied, was sie bis dahin gekannt hatte. Dahinschmelzen und sich in einem Ozean der Lust auflösen.

Sie drehte sich zum Porträt des jungen Casanova um, das im großen Salon hinter Glas prangte. Ein Gemälde, das auf ihre Anregung hin von einer Freundin peruanischer Herkunft gemalt worden war, die ihrerseits so schön war, dass es einen Heiligen zur Verzweiflung gebracht hätte. Sie stammte aus einer Region an den Ufern des Amazonas, wo die Frauen im Ruf standen, die Männer zu verhexen. Der Malerin mit dem Vornamen Malé war es gelungen, die betörende Sinnlichkeit des großen Verführers einzufangen, dessen rätselhafter, düsterer Blick jeden Betrachter magnetisch anzog.

Manuela liebte dieses Porträt. Ihr war, als teilten sie über die Jahrhunderte hinweg ein Einverständnis.

Er hat die gleichen Freuden genossen ...

Plötzlich durchdrang ein langsamer rezitativer Gesang die Nachtstille. Manuela erkannte ein Zigeunerlied, nicht irgendeins, sondern eine religiösen Zeremonien vorbehaltene *saeta*. Diese Gesänge waren das Einzige, was sie an den unerträglichen christlichen Festen schätzte. Der Zigeuner sang sich vor Beginn der Prozessionen warm. Sie lächelte bei dem Gedanken daran, was sie während der nächtlichen Märsche der Büßer tun würde. Sie hatte keine Sünde zu büßen wie diese Frömmler. Sie beging sie. Seit zwei Jahren hatte sie mit ihrem Mann eine kleine Wohnung im zweiten Stock der

Calle San Fernando mitten in der Stadt gemietet, in die sie sich während der Prozessionen diskret zurückzogen. Juan drang dann in genau dem Moment in sie ein, in dem die Trage mit der Statue der Jungfrau vor ihrem Fenster hielt. Sie genoss es, zu kommen und dabei dem Blick der Mutter Christi zu begegnen. Im Grunde hatte sie nicht das Gefühl, eine Gotteslästerung zu begehen. «Die Jungfrau vergibt allen Sündern, selbst dir», pflegte Juan nach ihren Liebesakten zu sagen und versäumte es niemals, der Bruderschaft der Jungfrau seinen Obolus zu entrichten.

Manuela strich sich ihre schwarzen Haare glatt und kehrte ins Schlafzimmer zurück. Als sie am Spiegel vorbeiging, stellte sie erneut fest, dass ihr Körper seine Festigkeit langsam verlor. Sie war jetzt siebenundvierzig, und jede andere Frau wäre über ihre noch unglaublich gut gehaltene Figur in Begeisterung geraten, doch Manuela selbst bemerkte hier und da immer spürbarere Unvollkommenheiten. Aber das spielte keine Rolle, sie wusste nun, dass die geheime Quelle der Lust nicht in der äußeren Erscheinung lag.

Sie durchquerte den großen Salon und öffnete vorsichtig die Tür zum Schlafzimmer. Das Bett war zerwühlt, die Bettdecken lagen über den Boden verteilt, und ihr Geliebter, ihr Mann, ihr zehn Jahre jüngerer Ehemann schlief auf dem Rücken, den Kopf zur Seite geneigt. Juan, *El Rubio*, wie ihn seine Fans nannten, weil sein blondes Haar einen solchen Kontrast zu ihrem bildete. Juan, so narzisstisch, dass er sich schon wieder einen chirurgischen Eingriff geleistet hatte, um seine Schönheit zu erhalten. Sie betrachtete ihn voller Verlan-

236

gen. Sein Geschlecht wirkte so zierlich zwischen seinen muskulösen Schenkeln, dass sie immer wieder über das Wunder staunte, das dieses kleine Stück Fleisch in einen so harten Gegenstand verwandelte. Noch etwas, was das Christentum in seinen Lehranstalten nicht unterrichtete.

Plötzlich durchzuckte es ihren Kopf wie ein Blitz.

Sie schwankte, betäubt von dem Schmerz, und setzte sich aufs Bett, um wieder zu sich zu kommen. Sie hatte den Eindruck, am ganzen Körper zu zittern. Ihre Glieder schienen sich von ihr zu lösen. Sie streckte den Arm zu Juan hin aus, aber die Entfernung zwischen ihnen wurde immer größer.

Was geschieht mit mir?

Manuela Réal hatte noch nie eine Angstattacke erlebt, und diese unbekannte Empfindung bereitete ihr größtes Unbehagen. Manuela versuchte aufzustehen, als der Schmerz erneut auftrat, diesmal noch heftiger. Schwer atmend brach sie auf dem Bett zusammen.

Das muss die Erschöpfung nach der Reise sein, das muss es sein.

Sie versuchte sich zu beruhigen und nicht in Panik zu verfallen.

Juan, hilf mir.

Aber ihr Mann regte sich nicht. Manuela begann zu weinen.

Juan, wach auf, verdammt nochmal.

Er rührte sich immer noch nicht. Sie ergriff seinen Fußknöchel und kniff ihm mit aller Kraft in die Haut, bis Blut kam. Der Köper blieb regungslos. Mit größter Mühe richtete sie sich auf und bemerkte an der Wand gegenüber dem Bett etwas Seltsames. Das große Gemälde einer Frau mit langen Haaren schien in einem intensiven Licht zu strahlen. Das Blau leuchtete ungewöhnlich hell, doch vor allem der weiße Stern mit den fünf Strahlen schien ein Eigenleben zu haben. Mit einem Ruck begann er sich zu drehen, und seine geometrischen Strahlen erhellten das Schlafzimmer. Die dargestellte Frau wogte unter der Wirkung der rotierenden Spiralen.

Und plötzlich begriff Manuela.

Wir sind Sterne.

Sie musste Hilfe holen, bevor sie eine neue Krise erlitt. Schwerfällig stand sie auf und taumelte zum Nachttisch, auf dem das Telefon stand. Es waren nur noch wenige Meter, bis sie zum Hörer greifen konnte.

In weiter Ferne setzte erneut der wunderschöne *saeta*-Gesang ein. Manuela hatte den Eindruck, dass der Zigeuner für sie sang. Für ihre bemitleidenswerte Prozession zu diesem Telefon. Sie glaubte, jeden Augenblick den Verstand zu verlieren. Schwerfällig fingerte sie über das Tastenfeld und gab die Nummer des Notrufs ein.

Noch bevor sie die Stimme der Telefonistin hörte, brach sie unter einer neuen Schmerzwelle zusammen.

34
Paris
Krankenhaus Saint-Antoine

Ein Krankenwagen kam angerast und hielt vor der Tür der Notaufnahme, dicht gefolgt von einem Notarztwagen. Männer und Frauen in weißen Kitteln stürmten aus dem Inneren des Krankenhauses, um die neuen Patienten in Empfang zu nehmen, die schon auf Bahren aus den beiden Fahrzeugen gerollt wurden. Ihr Geschrei hallte von den Wänden des alten Gebäudes wider.

Vor dem Eingang wartete Isabelle Landrieu auf Antoine Marcas. Am Telefon hatte sie gespürt, wie verunsichert er nach der Lektüre des Dossiers, das sie ihm anvertraut hatte, war. Wie viele Brüder, die von der Redlichkeit der freimaurerischen Praxis überzeugt waren, hielt auch Marcas Sekten für eine Zuflucht von Geistesschwachen, die von Gaunern mit einem miscrablen Charisma beherrscht wurden. Für ihn war es eindeutig ein Fall von Vertrauensmissbrauch, Scharlatanerie. Aber natürlich würde er auf keinen Fall zugeben, dass das, was in der Freimaurerei durch das Ritual funktionierte, unter Umständen von gleicher Natur sein konnte wie das, was bestimmte Sekten in ihren Zeremonien praktizierten. Nun aber hatte Isabelle in ihrem Dossier wissenschaftliche Beweise für den Einfluss der Phantasie auf das Verhalten zusammengetragen. Bestimmte Konzentrationsübungen und Inszenierungen übten auf den Menschen die gleiche Wirkung aus, wie sie durch die Praktiken in einer Freimaurerloge oder einer Sekte von Jüngern hervorgerufen wurden.

Als sie den Kommissar entdeckte, der mit energischen Schritten herbeieilte, gab sie ihm ein Zeichen mit der Hand.

«Danke, dass du gekommen bist. Ich hoffe, dass es deinen Zeitplan nicht durcheinanderbringt?»

«Nicht, wenn es mir helfen kann», entgegnete Marcas betont gleichmütig.

Sie gingen am Hauptgebäude entlang, um den für die Ärzte reservierten Parkplatz herum und betraten dann einen erst kürzlich errichteten Anbau.

«Wir sind da», sagte Isabelle.

Das Krankenhaus Saint-Antoine verfügte über eine neurologische Abteilung mit einem spezialisierten Labor zur funktionellen Neurologie, in dem unter anderem Grundlagenforschung zur komplexen Beziehung zwischen Gehirn und Nervensystem betrieben wurde. Isabelle suchte dieses Labor ihm Rahmen ihrer Arbeit regelmäßig auf. In den letzten zehn Jahren waren neue Sekten aufgetaucht, deren zeremonielle Praktiken – unter dem Deckmantel der Tradition – eine befremdliche Ähnlichkeit mit den Techniken aufwiesen, die Wissenschaftler als kollektive Hypnose oder Autosuggestion bezeichneten. An der Schnittstelle von klassischer Psychologie und Neurowissenschaften entwickelte sich ein neuer Bereich, der erstaunliche Ergebnisse brachte und für den sich Therapeuten ebenso interessierten wie Militärs oder Sektenführer. Es war unwiderlegbar geworden, dass der Geist unter bestimmten Voraussetzungen die Fähigkeit besaß, das menschliche Verhalten in seinen Grundfesten zu beeinflussen.

Aber Marcas war skeptisch. Und außerdem verunsicherte ihn Isabelle. Er hatte ihr Dossier aufmerksam gelesen und war überrascht von den geschilderten Erfahrungen. Doch am meisten verwunderte ihn, wie drastisch die Ergebnisse dargestellt wurden. Diese Schwester war ein Vorbild an methodischem Vorgehen. Eine Beamtenseele, kalt und entschlossen ... Genau der Typ Frau, den er fürchtete: professionell bis in die Fingerspitzen, unfehlbar und vollkommen unzugänglich. Und zugleich höchst begehrenswert, was ihre Zusammenarbeit nicht erleichtern würde. Antoine kannte sich: Bei ihr würde er schnell den Boden unter den Füßen verlieren und sich unterlegen fühlen.

Und dann auch noch dieser Gedanke, dass man die Macht des Symbolischen auf eine schlichte Illusion zurückführen konnte, ein Spiel der Phantasie ... Wie viele Freimaurer schätzte auch er es nicht sonderlich, wenn man ihn ins kalte Wasser der Entmystifizierung warf. Wenn man einen Erleuchteten nach dem Geheimnis der Freimaurerei befragte, erwiderte er immer, dass es die Praxis des Rituals sei, die eine Veränderung des Bewusstseins bewirke. Aber niemals wurde die Argumentation weiter geführt. Noch nie hatte man die Zeremonien der Freimaurer aus psychologischer Sicht untersucht. Beispielsweise gestanden alle Freimaurer privat ein, dass der Übergang in den dritten Grad, den Grad des Meisters, durch seine inszenatorische Kraft gefühlsmäßig so intensiv aufgeladen war, dass kaum jemand unberührt daraus hervorging. Und mit dieser Feststellung gab man sich zufrieden.

Eine Tür ging auf, und eine Frau mittleren Alters kam auf Isabelle zu. Sie hatte braune, kurzgeschnittene

Haare und strahlte große wissenschaftliche Autorität aus.

«Du willst also einem unserer Experimente beiwohnen, oder kommst du in meine Sprechstunde? Ich habe allerdings die Ergebnisse deiner Untersuchungen noch gar nicht vorliegen.»

«Diesmal komme ich wegen der Experimente. Darf ich dir Kommissar Marcas vorstellen?»

«Sehr erfreut, ich bin Dr. Cohen. Interessiert sich die Polizei jetzt auch für die Neurologie?»

«Die Polizei interessiert sich für alles.»

«Sie machen mir Angst!»

Isabelle unterbrach das Geplänkel.

«Antoine arbeitet wie ich über Sekten. Er möchte gern seine Kenntnisse erweitern.»

«Und auf welchem Gebiet besonders?»

Marcas spürte, dass er jetzt wieder die Initiative ergreifen musste.

«Beginnen Sie mit dem Anfang. Die wissenschaftliche Forschung arbeitet wie die Polizei: Am Anfang steht immer ein Rätsel!»

Die Ärztin wies mit der Hand zur Tür.

«Dann lassen Sie uns in mein Arbeitszimmer gehen.»

Als Antoine wenig später sah, wie die Ärztin ihre Zigarettenschachtel öffnete, begriff er, weshalb sie ihn hineingebeten hatte. Noch ein Opfer der tabakfeindlichen Unterdrückung, die seit einiger Zeit an allen öffentlichen Orten grassierte! Das machte ihm Dr. Cohen sympathischer. Sie inhalierte ihren ersten Zug mit Genuss.

«Spielen Sie Klavier, Herr Kommissar?»

«Seit den missglückten Versuchen in der Schule nicht mehr.»

Die Ärztin lächelte.

«Sie wissen also nicht, was ein Musikerkrampf ist?»

«Ich muss gestehen: nein.»

«Das ist eine spezifische Deformation, die beim Spielen bestimmter Musikinstrumente wie Klavier oder Cello auftritt... Tatsächlich ist sie ein veritables Drama für die Künstler, die davon betroffen sind. Durch das endlose Wiederholen einer bestimmten Bewegung, nimmt die Hand irgendwann eine anomale Haltung ein, die Schmerzen sind äußerst unangenehm, bis man schließlich nicht mehr spielen kann.»

«Ich verstehe, aber ...»

Dr. Cohen unterbrach ihn:

«Sie fragen sich, wo die Verbindung zur Neurologie ist? Auch Ärzte stellen sich schon lange diese Frage. Man hat herausgefunden, dass dieser Einschränkung der Beweglichkeit keine muskuläre, sondern eine zerebrale Störung zugrunde liegt.»

«Sie meinen, es liegt am Gehirn?»

«Ganz genau! Außerdem hat man dank bildgebundener Verfahren in der Medizin erkannt, dass die topographische Darstellung der Finger dieser Patienten anomal war.»

Und Isabelle fügte hinzu:

«Im Klartext heißt das, das Gehirn erschafft aus eigener Initiative ein Bild vom Schmerz. Eine Illusion, gewiss, aber eine, die weh tut!»

Antoine machte ein verdutztes Gesicht.

«Man kann also selbst ohne wirklichen Grund einen Schmerz erschaffen?»

«Ja, so wie man auch das Gegenteil bewirken kann. Im Fall des beschriebenen Krankheitsbildes genügt es, genaue und wiederholte Übungen zu verschreiben: langsamere oder weniger gewohnheitsmäßige Bewegungen. Das Gehirn reagiert darauf, indem es neue zerebrale Bereiche mobilisiert und das Gleichgewicht wieder herstellt.»

«Der Sieg des Geistes über die Materie!», fasste Isabelle die Ausführung emphatisch zusammen.

«Ganz genau», stimmte Dr. Cohen zu, «und man kann sogar noch weiter gehen!»

«Noch weiter?»

«Ja, indem man körperliche Übungen simuliert, statt sie tatsächlich auszuführen.»

«Wollen Sie damit sagen, indem man sie sich vorstellt?»

«Ganz genau! Das Gehirn besitzt zwei außergewöhnliche Fähigkeiten, zunächst einmal ist da seine Formbarkeit: Es kann sich nach Bedarf umgestalten, und anschließend ...»

«Anschließend ...?»

«... vermag es sich etwas vorzumachen. Es kann sich also verändern, kann sich der Realität ebenso gut anpassen wie mentalen Bildern.»

Isabelle fügte lachend hinzu:

«Wenn man ein Mann ist, kennt man das doch sehr gut! Das männliche Geschlecht reagiert ausgezeichnet auf mentale Anregung. Man nennt das Phantasien.»

Die beiden Frauen setzten gleichzeitig ein ironisches Lächeln auf.

«Und wenn es im Schritt klappt ...»

Und Marcas ergänzte:

«… kann es auch bei allem …»

«… anderen klappen! Wollen Sie einen Beweis?», fragte die Ärztin.

«Wenn Sie mir einen bieten!»

«Aber gern!»

Einige Minuten später öffnete Dr. Cohen die Tür zu einem der Laborsäle. An einem Tisch saßen zwei Studenten und betrachteten aufmerksam ihre flach ausgestreckte Hand, deren Daumen in einem Metallring steckte.

«Das erste Experiment dieser Art hat im Jahr 2000 in Cleveland stattgefunden. Wir wiederholen es hier, um es zu präzisieren.»

«Und nach welchem Prinzip funktioniert es?»

«Ganz einfach! Fünfzehn Minuten lang bitten wir jeden dieser jungen Leute, sich alle fünf Sekunden vorzustellen, den Muskel des Daumens zusammenzuziehen.»

«Das ist alles?»

«Das ist alles.»

«Und die Sensoren am Daumen?»

Marcas zeigte mit dem Finger auf Elektroden, deren farbige Kabel mit einem Monitor verbunden waren.

«Die Sensoren sollen prüfen, dass der Muskel nicht wirklich zusammengezogen wird.»

Marcas betrachtete die Szene fasziniert.

«Und das Ergebnis?»

«Erstaunlich! Im Verlauf von drei Monaten der Suggestion nimmt die Kraft dieses Muskels um fünfunddreißig Prozent zu.»

«Ohne die kleinste Bewegung zu machen! Einzig

durch die Kraft der geistigen Stimulation», fügte Isabelle hinzu.

«Soll das ein Witz sein?»

«Aber nein! Und das gleiche Phänomen funktioniert bei jedem beliebigen anderen Muskel.»

«Aber wie erklären Sie sich das?»

«Man erklärt es nicht, sondern man misst es! Das Gehirn reagiert auf die visuelle Suggestion und verändert dann in hohem Maße die Impulsübermittlung dieser spezialisierten Neuronen, indem es die Zahl der Verbindungen erhöht und gleichzeitig die Reaktion seines Netzes intensiviert.»

«Und das nur durch die Macht der Phantasie?»

«Auf die gleiche Weise, wie Sie sich angesichts einer realen Gefahr dazu bringen, schneller zu laufen.»

«Oder einer eingebildeten», fügte Isabelle mit ruhiger Stimme hinzu. «In Seattle geht man deshalb seit einiger Zeit bei der Behandlung von Patienten mit schwersten Verbrennungen neue Wege: Außer den Verbänden tragen sie einen Projektionsapparat bei sich, der ihnen wie bei einem Videospiel eine virtuelle Simulation vorführt. Man präsentiert ihnen fortlaufend ein dreidimensionales Universum: eine Polarlandschaft mit Iglus und Eisbergen.»

«Sag mir nicht, dass …?»

«Doch! Die Schmerzempfindung sinkt um mehr als fünfzig Prozent. Ein Ergebnis, das den chemischen Schmerzmitteln unendlich überlegen ist.»

Jetzt wandte sich Dr. Cohen wieder an Marcas:

«In Wahrheit sind wir selber unsere beste Droge!»

Isabelle und Antoine gingen schweigend auf dem Bürgersteig nebeneinander her. Von Zeit zu Zeit warf der Kommissar seiner Begleiterin einen verstohlenen Blick zu. Sie trug ein dunkles, maßgeschneidertes Jackett über ausgebleichten Jeans, ihre Absätze knallten auf das Pflaster, und die Haare hatte sie glatt nach hinten gekämmt. Sie schien ganz mit sich beschäftigt zu sein, weit weg von den Gedanken, die Marcas durch den Kopf gingen. Er wünschte sich in diesem Augenblick, die richtigen Worte zu finden, die sie dazu bringen würden, stehen zu bleiben und ihm einen bewundernden Blick zuzuwerfen. Wie zu einem Stern.

«Ich hoffe, ich bin nicht indiskret, aber die Ärztin hat etwas von deinen Untersuchungen gesagt. Hoffentlich nichts Ernstes?»

Isabelle lächelte schüchtern.

«Nein, vor drei Jahren habe ich einen kleinen gutartigen Tumor im Gehirn gehabt. Ich wurde geheilt dank der guten Behandlung von Dr. Cohen. So habe ich sie kennengelernt. Sie hat eisern darauf bestanden, mich jedes Jahr einmal routinemäßig zu untersuchen. Außerdem ist sie die Hochwürdige Meisterin meiner Loge, weshalb ich verpflichtet bin, ihr zu gehorchen.»

Marcas kratzte sich am Hals.

«Hast du dich jemals für Tarotkarten interessiert?»

Isabelle verlangsamte den Schritt.

«Warum?»

«Ich bin in der Klinik gewesen, in der der Minister liegt. Er hat eine schwere Krise erlitten und sich sogar die Pulsadern aufgeschnitten. Mit dem Blut hat er die Wände vollgeschmiert.»

«Vollgeschmiert?»

«Sagen wir, er hat sich in abstrakter Malerei versucht.»

«Und wo ist die Verbindung zum Tarot?»

«Es schien mir, als ob ich eine Figur wiedererkenne. Ein Muster, das ich vor langer Zeit auf einer Tarotkarte gesehen habe.»

«Weißt du, von welchem Tarotblatt?»

«Ich habe mich erkundigt, es ist ein Spiel ägyptischen Ursprungs. Das Thot-Tarot.»

«Thot?», wiederholte Isabelle. «Ich glaube, ich brauche jetzt einen Kaffee.»

Die Rue du Faubourg-Saint-Antoine war durch endlose Automassen verstopft, die ihre giftigen Dämpfe ausstießen. Leichter Nieselregen fiel auf die Bürgersteige.

Vor seinem heißen Kaffee dachte Antoine, dass er jetzt zum zweiten Mal Isabelle gegenübersaß. Ein Passant, der zufällig einen Blick durch die mit feinen Regentropfen gesprenkelte Glasscheibe geworfen hätte, hätte die beiden für ein Paar halten können. Marcas fand sie schön und interessant. Sie passte so gar nicht in diese überlaufene Bar.

Während Isabelle sich eine Zigarette anzündete, sagte sie:

«Das Thot-Tarot. Der Minister hat ein Blatt dieses Tarot gezeichnet. Aber welches?»

«Die Nummer siebzehn: den Stern.»

«Weißt du, wer die Illustrationen auf den Karten gezeichnet hat?»

Marcas machte eine flüchtige Handbewegung.

«Eine Engländerin, glaube ich …»

«Lady Harris. Frieda Harris, die Frau eines englischen Parlamentsabgeordneten um 1930 oder 1940.»

«Alle Achtung! Du bist genauso gut informiert wie das Internet!»

«Und weißt du, wer die Darstellungen in Auftrag gegeben hat?»

«Ein komischer Kauz, ein gewisser Perdurabo. Das nenne ich mal einen wirklichen Künstlernamen!»

«Ich kenne ihn unter einem anderen Namen.»

«Nämlich?»

«Aleister Crowley!»

Ein Kellner erschien an ihrem Tisch, um zu kassieren. Isabelle bestellte zwei weitere Kaffee.

«Aleister Crowley?»

«Der englische Justizminister nannte ihn ‹die schmutzigste und perverseste Persönlichkeit des Vereinigten Königreichs›.»

«Eine Persönlichkeit mit einem außerhalb der Norm liegenden Schicksal, wie ich annehme?»

«Weit mehr, als du annimmst! Ende des neunzehnten Jahrhunderts taucht er in allen esoterischen Gruppen auf. Er gründet sogar eine eigene Sekte, deren unangefochtener Guru er war. Die meisten seiner Jünger sind allerdings in der Irrenanstalt geendet, wenn sie denn überlebt haben. So wie dein Minister.»

«Aber warum?»

«Crowley praktizierte eine rituelle Magie, deren Elemente er aus verschiedenen Traditionen entliehen hatte.»

«Eine rituelle Magie?»

«Ja! Den Pfad der Linken Hand.»

Marcas schwieg kurz, bevor er nachfragte:

«Kannst du mich aufklären?»

«Lieber nicht!»

Er war erstaunt.

«Warum?»

«Offen gestanden ist das ein Gebiet, auf dem ich nicht Bescheid weiß.»

Marcas insistierte nicht, er würde es auch allein herausfinden.

«Und was hast du über Crowley sonst noch?»

«Was willst du wissen?»

«Alles.»

«Er wurde 1875 in eine reiche, aber sittenstrenge Familie hineingeboren. Starrsinnige Protestanten, die an die buchstäblich absolute Wahrheit der Bibel glaubten. Vor allem die Mutter.»

«Eine Betschwester?»

«Noch schlimmer. Alles diente als Vorwand für Predigten und Verbote. Sie terrorisierte ihren Sohn. Muss ich dir noch sagen, dass der junge Crowley eine tiefe Abneigung gegen das Christentum davongetragen hat? Gleichzeitig aber ...»

«Gleichzeitig?»

«... hat er sich eine Faszination für bestimmte Bibeltexte bewahrt, besonders für die Apokalypse. Übrigens hat er später nicht gezögert, sich *The Great Beast* zu nennen.»

«Die Große Bestie! Diejenige, die das Ende der Zeiten bringt?»

«Genau. Und als er volljährig war, brach er in Cambridge sein Studium ab, obwohl er zu den begabtesten Studenten gehörte.»

«Und das Motiv?»

«Leidenschaftlicher Atheismus.»

Marcas lächelte, bevor er erwiderte:

«Ein früher Kirchenfeind?»

«Eine disparate Mischung aus Vornehmheit und Rohheit. Er schreibt von Baudelaire inspirierte Gedichte, reist im britischen Empire umher und betätigt sich als Bergsteiger. Dabei gerät sein Leben schließlich aus den Fugen.»

«Ein Sturz?»

«Besser! Eine Begegnung während des Aufstiegs. Ein gewisser Julian Baker. Ein Freimaurer. Anschließend wurde unser Crowley ein Erleuchteter.»

Isabelle Landrieu hatte es plötzlich eilig, und Marcas begleitete sie bis zum Eingang der Metro. Als er wieder in die Rue du Faubourg-Saint-Antoine einbog, blieb er einen Moment vor einem Herrenmodegeschäft stehen. Eine Verkäuferin dekorierte gerade das Schaufenster neu. Makellos taillierte Sakkos, dezent gemusterte Hosen, Hemden mit Perlmuttknöpfen. «*Der Stil Henry Dupin*», verkündete ein Poster in Lebensgröße, auf dem man sah, wie der berühmte Modeschöpfer die Welt durch seine Schildpattbrille betrachtete. Marcas seufzte. Dieser hochmütige Blick deprimierte ihn. Dupin schien seine alte Lederjacke und seine ungebügelte Hose verächtlich zu mustern. Er sollte sich lieber auf seine Ermittlung konzentrieren.

Der Nieselregen hatte aufgehört, und der Bürgersteig glänzte wie ein Spiegel. Marcas ging mit kräftigen Schritten los. Wie immer, wenn er von einem Gedanken besessen war. Isabelle hatte den Fall mit ihren Aussagen noch rätselhafter gemacht. Er würde unbedingt weitere Ermittlungen anstellen.

Marcas blickte zum Himmel, der dunkel und bedrohlich wirkte, und beschleunigte das Tempo. Er brauchte genauere Auskünfte. Und er wusste, wo er sie finden würde.

35
Paris
Rue des Martyrs

In der eleganten Altbauwohnung herrschte vollkommene Stille. Anaïs war gerade damit fertig geworden, die Papiere auf dem Schreibtisch ihres Onkels zu ordnen. Jetzt konnte sie seine ablehnende Haltung gegenüber ihrem Beitritt zu Dionysos' Bruderschaft besser nachvollziehen. Ohne es zu wissen, hatte sie bei dem alten Mann offenbar einen sensiblen Punkt getroffen, denn aus den Unterlagen ging hervor, dass sich Anselme seit langem mit dem Verhältnis von Liebe und Spiritualität beschäftigt hatte. Das überraschte sie, und es fiel ihr schwer, sich vorzustellen, wie sich ihr Onkel, dessen Ruf als Schwerenöter legendär war, für dieses Thema begeistern konnte.

In der Familie hatte man über Anselme nur in unvollendeten Sätzen und zudem mit einem gewissen Unterton gesprochen … Später, als sie *In Swanns Welt* von

Proust gelesen hatte, meinte Anaïs, die Person ihres Onkels darin zu erkennen – jemand, der wegen seines mondänen Lebensstils und zahlreichen Affären vom Bürgertum geächtet wurde … eine Parallele zur Literatur, wie sie sie noch nicht erlebt hatte. Sie erinnerte sich an eine Begegnung mit ihm, als sie siebzehn und voller Komplexe gewesen war. Unverhofft war er ihr in Begleitung einer jungen Frau, nur wenig älter als sie selbst, begegnet. Sie hatte das Zusammentreffen damals als erniedrigend empfunden. Heute fragte sie sich, ob dieses Bild sie seitdem nicht unbewusst verfolgte. Schließlich hatte sich in ihrem Liebesleben, bis sie Thomas begegnet war, ein Misserfolg an den nächsten gereiht. Mittlerweile war sie dreißig, doch all ihre Männer schienen nur für kurze Zeit die Richtigen gewesen zu sein. Warum war sie nicht in der Lage, feste Bindungen mit dem anderen Geschlecht aufzubauen? Die Männer mochten sie zwar, aber sie liebten sie nicht. Als gehörte sie einer anderen Welt an, die jenseits männlicher Begehrlichkeiten lag. Anscheinend wurde sie automatisch einer Kategorie zugeordnet, in der das Geschlecht keine Rolle spielte. Sie war das Gegenbild ihres Onkels. Als hätte er die gesamten Vorräte an Verführungskraft verbraucht, die es in der Familie gab. Sie hatte sich daran gewöhnt. Bis sie Dionysos getroffen hatte.

Von der Straße war plötzlich ein Geräusch zu hören. Eine Autotür wurde zugeschlagen. Sofort löschte Anaïs die Schreibtischlampe und schlich zum Fenster. Die schwache Straßenbeleuchtung warf kaum Licht in die Wohnung. Im Schatten der Vorhänge beobachtete sie den Eingang des Gebäudes. Ein Mann beugte sich zur

Gegensprechanlage vor. Vielleicht ein Besucher oder ein Bewohner des Hauses, der vor verschlossener Tür stand. Das Geräusch des Summers, das kurz darauf von unten zu hören war, bestätigte ihre Vermutung. Jemand hatte ihm geöffnet.

Sie setzte sich wieder. Worüber hatte sie gerade nachgedacht? Ach ja, Dionysos! Ihm war sie aufgefallen. Er hatte ihre Besonderheit erkannt und ihr erklärt, dass alle Menschen tief in ihrem Inneren einen bestimmten Archetypus trügen. Seltsamerweise hatte Anaïs diese Behauptung damals nicht in Frage gestellt. Sie war einsam und allein gewesen! Dionysos hatte erläutert, dass dieser Archetypus bei bestimmten Personen so stark ausgeprägt sei, dass er ihr soziales Leben massiv beeinflusse und bei den Mitmenschen eine unwiderstehliche Anziehungskraft beziehungsweise Ablehnung auslöse. Aber, hatte er hinzugefügt, man könne daran arbeiten. Und in dem Moment war Anaïs sich sicher gewesen, dass Dionysos die Schlüssel für ihre Erlösung in der Hand hielt. Dann war sie ihm blind gefolgt. Bis zum Schluss.

Sie hörte Schritte im Treppenhaus. Seit sich die Eingangstür geöffnet hatte, war schon eine Weile vergangen. Wer war zu dieser späten Stunde noch im Hausflur unterwegs? Und wohin war der Besucher von vorhin verschwunden?

Die Schritte stockten. Jetzt war es still. Anaïs fragte sich, ob vor allen Wohnungen so ein dicker Teppich auf dem Treppenabsatz lag wie vor Anselmes Wohnung. Sie hielt die Luft an. Nein, das war unmöglich. Sie bildete sich etwas ein. Wahrscheinlich war bloß jemand nach Hause gekommen und hatte den Türcode eingegeben, ohne dass sie es gehört hatte. So einfach war das. Sie versuchte sich zu entspannen und beschloss, in die Küche zu gehen, um ein Glas Wasser zu trinken. Auch wenn sie dafür die ganze dunkle Wohnung durchqueren musste. Sie war jetzt ruhiger.

Doch dann hörte sie, wie ein Schlüssel ins Schloss geschoben wurde.

Als sich der Knauf drehte, stand sie am Ende des Korridors und konnte gerade noch hinter die halb angelehnte Tür des Gästezimmers springen.

Langsam trat der Mann ein, Anaïs konnte nur seine Silhouette erkennen. Mit ein wenig Glück würde er im Dunkeln direkt ins Arbeitszimmer gehen. Wenn er zudem die Wohnungstür nicht abschloss, würde sie genug Zeit haben zu fliehen. Doch der Eindringling machte ihr einen Strich durch die Rechnung, indem er auf den Lichtschalter drückte und den Flur hell erleuchtete.

Er hat mich gefunden. Dieser Dreckskerl.

Anaïs schob sich ein wenig weiter hinter die Tür. Das Gesicht des Unbekannten blieb verborgen.

Erneut spürte sie, wie sich alles in ihr zusammenzog. Wie auf Sizilien. Die Angst war wieder da. Dieselbe Angst. Derselbe Hass.

Das Gästezimmer war ihr vertraut. In ihrer Jugend hatte sie dort häufig übernachtet. An der Wand gegenüber dem Fenster hing eine primitive Axt aus der Jungsteinzeit. Sie bestand aus einem ovalen, schweren Stein, der in einen Griff aus Buchsbaum eingelassen war. Anselme hatte sie von seinem Großvater geerbt, der den bearbeiteten Stein auf einem Feld im Périgord gefunden hatte. Nachträglich hatte dieser einen neuen Griff geschnitzt und damit den Originalzustand des Werkzeugs wiederhergestellt. Anselme bedeutete diese Axt viel, weil sie ihn an die Ferien seiner Kindheit erinnerte, die er in der Dordogne verbracht hatte. Wahrscheinlich wäre er nie darauf gekommen, dass sie eines Tages dazu dienen könnte, das Leben seiner Nichte zu verteidigen.

Anaïs hatte sich vorsichtig bis zur Wand vorgeschoben. Die Axt von der Wand zu nehmen und sich wieder hinter der Tür zu postieren hatte nur eine Sekunde gedauert. Jetzt spähte sie wieder durch den Türspalt.

Der Unbekannte war vor einigen gerahmten Fotos stehen geblieben. Auf allen war Anselme zu sehen, das wusste Anaïs. Ihr Onkel hatte die Bilder im Eingangsbereich, direkt auf Augenhöhe, aufgehängt, sodass kein Besucher daran vorbeigehen konnte, ohne sie zu bewundern. Eine Eitelkeit unter vielen.

Seltsamerweise stand der Mann vollkommen reglos, als wäre er durch die Fotos hypnotisiert. Dann seufzte er und klopfte sich mit der rechten Hand dreimal auf den linken Unterarm. Verblüfft hörte Anaïs ihn etwas murmeln, was sie nicht verstand. Sie zögerte. Sie konnte diesen Mann doch nicht einfach hinterrücks erschlagen. Doch Dionysos' Schergen kannten auch keine Skrupel.

Sie hob die Axt über ihren Kopf und ließ sie hinabsausen. In dem Moment drehte sich der Mann um.

36
RTL

Die Schauspielerin Manuela Réal wurde gestern nach dem plötzlichen Ableben ihres Mannes in ein Krankenhaus eingeliefert. Juan Obregón war tot in der Villa des Paares in Granada aufgefunden worden. Die Darstellerin, deren neuer Film Dunkles Verlangen im nächsten Monat in die Kinos kommen soll, wurde inzwischen in eine Klinik bei Sevilla gebracht, wo sie unter medizinischer Beobachtung steht. In Paris hat ihr Agent in einer Pressemitteilung lediglich erklärt, dass es der Schauspielerin den Umständen entsprechend gut gehe und sie bald wieder in der Öffentlichkeit auftreten werde. Die Produktionsfirma von Dunkles Verlangen hat hingegen angekündigt, dass Manuela Réal wahrscheinlich nicht an der Anfang April beginnenden Promotiontour für den Film teilnehmen werde.

Vor der Villa der Schauspielerin in Granada liegen Hunderte Blumensträuße von jungen spanischen Fans des Sängers, meist weiblichen Geschlechts. Die Polizei musste gegen eine Gruppe von zehn jungen Frauen vorgehen, die sich an das Tor der Villa gekettet hatten. Eine von ihnen hat einen Selbstmordversuch unternommen, konnte aber rechtzeitig gerettet werden.

Beileidsbekundungen aus der ganzen Schauspielbranche erreichten die Witwe. Ihr alter Weggefährte, der Komödiant Thierry Sirdas, zeigte offen seine Gefühle: «Manuela ist eine wunderbare Frau, und ich bin mir sicher, dass sie mit dieser Tragödie umzugehen lernt. Ich werde sie in den nächsten Tagen besuchen, um zu sehen, wie es ihr geht.»

Juan Obregón wird nach der Autopsie, die Aufschluss über die genaue Todesursache geben soll, im Familiengrab in der Nähe der Stadt Jaén beigesetzt werden.

France Info

Wie die Staatsanwaltschaft der Provinz Granada gestern mitteilte, sind im Fall des Sängers Juan Obregón, der tot in seiner Villa in Granada aufgefunden wurde, Ermittlungen aufgenommen worden. Seine Frau, die Schauspielerin Manuela Réal, steht noch unter Schock und ist nach Angaben der Polizei zurzeit nicht vernehmungsfähig. In Gerichtskreisen kursiert das Gerücht, im Schlafzimmer von Juan Obregón sei Kokain gefunden worden.

Der Fanclub des Sängers hat eine landesweite Spendenaktion angekündigt, um ihm in seiner Heimatstadt ein Denkmal zu errichten.

In Spanien und Frankreich, den beiden Ländern, in denen sich Manuela Réal großer Beliebtheit erfreut, ist das Mitgefühl groß, auch wenn die Kinokarriere der Schauspielerin seit einigen Jahren stagniert.

37
Paris
Rue des Martyrs

Die Axt knallte auf einen der Glasrahmen, der unter der Wucht des Aufpralls zersprang. Der Mann hatte sich blitzschnell um die eigene Achse gedreht und mit der Handkante auf Anaïs' Unterarm geschlagen. Die junge Frau stieß einen Schmerzensschrei aus. Der Mann packte sie an den Schultern und holte sie mit einer schnellen Bewegung von den Füßen. Sie wälzten sich auf dem Boden.

Der Eindringling gewann die Oberhand, drückte sie nieder und rief: «Polizei! Kommissar Marcas. Keine Bewegung.»

Im Wohnzimmer saßen sie sich gegenüber. Nun stand Anaïs auf, um Tee zu kochen. Sie hatte eine Stunde lang geredet und fühlte sich nun wesentlich besser. Der Kommissar saß grübelnd auf der Chaiselongue, als wäre er es, der die Last der Tragödie von jetzt an auf seinen Schultern tragen müsste.

Anaïs hatte ihm alles erzählt, von Anfang an. Wie sie in die Sekte eingetreten war, allmählich immer fester dort eingebunden wurde, bis hin zu ihrer Reise nach Sizilien, wo sie Thomas kennengelernt hatte ... Alles Weitere kannte der Kommissar, die Bilder der qualmenden Scheiterhaufen flimmerten noch auf allen Fernsehkanälen. Ihre Flucht aus Sizilien schilderte Anaïs allerdings weniger ausführlich. Die italienische Polizei fahndete sicher immer noch nach ihr, auch wenn Marcas es mit keiner Silbe erwähnt hatte. Vielmehr hatte er über Anselme geredet und darüber, wie besessen dieser in den letzten Monaten von dem Thema Sekten gewesen war. Jetzt wussten sie beide, warum. Während Marcas die ordentlich sortierten Unterlagen ihres Onkels durchging, schlürfte Anaïs eine Tasse kochendheißen Tee. Zum ersten Mal seit langer Zeit hatte sie das Gefühl, in Sicherheit zu sein.

Marcas blätterte in einer roten Mappe, auf deren Umschlag der Name «Crowley» zu lesen war. Der Okkultist, von dem Isabelle Landrieu ihm erzählt hatte, der

Entwickler das Thot-Tarots. Auf einem Blatt hatte Anselme lateinische Titel aufgelistet: *De arte magica; De homunculo; De nuptiis secretis deorum cum hominibus.* Marcas zeigte sie Anaïs.

«Können Sie Latein?»

«Ich musste es auf der Uni lernen. Warten Sie. Der letzte Satz heißt, glaube ich: *Die geheimen Bünde zwischen Menschen und Göttern.*»

Der Kommissar kratzte sich am Kopf. Crowley! Schon wieder dieser Spinner, der sich mit dem Himmel auf einer Stufe sah. Vollkommen durchgeknallt. Wie dieser Dionysos.

«Ich verstehe das nicht! Sie kommen mir ganz vernünftig vor! Wie konnten Sie sich nur von dieser Sekte vereinnahmen lassen?»

Anaïs schüttelte den Kopf.

«Ganz ehrlich? Ich habe mich nie so gut gefühlt wie nach meiner Aufnahme in die Gruppe der Abtei … Davor hatte ich immer das Gefühl, allen, die mir nahestanden, eine Last zu sein. Mit dreißig führte ich ein vollkommen langweiliges Leben. Ich war gänzlich desillusioniert. Niemand verstand, warum.»

«Und Sie selbst?»

«Ich auch nicht. Ich habe immer wieder versucht, die Dinge positiver zu sehen und mich davon zu überzeugen, dass alles in Ordnung sei.»

«War das bei den anderen Mitgliedern der Gruppe auch so?»

«Nicht unbedingt, aber sie hatten alle Schwierigkeiten mit der Liebe. Die Männer waren oft typische Verführer, aber sie wussten nicht, wie sie damit umgehen sollten.»

«Wie sie womit umgehen sollten?»

Der Kommissar war skeptisch.

«Es wurde ihnen zu viel. Sie hatten das Gefühl, nichts mehr kontrollieren zu können, überrollt zu werden. Mit ihnen hat Dionysos sich übrigens zuerst beschäftigt.»

«Und was hat er zu ihnen gesagt?»

«Er hat erklärt, dass jeder Mensch eine göttliche Kraft in sich trägt, die sehr unterschiedliche Formen annehmen könne. Wie bei den Griechen, wo jeder antike Gott einen bestimmten Teil der vollkommenen Gottheit repräsentiert.»

«Und das haben sie ihm abgenommen?»

«Wir alle haben es ihm abgenommen! Sie müssen bedenken, dass wir eine Zeit hinter uns hatten, in der wir uns selbst nicht mehr verstanden haben, in der eine innere Kraft in uns gewirkt hat, die stärker war als wir selbst. Und anstatt uns zu empfehlen, den nächsten Psychiater aufzusuchen, wurde uns erklärt, unsere göttliche Kraft würde auf diesem Weg zum Ausdruck gebracht!»

«Sie drückt sich also dadurch aus, dass man sich schlecht fühlt?»

Anaïs überlegte, bevor sie antwortete:

«Ja, Dionysos zufolge war es so.»

«Das verstehe ich nicht.»

«Der Mensch hat nur ein Bruchstück der göttlichen Kraft in sich. Ein einziges Element. Deshalb fängt man an, sich schlecht zu fühlen, wenn man sich seiner Unvollkommenheit bewusst wird».

«Seiner Unvollkommenheit?», wiederholte Antoine nicht ohne Ironie in der Stimme.

«Machen Sie sich nicht lustig! Dionysos' zentrale Idee war, dass wir eine göttliche Kraft in uns haben, diese aber unvollständig ist.»

«Und?»

«Man muss sich auf die Suche nach dem fehlenden Teil machen.»

Marcas schwieg und verkniff sich einen weiteren Kommentar. Alle Sekten basierten auf demselben Unsinn.

«Sie hätten auf Ihren Onkel hören sollen! Ganz ehrlich. Er wäre nicht auf diese Quacksalberphilosophie reingefallen. Das fehlende Teil suchen …!»

«Die Freimaurer verbringen ihre Zeit doch auch damit, nach dem verlorenen Wort zu suchen», entgegnete Anaïs gereizt. Sie hatte das Gefühl, ihren Onkel sprechen zu hören.

«Das lässt sich nicht vergleichen!»

«Stimmt, weil die Freimaurer es nie gefunden haben!»

«Hat Ihr Guru das behauptet?»

«Er hat gesagt, dass die Freimaurer ihre eigenen Riten nicht mehr verstehen.»

Marcas antwortete nicht. Die Bemerkung saß. Er hatte selbst zu viele Brüder erlebt, die ein Ritual befolgten, deren symbolische Reichweite sie überhaupt nicht erfassten. Natürlich war die Freimaurerei ein Ort der Freiheit, wo jeder selbst entschied, was ihm die Mitgliedschaft bedeutete. Aber sie war vor allem auch ein Geheimbund, der eine von alters her tradierte Lehre weitergeben sollte. Eine Aufgabe, die die Großlogen oft vernachlässigten. Um den rauen Stein bis zur vollendeten Form zu bearbeiten, sollte man erst mit dem Werkzeug umgehen können.

262

Anaïs gähnte. Marcas erhob sich und blickte aus dem Fenster. Die Straße war ruhig. Eine Stille, die ihm trügerisch erschien.

«Ich werde einen Mann zu Ihrem Schutz abstellen.»

Anaïs sprang auf.

«Soll das ein Witz sein? Wollen Sie, dass ich nach Italien zurückgeschickt werde?»

«Einer meiner Leute wird sich darum kümmern. Er tut das sozusagen in privatem Auftrag. Ich habe nicht vor, meine Vorgesetzten davon zu unterrichten.»

«Kann ich Ihnen vertrauen?»

Marcas betrachtete sie. Anselmes Nichte.

«Ja, das können Sie.»

Er griff nach Jackett und Mantel. Aber eine Frage musste er noch loswerden.

«Was Rituale anbelangt …»

«Ja?»

«Gab es dort so etwas?»

Anaïs errötete.

«Das kann man so sagen.»

«Könnten Sie mir Genaueres erzählen?»

Die junge Frau senkte den Blick, doch Marcas ließ nicht locker.

«Hatte es einen Namen?»

Er merkte, dass er nicht weiterkam.

«Ich gebe Ihnen meine Handynummer. Sie haben ab heute Abend Personenschutz. Wenn Sie doch noch … dann zögern Sie nicht, mich anzurufen!»

«Danke.»

Er ging den Korridor hinab und nahm den Schlüssel, den er der Concierge zurückbringen musste.

«Hören Sie …»

Marcas blieb stehen.

«Das Ritual, nach dem Sie mich gefragt haben … Dionysos … Also, er hatte einen Namen dafür.»

«Und welchen?»

«Der Pfad der Linken Hand.»

38
Europe 1

Dramatische Wendung im Fall Réal: Soeben ist bekannt geworden, dass die Schauspielerin gestern Abend in der Klinik, in die sie eingeliefert worden war, einen Selbstmordversuch unternommen hat. Sie wurde von Krankenpflegern gefunden, kurz nachdem sie sich die Pulsadern aufgeschnitten hatte. Zurzeit ist über ihren derzeitigen Gesundheitszustand noch nichts bekannt. Weitere Meldungen in der nächsten Nachrichtensendung.

France Inter

Im Zusammenhang mit dem Tod von Manuela Réals Ehemann verkündete der zuständige Richter, dass die Ermittlungen heute Morgen vorerst eingestellt worden seien. Die Autopsie hat ergeben, dass Juan Obregón an einer Gehirnblutung gestorben ist und dass Drogen als Todesursache nicht in Betracht kommen. Seine Frau, die Schauspielerin Manuela Réal, ist unterdessen in eine Klinik an einem unbekannten Ort verlegt worden, um sich zu erholen. Ihr Agent teilte heute mit, dass alle Termine für die nächsten drei Monate abgesagt worden seien.

Der Polizei zufolge hat die Schauspielerin anonyme Morddrohungen erhalten, in denen sie beschuldigt wird, ihren Mann umgebracht zu haben. Man verdächtigt verzweifelte Fans des Sängers.

39
FORTSETZUNG DES CASANOVA-MANUSKRIPTS

… Am Morgen nach meinem Besuch im Kloster sprach mich eine alte Magd an und zeigte mir einen mit Gold bestickten Tabaksbeutel. Sie bot ihn mir für einen Piaster an. Ich wollte gerade ablehnen, als sie ihn mir in die Hand legte und mich darauf hinwies, dass er einen Brief enthalte. Diskret beglich ich den Betrag und setzte alsbald meinen Weg zum Haus des Marquis de Pausolès fort. Da ich dort jedoch niemanden antraf, ging ich ein wenig im Garten spazieren. Der Brief war versiegelt und nicht adressiert. Womöglich war er gar nicht für mich bestimmt. Doch schließlich nahm meine Neugier Überhand. Übersetzt lautete die Botschaft folgendermaßen: «Wenn Sie die Person wiedersehen wollen, die Ihnen dies schreibt, dann nehmen Sie die Einladung Ihres Freundes Don Ortega an.»

Die Kürze der Nachricht überraschte mich, noch mehr allerdings die Formulierung «wiedersehen», denn seit meiner Ankunft in Granada hatte ich nur zwei Frauen gesehen: die Schwester meines Gastgebers und Alsacha, die Stumme mit dem bezaubernden Blick. Ich zweifelte nicht daran, dass es eine von ihnen sein musste, und fühlte mich mit aller Macht zu der begehrenswerteren der beiden hingezogen.

«Ah, wenn du es bist», rief ich aus, «dann werde ich vor Manneskraft nur so strotzen.»

«Dafür wünsche ich Ihnen alles Gute, Casanova, aber dürfte man erfahren, wer die Glückliche ist, die Sie so leidenschaftlich erleben darf?»

Der Marquis de Pausolès war soeben in den Garten hinausgetreten, und ich hatte gerade noch genug Zeit, mir die Botschaft in den Ärmel zu schieben.

«Sie antworten nicht? Kenne ich die Dame zufällig?»

Ich beschloss nicht zu lügen, ihn aber ein wenig auf die Folter zu spannen.

«Sie wollen es unbedingt wissen?»

Der Marquis nahm mich bei den Schultern.

«Ja, ich gestehe, dass es mich brennend interessiert!»

«Dann will ich Ihnen die Wahrheit nicht länger vorenthalten. Ja, ich habe mich verliebt! Doch leider in ein Bild, denn diese Frau ist für mich unerreichbar.»

«Warum das?»

«Können Sie es nicht erraten?»

Der Marquis de Pausolès sah mich neugierig an.

«Handelt es sich um Alsacha?»

«Um wen sonst?»

«Ja, sie hat Sie gestern sehr beeindruckt, das ist mir nicht entgangen.»

«Mehr, als Sie glauben!»

Wir befanden uns auf dem Weg, der zum Belvedere führte.

«Haben Sie ähnliche Gefühle auch schon für andere Frauen gehegt?»

Ich scheute mich, ihm die Natur der Gefühle, die diese junge Ordensschwester in mir auslöste, genau zu beschreiben. Aber er blieb beharrlich.

«Sie können offen, wie mit einem Bruder, mit mir reden. Bin ich nicht dafür da, Ihnen zu helfen?»

«Sie werden mich für einen Wüstling halten!»

«Sind Sie sich da sicher?»

«Ich habe viele Frauen gekannt …»

«Ich weiß, Ihr Ruf eilt Ihnen voraus!»

«Aber jedes Mal, wenn meine Phantasie sich entflammt hat, empfand ich neben Leidenschaft zugleich auch Respekt.»

«Bitte werden Sie deutlicher, Casanova!»

«Nun ja, ich habe bei jeder Frau ehrlich geglaubt, der Frau meines Lebens begegnet zu sein. Jedes Mal. Und auch wenn Sie es vielleicht nicht glauben können, meine Gefühle waren aufrichtig!»

«Und dieses Mal?»

«Dieses Mal? Bei Alsacha begehre ich tatsächlich nur ihren Körper. Ich lechze nach der Befriedigung, die sie mir geben kann. Andere Gefühle hege ich für sie nicht.»

Wir blieben stehen, um auf die Stadt, die sich zu unseren Füßen erstreckte, hinabzublicken. Der Marquis verhielt sich beunruhigend still.

«Empört Sie, was ich gerade gesagt habe?»

«Überhaupt nicht. Sie haben nur soeben Abschied von einer Illusion genommen. Sie sind auf dem richtigen Weg.»

«Von welcher Illusion?»

«Von der sozialen Rolle der Liebe. Glauben Sie mir,

die Kirche, aber auch die Literatur haben die Liebe immer wieder mit Werten verknüpfen wollen, die ihr an sich fremd sind.»

«Was Sie sagen, überrascht mich.»

Der Marquis sprach jetzt lauter als zuvor: «Treue und das Sakrament der Ehe sind Ketten, die die wahre Leidenschaft beschränken und verkümmern lassen. Liebe ist etwas ganz anderes. Sie ist von Kraft und Willen geprägt. Spüren Sie es nicht, wenn Sie an Alsacha denken?»

«Oh ja, aber sobald das Verlangen, das meinen Körper und meine Seele erfüllt, befriedigt ist ...»

«Dass das Gefühl dann fort ist?»

«Ja, und um ehrlich zu sein, habe ich die Erfahrung schon oft gemacht.»

«*Homo triste post coïtum!*, wie die Alten sagten.»

«Sie hatten recht.»

«Nein, sie hatten unrecht, und ich werde es Ihnen beweisen.»

Darauf sagte ich nichts, denn ein Diener kam durch eine Baumgruppe auf uns zu. Es war an der Zeit, dass ich mich zurückzog. Als ich mich von dem Marquis verabschiedete, sah er mich eindringlich an: «Lassen Sie sich unser Gespräch noch einmal durch den Kopf gehen, Casanova! Und bewahren Sie sich das Bild unserer Alsacha. Noch kennen Sie nicht alle Kräfte und Mächte!»

«Mein Bruder, ich werde Ihren Rat befolgen.»

Er lächelte mich großherzig an.

«Und holen Sie mich morgen Abend ab! Ich habe versprochen, Sie zu Don Ortega mitzunehmen.»

40
Paris
Place Beauvau

Marcas blickte unruhig auf seine Uhr. Mehr als eine halbe Stunde wartete er bereits im Vorzimmer zum Büro des Beraters im Innenministerium. Der Mann, den er im Park Buttes-Chaumont getroffen hatte, hatte ihm ausrichten lassen, dass er sich wegen einer wichtigen Besprechung verspäten würde.

Der Kommissar griff nach einer Zeitschrift über Mountainbikes, die auf dem Tisch lag, als er einen jungen Polizisten eintreten sah, der mit einem Stapel Akten geradewegs in das Büro des Beraters marschierte.

Der Kommissar lächelte. Der Beamte kam wahrscheinlich aus dem gefürchteten, aber sehr effizienten «Bereitschaftszentrum», das auf demselben Flur lag. Ein hochsensibles Informationsbüro der Polizei, in dem Tag und Nacht alle Fälle, Delikte, Ereignisse und vertraulichen Berichte zusammengetragen wurden, die für die hohen Tiere im Innenministerium von Belang waren. Der Berater des Ministers war sicher schon ganz versessen auf die neuesten Informationen.

Marcas legte die Zeitschrift wieder zur Seite, er hatte nichts für Fahrräder übrig. Und noch weniger für Fahrräder auf Schlammpfaden. Um so etwas zu mögen, musste man masochistisch veranlagt sein.

Kurz zog er in Erwägung, Anaïs anzurufen, um sich zu vergewissern, ob bei ihr alles in Ordnung war, doch er entschied sich dagegen. Einer seiner Leute bewachte sie. Er brauchte keinen Kontrollanruf zu machen.

Das Auftauchen der jungen Frau und ihre Enthüllungen stellten seine Ermittlungen vollkommen auf den Kopf. Zweimal hintereinander hatte er im Zusammenhang mit Sekten jetzt bereits vom *Pfad der Linken Hand* gehört. Einmal hatte Isabelle Landrieu ihn erwähnt, als sie von diesem englischen Okkultisten erzählte, und nun Anaïs mit ihrer Gruppe von Psychopathen.

Marcas seufzte.

Er hätte sie sofort den Kollegen übergeben und Interpol informieren müssen. Er hätte …

Einer seiner Assistenten hatte ihn bereits heute früh angerufen und ihn über die tragischen Ereignisse um Manuela Réal informiert. Das Ableben des berühmten Sängers und Ehemanns der nicht weniger berühmten Schauspielerin hatte das Massaker auf Sizilien aus den Medien verdrängt.

Für einen aufmerksamen Beobachter waren die Parallelen zum Tod der Geliebten des Kulturministers nicht zu übersehen. Und er war wahrscheinlich nicht der Einzige, dem das aufgefallen war.

Er war umgehend in sein Büro gefahren und hatte zwei Stunden mit einem jungen Polizisten vor dem Internet verbracht, um alles über das Geschehen in Granada und die Schauspielerin herauszufinden.

Die Fotos aus dem Haus des prominenten Paares auf der ersten Seite der spanischen Tageszeitungen empörten ihn. Erst kurz vor der Tragödie hatte Manuela Réal Journalisten eines Lifestyle-Magazins für eine Fotoreportage zu sich eingeladen. So hatte jetzt jeder Zeitungsleser eine genaue Vorstellung vom Schauplatz des Dramas. Was hier geschah, konnte man getrost als globalen Voyeurismus bezeichnen. Ein Foto erregte seine besondere Aufmerksamkeit.

Auf dieser Aufnahme war das Schlafzimmer des Paares zu sehen. An der Wand hing das Bild einer Frau, die einen Krug in der Hand hielt. Dieser Krug füllte sich mit Wasser, das vom Himmel zu kommen schien, wo auch ein Stern abgebildet war. Ein weißer, rotierender Stern.

Das Gemälde sah genauso aus wie das Motiv aus dem Thot-Tarot.

Marcas hatte bei einem Freimaurerbruder angerufen, der beim Nachrichtendienst arbeitete und für Sekten zuständig war. Doch von Gruppierungen, die *den Pfad der Linken Hand* praktizierten, wusste er nichts. Was weitere Auskünfte über Crowley anging, hatte Marcas Glück. Offensichtlich wurde der englische Okkultist in bestimmten satanistischen und heidnischen Kreisen geradezu angebetet.

Als Antoine sich gerade genauer mit dieser obskuren Person auseinandersetzen wollte, hatte die Sekretärin des Beraters angerufen und ausgerichtet, er solle sofort zur Place Beauvau ins Innenministerium kommen.

«Herr Kommissar? Der Berater des Ministers hat jetzt Zeit für Sie.»

Die Sekretärin ließ ihn eintreten, ohne ihn dabei auch nur eines Blickes zu würdigen, und schloss die Tür hinter sich.

«Der liebe Marcas. Wie geht es Ihnen?»

Der vertrauliche Tonfall des Beraters wirkte aufgesetzt.

«So gut es eben geht.»

«Ich bin sehr froh, dass Sie keine Unterlagen über die Regius-Loge gefunden haben. Damit sind wir wohl ein für allemal von einem alten Phantom befreit. Und ich gehe davon aus, dass die Ermittlungen nun abgeschlossen sind.»

«Um ehrlich zu sein, das glaube ich nicht.»

«Aha? Sie sind noch zu keinem Ergebniss gekommen? Dieser arme Minister war doch eindeutig überarbeitet. Übrigens meine ich, dass es an der Zeit ist, die berechtigte Neugier der Medien zu befriedigen. Ich habe eine Pressekonferenz anberaumt, in der wir den Autopsiebericht des Opfers vorstellen werden. Die Frau hatte ein schwaches Herz. Außerdem wird ein Spezialist, ein Psychiater, zugegen sein …»

«Dr. Anderson nehme ich an?»

«Ach ja, Sie kennen ihn ja. Darüber werden wir noch sprechen … Wo war ich gerade stehen geblieben …?»

«… dass ein Spezialist, ein Psychiater, mit Autorität und Kompetenz erklären wird, wie sehr dem armen Minister, der durch den aufopfernden Dienst für seine Mitbürger stark überarbeitet war, der plötzliche Tod seiner Geliebten zugesetzt hat. Und dass er einen seelischen Schock erlitten hat, von dem er sich nur langsam erholen wird.»

«Machen Sie sich über mich lustig, Marcas?»

«Nein. Aber ich muss nach Spanien, um Manuela Réal zu verhören.»

«Manuela Réal?»

«Die Schauspielerin.»

«Danke, ich weiß, wer das ist, auch ich gehe ab und

zu ins Kino. Was ich nicht verstehe, ist, was Sie von ihr wollen?»

«Es hat mit unserer Sache zu tun. Was dem Minister widerfahren ist, weist auffallend viele Parallelen zu dem Fall in Granada auf.»

Der Berater sah Marcas erstaunt an.

«Ich habe gelesen, was in den Zeitungen stand, aber ich sehe da keinen Zusammenhang.»

«Die beiden Opfer sind unter ähnlichen Umständen gestorben. Und sowohl der Minister als auch die Schauspielerin leiden seitdem unter vergleichbaren mentalen Störungen.»

«Hören Sie mir gut zu, Kommissar, das sind Zufälle und keine Parallelen. Daraus irgendwelche Schlüsse zu ziehen wäre übereilt und falsch.»

Marcas verabscheute es, sich vor Leuten rechtfertigen zu müssen, die die Karriereleiter durch Opportunismus und nicht durch gute Arbeit hinaufgeklettert waren. Dieser Ministerberater glaubte, zu allem seinen Senf abgeben zu müssen, obwohl er in seinem ganzen Leben noch keine Ermittlungen durchgeführt hatte.

«Die beiden Fälle haben noch etwas gemeinsam, was allerdings bislang kein Journalist bemerkt hat. Es handelt sich um ein bestimmtes Symbol, das auf einem Bild im Haus der Schauspielerin zu sehen ist und das der Minister in der Klinik an die Wand gemalt hat.»

«Ein Symbol ...», erwiderte der Berater des Ministers spöttisch. «Ihr Freimaurer seht auch überall Symbole!»

Der Kommissar ging nicht auf die Bemerkung ein.

«Ich kann es nur wiederholen, die Übereinstimmung ist nicht zufällig. Außerdem kennen sich Manuela Réal und der Minister. Sie sind sich vor kurzem bei der Versteigerung eines Manuskripts bei Drouot begegnet. Und da der Minister zurzeit für unsere Ermittlungen nicht zur Verfügung steht ...»

«Ich weiß. Ich habe übrigens eine Beschwerde über Sie erhalten, Kommissar. Von Dr. Anderson, dem Chef der Klinik, in der Ihr armer Bruder behandelt wird! Der Arzt beschuldigt Sie, die Therapie des Ministers gefährdet zu haben.»

«Dieser Dr. Anderson hat überhaupt kein Recht, meine Arbeit als Kriminalbeamter zu beurteilen.»

«Im Moment zeichnet sich Ihre Arbeit nicht gerade durch große Erfolge aus. Ganz zu schweigen von Ihrem neuesten Hirngespinst: Manuela Réal zu interviewen! Es ist ausgeschlossen, dass Sie nach Granada fahren, haben Sie mich verstanden? Außerdem würden die spanischen Behörden das sowieso nicht zulassen. Ich werde persönlich dafür sorgen.»

Der Mann stellte eine Selbstgefälligkeit zur Schau, die Marcas nicht mehr ertragen konnte.

«Ich erinnere Sie daran, dass Sie es waren, der mich darum gebeten hat, den Fall zu übernehmen! Aber wenn ich mich für jeden Schritt meiner Ermittlungen rechtfertigen muss, dann gebe ich die Zuständigkeit ab.»

Er stand auf und sah den Berater eindringlich an. Er war froh, Anaïs nicht erwähnt zu haben.

«Sie täten gut daran, Ihren Ton zu mäßigen!»

«Ich rede, wie ich will.»

Der Berater klopfte unruhig mit den Fingern auf seinen Schreibtisch aus Eichenholz und erhob sich dann ruckartig.

«Ich wiederhole: Es steht außer Frage, dass Sie nach Spanien fahren. Was die laufenden Ermittlungen anbelangt, rate ich Ihnen, sie diskreter und vor allem wirksamer zu führen.»

Marcas machte auf dem Absatz kehrt. Als er an der Tür war, rief der Berater ihm nach: «Denken Sie an Ihre Karriere! Ich nehme an, Sie finden allein hinaus.»

Der Kommissar ging, ohne sich von der Sekretärin zu verabschieden, die ohnehin den Blick auf den Bildschirm ihres Computers gerichtet hatte. Als er auf die Straße trat, vibrierte sein Handy in der Jacke. Sofort erkannte er Anaïs' Stimme. Sie war vollkommen außer sich.

«Dionysos …»

«Was ist los?»

«Dionysos weiß, wo ich bin.»

41
Paris

Auf dem Motorroller preschte er die Champs-Élysées hinab. Im Slalom fuhr er durch die unzähligen Autos hindurch, die im Schritttempo unterwegs waren. Marcas beglückwünschte sich, für den Weg zum Innenministerium den Roller genommen zu haben. Auf der Place de la Concorde ordnete er sich in Richtung Madeleine ein. Anaïs' verängstigter Anruf hatte ihn nicht überrascht, obwohl er zu ihrem Schutz einen seiner Leute abgestellt hatte. Marcas hatte sofort telefonisch bei ihm nachgefragt, was geschehen war, doch Leroy, dem jungen Polizisten, der die Aufgabe übernommen hatte, war nichts aufgefallen, niemand hatte Anselmes Haus betreten, und Anaïs hatte es nicht verlassen. Die Kontaktaufnahme musste also übers Telefon stattgefunden haben.

Der Verkehr floss jetzt wieder besser. Er beschleunigte – siebzig Stundenkilometer auf dem Tacho, mitten in Paris und zu dieser Tageszeit ein Rekord – und bog zur Gare Saint-Lazare ab.

Wenn Dionysos in Anselmes Wohnung angerufen hatte, musste sich Anaïs schleunigst woanders verstecken. Außerdem brauchte Antoine eine offizielle Genehmigung, wenn er weiter einen Polizisten zu ihrem Schutz abstellte. Auf eigene Rechnung Leibwache zu spielen konnte einen teuer zu stehen kommen. Marcas kannte einige leichtsinnige Kollegen, die auf frischer Tat dabei ertappt worden waren, wie sie nach Dienstschluss auf diese Weise ihren Lohn ein wenig aufbesserten. Sie waren fristlos entlassen worden.

Die Ampel auf der Place de la Trinité sprang auf Rot. Marcas raste weiter, ohne sich um die hupenden Autos zu kümmern, die sich ihm von der Seite näherten. Kurz darauf bog der Roller mit vollem Tempo in die Rue des Martyrs ein. Marcas parkte auf dem Gehsteig vor Anselmes Haus und hielt einer Politesse, die mit strafendem Blick auf ihn zukam, seinen Polizeiausweis unter die Nase. Dann betrat er das Bistro, in dem sein Wachmann postiert war.

«Und?»

«Nichts, Chef. Kein Verdächtiger. Wenn jemand sie

beobachtet, dann so unauffällig, dass es meine Fähigkeiten übersteigt.»

Der Beamte, ein junger Mann aus dem Südwesten Frankreichs, der ihm vor zwei Jahren zugeteilt worden war, noch bevor Marcas die Mordkommission verlassen hatte, trank seinen Kaffee aus. Marcas hatte ihm im letzten Jahr die Karriere gerettet. Der Polizist hatte in einer Disco eine Prügelei mit einem Zuhälter angefangen, der sich als Informant des Nachrichtendienstes entpuppte. Marcas hatte damals beide Augen zugedrückt. Der Beamte hatte seine Lektion gelernt: Lass dich als Polizist niemals mit einer Prostituierten ein.

Marcas ließ den Blick über die Straße wandern.

«Gut. Wir gehen davon aus, dass sie tatsächlich verfolgt wird. Ich gehe rauf, um sie zu holen. Während sie ihre Sachen zusammenpackt, fährst du dein Auto vor die Tür und wartest auf uns, schau dich um, ob die Luft rein ist. Sobald du grünes Licht gibst, kommen wir runter. Dann versuchen wir einen albanischen Transfer. Ich werde in der Zentrale ein ziviles Auto anfordern.»

Der junge Beamte grinste. Der «albanische Transfer» war nach einer Methode benannt worden, die aus Albanien stammende Zuhälter anwandten, um so schnell wie möglich ihre Mädchen weiterzureichen, wenn sie von der Polizei verfolgt wurden. Sie steckten die Prostituierte in ein Auto und fuhren dann in ein Parkhaus, vor dem ein Komplize in einem anderen Auto auf sie wartete. Das Mädchen hastete zu Fuß aus dem Parkhaus und sprang in das andere Auto. Für den Verfolger war es unmöglich, auf den gewundenen Ein- und Ausfahrten schnell genug wieder hinauszukommen, um den Verfolgten auf der Spur zu bleiben.

Nachdem sie mehrmals so hinters Licht geführt worden war, hatte die französische Polizei eine ähnliche Methode entwickelt, bei der sie ein zweites Fahrzeug einsetzte, das dem ersten folgte und dem Verfolger den Fluchtweg versperrte.

«Auf geht's.»

Der Kommissar tippte eine Nummer in sein Handy und wartete ungeduldig.

«Ja, hier Marcas, ich brauche einen zivilen Wagen an der Ecke des Einkaufszentrums Le Havre Passage am Saint-Lazare. Wie lange wird das dauern?»

«Höchstens zwanzig Minuten.»

Zufrieden blickte Marcas auf die Uhr. Wenn jemand versuchen sollte, sie zu verfolgen, würde er am Einkaufszentrum ausgebremst werden. Marcas und Anaïs würden die Köder spielen. Blieb das Risiko, dass die Verfolgung eskalierte. Dann könnte es auf offener Straße zu einer Schießerei kommen.

Marcas bedauerte, seine Dienstpistole nicht dabei zu haben. Sie rottete im Tresor seines Schreibtisches vor sich hin. Und was noch schlimmer war, er setzte so gut wie nie einen Fuß in die Schießhalle, wie es eigentlich Vorschrift war. Wenn irgendwann mal etwas schiefgehen sollte, war er dran.

Marcas verließ das Bistro und überquerte die Straße. Dann betrat er das Gebäude und nahm die Treppe im Laufschritt.

Als er oben ankam, öffnete Anaïs die Tür. Sie war leichenblass.

«Ich habe Sie vom Fenster aus kommen sehen. Ich muss sofort weg von hier, sonst kommen diese Schweine und holen mich.»

Marcas schob sie sanft zur Seite, damit er die Tür schließen konnte.

«Beruhigen Sie sich. Unten wartet ein Auto auf uns, um Sie an einen sicheren Ort zu bringen. Packen Sie alles, was Sie brauchen in eine Tasche, aber erzählen Sie mir zuerst noch, was passiert ist.»

«Ich bin vor dem Fernseher eingedöst, als das Telefon geklingelt hat. Ich dachte, Sie wären es. Stattdessen war es …»

«War es Dionysos?»

«Ja. Dieses … Monster hat mir gesagt, mir würde nichts geschehen, wenn ich den Mund hielte. Er hat mir erklärt, er habe mich absichtlich laufenlassen, weil er mich mag. Er hat mir noch alle möglichen schmeichelhaften Dinge gesagt, so als wäre nichts gewesen, so als hätte dieser ganze Horror auf Sizilien niemals stattgefunden. So ein Schwein!»

Sie schlug mit der Faust auf das kleine Tischchen im Flur. Ihre Stimme zitterte.

«Und dann?»

«Er hat gesagt, er würde kommen, um mich abzuholen. Und dass ich bei ihm in Sicherheit sei.»

Die junge Frau erschauderte. Marcas nahm eine Tasche aus einem Kleiderschrank und hielt sie Anaïs hin.

«Beruhigen Sie sich, Sie stehen unter Polizeischutz. Ihnen kann nichts passieren. Ich weiß, dass es nach alldem, was Sie durchgemacht haben, nicht leicht ist, das zu glauben.»

«Es gibt noch etwas, was mich beunruhigt.»

«Was?»

«Seine Stimme. Sie wirkte wie ein Wiegenlied, einen kurzen Moment lang wäre ich fast weichgeworden. Dionysos setzt seine Stimme ein, um Leute zu … verhexen. Man glaubt sich darin zu verlieren. Haben Sie das noch nie erlebt, dass Sie dem Zauber einer Stimme verfallen sind?»

«Nein, aber ich kann nachvollziehen, was Sie meinen, denn ich habe vor kurzem eine Zeichnung gehört, einen Vortrag in der Loge, bei der es um die neuesten Forschungsergebnisse zum Thema Sprachmelodie und Stimme ging. Offensichtlich hat die Stimme auf Frauen mehr Einfluss als auf Männer.»

«Was ist das denn jetzt für ein Macho-Kram!»

«Kein Macho-Kram, den Vortrag hat eine Schwester gehalten. Also, wenn Sie sich jetzt ein wenig beeilen könnten!»

«Ich habe doch gar nichts einzupacken.»

Marcas musste lächeln.

«Pardon, solche Details vergesse ich leicht.»

Er ging in Anselmes Arbeitszimmer und holte die Mappe mit den Informationen, die dieser über Crowley gesammelt hatte. Als er in den Flur zurückkehrte, stand Anaïs dort mit ihrer kleinen Reisetasche. Niedergeschlagen ließ sie ihren Blick durch die Wohnung schweifen.

«Ich weiß nicht, ob ich eines Tages hierher zurückkommen werde. Alles hier erinnert an meinen Onkel, es bleibt das Gefühl, er könnte im nächsten Moment aus einem der Zimmer treten.»

«Mir wird es auch fehlen, die Abende nicht mehr damit zu verbringen, dem Laster düsterere Gefängnisse und der Tugend Tempel zu errichten.»

Anaïs zuckte zusammen.

«Was haben Sie gerade gesagt?»

«Dass mir die abendlichen Gespräche in dieser Wohnung mit Anselme fehlen werden.»

Sie rüttelte an seinem Arm.

«Nein. Was war das mit Laster und Tugend?»

«Das ist eine altmodische Redensart der Freimaurer, die in der Loge verwendet wird. Anselme hat sie jedes Mal benutzt, bevor wir eine gute Flasche aufgemacht haben.»

«Das ist seltsam. Dionysos begann die Zusammenkünfte immer so: Wir haben uns versammelt, um der Intoleranz düstere Gefängnisse und der Lust und Liebe Tempel zu errichten.»

Marcas hielt ihr die Tür auf und ließ sie hinaustreten.

«Das ist in der Tat merkwürdig! Vielleicht ist Dionysos ein ehemaliger Freimaurer, der unsere Praktiken für seinen eigenen Zweck missbraucht. Das ist schon öfter vorgekommen.»

Schnell gingen sie hinunter ins Erdgeschoss. Als sie bei der Concierge vorbeikamen, blieb Anaïs stehen.

«Warten Sie, ich muss dem Mädchen schnell etwas sagen.»

«Geben Sie ihr auch den Schlüssel für meinen Roller, einer meiner Leute wird ihn abholen kommen.»

Marcas nahm sein Handy und rief seinen Mitarbeiter an.

«Leroy? Wir sind jetzt unten.»

«Niemand zu sehen, alles in Ordnung.»

«In fünf Minuten sind wir da.»

Marcas beendete das Gespräch. Er wusste, dass er Anaïs nicht auf Dauer bei sich beherbergen konnte. Aber ohne Genehmigung war es ihm nicht möglich, sie in ein offizielles Versteck zu bringen, da gab es strenge Vorschriften. Andererseits konnte sie ihm bei seinen Recherchen darüber, ob das Massaker auf Sizilien und der Fall der Réal und des Ministers zusammenhingen, behilflich sein. Ihre Bemerkung über das Laster und die Tugend erhärtete den Verdacht. Aber das war auch schon alles.

Anaïs trat aus der Loge der Concierge.

«Ich habe ihr die Schlüssel gegeben. Sie wird sich um die Wohnung meines Onkels kümmern, bis ich wieder da bin. Wenn ich überhaupt zurückkomme ...»

Nach kurzem Zögern sprach sie weiter: «Ich wollte Sie um einen Gefallen bitten. Ich brauche wirklich etwas zum Anziehen. Können wir nicht kurz an einem Geschäft anhalten, bevor ich mich wieder verstecke?»

Marcas überlegte. Die Idee war gar nicht schlecht.

«Warum nicht? Wir gehen in ein Einkaufszentrum am Saint-Lazare. Das ist ein guter Vorwand.»

Sie traten auf die Rue des Martyrs hinaus und stiegen in das Auto von Marcas' Assistenten. Der Dienst-Peugeot fuhr los. Der Fahrer warf einen Blick in den Rückspiegel.

«Schwarzes Motorrad, dunkelblauer Helm, ungefähr zwanzig Meter hinter uns. Was soll ich tun?»

«Zur Place Clichy fahren. Wir werden sehen, ob er wirklich hinter uns her ist.»

Sie fuhren in normalem Tempo. Anaïs sah sich unaufhörlich um und drückte zum ersten Mal Marcas' Hand.

«Sind Sie sicher, dass alles gut wird?»

Marcas lächelte sie an.

«Bleiben Sie ganz ruhig. Am Einkaufszentrum warten Kollegen auf uns und werden sich um die Verfolger kümmern. Wenn es überhaupt welche gibt.»

Sie bogen erst nach links, dann nach rechts ab. Das Motorrad war noch immer hinter ihnen.

«Der Typ folgt uns tatsächlich. Soll ich die Kollegen anrufen, dass sie ihn stellen? Oder warten wir, bis wir im Parkhaus sind, und spielen die ganze albanische Nummer durch?»

«Unser Plan bleibt unverändert. Halt an der Place Clichy an, ich gehe Zigaretten kaufen, damit niemand Verdacht schöpft, und dann fährst du direkt in die Tiefgarage des Einkaufszentrums. An der Einfahrtsrampe erwischen die Kollegen ihn.»

Der Peugeot hielt vor dem Tabakgeschäft an, das vor allem bei den Nachtschwärmern wegen seiner langen Öffnungszeiten bekannt war. Marcas stieg aus dem Auto und sah, dass das Motorrad auf der anderen Seite des Platzes stehen geblieben war. Er ging in das Geschäft und verlangte ein Päckchen Zigaretten. Dann holte er sein Handy aus der Tasche und wählte die Nummer der Zentrale, die ihn mit dem zweiten zivilen Polizeifahrzeug verband.

«Marcas hier, wissen Sie, was zu tun ist?»

«Keine Sorge, Kommissar. Wir werden ganz sanft mit ihm umgehen und ihn dann mit ins Präsidium nehmen.»

«Gut. Ich komme später nach.»

Marcas verließ das Geschäft und setzte sich wieder in den Wagen, der sich langsam in Bewegung setzte. Anaïs blickte schweigend aus dem Fenster. Das Motorrad folgte dicht hinter ihnen.

«Wir sind gleich da, Chef.»

Der Kommissar wandte sich Anaïs zu.

«Hören Sie zu. Wenn ich es Ihnen sage, steigen Sie aus dem Auto aus und folgen mir. Einkaufen gehen wir später. Einverstanden?»

«Ja, aber ...»

«Kein Aber.»

42
Paris
Universität

In dem dunkel getäfelten Hörsaal aus dem Zweiten Kaiserreich beendete Isabelle, die als Expertin für Sekten eingeladen worden war, gerade ihren Vortrag. Sie ließ den Blick über die Studenten schweifen. Für ein Doktorandenseminar war es erstaunlich gut besucht.

Womöglich lag es an dem verheißungsvollen Titel *Erotik und Spiritualität*. Zwar wurde in dem Institut eine große Bandbreite von Themen behandelt, aber diese Schlagworte boten unerwartete Komplizenschaften. Zwei Professoren, denen zu Ohren gekommen war, worüber sie referierte, hatten sogar versucht, sie diskret über ihr Forschungsgebiet auszufragen.

Sie hatte in ihrer gewohnt professionellen Art geantwortet, was die Herren Professoren aber nicht daran gehindert hatte, verstohlen zu lächeln. Eine Veranstaltung, in der sexuelles Verlangen und religiöse Gefühle miteinander verknüpft wurden, brachte das universitäre Institut aus seinem gewohnten Trott und schenkte manchem blütenreinen Gewissen ein kleines Prickeln. Die Studenten selbst waren nicht schockiert, sondern eher überrascht über die Verbindung zweier Welten, von denen sie bislang geglaubt hatten, dass sie nichts miteinander zu tun hatten. Aus diesem Grund schlug Isabelle am Ende des Vortrags auch eine anschließende Diskussionsrunde vor, in der die Zuhörer detaillierte Fragen stellen konnten.

Eine junge Frau meldete sich. Bevor sie der Studentin das Wort erteilte, musterte Isabelle sie eingehend: Faltenrock, hochgeschlossene weiße Bluse, geflochtenes Haar. Sie konnte ihre Frage erahnen.

«Ja?»

«In Ihrem Vortrag haben Sie Ihre These mit Beispielen religiöser Strömungen und philosophischer Traditionen des Orients wie dem Taoismus und dem Tantrismus belegt. Mir fällt auf, dass Sie keinen Bezug zum Christentum genommen haben.»

«Und daraus schließen Sie, dass Sex nichts mit christlicher Spiritualität zu tun hat?»

«Ja.»

Isabelle lächelte.

«Das ist ein Trugschluss! Sind Ihnen die Gnostiker ein Begriff?»

«Das waren doch Ketzer, oder?»

«Nein, Christen, aber die Kirche hat sie als Ketzer diffamiert. Die Gnostiker haben nur Christus als wahren, als guten Gott anerkannt, der Gott des alten Testaments hingegen war Symbol des Bösen.»

«Das ist eine dualistische Theorie!»

«Genau. Und einige dieser gnostischen Gruppierungen waren der Ansicht, dass man das Böse sozusagen an der Wurzel bekämpfen muss.»

Alle Studenten hörten jetzt aufmerksam zu, während sie fortfuhr:

«Um dem Bösen Herr zu werden, musste man nach ihrer Auffassung den Generationenkreislauf durchbrechen und den Geschlechtsverkehr von seinem gewohnten Zweck, der Fortpflanzung, befreien.»

«Mit welchen Mitteln?»

Die Frage kam irgendwo aus dem Plenum. Wer sie gestellt hatte, konnte Isabelle nicht erkennen.

«Mit bestimmten sexuellen Praktiken. Insbesondere mit dem Coitus interruptus, bei dem das Glied kurz vor der Ejakulation aus dem Körper der Frau herausgezogen wird, um das Sperma aufzufangen.»

«Sie scherzen, nicht wahr?»

Die Stimme der Studentin klang bissig.

«Keinesfalls! Diese rituelle Praxis wurde von einem Zeitzeugen dokumentiert, einem gewissen Epiphanus, den Sie eigentlich für glaubwürdig erachten sollten. Die katholische Kirche hat ihn immerhin heilig gesprochen!»

Einige Lacher waren zu hören.

«Aber was haben sie mit dem, was sie da ... aufgefangen haben, gemacht?»

«Nach Epiphanus wurde das Sperma gemeinsam konsumiert und dabei der rituelle Satz ‹Das ist der wahre Leib Christi› gesprochen.»

«Das ist ja abartig.»

«Das fanden diese Gruppen nicht! Das beim Liebesakt aufgefangene Sperma symbolisierte für sie die wiedergefundene göttliche Kraft. Indem sie es einnahmen, glaubten sie, die höchste Einheit zu erlangen.»

«Aber das ist doch krank!»

Die Studentin stand empört auf.

«Ach ja? Wenn Gott im Brot und im Wein ist, wie einige glauben, warum dann nicht im Sperma?»

Ein Raunen ging durch den Saal. Entspannt lächelnd, betrachtete Isabelle die Zuhörer, um auszuloten, wie sie reagierten. Ganz hinten an der Tür saß ein Mann mit Krawatte und Anzug, der ihr unauffällig mit der Hand ein Zeichen gab. Sie erkannte Alexandre Parell. Den Freimaurerbruder.

«Gut, ich danke Ihnen für Ihre Aufmerksamkeit. Die Veranstaltung ist hiermit beendet. Bis zum nächsten Mal.»

Der Abgesandte des Logenverbands kam zu ihr nach vorn.

«Sehr beeindruckend! Beendest du deine Seminare immer mit solchen … Enthüllungen?»

«Ach, ich habe ihnen ja gar nicht alles erzählt! Die Gnostiker pflegten auch das Ritual, das Monatsblut ihrer Partnerinnen zu trinken.»

«Das ist jetzt aber ein Scherz?»

«Nein, gar nicht! Wenn man die Sache mit dem Leib Christi ernst nahm, musste man auch sein Blut trinken.»

Parell sah sie kopfschüttelnd an.

«Aber deshalb bin ich nicht gekommen.»

«Das habe ich mir gedacht.»

«Wir haben erfahren, dass Marcas im Innenministerium in Ungnade gefallen ist. Deshalb wurde beschlossen, dass wir uns diskret aus den Ermittlungen zurückziehen. Auch du solltest auf Abstand gehen.»

Isabelle lächelte sarkastisch.

«Und habt ihr Marcas über diese Hundertachtzig-Grad-Wendung informiert?»

«Nein, aber die Akte wird geschlossen, und dann kehren alle zur Normalität zurück. Auch er.»

«Und wenn er nicht will?»

«Wenn er meint, sich in finstere Niederungen begeben zu müssen, bitte schön, aber das muss er dann allein tun.»

43
Paris
im Saint-Lazare-Viertel

Bis zum Parkhaus nahmen sie die Busspur und fuhren dann auf die enge Rampe. Leroy am Steuer fluchte.

«Bei den hohen Preisen, die man hier zahlen muss, könnten die wenigstens breitere Einfahrten bauen. Da passt ja gerade mal ein Twingo durch!»

Marcas nahm die Dienstwaffe seines Assistenten aus dem Handschuhfach, überprüfte, ob sie geladen war, entsicherte sie und rief über Funk das andere Zivilfahrzeug.

«Echo 1. Wo sind Sie?»

«Gegenüber der Einfahrt zum Parkhaus. Der Verdächtige folgt Ihnen. In etwa einer halben Minute ist er da.»

«Danke. Viel Glück und, vor allem, gehen Sie behutsam vor.»

«Verstanden, Echo 1 Ende.»

«Leroy, du weißt, was zu tun ist.»

«Ja, ich nehme das Ticket, die Schranke öffnet sich, ich fahre durch und bleibe kurz dahinter stehen, um ihm den Weg zu versperren. Die Kollegen sind hinter ihm.»

Der Peugeot bremste und hielt vor der Schranke an.

«Los geht's, Anaïs!»

Die beiden stiegen eilig aus dem Auto und liefen zur Treppe, die ins Einkaufszentrum führte. Die Eisentür fiel lärmend hinter ihnen ins Schloss. Sie hasteten die Stufen hinauf und betraten die Passage im Erdgeschoss. Menschenmengen drängten sich in den Geschäften und Gängen. Nachdem Marcas zur Sicherheit in alle Richtungen geschaut hatte, sagte er zu Anaïs:

«So, jetzt können wir ein wenig verschnaufen. Wir gehen langsam zum Ostausgang des Zentrums.»

Sein Handy vibrierte.

«Ja?»

«Hier Echo 1, Planänderung. Der Motorradfahrer ist nicht ins Parkhaus eingebogen, sondern in Richtung Rue de Châteaudun abgehauen.»

«Scheiße!»

«Wir versuchen ihn einzuholen, aber es wird schwer werden. Dieser Mistkerl schlängelt sich zwischen den Autos durch.»

«Haben Sie das Nummernschild überprüft?»

«Ja, gestern als gestohlen gemeldet.»

«Versuchen Sie ihn zu schnappen und schicken Sie mir zur Sicherheit jemanden ins Einkaufszentrum.»

«Kein Problem! Inspektor Duval kommt zu Ihnen. Er ist groß, hat braunes Haar und trägt eine beigefarbene Jacke. Echo 1 Ende.»

Marcas beschleunigte den Schritt. Anaïs sah ihn besorgt an.

«Haben sie ihn nicht gefasst?»

«Nein, und das gefällt mir gar nicht.»

Er blickte sich abermals um. Die Geschäfte waren zum Bersten voll. Hunderte von Menschen schlenderten an ihnen vorbei. Ein ungesicherter Bereich, dachte Marcas, wenn hier jemand eine Schießerei beginnt, bricht Panik aus. Bis zum nächsten Ausgang waren es ungefähr zweihundert Meter.

Marcas nahm Anaïs' Hand, als wenn sie ein Paar wären. Ganz normale Leute.

Während sie durch den Hauptgang eilten, hätten sie fast eine schwangere Frau mit ihren Einkäufen angerempelt. Aus den Lautsprechern plärrte ohrenbetäubend laut Musik, die von Werbung unterbrochen wurde. Sie waren nur noch dreißig Meter von der Rolltreppe entfernt, als Marcas den Kollegen entdeckte, der ihm am Telefon beschrieben worden war. Er stand am oberen Ende der Treppe und hielt Ausschau nach ihnen.

«Anaïs, stellen Sie sich auf der Rolltreppe hinter mich. Und wenn ich es Ihnen sage, ducken Sie sich auf der Stelle.»

«Sie sind ja ungemein beruhigend …»

Marcas ließ die ironische Bemerkung unbeantwortet und ging etwas schneller. Irgendetwas stimmte nicht. Der Motorradfahrer hätte ihnen ins Parkhaus folgen müssen, es sei denn … Plötzlich erkannte Marcas seinen Fehler. Hinter dem Motorrad musste ein weiteres Verfolgerfahrzeug gewesen sein, aus dem das zweite Polizeiauto beobachtet worden war und mit dem der Motorradfahrer in permanentem Funkkontakt stand.

«Wir müssen hier raus!»

Zum Umkehren war es zu spät, die Rolltreppe fuhr langsam hinauf, zu langsam. Marcas umfasste die Pistole in seiner Tasche. Sie waren nicht zu übersehen, er kam sich vor wie die Zielscheibe auf einem Jahrmarktschießstand.

Unerträglich laute Rap-Musik schallte durch das Einkaufszentrum. Marcas verließ die Rolltreppe als Erster und zog Anaïs mit sich, ohne darauf zu achten, dass Duval, der sie oben erwartete, ihm die Hand entgegenstreckte. Bis zum Ausgang waren es nur noch fünfzehn Meter, als in Marcas' Sichtfeld ein Mann in einem langen grauen Mantel auftauchte.

«Runter», rief der Kommissar und zog seine Waffe. Zwei Schüsse krachten. Der Mann im grauen Mantel hatte eine Pumpgun in der Hand und zielte in ihre Richtung. Marcas, Anaïs und der andere Polizist warfen sich auf den Boden.

Der Mann im Mantel entriss einer Mutter ihr kleines Kind und hob das Mädchen, das einen Teddybären im Arm hielt, vor sich wie einen Schutzschild.

Anaïs hob den Kopf und schrie.

«Das ist der Mann, der mich am Flughafen verfolgt hat, einer von Dionysos' Leuten!»

«Runter mit Ihnen», zischte Marcas.

Duval war auf die gegenüberliegende Seite gekrochen und suchte Schutz hinter einem Fastfood-Stand.

Krachend fiel ein weiterer Schuss. Neben Marcas zersprang eine Schaufensterscheibe in tausend Scherben. Der Schütze lud nach und schrie: «Ich komme, um dich zu holen, Anaïs, dein Meister verlangt nach dir.»

Mit hölzernen Schritten kam er auf sie zu. Dabei hielt er das kleine Mädchen wie eine alte Stoffpuppe unter dem Arm. Hinter ihnen kreischte panisch die Mutter des Kindes.

Vom Fastfood-Stand aus zielte Duval auf die Beine des Killers und drückte ab. Doch die Kugel verfehlte ihr Ziel und durchlöcherte die Auslage eines Pralinengeschäfts. Der Killer fuhr herum und schoss auf den jungen Beamten.

Er traf ihn am Kopf. Blut spritzte in die Auslage des Standes und landete auf einem Plakat mit einem riesigen Hamburger.

Der Schütze feuerte auf ein weiteres Schaufenster. Die Scheibe zerbarst, und eine Kugel beendete ihren Flug im Bauch einer Verkäuferin. Wie ein Irrer kreischte er: «Ausverkauf! Greifen Sie zu. Alle Artikel werden gekillt.»

Marcas musste dem Massaker machtlos zusehen und wagte, aus Angst, das Kind zu treffen, nicht, selbst zu schießen. Die Zeit war auf der Seite seines Gegners, der immer näher kam.

Die Menschen liefen panisch in alle Richtungen, so-dass es immer wieder kurze Momente gab, in denen der Killer sie nicht sehen konnte. Plötzlich rief Anaïs: «Ich kenne dieses Einkaufszentrum, da links gibt es eine Nottreppe. Wir sollten versuchen sie zu erreichen, so-bald er uns nicht sieht. Wenn wir hier liegen bleiben, wird er uns erwischen.»

Erstaunt sah Marcas, wie die junge Frau aufsprang und auf eine Tür zurannte. Er rappelte sich ebenfalls hoch und folgte ihr, eine Kugel pfiff direkt an seiner Schläfe vorbei.

Als ihr Verfolger erkannte, was sie vorhatten, ließ er das Kind fallen wie einen Müllsack und zielte auf sie. Eine Frau in einem schwarzen Kostüm sank zu Boden und riss einen schreienden Jugendlichen mit sich.

«Lassen Sie sofort die Waffe fallen.»

Ein Schwarzer in der Uniform eines Sicherheits-beamten näherte sich im Laufschritt. Der Gummiknüp-pel in seiner Hand war so nutzlos wie ein Plastikspiel-zeug.

Der Killer lächelte und gab zwei Schüsse auf den Wachmann ab, der mit weitaufgerissenen Augen nach hinten fiel.

Marcas und Anaïs rannten, so schnell sie konnten. Sobald sie auf der Nottreppe standen, schob der Kom-missar den Sicherheitsriegel vor die Tür und sagte: «Jetzt haben wir einen Moment gewonnen, hier kommt er selbst mit seiner Pumpgun nicht durch.»

«Ich dachte eigentlich, dass wir die Polizei sind und die Bösen verfolgen sollten und nicht umgekehrt.»

«Das habe ich auch geglaubt!»

«Wenn ich mich recht erinnere, kann man von hier aus die Metrostation erreichen.»

Marcas zog sein Handy hervor, stellte aber fest, dass er in dem Treppenhaus keinen Empfang hatte. Sie hetzten über die Stufen nach unten. Anaïs war außer Atem und keuchte, aber sie war wie besessen. Bis sie in der Metrostation ankamen, hatten sie mindestens ein Dutzend Passanten angerempelt. Anaïs zeigte mit dem Finger auf einen Ausgang, der sie auf die Cour de Rome führte. Draußen nahm Marcas sein Handy: «Zentrale, dringend, holen Sie uns an der Cour de Rome ab. Und schicken Sie Verstärkung ins Le-Havre-Einkaufszentrum, dort gibt es Tote und Verletzte.»

«Verstanden, Kommissar, wir sind schon alarmiert worden. Wir sind unterwegs.»

Anaïs holte einmal tief Luft und wunderte sich selbst über ihre Kraft. Es war, als wäre sie durch die Ereignisse auf Sizilien ein neuer Mensch geworden. Nie hätte sie geglaubt, so etwas aushalten zu können, doch sie schaffte es und spürte eine neue, ungeahnte Energie.

Marcas blickte suchend in alle Straßen, die auf den Platz einmündeten. Kurz darauf kam ein schwarzer Renault mit quietschenden Reifen vor ihnen zum Stehen. Ein Mann in einem braunen Pullover und mit einer Armbinde auf der «Polizei» stand, stieg aus und gab ihnen ein Zeichen.

Marcas und Anaïs verschwanden in dem Fahrzeug, das mit hoher Geschwindigkeit und Blaulicht davonraste.

«Zum Quai, Kommissar?»

«Ja. Schnell.»

Marcas dachte an das unglaubliche Desaster, für das er verantwortlich war. Ein Kollege war am helllichten Tag erschossen worden, es gab Verletzte und womöglich sogar weitere Tote in einem Einkaufszentrum. Er brauchte sich nichts vorzumachen: Wenn er einen einigermaßen objektiven Bericht über den Vorfall schriebe, würde er auf der Stelle suspendiert. Und er hatte noch Schlimmeres zu befürchten, da ihn nichts dazu berechtigte, Anaïs aus persönlichen Gründen offiziell Schutz zu gewähren.

Einen Transfer an einem öffentlichen Ort zu organisieren konnte als schweres Vergehen geahndet werden. Stattdessen hätte er sie direkt von der Rue des Martyrs zum Quai des Orfèvres bringen müssen, wofür er allerdings eine Genehmigung gebraucht hätte. Doch die hätte er niemals bekommen, nur weil er sich um Anselmes Nichte sorgte. Und wenn er zugeben würde, dass sie die wichtigste Zeugin beim Massaker auf Sizilien war und er es nicht für angebracht gehalten hatte, sie den Behörden zu übergeben, würde es noch sehr viel mehr Ärger geben. Auch seine Brüder bei der Polizei würden in dieser Sache nichts für ihn tun können, und dem Berater des Ministers wäre es ein Vergnügen, ihn stürzen zu sehen.

Was für ein Tag! Insgeheim tadelte er sich selbst, wenn er an all die Risiken dachte, die er eingegangen war. Für nichts. Er sah das Gesicht des jungen, erschossenen Polizisten vor sich. Ob er eine Freundin hatte, eine Frau, Kinder? Und das kleine Mädchen, das dem Killer als kugelsichere Weste gedient hatte?

Aus allen Richtungen waren die Sirenen der Rettungs-

und Polizeiwagen zu hören, die zum Einkaufszentrum unterwegs waren.

Marcas ballte die Hände zur Faust. Sie bogen jetzt in Richtung Seine ab, in weniger als fünf Minuten würden sie am Quai des Orfèvres sein. Er musste sich entscheiden.

Zum ersten Mal in seinem Leben würde er im Zusammenhang mit seiner Arbeit lügen. Er beugte sich zum Fahrer vor: «Nach rechts abbiegen, bitte. Wir fahren woanders hin.»

Anaïs lehnte sich an ihn, und er ließ es zu.

«Wir werden einen kleinen Abstecher zu mir machen», sagte er mit matter Stimme. «Dort bist du in Sicherheit.»

44
Paris
Place Beauvau

«Wir warten auf Ihre Erklärung!»

Der Berater des Ministers sah Marcas herablassend an. Neben ihm standen der Direktor der Nationalpolizei und der Vertreter des Pariser Polizeipräfekten.

«Sie haben meinen Bericht gelesen, ich weiß nicht, was ich dem noch hinzufügen soll.»

Der Berater nahm die gelben Papierseiten und warf sie dem Kommissar angeekelt vor.

«Verkaufen Sie mich nicht für dumm, Marcas. Das stinkt doch zum Himmel! Der Bericht ist falsch.»

«Warum? Kennen Sie sich mit so etwas aus?»

Der einflussreiche Vertreter des Pariser Polizeipräfekten, wie er ein Freimaurer, schmunzelte. Der Berater
hatte es nicht bemerkt und wetterte: «Jetzt werden Sie
nicht auch noch unverschämt! Sie waren damit beauftragt, diskret in diesem Fall zu ermitteln, und sollten
nicht mitten in Paris Cowboy spielen. Und diese Frau,
die Sie plötzlich als Zeugin aus dem Hut ziehen und
die jetzt verschwunden ist? Würden Sie mir das bitte
erklären!»

«Die junge Frau hat behauptet, sie sei eine wichtige
Zeugin im aktuellen Fall. Da sie sich bedroht fühlte, hat
sie mich um Schutz gebeten, und ich habe ihr in ihrer
Notlage geholfen. Um es zu melden, war keine Zeit.»

«Natürlich! Und um sie besser zu beschützen, gehen
Sie am Saint-Lazare einkaufen, anstatt sie in Sicherheit
zu bringen.»

«Sie haben meinen Bericht anscheinend nicht richtig
gelesen. Sie war in dieses Einkaufszentrum geflüchtet
– und ich habe ihr gesagt, dass sie dort auf mich warten
soll. Hätte ich vielleicht zulassen sollen, dass sie wie ein
Kaninchen abgeknallt wird?»

Der Berater wandte sich den beiden neben ihm stehenden Männern zu.

«Was sagen Sie dazu?»

Der Polizeidirektor räusperte sich: «Das Wichtigste
ist jetzt, dass wir den Killer zu fassen kriegen! Einen Polizisten kaltblütig zu erschießen darf nicht ungestraft
bleiben. Dank der Zeugen haben wir bereits ein gutes
Phantombild erstellt. Nach dem Mann muss gefahndet
werden. Dann …»

«Und dann, Herr Direktor …?», erkundigte sich der Berater und sah dabei Marcas an.

«Ich glaube ebenso wie Sie, dass der Bericht von Kommissar Marcas nicht an allen Stellen klar ist. Ohne seine Redlichkeit in Frage zu stellen – er ist ein Kollege, den wir alle sehr schätzen –, würde ich vorschlagen, dass wir schleunigst eine Untersuchung durch die Generalinspektion veranlassen. Sie wird die an dem Einsatz beteiligten Polizisten diskret befragen, die Marcas' Version der Sachlage hoffentlich bestätigen werden. Sind Sie damit einverstanden, Herr Kommissar?»

Marcas nickte. Er hatte damit gerechnet, dass die Aufsichtsbehörde der Polizei eingeschaltet werden würde.

«Wenn Sie glauben, dass die Dinge dadurch geklärt werden, ist das ganz in meinem Sinne. Kann ich jetzt gehen, ich stecke mitten in den Ermittlungen …»

«Sie führen keine Ermittlungen mehr», schnitt ihm der Berater barsch das Wort ab. «Das Ministerium ist sehr enttäuscht von Ihnen. Man hatte sich klare Ergebnisse erhofft, damit der Fall baldmöglichst abgeschlossen werden kann. Stattdessen zetteln Sie ein Massaker mitten in Paris an und stellen wilde Theorien ohne Hand und Fuß auf», warf er Marcas unverblümt vor.

«Ich erinnere Sie daran, dass ich mit Manuela Réal sowie einer Zeugin mit direkten Verbindungen zu der entsprechenden Szene eine ernstzunehmende Spur habe. Ich bin …»

«Es reicht. Sie sind vorerst beurlaubt. Den Fall übernimmt Kommissar Loigril. Ich hätte die Sache von Anfang an ihm übertragen sollen. Sie können jetzt gehen, Marcas.»

Der Berater warf ihm einen eisigen Blick zu, während sich die beiden anderen Funktionäre verlegen abwandten.

Marcas erhob sich wortlos. Er war noch ganz benommen von der Anweisung. In seiner gesamten Karriere war er noch nie so sehr gedemütigt worden. Mit geballten Fäusten ging er zur Tür. Er musste raus aus diesem erdrückenden Büro, raus an die frische Luft und diesen ganzen Mief hinter sich lassen.

Die Place Beauvau war zu dieser späten Stunde fast menschenleer. Die Wachposten rieben sich die Hände, um sich zu wärmen. Marcas schlug zunächst den Weg in Richtung Élysée-Palast ein und bog dann zur Place Clemenceau ab. Er versuchte ruhig zu bleiben und seine Wut zu zügeln, denn Zorn konnte einem zum Verhängnis werden. Wenigstens war er nicht suspendiert worden und hatte weiterhin Zugriff auf wichtige Daten. Auch hatte er Leroy ausreichend geimpft, sodass dieser seine Version bestätigen würde: Niemals hat er Marcas und die Frau in der Rue des Martyrs abgeholt.

Was Anaïs anging, so war sie bei ihm vorerst in Sicherheit. Auf Dauer konnte sie jedoch nicht bei ihm bleiben, und er wollte in jedem Fall vermeiden, dass Loigril sie zu fassen bekam. Wenn er sie verhörte, würde er mit ihr kurzen Prozess machen, und sobald er herausgefunden hätte, dass sie auf Sizilien dabei war, würde er ihr daraus einen Strick drehen.

Viel Spielraum blieb ihm nicht mehr.

Lange wanderte Marcas grübelnd durch die Straßen, aber eine Lösung fand er nicht. Ich stecke bis zum Hals in der Scheiße, dachte er.

Sein Handy vibrierte.

«Marcas, du türkst also deine Berichte, das ist aber nicht schön!»

Er erkannte die spöttische Stimme des Vertreters des Polizeipräfekten.

«Ich bin zurzeit nicht zum Scherzen aufgelegt!»

«Musst du auch nicht. Ich wollte mich nur ein wenig mit dir unterhalten. Dir steht das Wasser bis zum Hals. Hast du Zeit für einen Kaffee?»

«Ich bin auf dem Boulevard des Capucines.»

«Dann geh in Richtung Oper. Wir treffen uns in einer Viertelstunde im Grand Café.»

Marcas machte kehrt und spazierte langsam zur Place de l'Opéra. Er rief bei sich zu Hause an, doch Anaïs ging nicht ran. Auf dem Anrufbeantworter hinterließ er keine Nachricht, wahrscheinlich schlief sie. Er wählte Leroys Nummer, der ebenfalls in seiner Wohnung geblieben war, um auf Anaïs aufzupassen.

Eine schläfrige Stimme war zu hören.

«Ja, Kommissar?»

«Ich wollte nur wissen, ob alles in Ordnung ist?»

«Machen Sie sich keine Sorgen. Wie ist es im Ministerium gelaufen?»

«Schlecht. Ich ruf wieder an. Und lass sie nicht aus den Augen.»

«Natürlich nicht!»

Marcas beendete das Gespräch. Anaïs musste an einen wirklich sicheren Ort gebracht werden, außerdem musste er sich schleunigst auf den Weg zu Manuela Réal machen, um sie zu befragen. Zwei miteinander unvereinbare Ziele.

Er ging schneller. Nur wenige Autos waren auf den Straßen unterwegs, doch es würde keine Stunde mehr dauern, bis an dieser Ecke dichter Feierabendverkehr herrschte.

Marcas stemmte sich gegen die schwere Tür des Grand Café und betrat den geräumigen Saal. Nachdem er einen Platz gefunden hatte, las er sich die Kopie seines Berichtes noch einmal durch und bestellte einen Kaffee.

Als er jemanden an die Scheibe klopfen hörte, schaute er auf. Der Vertreter des Polizeipräfekten hob kurz die Hand zum Gruß und kam dann zu ihm hinein. Trotz seines beeindruckenden Körperumfangs – in freimaurerischen Kreisen wurde er auch der *beleibte Bruder* genannt – war er erstaunlich wendig. Marcas kannte ihn seit sechs Jahren und hatte ein gutes Verhältnis zu ihm, dennoch blieb ein gewisses Misstrauen zwischen ihnen bestehen. Hinter vorgehaltener Hand munkelte man, dass der hohe Funktionär vor Jahren jemanden mit einer Überdosis hatte vergiften lassen. Er hatte den Kopf eines wichtigen Wirtschaftsbosses retten wollen, der in eine schmutzige Angelegenheit verwickelt war. Kleiner Freundschaftsdienst unter Brüdern. Mit einer Gegenleistung konnte er rechnen. Sobald er als Beamter in Pension war, würde ihm sicher ein Posten als Sicherheitsberater in einer ausländischen Dependance des Unternehmens angeboten werden, mit einem Gehalt, das viermal so hoch wäre wie seine Bezüge bei der Polizei.

Der massige Mann ließ sich neben Marcas nieder und rief einen Kellner, bei dem er ein Bier und einen Teller Pommes frites bestellte.

«Deinetwegen komme ich spät ins Bett.»

«Das tut mir wahnsinnig leid. Wirklich. Ich hätte gut auf das Treffen verzichten können!»

«Das ist eine schmutzige Geschichte …»

«Schmutziger, als du denkst.»

«Ich will dir helfen.»

Marcas wusste, dass er ihn brauchen konnte, aber er wusste auch, dass der andere es nicht umsonst tun würde. Eine Hand wäscht die andere. Ohne Gegenleistung gab es nichts bei diesem Bruder, der einer anderen Loge angehörte als er selbst.

«Ich weiß, dass du anderen gerne hilfst.»

«Na ja, man kann eben nicht aus seiner Haut. Ich kann doch keinen Bruder hängenlassen, selbst wenn er einer politisch linken Großloge angehört.»

Marcas trank einen Schluck heißen Kaffee.

«Soll ich dich an deine Logenbrüder erinnern? An die Heldentaten deines Freundes, dieses korrupten Richters? Das war ein gefundenes Fressen für die Medien. Oder an …»

«Nun beruhige dich. Das war ein Scherz. Hier ist mein Angebot: Zuerst einmal kann ich dich über die interne Untersuchung auf dem Laufenden halten, ich habe einen guten Freund bei der Generalinspektion. Der Berater ist für meinen Geschmack etwas übereifrig. Er handelt vorschnell. Und er hat keinen Stallgeruch!»

Marcas wusste, dass der noch relativ junge Ministerberater den Unmut der alten Garde auf sich gezogen hatte. Einige seiner Ernennungen waren sehr schlecht aufgenommen worden, und viele Kollegen bei der Polizei würden es nur begrüßen, wenn er über irgendetwas stolperte.

«Vielen Dank für so viel Fürsorge. Und im Gegenzug?»

Sein Gegenüber verschlang die Pommes Frites, als hätte er seit Tagen nichts gegessen.

«Im Moment nichts. Ich glaube, zurzeit bist du nicht wirklich in der Lage, mir einen Dienst zu erweisen. Aber ich komme dann später darauf zurück.»

Marcas schlürfte seinen Kaffee und überlegte.

«Einverstanden. Ich muss so schnell wie möglich nach Spanien – meine Beurlaubung nutzen! – und würde gern jemanden mitnehmen. Könntest du dafür sorgen, dass das ohne Schwierigkeiten läuft?»

«Um wen handelt es sich?»

Marcas war sich bewusst, dass er die Karten offen auf den Tisch legen musste. Er hatte keine Zeit zu verlieren.

«Um die berüchtigte Zeugin. Ich will vermeiden, dass Loigril sie in die Finger bekommt.»

«Es wird schwierig werden, sie zu unterschlagen. Sie ist tief in die ganze Affäre verstrickt.»

Der Bruder trieb den Preis in die Höhe, die Gegenleistung würde teuer werden.

«Ich weiß. Aber genau damit kannst du mir einen Gefallen tun. Wenn das nicht geht, dann brauche ich deine Hilfe nicht.»

Der Vertreter des Präfekten musterte ihn einen Moment und brach dann in schallendes Gelächter aus.

«Ihr seid doch alle gleich in deiner Loge, immer spielt ihr euch auf und wollt Bedingungen stellen. Aber eines Tages werden wir in Frankreich größer sein als ihr, und dann tanzt keiner mehr nach eurer Pfeife.»

Marcas war nicht zum Lachen zumute.

«Nun?»

«Nun, ich werde alles Nötige veranlassen. Gibt es sonst noch etwas?»

«Ja. Ich muss die Schauspielerin verhören, habe dort unten aber kein offizielles Mandat. Also muss ich ihren Agenten in Frankreich überzeugen. Sein Name ist Alain Tersens. Könntest du versuchen, für mich etwas über diesen Herrn herauszubekommen, falls meine Argumente ihn nicht überzeugen?»

«Ja, sofern man dem Agenten etwas vorwerfen kann.»

Der Kommissar zwinkerte seinem Gegenüber zu.

«Wer suchet, …»

45
Paris

Das Büro der Künstleragentur *Zauber* verströmte verblichene Eleganz. Es lag versteckt im Erdgeschoss eines ehemals großbürgerlichen Hauses in einer kleinen Sackgasse im achten Arrondissement. Die Wände zierten Fotos von Schauspielerinnen, die in den achtziger Jahren en vogue gewesen waren. Nur die wenigen Porträts von Künstlern, die aktuell im Geschäft waren, ließen erahnen, dass die Agentur überhaupt noch aktiv war. Im Warteraum hing ein Bild von Manuela Réal, das mindestens fünfzehn Jahre alt war. Eingerichtet hatte das Zimmer, einer signierten Widmung zufolge, ein bekannter Innenarchitekt, womit der Inhaber der Agentur ganz offensichtlich seinen Status demonstrieren wollte.

Auf einem kleinen Kanapee saß ein Mann mit silbergrauem Haar, der aristokratisch wirkte, aber an den Nägeln kaute und immer wieder verstohlen zur Tür blickte.

Anaïs flüsterte Marcas ins Ohr: «Den habe ich schon in mehreren Filmen gesehen, aber ich weiß nicht mehr, wie er heißt.»

«Keine Ahnung. Wahrscheinlich einer von denen, die sich immer mit kleinen Nebenrollen begnügen müssen und es nie in die erste Reihe geschafft haben.»

Gerade als Anaïs den Unbekannten ansprechen wollte, öffnete Manuela Réals Agent die Flügeltür. Er war groß, trug das blonde Haar kurz geschoren und hatte unglaublich grüne Augen. Bekleidet war er mit einem beigefarbenen Maßanzug. Alain Tersens hatte Charisma, das war nicht zu übersehen.

Der Mann mit dem silbergrauen Haar sprang auf und stürzte mit ausgebreiteten Armen auf ihn zu.

«Endlich! Gibt es Neuigkeiten von meinem Casting? Deine Sekretärin will mich nie zu dir durchstellen, wenn ich anrufe, aber ich habe lange genug gewartet!»

Der Agent legte ihm die Hand auf die Schulter.

«Es tut mir leid, sie haben dich nicht genommen. Aber du warst auf der Shortlist … Es kommen sicher bald neue Castings.»

Der Schauspieler konnte es nicht fassen. Seine Augen füllten sich mit Tränen.

«Aber dieser Part war wie für mich gemacht. Es war meine Rolle!»

Tersens begrüßte Marcas und Anaïs über die Schulter des Schauspielers hinweg, während er diesen zur Tür geleitete.

«Sobald ich ein neues Angebot habe, melde ich mich bei dir. Versprochen.»

Die Tür schloss sich, und der Agent kam wieder in den Warteraum. Er zeigte auf eine halb geöffnete Tür auf der anderen Seite des Flurs.

«Wenn Sie mir folgen wollen.»

Anaïs konnte endlich ihre Frage loswerden.

«Entschuldigen Sie, aber wer war das?»

«Daniel Cox, bis vor einigen Jahren hat er viele Fernsehfilme gedreht.»

«Ging es bei dem Casting um eine große Rolle? Er wirkte sehr enttäuscht!»

«Dreißig Sekunden in einer Werbung für Camembert. Aber der Regisseur meinte, er würde zu sehr das alte Frankreich repräsentieren. Der arme Cox, seit mehr als drei Jahren will ihn niemand mehr haben! Ich helfe ihm, so gut ich kann. Aber Sie müssen wissen, das Geschäft ist hart – als Agent!»

Sie wurden in einen hellen, reichverzierten Raum geführt, an dessen Wänden Gemälde französischer Maler des 18. Jahrhunderts hingen. Ihr Gastgeber bat sie an einen kleinen Tisch, auf dem eine Teekanne und ein Teller mit Toast standen. «Ich wollte gerade meinen Tee trinken, möchten Sie auch eine Tasse?»

Marcas lehnte ab, Anaïs nahm an. Der Hausherr ließ sich auf einem malvenfarbenen Sofa nieder, das für seine Körpergröße zu klein wirkte. Eindringlich sah er Anaïs mit seinen grünen Augen an.

306

«Meine Liebe, Sie haben ein sehr feines Gesicht und wunderschöne Augen. Ich wusste gar nicht, dass die Polizei auch Castings veranstaltet! Sie gehören ins Kino.»

Die junge Frau erwiderte seinen Blick.

«Schade! Jetzt bin ich über dreißig, ich hätte Sie zehn Jahre früher treffen sollen.»

«Es ist nie zu spät für die siebente Kunst.»

Anaïs antwortete nicht. Der Agent wandte sich an Marcas.

«Kommissar Marcas, das ist doch richtig, oder?»

«Ja, und das ist Inspektorin Müller. Danke, dass Sie sich Zeit für uns nehmen.»

«Ich muss zugeben, dass mich Ihr Anruf überrascht hat. Wie kann ich der Polizei behilflich sein?»

«Wir würden gerne, ganz informell, Manuela Réal treffen.»

Tersens lächelte kurz, bevor er antwortete: «Im Moment wollen viele Leute sie sehen. Wenn Sie wüssten, wie viele Journalisten mich zurzeit bestürmen, um ein Exklusivinterview mit ihr zu bekommen …»

«Wir sind aber keine Journalisten», unterbrach Marcas ihn barsch.

Der Agent schenkte sich eine weitere Tasse Tee ein. Er wirkte plötzlich etwas unterkühlt. «Genau deshalb sind Sie für mich noch unbedeutender, Herr Kommissar. Ich kann mir auch nicht vorstellen, inwiefern Manuela Réal für Sie interessant sein könnte.»

«Sie könnte mit einem Fall zu tun haben, den ich … den wir gerade bearbeiten.»

Alain Tersens bestrich sich ein Toast mit Johannisbeermarmelade, wobei er das kleine Messer mit dem

Horngriff auf fast obszöne Weise wie bei einem Zungenkuss ableckte.

«Der werte Kulturminister! Ein kluger Mann, der für unsere Zunft einen besonderen Sinn hat. Ich muss Sie aber enttäuschen: Manuela und der Minister kennen sich nicht.»

Anaïs mischte sich ein. «Doch, sie sind sich kürzlich anlässlich der Versteigerung des Casanova-Manuskripts bei Drouot begegnet.»

Der Agent brach in ein künstlich klingendes Gelächter aus. «Manuela geht gern aus und trifft jede Woche Hunderte von bekannten Persönlichkeiten. Sie glauben doch nicht, dass sie mit jedem eine innige Freundschaft schließt. Werfen Sie mal einen Blick in die Boulevardblätter, dann verstehen Sie, wovon ich spreche. Ich selbst verbringe meine Abende auch dauernd lächelnd neben Leuten, die mir vollkommen fremd sind.»

Marcas ergriff wieder das Wort.

«Daraus schließe ich also …»

«Dass meine Antwort Nein ist! Manuela muss sich ausruhen. Ein Gespräch mit der Polizei wird sie unnötig aufregen. Außerdem haben Ihre spanischen Kollegen die Akte bereits geschlossen. Und sie hat sehr unter dem Verlust ihres Mannes gelitten. Ihre Trauer ist außerordentlich intensiv …»

Anaïs stellte ihre Teetasse ab und sagte mit leiser, aber bestimmter Stimme: «Die Sache war aber nicht zuletzt doch auch eine gute Werbung für sie. Ihre Karriere ist doch eigentlich längst vorbei … Ich habe gelesen, dass sie jetzt plötzlich wieder alle möglichen Angebote erhält.»

Steif erwiderte Tersens. «Diese Bemerkung ist eine Frechheit. Manuela ist eine große Schauspielerin und brauchte diese Tragödie sicher nicht, um ihre Karriere wieder zu beleben. Wenn Sie mich jetzt bitte entschuldigen, ich habe zu tun.»

Er war gerade dabei sich zu erheben, als Marcas ihn mit scharfer Stimme anwies, sich wieder zu setzen.

«Wie bitte?»

«Wir sind noch nicht fertig mit unserem Gespräch», antwortete der Polizist und zog eine rote Mappe hervor, auf der mit schwarzem Filzstift «Fall Keller» geschrieben stand.

Als der Agent den Namen las, wich die Farbe aus seinem Gesicht. Marcas öffnete die Akte und suchte eine Kopie des Verhandlungsprotokolls heraus.

«Es ist schon toll, was für Geschichten man in den Polizeiarchiven findet. Daraus ließen sich gute Drehbücher machen. Gerne würde ich wissen, was Sie über diesen Fall hier denken.»

Wortlos sank Tersens zurück aufs Sofa.

«Hier wird von einem jungen Mädchen berichtet, das gerne Filmstar werden wollte. Natürlich begegnet sie einem ihr freundlich gesinnten Agenten, der ihr eine große Zukunft verspricht. Um den Beginn ihrer Karriere zu feiern, lädt der Mann sie in seine schicke Wohnung ein. Irgendwie wird der Abend ein wenig heiß, und durch einen unglücklichen Zufall trinkt sie aus einem Glas, in das jemand ein Medikament gekippt hat – ‹Liquid Ecstasy›.»

«Ist das nicht diese Vergewaltigungsdroge?», hakte Anaïs nach.

«Ja! Und natürlich nutzt unser freundlicher Agent die Gelegenheit, um das Mädchen zu nehmen. Von vorne, von hinten und von der Seite. Übrigens ist er dabei nicht allein. Eine bekannte Schauspielerin und ihr kürzlich verschiedener Mann sind auch zugegen und von den Reizen des jungen Dings ganz hingerissen.»

«Woher haben Sie das?»

Alain Tersens' Stimme war kaum hörbar.

«Warten Sie, ich bin noch nicht fertig. Stellen Sie sich vor, plötzlich ist unser Agent gar nicht mehr so freundlich. Am nächsten Morgen beantwortet er die Fragen der ahnungslosen Frau, indem er ihr einen Aschenbecher aus Glas ins Gesicht schleudert. Das Mädchen findet sich mit völlig verunstaltetem Gesicht in der Notaufnahme wieder. Als Entschuldigung gibt er an, dass er vollkommen zugekokst war!»

«Hat sie keine Klage eingereicht?»

«Wie durch ein Wunder tauchte ein Anwalt mit einer hübschen Summe Geld auf. Damit hat er sie gekauft und ihr als Extrabonus einen guten Schönheitschirurgen bezahlt.»

Anaïs warf dem Agenten, der zusehends blasser wurde und dessen Gesicht jetzt nervös zuckte, einen verachtenden Blick zu.

«Die Akte wurde ... geschlossen.»

«Ja, von der Polizei! Aber die Zeitungen würden das wahrscheinlich ganz anders sehen. Auch ich kenne Journalisten, nein, keine Kinokritiker, eher Leute, die in der Scheiße wühlen ... Im Moment fahren die Leute auf alles ab, was mit Manuela Réal und ihrer Entourage zu tun hat.»

«Das ist Erpressung!»

«Ganz ruhig! Bleiben Sie auf dem Teppich. Wäre es vielleicht möglich, unsere ursprüngliche Bitte zu überdenken?»

Der Agent war auf dem Sofa in sich zusammengesackt und wirkte jetzt ganz und gar nicht mehr herablassend.

«Einverstanden. Ich werde sie anrufen. Meine Sekretärin gibt Ihnen die Adresse der Klinik, in der sie sich aufhält. Manuela wird Sie empfangen.»

Marcas erhob sich lächelnd. Anaïs musterte Alain Tersens.

«Ihre Empfehlung, ich solle mich als Schauspielerin versuchen, reizt mich nicht mehr besonders, aber das brauche ich wohl nicht eigens zu erwähnen. Ist es eigentlich sehr hart?»

«Was?»

«Sich jeden Morgen im Spiegel sehen zu müssen.»

«Ich denke, Sie finden allein raus.»

Kaum war die Eingangstür hinter ihnen zugefallen, als Anaïs auch schon loslegte: «Das ist wirklich ein schmieriger Kerl, aber deine Methoden sind kaum besser.»

Marcas zwinkerte ihr zu: «Seit ich dich kenne, komme ich ständig in die Verlegenheit …»

«Und was ist mit deiner Ethik als Freimaurer?», unterbrach sie ihn.

«Musst du noch den Finger in die Wunde legen?»

Anaïs musste über seine Antwort schmunzeln und fuhr fort: «Mir ist etwas aufgefallen. Hast du die Bilder in seinem Büro gesehen?»

«Flüchtig. Warum?»

«Ich bin mir sicher, dass auf einem Casanova zu sehen war.»

«Und?»

Anaïs zögerte. «Ach nichts. Aber alles, was nur irgendwie mit Casanova zu tun hat, macht mich nervös.»

Marcas wollte sie beruhigen, wagte es aber nicht, den Arm um ihre Schulter zu legen. Sie stiegen in den zivilen Polizeiwagen, der in der nächsten Straße auf sie wartete.

«Willst du mit mir nach Granada kommen?», fragte Marcas leise. «Hier kann ich dich nicht mehr beschützen. Ich müsste dich sonst als Zeugin meinem Kollegen übergeben.»

Die junge Frau lächelte, ohne ihn anzusehen.

«Ich fühle mich wohl bei dir.»

Alain Tersens hatte die Vorhänge in seinem Büro zugezogen und wählte eine Pariser Nummer. Nach vier Klingeltönen legte er wieder auf, nur um dieselbe Nummer noch einmal einzugeben. Eine sanfte, warme Stimme antwortete: «Ja, lieber Tersens?»

«Sie sind gerade weg. Der Polizist und das Mädchen.»

«Gut.»

«Ich musste ihnen zusagen, dass sie Manuela treffen können.»

Eisige Stille am anderen Ende der Leitung. Tersens spürte Schweißperlen auf der Stirn.

«Er hat mir gedroht, eine Akte an die Presse weiterzugeben. Ich …»

«Du bist ein feiger Idiot.»

«Die beiden hätten sonst Verdacht geschöpft. Und außerdem habe ich gedacht … dass Sie sie vor ihrer Abreise abfangen können.»

«Hör auf zu denken, das kannst du nämlich nicht besonders gut! Ich kann in Frankreich nichts mehr ausrichten. Aber sie werden permanent überwacht.»

«Es tut mir leid, aber …»

Sein Gesprächspartner hatte bereits aufgelegt. Alain Tersens drehte sich der Magen um. Er hatte gegen die Grundregel verstoßen, Dionysos niemals zu verärgern.

46
Fortsetzung des Casanova-Manuskripts

… Gegen neun Uhr am Abend traf ich mit dem Marquis de Pausolès bei Don Ortega ein. Der Mond, der hinter den Hügeln aufging, warf sein Licht bereits in den Garten, der ganz anders als der des Marquis war. Offensichtlich liebte Don Ortega die Ruhe und Diskretion. Hohe, in einer Reihe angeordnete Zypressen umgaben die parkähnliche Anlage wie eine Trennwand zur profanen Welt. In der Mitte befand sich ein Labyrinth aus Buchsbaumhecken.

«Bald steht der Mond so hoch, dass Sie es noch besser sehen können», sprach Don Ortega ihn an, «jetzt sind Sie erst einmal herzlich eingeladen, mit uns zum Pavillon zu kommen, wo meine Bediensteten eine kleine Mahlzeit vorbereitet haben.»

Ich folgte ihm und dem Marquis bis zu einer hölzernen Pergola, wo wir uns zum Essen setzten. Da ich die Redseligkeit der Herren kannte, wunderte ich mich ein wenig darüber, wie schweigsam sie an jenem Abend waren. Sie wirkten sehr ernst, wie Priester einer mir unbekannten Religion, die ein mysteriöses Opfer darbrachten. Ich konnte nicht anders, als sie darauf anzusprechen.

«Meine Brüder, das Essen ist wunderbar, aber Sie sind nicht so ausgelassen wie sonst.»

«Glauben Sie, Casanova, dass wir Sie lediglich zu einer heiteren Zusammenkunft hierhergebeten haben?», fragte mich Don Ortega.

«Ich weiß es nicht», antwortete ich, «aber auf die verschwörerische Miene von Ihnen beiden kann ich mir keinen Reim machen.»

Der Marquis de Pausolès begann als Erster zu schmunzeln. «Vielleicht werden Sie uns nicht glauben! Aber sagen Sie mir, haben Sie über Ihren Besuch von neulich nachgedacht?»

«Wenn Sie das von Ihnen arrangierte Treffen im Kloster meinen, dann kann ich Ihnen bestätigen, dass ich jede Minute daran denke.»

Don Ortega ergriff das Wort.

«Unser Bruder, der Marquis, hat mir von Ihrem Besuch berichtet und von Ihrer Unterhaltung mit seiner Schwester und ... ihrer Elevin. Anscheinend hat sie eine starke Wirkung auf Sie gehabt!»

«Ich habe letzte Nacht von ihr geträumt!»

Die zwei Freunde sahen mich erstaunt an. Trotz des schwachen Kerzenlichts konnte ich in ihren Ge-

314

sichtern erkennen, dass meine letzte Bemerkung sie überrascht hatte.

«Träumen Sie oft, Casanova?»

«Sehr selten. Oder zumindest erinnere ich mich morgens meist nicht mehr daran. Aber auch letzte Nacht waren es nur wilde Phantasien, die in meinem Kopf herumschwirrten. Und ich gehöre sicher nicht zu denen, die sich beim Erwachen naiv daranmachen, die Rätsel ihrer Träume zu entschlüsseln!»

«Da haben Sie ohne Zweifel recht, Träume sind nichts, was man auf das normale Leben übertragen kann. Sie sagen uns nicht unsere Zukunft voraus. Dennoch sollte man sie nicht einfach missachten.»

«Meinen Sie?»

«Man träumt nie ganz zufällig. Insbesondere, wenn es um eine Frau geht.»

Noch immer war mir die Ernsthaftigkeit meiner Freunde rätselhaft.

Don Ortega fuhr fort: «Denken Sie nur an Dante und seine Béatrice. Nicht die echte Béatrice hat ihn inspiriert, sondern die, die in seiner Vorstellung existierte. Dennoch war die Empfindung so einschneidend, dass sich sein ganzes Leben dadurch verändert hat.»

Der Marquis fügte hinzu: «Manche Bilder haben einen seltsamen Einfluss auf uns. Bisweilen steckt in ihnen mehr Wahres als in der Wirklichkeit. Und sie können uns zu höheren Wahrheiten führen.»

«Aber erzählen Sie uns doch Ihren Traum», ermunterte ihn Don Ortega.

«Sie werden enttäuscht sein! Er ist sehr verworren. Oder vielmehr …»

«Lassen Sie uns selbst urteilen!»

«Nun gut! Ich erinnere mich an eine Stadt, durch die ich im Traum spaziere. Auf den Straßen sind viele aufgebrachte Menschen unterwegs. Dauernd werde ich angerempelt. Ich weiß nicht mehr, wo ich bin. Ich nehme Seitenstraßen, aber auch dort drängeln sich die Leute. Ich kann das Getümmel nicht mehr ertragen, ich brauche Ruhe.»

«Wenn ich Ihr Beichtvater wäre, würde ich sagen, dass sich in dem Tumult Ihr Leben widerspiegelt: das Labyrinth der Leidenschaften, aus dem Sie nicht mehr herauskommen.»

«Ein Labyrinth wie in Ihrem Garten? Die Labyrinthe, die ich aus Italien kenne, waren hauptsächlich Orte der amourösen Begegnung.»

«Das Spiel der Liebe und des Zufalls! Aber kommen wir auf Ihren Traum zurück, ich ahne, dass er ein unerwartetes Ende hat.»

«Vielleicht glauben Sie mir nicht, aber plötzlich befand ich mich in einer Kirche, die ganz leer und still war. Das Gewölbe wurde nur von wenigen Kerzen erleuchtet. Ich suche den Altar. Als ich ihn finde, merke ich, dass darauf kein einziges christliches Symbol zu sehen ist. Noch nicht einmal ein Kreuz. Stattdessen befindet sich dort ein Bild.»

«Ein religiöses Bild?»

«Nein. Ich sehe eine Frau, die … aus dem Bild heraustritt. Sie ist nackt.»

Der Marquis stellte sein Weinglas ab, das er gerade erst in die Hand genommen hatte. «Und sie sah aus wie Alsacha, richtig?»

«Ja, und was danach geschah …»

«Genau das interessiert uns, Casanova», hakte Don Ortega ohne Umschweife nach. «Keine falsche Scham.»

Ich errötete dennoch.

«Es handelt sich nicht um eine dieser erotischen Fantasien, von denen der Mensch bisweilen besessen ist. Ich fühlte mich nicht zu ihr hingezogen, es war kein Verlangen nach Befriedigung, es war einfach nur das Bedürfnis, in ihr zu sein. Ein nicht zu bändigender Drang.»

«Und weiter?», fragte der Marquis.

«Ich habe es genossen, aber nicht, wie Sie glauben. Ich habe noch nie eine solche Erregung empfunden. Ich war so erregt, dass kein …»

«Was?»

«… Samenerguss folgte! Je heftiger ich in sie eindrang, desto brennender wurde mein Verlangen, es übermannte mich. Sie reizte mich unentwegt. Mit der Zeit hatte ich das Gefühl, mein Herz würde immer größer. Ich begann zu keuchen. Ich glaubte jeden Moment in Ohnmacht zu fallen … Dennoch …»

«Dennoch?»

«… hatte ich keine Angst. Im Gegenteil. Ich glaubte, wenn ich sie weiter so nahm, ohne mich in ihr zu ergießen, würde ich …»

Meine beiden Freunde sahen mich gespannt an. Ich senkte die Augen.

«In dem Moment bin ich aufgewacht.»

Don Ortega nahm meine Hand und sah mich auf eigentümliche Weise an: «Denken Sie manchmal an den Tod, Casanova?»

47
Spanien
Provinz Granada

Unter der strahlenden Sonne erstreckten sich die Olivenbäume bis zum Horizont. Im Mietauto jagten sie über die schmale Straße und versuchten immer wieder, langsam dahintuckernde Traktore und die Lieferwagen der Gemüsebauern zu überholen.

Anaïs tat das Autofahren gut. Die Konzentration auf den Verkehr vertrieb die Angst, die hin und wieder in ihr hochkam. Sie warf einen kurzen Seitenblick auf Marcas, der auf dem Beifahrersitz eingenickt war. Die Sonne beschien sein von tiefen Sorgenfalten durchzogenes Gesicht. Sie fühlte sich sicher in seiner Gegenwart, zumal irgendetwas an ihm sie an ihren Onkel Anselme erinnerte, obwohl Marcas deutlich jünger war. Beide strahlten eine Selbstsicherheit aus, der man bei Männern immer seltener begegnete. Thomas kam ihr in den Sinn, aber sie wischte den Gedanken an ihn rasch wieder fort. Die idyllische Landschaft Andalusiens ließ sie fast vergessen, dass sie um ihr Überleben kämpfte.

Auf der Reise von Paris nach Almería hatte sie kaum Zeit zum Nachdenken gehabt! Alles war so schnell gegangen. Mit Hilfe des *beleibten Bruders* hatte Marcas einen falschen Pass für Anaïs besorgt. Da die Flüge nach Granada über Madrid wegen der Karwoche ausgebucht waren, hatten sie einen Charterflug nach Almería nehmen müssen. Mit einem Mietauto waren sie nun von der Küste nach Granada unterwegs.

In letzter Sekunde wich Anaïs einem Motorrad aus,

das aus einer Querstraße auftauchte. Sie hupte wütend und schimpfte. Marcas schreckte aus seinem unruhigen Schlaf auf. Nachdem er sich orientiert hatte, streckte er sich und blickte aus dem Fenster.

«Ist es noch weit?»

«Ungefähr zehn Kilometer, mehr nicht.»

Der Kommissar richtete sich in seinem Sitz auf.

«Wenn du willst, übernehme ich das Steuer.»

«Nein, ich kenne die Stadt gut. Ich habe hier mal als Studentin ein Semester im Rahmen eines europäischen Austauschprogramms verbracht.»

Marcas massierte sich den Nacken.

«Wie in dem Film *L'Auberge Espagnole*? Eine geräumige Wohnung voller Studenten, die Tag und Nacht Party machen?»

Sie unterdrückte ein Lächeln.

«Ganz und gar nicht. Ich war ganz brav in einem Wohnheim für junge Mädchen untergebracht, das von Schwestern geführt wurde. Keine Jungs, kein Alkohol auf den Zimmern. Glücklicherweise ...»

«Glücklicherweise?»

«... sind wir manchmal über die Mauer geklettert. Mit zwanzig! Kannst du dir das vorstellen? Wie die Teenager! Trotzdem erinnere ich mich gern an die Zeit. Ich hatte einen kleinen Flirt, der so verboten war, dass er einem Liebesroman hätte entnommen sein können ... Aber mehr erfährst du nicht!»

Antoine sah sie von der Seite an. Mit ihrem feinen Profil und den Lippen, die sie gerade zusammenkniff, um nicht zu lachen, war sie sehr verführerisch. Vergeblich versuchte er eine Ähnlichkeit mit Anselme festzu-

319

stellen. Zum ersten Mal, seit er ihr begegnet war, nahm er sie als Frau wahr. Doch da er sich im Namen der brüderlichen Freundschaft offiziell zu ihrem Beschützer erkoren hatte, verbot er sich jede Zweideutigkeit.

Er dachte an seinen Sohn. Wie erwartet hatte seine Exfrau ihm schwere Vorwürfe gemacht, dass er seinen Betreuungspflichten wieder einmal nicht nachkam. Er hatte darauf verzichtet, ihr sein Problem zu schildern. Spätestens wenn er Spanien erwähnt hätte, wäre sie in eisiges Schweigen verfallen. Das Schlimmste daran war, dass sie recht hatte. Schon seit einem Monat hatte er Pierre nicht mehr gesehen. Er entwickelte sich zu einem Phantomvater.

Marcas verdrängte seine Schuldgefühle und dachte daran, was ihnen bevorstand. Zunächst mussten sie in ihr Hotel im Stadtzentrum fahren und von dort zu Manuela Réal, die die Klinik früher als erwartet verlassen hatte und sich zu Hause erholte. Die Sekretärin des Agenten hatte ihm die Telefonnummer der Schauspielerin gegeben und ein Treffen für den frühen Abend vereinbart.

Marcas hatte sich Notizen zum Fall des Ministers gemacht. Er war überzeugt, dass es eine Verbindung zwischen ihm und der Schauspielerin gab und glaubte nicht eine Sekunde an zufällige Übereinstimmungen.

Der rotierende Stern aus dem Thot-Tarot war nicht einfach ein Motiv zur Wanddekoration. Allerdings ahnte er bereits, wie die Schauspielerin auf seine Fragen reagieren würde, denn im Unterschied zum Minister, der noch immer unter Demenz litt, war die Schauspielerin wieder bei klarem Verstand. Sie hatte sogar bereits ein kurzes Interview auf einer improvisierten Pressekonferenz in der Klinik gegeben.

Zusätzlich zu seinen eigenen Notizen hatte er Anselmes Rechercheergebnisse über Crowley dabei. Beim Durchblättern war ihm das Porträt aufgefallen, auf das ihn Isabelle bereits hingewiesen hatte. Crowley, der Okkultist, erinnerte in vielerlei Hinsicht an den mysteriösen Dionysos, den er bislang vergeblich suchte. Als würde sich die Geschichte wiederholen.

Das Auto verließ die Fernstraße und bog in Richtung Granada ab. Sie konnten schon die von Zinnen gesäumte Festung des Maurenpalastes Alhambra sehen, der sich über der Stadt erhob. Sie durchquerten einen Vorort mit vielen Einkaufszentren, die aussahen wie in allen großen europäischen Städten.

«Das ist aber ziemlich enttäuschend. Ich hätte mir die Einfahrt in die Stadt beeindruckender vorgestellt, das könnte auch ein Vorort von Paris sein.»

«Auch die Einwohner von Granada haben das Recht, einen Einkaufswagen zu schieben und sich als Heimwerker zu betätigen. Sie leben schließlich nicht in maurischen Palästen, wo man einfach nach Belieben nach einem Diener pfeifen kann. Warte, bis wir im Stadtzentrum sind.»

«Mmh …»

Zehn Minuten später standen sie vor dem heruntergekommenen Eingang des Hotels El Splendido. Mürrisch bedeutete der Portier Anaïs, das Auto in der Tiefgarage an der nächsten Straßenecke abzustellen. Marcas stieß einen Seufzer aus.

«Das reißt einen auch nicht gerade vom Hocker.

Nach Granada zu kommen und in einem Ein-Sterne-Hotel abzusteigen.»

«Sei froh, dass wir in der Karwoche überhaupt noch ein Zimmer bekommen haben. Die Spanier buchen für diese Zeit mindestens drei Monate im Voraus.»

«Wenn du es sagst ...»

Sie parkten das Auto in der Tiefgarage und gingen dann zum Hotel zurück. Ohne den Anflug eines Lächelns händigte der Mann an der Rezeption ihnen zwei Schlüssel aus. Da der Aufzug nicht funktionierte, stiegen sie eine ausgetretene Treppe bis in den vierten Stock hinauf. Hinter einer Tür waren Lustschreie zu hören. Marcas verzog das Gesicht zu einer Grimasse.

«Charmant, wirklich ...»

«Damit müssen wir uns jetzt abfinden. Jedenfalls glaube ich nicht, dass Dionysos uns hier sucht. Ah, hier ist meins, wir sind Nachbarn.»

Das schäbige Zimmer verströmte einen moderigen Geruch. Vor dem Fenster hing schief ein Rollo, und auf dem Hinterhof türmte sich der Müll. Über dem Bett blickte ein Plastikchristus in die Ferne und wartete auf bessere Tage. Marcas stellte Anaïs' Tasche ab.

«Wahrer Luxus. Hundertzwanzig Euro pro Nacht, das ist doch geschenkt. Da fühlt man sich wie am Hof des Sultans. Ich geh mir mal meins anschauen.»

«Jammer nicht, wir bleiben hier schließlich nur eine Nacht. Morgen Abend darfst du wieder in deinem kleinen Junggesellenapartment schlafen.»

Der Polizist öffnete die Tür zum Nachbarzimmer.

«Ich habe mehr Glück. Es gibt gar kein Fenster. Da muss ich wenigstens nicht in den Hof gucken.»

Die Stimme der jungen Frau war über den Flur zu hören.

«Ich höre dir jetzt nicht mehr zu. Wir treffen uns in einer halben Stunde an der Rezeption, die Zeit reicht zum Duschen. Übrigens habe ich herausgefunden, wo Manuelas Haus ist. Am besten, wir lassen das Auto stehen und gehen zu Fuß. Der Spaziergang wird uns sicher gut tun.»

Mit einem lauten Klicken fiel die Tür ins Schloss.

Marcas ließ sich aufs Bett fallen, das erstaunlich hart war. Seit er aus dem Flugzeug ausgestiegen war, fühlte er sich benommen. Er fragte sich, ob es eine gute Entscheidung gewesen war, Anaïs mitzunehmen.

Sie wäre eine vorzügliche Zielscheibe.

48
Granada

«*Calle San Juan de los Reyes*. Hier ist es», rief Marcas und zeigte auf ein großes weißes Haus.

Ein Irrtum war ausgeschlossen, denn vor dem Gebäude hockte ein Dutzend junger Mädchen zwischen verwelkten Blumen und riesigen Fotos von Juan Obregón. Zahlreiche Botschaften waren in allen möglichen Farben auf die Hauswand gekritzelt. Anaïs entdeckte darunter auch verbale Angriffe auf Manuela. Immer wieder war das Wort «Mörderin» zu lesen.

Die beiden Franzosen waren zu Fuß durch das Viertel Albaicín marschiert und hatten unterwegs flüchtig die

Gässchen des alten Maurenviertels bewundert. Zu gern wäre Marcas als Tourist hier gewesen. Ohne dass Anaïs es merkte, blickte er hin und wieder über die Schultern, um zu sehen, ob sie verfolgt wurden.

Der Wachmann war offensichtlich über ihr Kommen informiert und öffnete das schwere schmiedeeiserne Tor, um sie einzulassen. Ein Bediensteter mit ausgeprägten Wangenknochen, die seine indianische Herkunft verrieten, begrüßte sie höflich und führte sie anschließend in den Salon, wo er ihnen einen Platz auf dem Sofa anbot, bevor er wortlos verschwand.

Das Zimmer glich einem Museum zum Ruhme der Eigentümer. Fast wie ein Mausoleum.

An einer Wand hing ein in leuchtenden Farben gehaltenes Bild, auf dem Manuela Réal zu sehen war, die auf einem Zigeunerfest tanzte. Sie trug ein kurzes Kleid und machte vor den Augen schwarzgekleideter Gitarrenspieler laszive Bewegungen.

An der gegenüberliegenden Wand befand sich über einem niedrigen Tisch ein riesiges Porträt von Juan Obregón. Er hatte feine, maskuline Züge und wirkte sehr selbstbewusst, wie er mit finsterem Blick und leicht ironisch lächelnd auf die auf dem Sofa sitzenden Besucher herabblickte, als wollte er sie verspotten.

«Hübscher Kerl, schade um ihn», sagte Anaïs.

«Die Eigentümer leiden unter überzogenem Narzissmus!», stellte Marcas fest, nachdem er den Raum ausführlich betrachtet hatte.

«Du bist eifersüchtig, weil er besser aussieht als du!»

«Kein Kommentar!», zischte er zurück und versuchte gleichgültig zu klingen.

Doch in seinem tiefsten Inneren war er doch ein wenig neidisch auf diesen Schönling mit dem überheblichen Blick. Vor allem weil er Anaïs' Aufmerksamkeit auf sich gezogen hatte. Ein Toter!

Sie hörten jemanden die Treppe hinunterkommen, dann stand Manuela Réal im Türrahmen. Sie wirkte abgemagert, und ihre Züge waren starr. Zu einem blassgrünen Pullover trug sie eine Jogginghose. Ihre Augen waren hinter getönten Brillengläsern verborgen. Die Frau, die vor ihnen stand, hatte nichts mit dem feurigen Star auf dem Gemälde zu tun.

Sie kam auf sie zu und gab den beiden Franzosen die Hand. «Guten Tag. Mein Agent hat darauf bestanden, dass ich Sie empfange. Was kann ich für Sie tun?»

Sie klang sachlich, fast unbeteiligt, als spräche sie im Vorbeigehen mit ihnen. Dennoch setzte sie sich.

«Danke, dass wir kommen durften, nach alledem, was Sie durchgemacht haben. Wir werden uns kurz fassen.»

«Das hoffe ich. Ich habe bereits der spanischen Polizei Rede und Antwort gestanden.»

Der indianische Bedienstete betrat das Zimmer und brachte auf einem Tablett eine Wasserkaraffe mit nur einem Glas. Es war aus edlem Kristall und für die Hausherrin bestimmt. Anaïs machte diese Unhöflichkeit erst einmal sprachlos, doch Marcas fuhr einfach fort: «Wir sind mit der Klärung eines Falles in Paris beauftragt, dem Tod …»

«Ich weiß», schnitt die Schauspielerin ihm das Wort ab. «Mein Agent hat mich davon unterrichtet. Aber ich kenne weder Ihren Minister noch seine … Ich bin ihm nur einmal begegnet, in Paris, auf einem Empfang. Vor allem aber sehe ich keinen Zusammenhang mit dem Tod meines Mannes.»

Der Diener schenkte der Schauspielerin ein Glas Wasser ein und verließ dann diskret den Raum. Hinter sich schloss er die Tür.

«Erzählen Sie uns doch bitte, wie Ihr Mann genau gestorben ist», versuchte es Anaïs.

Die Schauspielerin antwortete nicht. Man hätte glauben können, dass sie hinter ihren dunklen Brillengläsern die Augen geschlossen hatte und schlief. Nicht ein Muskel ihres Körpers regte sich. Erstarrt wie eine Statue saß sie mit übereinandergeschlagenen Beinen da und schwieg. Ein Geist in einem Haus, in das Schreckgespenster eingedrungen waren. Juan Obregóns finsterer Blick war auf sie gerichtet. Eine Ewigkeit verstrich. Dann übernahm Marcas die Gesprächsführung: «Madame Réal, ich verstehe, dass es nicht leicht ist, aber Sie müssen uns antworten.»

Die Statue löste sich aus ihrer Starre. Langsam stellte sie die Beine nebeneinander.

«Sie haben die lange Reise umsonst gemacht. Ich habe Ihnen nichts zu sagen. Mein Diener wird Sie wieder hinausgeleiten.»

Sie erhob sich und wandte ihnen den Rücken zu, als wären sie bereits nicht mehr da. Anaïs und Marcas sahen sich erstaunt an. Auf wundersame Weise tauchte der Diener plötzlich wieder auf und wies mit dem Arm in Richtung Tür.

Manuela ging zur Terrasse.

«Dionysos!»

Anaïs' Stimme zischte durch den Raum wie ein Pfeil auf dem Weg zur Zielscheibe.

Wie versteinert blieb die Schauspielerin kurz vor der Terrassentür stehen.

«Woher kennen Sie den Namen des unsichtbaren Meisters?»

49
Granada

«Des unsichtbaren Meisters?», wiederholte Marcas.

Manuela Réal kam jetzt mit langen Schritten auf sie zu. Mit einem Ruck riss sie sich die Brille herunter. Ihre Augen funkelten vor Wut.

«Wo ist er? Ich muss ihn sehen! Er ist mir eine Erklärung schuldig! Er muss mir sagen, warum Juan tot ist!»

Anaïs stellte sich direkt vor die Schauspielerin.

«Ich kenne Dionysos. Ich habe zu seinen Jüngern gehört. Ich kenne den Pfad der Linken Hand! Ich bin die einzige Überlebende des Massakers von Cefalù.»

Manuela Réal begann plötzlich zu schwanken. Sie tastete nach dem Sofa, um sich festzuhalten.

«Diese Sache auf Sizilien? Aber wo ist der Zusammenhang? Immerhin, Sie kennen Dionysos …»

«Er ist für die Morde dort verantwortlich», sagte Anaïs mit zitternder Stimme.

Marcas sah die beiden sich gegenüberstehenden Frauen fassungslos an. Zwei Sühneopfer mit ihrer Dornenkrone. Anaïs setzte erneut an.

«Madame Réal, bitte hören Sie mich an. Sie sind getäuscht, manipuliert und verraten worden. Genau wie ich. Im Namen Ihres Mannes, der Sie geliebt hat, sagen Sie uns bitte, was Sie wissen!»

Die Schauspielerin schenkte sich zitternd ein Glas Wasser nach.

«Mein Mann! Wollen Sie es wirklich wissen? Ja? Wollen Sie wirklich wissen, wie es war, einen jüngeren Mann zu lieben? Einen Mann, der vergöttert wurde, mit dem Hunderte von Frauen gern eine Nacht verbracht hätten. Attraktive, junge, provozierende Frauen, die sich an ihn heranwarfen, sobald er nur die Nase aus dem Haus gesteckt hat? Frauen, die wussten, wie alt ich bin …»

Anaïs und Marcas schwiegen.

«Nein, Sie wissen nicht, wie es ist, älter zu werden. Wenn man an sich zu zweifeln beginnt, wenn der eigene Körper immer mehr zusammenfällt, wenn man nachts aufsteht, um sich im Spiegel zu betrachten …»

Sie suchte nach ihrer Brille.

«Ich wusste nicht mehr weiter. Ich war verzweifelt. Er hat mich mit jungen Flittchen betrogen. Ich fühlte, dass Juan mich bald verlassen würde. Unsere Liebe wurde zäh. Ich hatte Angst, allein zu enden! Und dann … und dann, letztes Jahr bei der Mostra in Venedig …»

«Die Filmfestspiele?»

«Ja, einer meiner Filme war nominiert. Und dort habe ich …»

«Dionysos kennengelernt?», wisperte Anaïs.

«Nein, Henry Dupin, den Modeschöpfer.»

Marcas und Anaïs wagten nicht zu atmen. Sie durften die Frau jetzt auf keinen Fall bei ihren Ausführungen unterbrechen.

«Bei einem Galadinner saßen wir nebeneinander.

Ihm sah man sein Alter nicht an. Er war charmant, witzig und sehr verführerisch. Er war ... jung! Anders kann man es nicht bezeichnen. Während des Essens hat er mir Anekdoten aus Venedig erzählt und mit mir über diverse Berühmtheiten geplaudert. Er war nicht zu bremsen. Je länger er redete, desto mehr fühlte ich mich von ihm angezogen. Es war, als würde in ihm ein verborgenes Licht leuchten, ein innerer Stern. Er hat mich verzaubert. Und am Ende des Abends lud er mich zu sich auf seine Privatinsel ein.»

«Haben Sie die Einladung angenommen?»

Manuela verzog das Gesicht zu einem traurigen Lächeln.

«Bei Henry riskiert man als Frau nicht viel! Also ja, ich bin mitgegangen. Er hat mich fasziniert.»

«Und wie ist es bei ihm weitergegangen?»

«Das Gespräch wurde intimer. Aus charmant wurde tiefsinnig. Ich weiß nicht, wie es dazu kam, aber irgendwann habe ich ihm von meinen Problemen mit Juan erzählt.»

«Überraschte es ihn?»

«Nein. Es war, als hätte er auf so etwas gewartet. Er war sehr offen und tat so, als hätte er selbst etwas Vergleichbares erlebt, wobei er einen Weg gefunden hatte, um aus dem Tunnel herauszukommen. Ich könne Juan zurückerobern, es gebe ein unglaubliches Mittel. Und da erzählte er mir von ...»

«Dionysos?»

«Nein, von Casanova!»

Der Kommissar reagierte nicht darauf, ihm fiel aber der Zeitungsartikel wieder ein, den er unter den Arkaden auf der Place des Vosges gelesen hatte. Auf einem Foto von der Veranstaltung bei Drouot war die Schauspielerin zusammen mit dem Kulturminister und Henry Dupin zu sehen gewesen.

Manuela Réal sprach jetzt aufgeregter. «Dupin war von ihm fasziniert. Er hat mir erzählt, dass Casanova nur aufgrund eines Geheimnisses so ein erfolgreicher Verführer gewesen sei. Dieses Geheimnis würde von Generation zu Generation weitergegeben. Und er, Henry Dupin, sei ein Eingeweihter. Wenn ich wolle, würde er auch mich in die hohe Schule der Lust einführen.»

«Der Pfad der Linken Hand, stimmt's?», vermutete Anaïs.

«Ja.»

Marcas konnte nicht mehr folgen. «Und was ist dieser Pfad der Linken Hand?»

Die Schauspielerin senkte die Stimme, als sie antwortete: «Eine besondere Art des Liebesaktes. Im Orient nennt man es Tantrismus. Nicht eine kurzlebige Befriedigung ist das Ziel, sondern eine andauernde Kraft.»

«Eine andauernde Kraft?»

«Ja, eine konstante Energie der Begierde. Juan war damit einverstanden, diese Praktiken auszuprobieren und hat sich mir wieder zugewandt. Tatsächlich ist es mir gelungen, ihn mit Sex zurückzugewinnen ... Ist das nicht verrückt? Dabei darf man den Höhepunkt nicht erreichen, sondern muss ihn so lange wie möglich hinauszögern, die Lust immer stärker werden lassen, ohne sie zu befriedigen.»

«Ist das nicht frustrierend?»

«Am Anfang ja! Aber dann ist es wie ein Wasserlauf,

den man beherrscht, indem man einen Staudamm baut. Eine Energie, die, anstatt sich zu verlieren, den Körper ganz durchströmt. Als würde die Sonne den Körper anfeuern.»

«Es ist phantastisch», bestätigte Anaïs.

Als er das Wort «Sonne» hörte, erinnerte sich Marcas plötzlich an den Stern, den der Minister in der Klinik gemalt hatte.

«Sie haben doch ein Bild, auf dem ein Stern mit fünf Strahlen abgebildet ist, oder?»

«Woher wissen Sie das?», wollte Manuela Réal wissen und wirkte plötzlich misstrauisch.

«Ich habe in einem Magazin eine Fotoreportage über Ihre Villa gesehen. Einen solchen Stern hat auch der Minister in der Klinik gezeichnet.»

Wortlos erhob sich die Schauspielerin und bedeutete ihnen, ihr zu folgen. Über die Terrasse gelangten sie in einen großen Raum, in dessen Mitte ein riesiges Bett stand. Von dort schaute man auf ein Bild an der gegenüberliegenden Wand, auf dem das Motiv des Crowley-Tarots zu sehen war. Marcas trat näher an das Gemälde heran.

«Der Stern», murmelte er.

Manuela Réal setzte sich auf das Bett, während Anaïs sich neben den Kommissar stellte.

«Dupin hat mir dieses Bild geschenkt, damit ich es in meinem Schlafzimmer aufhänge. Ihm zufolge symbolisiert es das Bewusstsein der sexuellen Energie, die jede Frau in sich entwickeln könne. Juan und ich praktizierten, was Dupin uns empfahl. Während wir uns liebten, sollten wir dieses Bild vor Augen haben.»

«Und das taten Sie auch an dem Abend, an dem Ihr Mann starb?»

«Ja, ich verspürte eine unglaubliche Lust. Als ich später aufwachte, hatte ich das Gefühl, ein erweitertes Sichtfeld zu haben, aber ich fühlte mich schlecht. Dupin hatte uns erklärt, dass wir an dem Tag, an dem wir den Stern rotieren sähen, nach Dionysos' Lehre das Stadium der Erleuchtung erreicht hätten.»

Marcas seufzte. Rationalistisch geprägt, wie er war, fragte er sich, wie vernünftige Menschen solche Dummheiten glauben konnten? Er trat ein wenig zurück, um sich einen Gesamteindruck des Bildes zu verschaffen. Er dachte daran, dass seine Exfrau ihm die Tarotkarte geschenkt hatte, ohne den ganzen mystisch-sexuellen Hintergrund, der damit verbunden war, auch nur zu ahnen. Manuela Réal hatte sich erschöpft gegen die Kissen gelehnt und massierte sich die Schläfen.

«Ich habe Sie vorhin angelogen, als Sie mich nach dem Minister gefragt haben. Wir gehörten derselben … Loge an.»

Marcas zuckte zusammen.

«Was für eine Loge ist das?»

«Die Casanova-Loge.»

Der Kommissar und Anaïs sahen sich erstaunt an. Die Schauspielerin fuhr fort: «Sie wurde von Dionysos gegründet, und Dupin war der Großmeister. Der Minister war bereits ein Jahr vor mir eingetreten. Als ich vom Tod seiner Geliebten hörte, war ich sehr betroffen.»

Anaïs blickte finster drein.

«Was haben Sie in dieser Loge gemacht?»

«Ihr gehörten Männer und Frauen an, und wir praktizierten gemeinsam die sexuellen Rituale. Mein Mann und die Geliebte des Ministers gehörten auch dazu.»

«Eine mystische Sexorgie», kommentierte Marcas sarkastisch.

«Nein, es war sehr schön. Glauben Sie mir.»

«Herrgott, das mit der Loge ist Ideenklau», schnitt Marcas ihr gereizt das Wort ab. «Das ist unfassbar! Loge ist ein Begriff der Freimaurer. Und kein Bruder oder keine Schwester der Welt verirrt sich in einen derartigen sexuellen Schwachsinn.»

Die Schauspielerin lächelte schwach.

«Dupin hat mir erzählt, dass Dionysos früher Freimaurer war. Für den Namen Casanova-Loge hat er sich entschieden, weil ... Ich weiß es nicht mehr ... Ich ... Es tut mir leid, ich muss mich hinlegen. Meine Migräne. Es ist schrecklich, ich habe das Gefühl, mein Kopf explodiert gleich.»

Marcas wollte die Ausführungen auf keinen Fall abbrechen lassen.

«Und Dionysos? Wo findet man ihn?»

Manuela Réal begann zu stöhnen. «Ich weiß es nicht ... ich weiß es nicht ... auf dem Ball vielleicht?»

«Auf welchem Ball?»

«Henry Dupin organisiert jedes Jahr einen großen Maskenball für die Mitglieder der Casanova-Loge. Er findet bei ihm in Venedig statt. Der unsichtbare Meister lässt sich Dupins Ball nie entgehen, aber er will unerkannt bleiben. Alle kommen kostümiert und maskiert und ... er findet in drei Tagen statt.»

Ihre Stimme wurde immer leiser.

Marcas fühlte seine Ungeduld wachsen. Zu viele Fragen waren noch unbeantwortet. Erneut betrachtete er das Bild mit dem Motiv der Tarotkarte. Er würde sie jetzt nicht in Ruhe lassen.

«Wissen Sie, welchen Bezug dieser Stern zu Casanova hat?»

«Dupin hat mir erzählt, das Motiv stamme von einer Schilderung Casanovas, in seinen Memoiren, nehme ich an. Aber ich bitte Sie, ich kann nicht mehr.»

Anaïs schaltete sich ein. «Das ist unmöglich. Dieses Bild ist die Nachbildung einer Tarotkarte eines gewissen Aleister Crowley.»

«Ach ja?», hauchte Manuela mit kaum hörbarer Stimme.

«Was wissen Sie über Crowley?», fragte Marcas.

Die Schauspielerin war jetzt aschfahl. Schweißperlen bildeten sich auf ihrer Stirn. Ihre Gliedmaßen zitterten. Sie drückte auf einen Knopf, der sich neben dem Bett befand.

«Crowley ist der Teufel! Er ist es gewesen … Er ist schuld!»

Der Diener kam sofort mit einem Glas Wasser und einem Pillendöschen. Marcas überkam das gleiche unangenehme Gefühl wie in der Klinik des Ministers.

«Und Dionysos? Sind Sie ihm jemals begegnet?»

«Noch nie», stammelte Manuela schwach. «Dupin hat gesagt, er sei der wahrhaft Initiierte. Er … er sei es, der die ultimative Erleuchtung weitergeben könne, und er sei es auch, der Casanovas letztes Geheimnis kenne.»

Sie wurde von immer stärkeren Krämpfen geschüttelt. Ihre Augen verdrehten sich.

«Ich habe Angst. Der Stern, er funkelt wieder …»

334

Marcas unternahm einen letzten Versuch.

«Herrgott, aber worin besteht dieses Geheimnis?»

Die Schauspielerin stöhnte vor Schmerzen.

«Es … es besteht darin … den Tod zu überwinden.»

50
Granada

Die Abenddämmerung legt sich über die Stadt. Die Fans waren verschwunden und hatten nur einige Plastiktüten und leere Bierdosen zurückgelassen.

Marcas und Anaïs gingen schweigend die leere Straße hinab. Ihre Schritte hallten in den Gassen wider. Beide waren in Gedanken versunken, bis Marcas als Erster die Stille brach, die seit den Aussagen der Schauspielerin zwischen ihnen geherrscht hatte.

«Wir müssen noch einmal mit ihr sprechen und dann sofort nach Paris zurück. Die Sache nimmt eine unvorhergesehene Wendung.»

Anaïs blieb stehen und sah ihn an.

«In dem Haus hing ein Bild von Casanova, genau wie bei dem Künstleragenten und in dem Kloster auf Sizilien. Das gibt's doch nicht.»

Da Marcas zu sehr in Gedanken versunken war, um zu antworten, redete Anaïs weiter. «Und wo ist die Verbindung zwischen dem, was in Cefalù geschehen ist, und dieser Casanova-Gruppe?»

«Das ist keine Gruppe, sondern eine Loge. Eine Art umgestülptes Freimaurertum.»

«Aber Dionysos hat uns gegenüber nie eine Loge erwähnt! Und ich habe weder diesen Dupin noch den Minister oder irgendwelche Mitglieder des Jet-Set jemals gesehen!»

Marcas lehnte sich gegen eine Mauer. Der Duft von Orangen hing in der Luft.

«Ich habe den Eindruck, dass Dionysos zwei unterschiedliche Gruppen geführt hat. Eine elitäre Loge, zu der nur ausgewählte Mitglieder Zugang hatten, die aufgrund von Empfehlungen aufgenommen wurden. Ihr gehörten der Minister, die Schauspielerin und Dupin an.»

«Wie bei den Freimaurern …»

«Der Vergleich hinkt … Und dann die Gruppe der Abtei, zu der du gehörtest und wo die Auswahl weniger selektiv war. Dort war, wenn ich es richtig verstanden habe, jeder willkommen. Wie bei Sekten, die neue Jünger gewinnen wollen. Ich glaube, dass …»

«Antoine! Da vorne!»

Anaïs gestikulierte kreischend. Vor ihnen auf dem Gehsteig stand der Killer aus dem Pariser Einkaufszentrum und lächelte mit halb geöffneten Lippen beunruhigend selbstsicher. Seelenruhig hob er die Hand zum Gruß wie ein alter Freund, den man aus den Augen verloren hat.

Marcas und Anaïs wichen automatisch zurück. Der Polizist zischte: «Wir hauen ab, schnell.»

Die beiden rannten los. Der Killer sah ihnen gelassen nach und rührte sich nicht. Plötzlich schoss ein Auto aus einer Querstraße hervor und versperrte ihnen den Weg. Zwei Männer sprangen heraus. Marcas griff nach Anaïs' Hand: «Zurück!»

Doch im nächsten Moment stand bereits Dionysos' Killer mit einer Pistole in der Hand hinter ihnen: «Ende der Reise. In den Wagen mit euch.»

Beim Anfahren betrachtete er sie im Rückspiegel.

«Sizilien, Paris und jetzt Granada … Ich bin fast enttäuscht, dass ich dich jetzt schon geschnappt habe, meine kleine Anaïs, diese netten Ausflüge werden mir fehlen. Was dich anbelangt, Bulle, brauchst du gar nicht erst zu versuchen, während der Fahrt auszusteigen. Die Türen sind verriegelt!»

Einer der Handlanger saß links von ihnen und ließ sie nicht aus den Augen. An Flucht war nicht zu denken.

«Was wollen Sie?»

Der Fahrer antwortete nicht und nickte stattdessen dem Mann neben sich zu. Kurz sah Marcas noch den silbern glänzenden Schlagring aufblitzen, bevor er seinen Kiefer traf.

Der Schmerzensschrei erfüllte das Fahrzeuginnere.

Blut spritzte aus seinem Mund und beschmutzte den Fahrersitz. Anaïs schrie: «Ihr Schweine, er …»

Eine Ohrfeige traf sie ins Gesicht.

Der Fahrer beobachtete die Szene fast gelangweilt.

«Wichtigste Regel: Stelle Ödipus niemals Fragen. Die Strafe folgt unverzüglich.»

Marcas richtete sich mit Mühe wieder auf. Sein Kopf brannte wie Feuer, und Blut lief ihm aus dem Mund.

«Zum Teufel, du Schwachkopf, wer ist denn dieser Ödipus?»

Der silberne Metallring landete diesmal auf seinem Solarplexus, worauf sich der Kommissar krümmte, als würde sein Magen im nächsten Moment explodieren.

Anaïs hatte sich gerade hingesetzt. Ihr standen die Tränen in den Augen.

Der Fahrer trat aufs Gaspedal, ohne Rücksicht auf den Verkehr zu nehmen.

«Ich wiederhole. Ohne seine Genehmigung stellt man Ödipus keine Fragen. Ödipus, das bin ich.»

Er seufzte.

«Der Meister hat mir den Rat gegeben, dass ich von mir nur in der dritten Person sprechen soll. Das sei gut fürs Gewissen. Besonders, wenn man wie ich den harten Job eines Reinigungsmannes ausübt.»

Das Auto hatte das Viertel Albaicín inzwischen verlassen und fuhr auf die Plaza Nueva, wo das Stadtzentrum begann. Ödipus legte den Kopf zur Seite.

«Dionysos hat mir zu dieser Verfremdung geraten, wenn es ums Töten geht. Sie werden lachen, aber …»

Marcas spuckte ein Stück Zahn aus.

«Danach ist mir gerade nicht wirklich zumute.»

Ödipus lächelte gequält und warf dem Polizisten ein Papiertaschentuch zu.

«Das ist doch nur eine Redewendung! Sie werden lachen, aber es funktioniert. Er schläft dann besser. Ödipus ist kein Monster, müssen Sie wissen. Wischen Sie sich den Mund ab, Sie sauen sonst noch alle Sitze ein. Ich will Ihnen nicht vorenthalten, dass Ödipus nach der Sache mit dem Scheiterhaufen von Cefalù sehr wohl Albträume gehabt hat. All diese brennenden Körper, diese verkohlten jungen Leute. Aber dank Dionysos sieht er jetzt wieder einen Sinn in seiner Mission.»

«Das freut uns aber für ihn, Scheißkerl», murmelte Marcas und hielt sich den Bauch.

338

«Wie bitte?»

«Nichts, ich habe nichts gesagt.»

Das Auto wurde langsamer. Ödipus stieß einen Fluch in einer Sprache aus, die Marcas nicht verstand. Sie befanden sich nach wie vor auf der Plaza Nueva. Polizisten sperrten die Zufahrt zur Calle Reyes Catholicos ab, der schnellsten Ost-West-Verbindung durch die Stadt. Auf den Gehsteigen und der Fahrbahn drängten sich die Menschenmassen. Anaïs drückte Marcas' Hand und flüsterte: «Das Stadtzentrum ist wegen der Prozessionen gesperrt.»

Das Auto steckte mitten in einer Schlange von Fahrzeugen fest, die nicht vor und nicht zurück konnten. Immer mehr Fußgänger strömten auf die Straße. Ödipus sah sich nach einem Ausweg um, doch nirgends war ein Durchkommen. Er flüsterte seinem Beifahrer etwas ins Ohr und wandte sich anschließend den Entführten zu.

«Ich würde euch wärmstens empfehlen, euch nicht zu bewegen.»

Der Beifahrer streifte eine braune Jacke über, stieg aus dem Auto und ging auf einen Polizisten zu, der rauchend auf einem Geländer saß. Ödipus' Komplize breitete vor dem spanischen Beamten einen Stadtplan aus. Der Uniformierte schüttelte den Kopf.

Angespannt beobachtete der Killer vom Fahrersitz aus, was sich draußen abspielte. Dann zog er einen Umschlag aus der Tasche.

«Das hätte ich fast vergessen. Dionysos hat mir einen Brief für dich gegeben, Anaïs. Hier.»

Er nahm eine kleine Digitalkamera, stellte die Belichtung ein und richtete die Kamera dann auf die junge Frau, die das Kuvert voller Angst öffnete.

«Beeil dich, sieh nach, was drin ist, und bitte lächeln. Ich muss diesen Moment unbedingt festhalten.»

Der Umschlag enthielt einen Satz Fotos und eine kurze handgeschriebene Notiz auf einem zerknitterten Stück Papier. Mit aufgerissenen Augen sah sich Anaïs die Bilder an.

Auf dem ersten umarmten Thomas und sie sich im Garten der Abtei. Es war am Abend vor dem Massaker aufgenommen worden. Auf dem zweiten liebten sie sich in Thomas' Zimmer. Das dritte zeigte ein Porträt von Thomas mit zerzaustem Haar, er lächelte. Das letzte zeigte den Scheiterhaufen und eine verkohlte schwarze Masse, in der man noch vage ein Gesicht erkennen konnte. Thomas' Gesicht.

Anaïs drehte sich der Magen um und sie glaubte, sich übergeben zu müssen. Als sie den Kopf hob, blickte sie direkt in die Kamera, doch es floss keine einzige Träne. Der Hass war stärker.

«Der Gesichtsausdruck ist super, Süße. Dionysos wird begeistert sein. Lies jetzt noch die kleine Botschaft, die er dir beigelegt hat», forderte der Killer sie mit ironischem Tonfall auf.

Wie in Trance faltete Anaïs den zerknitterten Zettel auseinander.

51
Granada

Mein kleiner Stern,

weil du kein Souvenir von deinen Ferien auf Sizilien mit deinem schönen Geliebten hast, habe ich mir erlaubt, willkürlich einige Bilder aus meiner persönlichen Fotosammlung herauszusuchen.

Ich hoffe, dir gefällt die Auswahl. Mein Favorit ist auf jeden Fall das vierte Bild. Vor Liebe verbrennen, was gibt es Schöneres?

Herzliche Grüße,

ich kann es kaum erwarten, dich wiederzusehen.

D.

«Dieser Dreckskerl», zischte Anaïs und blickte in die Kamera. «Das ist abartig.»

Der Mann, der sich Ödipus nannte, spielte mit dem Einstellknopf und richtete den Zoom auf die junge Frau.

«Schimpf ruhig. Du kannst ihn sogar beleidigen, darüber wird er sich freuen, wenn ich ihm die Bilder heute Abend schicke.»

Marcas schob sich vor Anaïs.

«Lassen Sie sie in Ruhe!»

Der Killer gab dem auf der Rückbank sitzenden Mann ein Zeichen, worauf dieser dem Kommissar mit seinem Schlagring einen Hieb in die Seite versetzte. Marcas schrie auf.

«Dass ihr Franzosen aber auch nie gehorchen könnt.

Die Regel ist doch ganz einfach: Ödipus werden keine Fragen gestellt. Und erst recht keine Befehle erteilt.»

Anaïs beugte sich zu Marcas, um ihm zu helfen. Er drückte ihre Hand.

«Pass auf, der Typ ist ein Sadist.»

«Ein richtiges Schwein», antwortete Marcas flüsternd und hielt sich die Seite.

Um den Wagen drängte sich mittlerweile eine dichte Menge. Aus allen Richtungen strömten Schaulustige, um sich die Prozession der Bruderschaft der Büßer anzusehen.

Ödipus verzog das Gesicht, als er merkte, dass sein Auto vollständig umzingelt war. Er beobachtete, wie sich sein Komplize, der mit dem spanischen Polizisten gesprochen hatte, nur mit Mühe einen Weg zurück zum Fahrzeug bahnen konnte.

Plötzlich war ein Trommelwirbel zu hören. Die Menge johlte.

«¡Están aquí! Da sind sie!»

«La cofradía roja. Die rote Bruderschaft.»

Die Insassen des Wagens blickten in die Richtung, in die die Leute zeigten, und sahen die ersten Büßer. Von Fackeln erleuchtet, bewegten sie sich unter ihren hohen, roten Spitzhauben langsam im Rhythmus der tief dröhnenden Trommeln vorwärts. Die Maskierten sahen aus wie rote Geister, die nach einem jahrhundertelangen Schlaf wieder auferstanden waren. Durch die Augenschlitze hindurch waren ihre starren Blicke zu sehen, die ihre Erschöpfung nach dem stundenlangen Marsch verrieten. Einige von ihnen gingen barfuß und hinterließen Blutspuren auf der Straße. Auf ihren schar-

lachroten Kutten baumelten schwere Kruzifixe hin und
her. Priester in langen schwarzen Talaren säumten die
Prozession. Sie trugen Monstranzen, aus denen Weih-
rauch aufstieg.

Ödipus kicherte.

«Ich wusste gar nicht, dass es den Ku Klux Klan auch
in Spanien gibt …»

Die Menschen begannen frenetisch zu applaudieren
und riefen:

«*¡Mira, la Virgen!* Seht, die Jungfrau Maria!»

«*¡Que guapa!* Wie schön sie ist!»

Fünf Meter über dem Boden wurde von zehn rotge-
wandeten Trägern eine hölzerne Marienfigur auf einem
gewaltigen Silberthron balanciert. Sie trug ein schwarzes,
mit Pailletten und glitzernden Steinen besticktes Kleid.
Männer, Frauen und Kinder bekreuzigten sich, als sie
vorbeizog, während der Platz von dem Trommelwirbel
vibrierte.

Der Komplize in der braunen Jacke hatte das Auto
gerade wieder erreicht, als eine kleine Gruppe Kinder
auf die Motorhaube und das Dach kletterte, um das
Spektakel besser sehen zu können. Der Wagen begann
zu schaukeln, und die Insassen wurden hin und her geschüttelt.

Sofort schnappte sich der Mann eines der Mädchen
und stellte es unter dem vorwurfsvollen Murren der
Umstehenden unsanft auf den Boden. Ohne sich darum
zu kümmern, schubste er danach ein weiteres Kind vom
Auto, worauf die anderen die Motorhaube, so schnell
sie konnten, verließen. Der Mann stieg ein und schloss
die Tür.

343

«Wir sitzen fest. Bis die Prozession an der Kathedrale angekommen ist, sind alle Zufahrten gesperrt.»

«Wie lange wird das denn hier noch dauern?», erkundigte sich Ödipus gereizt.

«Mindestens zwanzig Minuten.»

«Scheiße.»

Anaïs und Marcas tauschten Blicke, als wollten sie sich gegenseitig Mut machen.

Plötzlich klopfte jemand gegen das Fenster auf der Fahrerseite. Ödipus zuckte zusammen. Zwei Polizisten bedeuteten ihm, die Scheibe herunterzulassen.

«Haltet euch zurück», warnte der Killer.

Marcas spürte den Schlagring in seiner schmerzenden Seite. Einer der spanischen Polizisten klopfte erneut.

Ödipus betätigte den Knopf und das Fenster glitt hinunter. Nun drang der ohrenbetäubende Lärm der Trommeln zu ihnen herein.

«*¿Sí?*»

«*Usted tiene que esperar media hora.* Sie müssen sich noch eine halbe Stunde gedulden.»

Ödipus nickte breit lächelnd und stellte sofort den Motor ab. Der Polizist streckte den Kopf in den Innenraum des Wagens und musterte die Insassen. Anaïs blickte Marcas kurz an und begann dann zu schreien: «*¡Me ahogo! Por favor … ¡Me falta aire!* Bitte! Ich kriege keine Luft mehr! Ich muss hier raus!»

Stöhnend hielt sie sich den Bauch. Ödipus warf ihr einen bösen Blick zu.

«*¡Socorro! ¡Me siento muy mal!* Hilfe, mir geht es sehr schlecht.»

Der Polizist klopfte dem Fahrer auf die Schulter.

«*Déjala salir del coche.* Lassen Sie sie aussteigen.»

Die drei Männer sahen sich ratlos an. Einer schob die Hand in seine Jackentasche. Der schwarze Kolben einer Pistole wurde kurz sichtbar. Ödipus schüttelte den Kopf.

«Lass stecken, du Blödmann.»

Marcas bewunderte, wie theatralisch sich Anaïs in alle Richtungen wand. Er selbst hätte sich nicht zu rühren gewagt.

Der spanische Polizist ließ sich nicht abwimmeln.

«*¿Tiene algún problema, señora?* Haben Sie ein Problem?», fragte er Anaïs.

«*¡Ayúdame! ¡Necesito aire!* Helfen Sie mir, ich muss an die frische Luft.»

Ödipus sah sie entgeistert an.

Einer der Polizisten ging um den Wagen herum und notierte sich das Nummernschild.

«*¿Usted tiene sus papeles, por favor?* Dürfte ich bitte Ihre Papiere sehen?»

Im Rückspiegel sah Ödipus, wie Anaïs das Gesicht zu einer Grimasse verzog. Matt wies er seinen Komplizen auf der Rückbank an: «Lass sie aussteigen.»

«Aber …»

«Keine Diskussion», unterbrach er ihn und hielt dem Polizisten seine Papiere hin.

Die Tür sprang mit einem kurzen Klicken auf. Marcas und sein Peiniger stiegen zuerst aus. Dann half einer der Beamten der jungen Frau aus dem Auto.

Die Menge um sie herum wurde immer dichter. Mit den Fahrzeugpapieren in der Hand wandte sich der Polizist Anaïs zu.

«*¿Quiere un médico?* Brauchen Sie einen Arzt?»

«*No, gracias*», antwortete sie erleichtert.

Marcas blickte sich um. Tausende von Menschen befanden sich auf dem Platz. Wenn sie ein wenig Zeit gewännen, könnten sie in der Menge untertauchen. Auch Ödipus war jetzt aus dem Auto gestiegen, während der Beifahrer am Steuer Platz genommen hatte. Der Killer lächelte wieder und schüttelte gleichzeitig den Kopf, als wolle er sie von dummen Ideen abbringen. Marcas ließ seinen Blick über die Menschenmenge schweifen, die sich im Rhythmus der Prozession bewegte. Weniger als fünf Meter von ihnen entfernt entdeckte er einige Absperrungen, mit denen die Zuschauer von der Prozession getrennt wurden. Wenn sie über diese Barriere hinwegkämen und dann durch den Umzug hindurchschlüpfen könnten …

«Sag dem Polizisten unauffällig, dass einer der Männer eine Waffe hat. Tu so, als müsstest du dich ein bisschen bewegen», flüsterte er Anaïs zu. «Sobald der Polizist dir den Rücken zukehrt, rennen wir in Richtung der Absperrungen dort.»

«Super, eine klassische Verfolgungsjagd. Bist du verrückt?»

«Was anderes fällt mir nicht ein!»

Ödipus kam langsam auf sie zu. Anaïs griff nach dem Arm des spanischen Polizisten, der sich gerade abwenden wollte, und flüsterte ihm etwas ins Ohr. Der Beamte nickte mit dem Kopf, und während sich Anaïs jetzt entfernte, gab er dem Kollegen, der an der Motorhaube stand, mit der Hand ein Zeichen. Der Mann griff nach seiner Dienstwaffe, und als Ödipus die Geste des

Polizisten bemerkte, rief er seinem Komplizen zu: «Hol
sie dir. Sofort!»

Der spanische Gesetzeshüter sah Ödipus ernst an
und hob die Pistole.

«¡*Manos arriba!* Hände hoch.»

Eine alte Frau begann zu kreischen, als sie die Waffe
sah. Die Umstehenden drehten sich nach dem Auto um.
Marcas riss Anaïs mit sich.

«Lauf, verdammt nochmal!»

Die beiden drängten sich zwischen die Schaulustigen
und verschwanden in der Menge. Ödipus verstand sofort. Lächelnd schob er die Hand in die Tasche.

52
Das Ende des Casanova-Manuskripts

… Don Ortegas letzte Frage über den Tod machte
mich nachdenklich. Ich muss zugeben, dass ich sie
nicht verstand. Welchen Zusammenhang konnte es
zwischen diesem intensiven Gefühl, das ich in meinem
Traum gespürt hatte, und dem Ende des Bewusstseins
geben?

Während der Diener den Tisch abräumte, wandte
ich mich meinem Nachbarn zu, um ihn danach zu fragen: «Ich bekenne, Don Ortega, dass sich mir der Sinn
Ihrer Frage nicht wirklich erschließt. Warum sprechen
Sie vom Tod, wenn ich die Kraft des Seins doch nie zuvor so stark gespürt habe wie eben beschrieben, auch
wenn es nur im Traum war?»

«Was Sie gespürt haben, Casanova, ist dennoch etwas sehr Reelles. Die Erotik hat so stark in Ihnen gewirkt, dass Sie sich zu etwas Höherem hingezogen fühlten.»

«Sie hat dunkle Kräfte in Ihnen geweckt. In einigen Kulturkreisen nennt man sie auch die Macht der Schlange», führte der Marquis de Pausolès die Ausführungen fort.

«Der Schöpfungsgeschichte zufolge ein Tier des Teufels!»

«Ja, für nicht Eingeweihte repräsentiert sie das Böse! Für uns dagegen ist sie eine im Inneren des Menschen verborgene Kraft, und wir wissen, wie man ihr Leben einhauchen kann.»

«Sie erschrecken und faszinieren mich zugleich! Aber ich sehe noch immer keine Verbindung zum Tod.»

«Diese Kraft, die Alsacha in Ihnen ausgelöst hat, haben Sie nur kurz gespürt. Und jetzt bleibt Ihnen nur die Erinnerung. Aber hätten Sie sie nicht gern für immer in sich fixiert?», fragte Don Ortega.

«Ich gäbe viel dafür, zu jeder Zeit über eine derartige innere Wahrheit verfügen zu dürfen.»

«Diese Kraft zu besitzen ist eine Kunst, aber sie erfordert Opfer. Ein Mann allein kann sie nicht erlangen, da er unvollständig ist. Er braucht eine Frau, um sie in ihrer wahren Ganzheit zu erfahren.»

Sofort musste ich daran denken, was meine beiden Brüder über die jungen Berberinnen erzählt hatten, die zur Zeit der Mauren speziell für das Vergnügen ausgebildet wurden. Aber in dem Moment sprach der Marquis bereits wieder.

«Nur durch die Verbindung von Gegensätzen, der Verschmelzung von männlichen und weiblichen Kräften, kann sie sich voll entfalten. Und wenn es Ihnen gelingt, das Stadium des Traums zu überwinden ...»

«... erfahren Sie die wahrhafte Initiation», beendete Don Ortega den Satz.

Sie erhoben sich und luden mich ein, sie zu begleiten. Der Mond war aufgegangen und ließ den Garten in einem bläulichen Licht erscheinen. Das Labyrinth in der Mitte wirkte wie eine düstere, uneinnehmbare Festung. Je näher wir kamen, desto lauter war ein hechelndes Keuchen zu hören. Es war schwer auszumachen, ob es Geräusche der Lust oder des Leidens waren. Don Ortega und der Marquis blieben vor dem Eingang des Irrgartens stehen.

«Suchen Sie noch immer die Wahrheit, Casanova?»

Ich wagte nicht zu antworten.

«Es ist Zeit, dass Sie sich entscheiden. Aber Sie sind zu nichts verpflichtet. Uns gegenüber schon gar nicht.»

Ich war hin und her gerissen zwischen der Furcht vor dem, was ich zu sehen bekommen würde, und dem Verlangen, die Empfindungen meines Traums abermals zu spüren, und sei es nur zu einem Bruchteil.

«Eins müssen Sie jedoch wissen: Sollten Sie beschließen, über die Schwelle dieses Labyrinths zu treten, werden Sie nicht mehr derselbe sein. Überlegen Sie es sich also gut, bevor Sie sich entscheiden.»

Durch die Hecken drang erneut das Keuchen, und mir kam es sogar vor, als wäre es stärker geworden. Dort verbarg sich ein Geheimnis, das ich mir nicht entgehen lassen konnte. Ich wandte mich meinen beiden Brüdern zu und tastete in der Nacht nach ihren Händen. Schweigend hielten wir uns fest. Dann entfernten sie sich.

Ich betrat das Labyrinth.

Noch heute, nach so vielen Jahren, weiß ich nicht, wie es mir gelungen ist, aus diesem Irrgarten wieder herauszukommen. Nachdem ich eine Zeit darin umhergelaufen war, bemerkte ich eine das Mondlicht reflektierende Oberfläche. Das Stöhnen war verstummt und konnte mich nicht mehr leiten. So orientierte ich mich also an der Spiegelung, die ich bisweilen durch die Hecken hindurch sah. Ich vermutete, dass es sich um den Mittelpunkt des Labyrinths handelte. Zumindest hoffte ich es, und die Erinnerung an meinen Traum trug mich wie eine wilde Hoffnung.

[Gestrichene Passage]

Nach einigen Umwegen gelangte ich an eine Stelle, in dessen Mitte sich ein rechteckiges mit Wasser gefülltes Bassin befand, auf das Mondlicht schimmerte. Es war von einem steinernen Rand umgeben, auf dem …

[Gestrichene Passage]

… Ich erkannte die Schwester des Marquis. Ich war ihr zuvor nur in ihrer religiösen Tracht begegnet. Sie hier nackt vor mir zu sehen weckte meine Leidenschaft erneut. Kurz glaubte ich, mich wieder in einem Traum zu befinden, dieselbe rauschhafte Energie durchfuhr mich. Ich spürte das Verlangen in mir so schnell aufsteigen, dass ich das Gefühl hatte, im nächsten Moment zu zerbersten. Ihr ganzes Wesen zog mich an, als wäre ich ihr Liebhaber. Sie erblickte mich, zeigte aber keine Regung. Im Gegenteil, sie entfernte sich. Ich folgte ihr, und in dem Moment sah ich Alsacha.

Sie lag auf den Steinen. Ihr nackter Körper zitterte im Mondlicht. Ich trat näher, doch ich war nicht schnell genug. Die Schwester des Marquis kam mir zuvor. Was dann vor meinen Augen geschah, überstieg meine kühnsten Träume.

Die sapphische Liebe hatte ich bis dahin immer nur als Vorspiel gesehen. Ein Vergnügen, um dem Mann den Weg zur Freude zu ebnen. Eine langsame Erregung, die zur Verschmelzung der gegensätzlichen Geschlechter führte. Doch was ich sah, nahm eine vollkommen andere Wendung.

Die Nonne hatte sich niedergekniet und vergrub ihr Gesicht im Schritt der Schülerin. Doch es war nicht das, was mich faszinierte. Was mich zum Nachdenken brachte, war Alsachas verzücktes Gesicht. Ein inneres Feuer ließ ihre Wangen glühen, ihre Lippen sogen einen unsichtbaren Atem ein, ihre weitgeöffneten Augen schienen direkt in den Abgrund zu blicken. Ich hörte, wie sie immer schneller atmete. Bei jeder Bewegung ihrer Gespielin stöhnte sie herzzerreißend auf, als wäre sie von einem inneren Dämon besessen. Die Frequenz ihrer Schreie wurde fast unerträglich. Wie ein gejagtes Tier.

Da erhob sich die Schwester des Marquis. Alsacha

wand sich auf dem Boden. Sie griff sich mit beiden
Händen zwischen die Beine und stieß einen langen
Ton aus, der so seltsam klang, dass ich ihn nie vergessen werde. Die Nonne wandte sich mir zu: «Sie
ist bereit.»

Ich wagte nicht, mich Alsacha zu nähern, auch
wenn ich vor Wollust glühte.

«Nimm sie! Jetzt!»

Im nächsten Augenblick entbrannte meine Lust,
und ich eilte zu ihr. Ich drang in Alsacha ein wie der
Täufling ins Wasser.

Sobald ich in ihr war, spürte ich, wie etwas in mir
aufbrandete. Ein weißes Licht ließ mich erblinden.
Alsacha stieß einen Schrei aus. Ich weiß nicht, was
mit mir geschah, aber ich hatte das Gefühl, von einer
riesigen Welle fortgespült zu werden. Vollkommen
machtlos stand ich der unbekannten Kraft gegenüber.

Schnell zog ich mich zurück. Beim Aufstehen
schwankte ich. Mein Herz pochte laut. Die Kraft
pulsierte in meinen Adern, und ein inneres Feuer verschlang mich, als wäre ich ein Verdammter.

Glücklicherweise spürte ich in dem Moment eine
Hand auf meiner Schulter. Ich drehte mich verstört
um. Don Ortega nahm meine Hände.

«Jetzt kennst du den flammenden Stern!»

Plötzlich wurde mir bewusst, wie still es war.
Alsacha atmete nicht mehr. Ich stürzte zu ihr.

Sie war tot.

53
Granada

Der Polizist entsicherte seine Waffe und zielte aus der Hocke.

«*¡Por última vez, manos arriba!* Zum letzten Mal, Hände hoch!»

Ödipus lächelte den Polizisten weiterhin unerschütterlich an, doch aus den Augenwinkeln folgte er den beiden Fliehenden, die in der Menge zu verschwinden drohten.

Zwei helle Blitze schossen plötzlich aus dem Inneren des Wagens. Das Geräusch der Einschläge wurde von den ohrenbetäubenden Trommeln und Trompeten der Prozession übertönt. Der Polizist riss die Augen unnatürlich weit auf, als sein Unterkiefer von den beiden Kugeln zerfetzt wurde. Einen Moment noch hielt er sich schwankend auf den Knien, dann sank er zu Boden. Im selben Moment zog Ödipus seine Beretta und feuerte drei Kugeln auf den anderen Polizisten ab, der reglos hinter dem Auto liegen blieb.

Einige Schaulustige sahen entsetzt zu.

«Sie rennen zum Umzug», brüllte Ödipus.

«Ich sehe sie nicht», schrie der Mann mit der braunen Jacke zurück.

Ödipus blickte suchend über die Menschen an den Absperrungen hinweg, wo er Marcas und Anaïs noch vor wenigen Sekunden gesehen hatte. Nach kurzem Zögern ließ er die Waffe sinken.

Die beiden Flüchtenden kletterten, begleitet von vorwurfsvollen Blicken einer Gruppe Rentner, über die Gitter. Dann schlängelten sie sich durch den Festzug hindurch, rempelten dabei zwei Büßer mit einer Fackel an und liefen in Richtung des Throns mit der Marienfigur.

«Wir müssen auf die andere Seite», rief Marcas.

Sie drängelten sich an den Trägern vorbei und brachten einen von ihnen zu Fall, als der versuchte sie aufzuhalten. Schon waren sie durch die Prozession hindurch, doch als sich Marcas umdrehte, sah er einen von Ödipus' Komplizen über die Absperrung springen.

«Sie sind hinter uns her, lauf schneller!», rief er Anaïs zu.

Sie bahnten sich einen Weg bis zum Ende des Umzugs und hätten dabei fast einen Priester umgerannt, der gerade ein Neugeborenes segnete. Auch Anaïs hatte das purpurrote Gesicht des Killers zwischen den maskierten Büßern gesehen. Als sie eine Lücke zwischen den Absperrungen entdeckten, schoben sie sich durch die vor den Schaufenstern eingepferchte Menge hindurch und versteckten sich hinter einem Bushäuschen. Instinktiv fasste Marcas Anaïs an den Schultern, drückte sie an sich und zwang sie, sich mit ihm inmitten der Schaulustigen niederzukauern. Die junge Frau ließ es zu und war froh über die kurze Verschnaufpause.

«Was machen wir jetzt?»

«Wir warten ab. Er war nur wenige Meter hinter uns, wir lassen ihn vorbeilaufen und dann …»

«Dann?», hakte Anaïs nach, die Marcas' Bartstoppeln auf der Haut spürte.

«Hauen wir ab! Auch wenn ich überhaupt nicht weiß, wo wir sind.»

Anaïs rückte ein wenig näher.

«Ich schon. Ein bisschen kenne ich die Stadt noch. Wir sind in der Calle Elvira.»

Marcas holte tief Luft. Sein Hals tat ihm weh, das Blut pulsierte in seinen Adern.

«Wir können weder unser Gepäck noch unseren Wagen holen. Und zu dieser Tageszeit fährt kein Zug mehr. Die einzige Lösung ist, ein Auto zu klauen. Dazu brauche ich allerdings eine ruhige Straße.»

Nicht einmal die abstruse Vorstellung, dass ein Polizist ein Auto klauen wollte, konnte Anaïs ein Lächeln entlocken. Marcas erhob sich langsam, um nach den Killern Ausschau zu halten.

«Wir nehmen eine Straße, die von der Prozession wegführt.»

«Und wenn sie uns finden?»

«Das Risiko müssen wir eingehen. Steh auf.»

Sie mischten sich abermals unter die Schaulustigen und verschwanden dann links in eine Fußgängerzone, die sie hastig fünfzig Meter hinabliefen.

«Wir müssen um die Kathedrale herum, damit wir aus dem Viertel rauskommen», rief Anaïs. «Es gibt hier nur wenige Stellen, wo Autos am Straßenrand parken.»

Sie kamen an einer spanischen Familie in Sonntagskleidung sowie an einer Gruppe Frauen vorbei, die die Mantille, den festlichen Spitzenschleier, trugen, und bogen dann nach rechts in eine engere Gasse ein.

Je weiter sie kamen, desto lauter wurde wieder der Trommellärm. Marcas hatte das dumme Gefühl, dass sie sich im Kreis bewegten. An einer Abzweigung blieb Anaïs stehen, um zu lesen, was auf dem Straßenschild über einem Schuhgeschäft stand. Sie seufzte.

355

«Ich kenne nicht alle Straßen Granadas, aber ich fürchte, wir sind wieder da, wo wir hergekommen sind. Wir sollten uns links halten.»

Sie hatte den Satz kaum ausgesprochen, als sie einen erstickten Schrei ausstieß und sich gegen Marcas drückte. Drei maskierte Büßer in schwarzen, seidigen Kutten und riesigen Spitzhauben, die ihnen einen imposanten Eindruck verliehen, kamen ihnen entgegen. Da sie nebeneinandergingen, blockierten sie die Gasse auf der gesamten Breite.

Marcas und Anaïs pressten sich an das Schaufenster einer Metzgerei, um sie vorbeizulassen.

«Tut mir leid. Sie haben mir einen solchen Schrecken eingejagt. Wahre Schreckgespenster!»

Das maskierte Trio verschwand hinter der nächsten Biegung, und die beiden Flüchtigen schleppten sich weiter. Die Trommeln wurden lauter.

«Ich hoffe, dass wir nicht wirklich gleich wieder auf dem Platz stehen, wo unsere lieben Freunde uns einfach einsammeln können.»

«Nein, ich bin mir sicher, dass wir jetzt nach Norden gehen. Es gibt hier mehrere Prozessionen. Die Bruderschaften kommen aus unterschiedlichen Stadtvierteln und teilen sich die Straßenzüge auf. Wir werden es gleich sehen, an der Farbe der Kutten. Nur wenn sie rot sind, dann ...»

Marcas sagte darauf nichts mehr und ließ sich von der jungen Frau mitziehen. Sein ganzer Körper schmerzte. Um sich abzulenken, zwang er sich, den Fall durchzugehen. Mit dem Namen von Henry Dupin hatten sie eine ernstzunehmende Spur. Nach ihrer Rückkehr nach Paris würde er sofort Informationen über den Modeschöpfer einholen. Und mit ein bisschen Glück würde er dabei auch auf Dionysos stoßen. Wenn er es schaffte, alle Fäden zusammenzuführen, wäre das für seine Karriere enorm förderlich – wenn nicht …

Sie gelangten auf eine größere Straße, in der sich die Andächtigen dicht an dicht drängten.

«Tatsächlich, noch eine Prozession. Das ist unglaublich», entfuhr es Marcas.

Ein riesiger Festzug blockierte die Straße auf über hundert Metern Länge. Die Büßer waren dieses Mal in Weiß gekleidet. Anstelle der Jungfrau Maria saß hier ein Christus mit gesenktem Blick auf dem Thron.

«Wir kommen hier niemals raus, die ganze Stadt befindet sich im Ausnahmezustand», klagte der Kommissar.

Als Freimaurer ohne kirchliche Bindung hatte er das Gefühl, in einen katholischen Karneval geraten zu sein. Inmitten der vielen religiösen Bilder und der frömmelnden Massen fühlte er sich äußerst unwohl. Die irrationale Inbrunst konnte er nicht nachvollziehen. Er kam sich vor wie im Mittelalter. Durch die bedrohlichen Masken fühlte er sich an die grausame Inquisition erinnert, diesen Auswuchs des Katholizismus, der Menschen auf den Scheiterhaufen getrieben hatte. Nichts schien sich verändert zu haben. Kein Wunder, dass Franco so viele begeisterte Anhänger gefunden hatte.

Er griff nach Anaïs' Hand.

«Bring uns hier raus. Sonst werden wir diese maskierten Büßer die ganze Nacht nicht los.»

Anaïs sah ihn erstaunt an.

«Ich finde sie sehr schön.»

«Umso besser für dich. Dann rede mit ihnen und frag sie, wie man hier wegkommt.»

Anaïs sprach eine Frau in einem hochgeschlossenen Gewand an, die einen kleinen Jungen, der ebenfalls eine Spitzhaube trug, an der Hand hielt. Sie erkundigte sich nach der Hauptstraße. Die Spanierin zeigte mit gewichtiger Miene auf das Ende der Straße, während sie den kleinen Büßer, der zudem eine Bibel unter dem Arm hielt, hinter sich herzog.

«Selbst Kinder schleppen sie mit», feixte Marcas. «Das ist doch nicht zu fassen. Glaubst du, es gibt auch Modelle mit Augenschlitzen für Babys? Man stelle sich nur ein Familientreffen vor!»

«Jedem das Seine. Deine Versammlungen, auf denen ihr euren Schurz tragt, sind auch nicht jedermanns Sache. Aber ich habe gute Neuigkeiten. Wir sind auf der Gran Via de Colón, die in Richtung Krankenhaus führt. Bald wirst du dein Talent als Autodieb unter Beweis stellen können.»

Der Kommissar fasste Anaïs am Arm.

«Duck dich. Schnell.»

Noch bevor sie selbst reagieren konnte, hatte er sie hinter den Sockel einer Straßenlaterne geschoben. Marcas' Gesicht war so weiß wie die Kutten der Büßer.

«Einer von Ödipus' Killern. Auf der anderen Straßenseite. Er hat uns gesehen. Nichts wie weg.»

Die beiden liefen gegen die Richtung der Prozession. Anaïs merkte, wie ihr Herz zu rasen begann. Sie hatte wieder den ihr bereits bekannten metallischen Geschmack im Mund. Den Geschmack der Angst. Blind folgte sie Marcas, ohne nach links oder rechts zu schauen. Sie wollte sich auch nicht mehr umdrehen.

Der Killer folgte ihnen auf dem gegenüberliegenden Gehsteig. Breit wie ein Schrank, rempelte er ständig Leute an, die zur Seite taumelten. Meter um Meter holte er auf. Sobald der Umzug vorbei war, brauchte er lediglich die Straße zu überqueren und sich auf sie zu stürzen.

«Nach rechts», rief Marcas und zeigte auf eine Gasse, in der viele Bistrotische aufgestellt waren.

Sie flüchteten in die enge Straße, worauf der Killer stehen blieb und sofort versuchte, sich einen Weg durch die Prozession hindurch zu bahnen. Dabei stieß er einen Büßer, der seine Spitzhaube verlor, gewaltsam zu Boden.

Vor einem Tisch, an dem drei deutsche Touristen saßen, verlangsamte Marcas sein Tempo und schnappte sich von einem Teller ein scharfes Messer. Dann packte er Anaïs am Arm und rannte mit ihr im Schlepptau weiter die dunkle Gasse hinunter. Als er sich kurz umdrehte, sah er, dass es ihrem Verfolger ebenfalls gelungen war, bis in die Gasse vorzudringen, und dass er nun mit gezogener Waffe hinter ihnen herlief.

Unsanft zerrte Marcas Anaïs in einen Hauseingang, wo er sie in die dunkelste Ecke schob.

«Auf keinen Fall bewegen.»

Der Verfolger kam unaufhaltsam näher. Marcas wusste, dass sie nicht die besten Chancen hatten. Was war ein Messer gegen eine Pistole, besonders, wenn sie sich in der Hand eines Profis befand. Der Mann wurde langsamer und blieb knapp einen Meter von ihnen ent-

359

fernt stehen. Ratlos blickte er sich um. Doch im nächsten Moment begriff er seinen Fehler und sprang mit einer Bewegung in den Hauseingang.

Marcas' Arm schoss aus der Dunkelheit hervor und bohrte das Messer in den Bauch des Angreifers, der sich sofort krümmte. Der Kommissar zog die Klinge heraus und hieb sie nun dem anderen in den Rücken. Anaïs stieß einen unterdrückten Schrei aus. Der Mann klammerte sich an Marcas' Bein und versuchte, ihn zu Boden zu zerren. Durch sein weißes Hemd sickerte Blut. Als Marcas den Fuß auf den Kopf des Angreifers stellte, löste der Mann den Griff und sank zurück.

Anaïs blickte Marcas schweigend an. Der Kommissar betrachtete den Leichnam.

«Scheiße …»

Die junge Frau erlangte zuerst die Fassung wieder.

«Für ein Gebet haben wir keine Zeit, wir müssen weiter.»

Jetzt übernahm sie die Führung auf dieser irren Flucht. Zehn Minuten lang rannten sie durch die Straßen. Anaïs orientierte sich an den Straßenschildern, und schließlich gelangten sie auf eine Allee, die von modernen Gebäuden gesäumt war und an deren Seiten Autos parkten.

«Nun such uns mal eine Kiste, und dann sind wir endgültig weg aus dieser Stadt.»

Marcas, der von der Entschlossenheit seiner Partnerin etwas überrumpelt war, hielt sich die Seite und versuchte zu verschnaufen.

«Zwei Minuten. Meine Lungen brennen wie Feuer.»

«Wir haben nicht einmal eine», hetzte sie ihn. «Du

kannst dich ausruhen, wenn wir die Sache hinter uns haben.»

Der Polizist zog das blutige Messer hervor.

«Das ist unser Türöffner. Ich hoffe, dass ich es noch kann. Auf jeden Fall brauchen wir einen Wagen, der älter als zehn Jahre ist.»

Marcas musterte die vor ihm stehenden Autos und wählte einen kleinen Seat aus, der schon bessere Tage gesehen hatte. Kurze Zeit später saß er auf dem Fahrersitz. Er riss die Plastikverkleidung unter dem Lenkrad ab, tastete einen Moment, riss die Kabel heraus und schloss die Zündung kurz. Der Motor hustete zweimal und gab dann ein asthmatisches Röcheln von sich.

«Wir können los. Welche Richtung?»

«Ich lotse dich …»

Marcas lenkte den Seat durch das Viertel um das Krankenhaus, dann auf die Avenida de la Constitución, und bog vor dem kahlen Bahnhofsgebäude in die Ausfallstraße nach Madrid ein.

Eine Viertelstunde später waren die Flüchtenden unter einem sternenlosen Himmel unterwegs durch die offene Landschaft.

«Sie werden uns nicht in Ruhe lassen.»

«Ich weiß.»

Ödipus hatte sich mit den Ellbogen auf das Geländer der kleinen Brücke gestützt, die über den Darro führte. Der Fluss trennte das Stadtviertel Albaicín von der Alhambra-Festung.

Er fühlte sich schrecklich. Sein alter Feind, der Zweifel, überkam ihn.

361

Als Dionysos ihn vor drei Jahren für seine Gruppe gewonnen hatte, war er ein ganz gewöhnlicher Mann gewesen: Jean-Pierre, der Buchhaltungsgehilfe, glanzlos, anonym, krankhaft schüchtern und sehr unentschlossen. Der Meister hatte einen unbändigen Machtwillen in ihm geweckt. Hinzu kam, dass Jean-Pierre keine Moralvorstellungen hatte. Diese beiden Eigenschaften wurden in der darauf folgenden Zeit in ihm gestärkt. Die Veränderung war erstaunlich gewesen. Durch eine Mischung aus Kommandoschulung in den Vereinigten Staaten, extremem Kampfsporttraining und anschließender Intensivausbildung beim Meister war er zu einer explosiven Allzweckwaffe geworden. Zunächst hatte er vor allem sich selbst verteidigen wollen. Mit der Zeit war er immer sicherer geworden. Sein erster Mord, ein Fernfahrer auf einem Autobahnrastplatz, den er erstach, als dieser aus der Toilette kam, hatte Glücksgefühle in ihm ausgelöst. Sein zweiter, der an seinem Vater, einem alkoholsüchtigen Tyrannen, der seine Mutter ständig windelweich prügelte, hatte einen neuen Menschen aus ihm gemacht.

Wegen dieser Tat hatte der Meister ihm den Namen Ödipus gegeben, nach dem Helden der griechischen Tragödie und der Bedeutung der Figur in der Psychoanalyse.

Nicht ohne Ironie behauptete Dionysos, Ödipus erinnere ihn an Heinrich Himmler, den kurzsichtigen Angsthasen, der ursprünglich Hühnerzüchter gewesen war und sich mit Hilfe der Nazidoktrin zum erbarmungslosen Führer der SS entwickelt hatte.

Ödipus bereute nichts. Er hatte sein altes Leben als

Angestellter, der von seinen Chefs missachtet wurde, gegen das von Dionysos' bestem Killer getauscht. Das Massaker im Einkaufszentrum hatte ihm Freude bereitet, auch wenn er dabei ein wenig von den Anweisungen des Meisters abgewichen war.

Dennoch, bisweilen quälten ihn Schuldgefühle, ob er wollte oder nicht, und Zweifel keimten in ihm auf. In solchen Momenten wurde er wieder zu Jean-Pierre.

Lange hatte er nun schon auf das Telefon gestarrt, bevor er jetzt die Privatnummer des Meisters wählte. Eine sanfte Stimme meldete sich.

«Ja, Ödipus?»

«Sie sind uns entkommen.»

«Ödipus enttäuscht mich.»

Er mochte es nicht, wenn der Meister über ihn in der dritten Person sprach.

«Es … es tut mir leid.»

«Wendet euch den nächsten Aufgaben zu.»

«Ja, Meister.»

Die Verbindung wurde unterbrochen. Er reichte das Handy seinem Partner weiter.

«Du hast die Ehre.»

Während sich der andere an dem Mobiltelefon zu schaffen machte, nahm er sein Fernglas und richtete es auf den Stadtteil Albaicín. In Manuela Réals Haus brannte noch Licht. Sein Gehilfe drückte die ersten sieben Ziffern.

«Für die Ewigkeit … Manuela.»

Dann drückte der Mann die achte Taste.

Eine Flamme loderte plötzlich in der Nacht empor, gefolgt von einer ohrenbetäubenden Explosion.

Ödipus glaubte in der Ferne den klagenden Gesang eines Zigeuners zu hören.

54
Spanien

Marcas erwachte vom Prasseln der Regentropfen auf dem Autodach. Ihm war kalt, und er zog seine Jacke fester um sich. An seiner Schulter spürte er Anaïs' Kopf. Die junge Frau war während der kurzen Nacht immer dichter an ihn herangerückt. Da er sie nicht wecken wollte, wagte er nicht sich zu bewegen. Nur zu gerne hätte er die Beine ausgestreckt, da er in der derzeitigen Stellung nicht mehr liegen konnte.

Am Vorabend waren sie aus Granada geflohen, um über Madrid nach Paris zurückzufahren. Doch sie hatten ihre Pläne schnell geändert.

Nach der Hatz durch die Straßen von Granada waren sie völlig erschöpft. Marcas hatte festgestellt, dass ihm sogar die Hände am Steuer zitterten. Kaltblütig hatte er einen Menschen erstochen, und der verzweifelte Blick seines Opfers ließ ihn nicht los. Anaïs hatte vorgeschlagen, die Hauptstraße zu verlassen und einige Stunden zu schlafen. In einer Kurve waren sie in einen dunklen Weg eingebogen, der zu den Überresten eines ehemaligen Gasthauses führte. Auf einem Schild, das durch die Scheinwerfer angestrahlt worden war, stand in krummen Lettern: *venta quemada*. Anaïs hatte es ihm mit «Gasthof abgebrannt» übersetzt.

Nachdem sie das Auto so abgestellt hatten, dass es von der Straße nicht zu sehen war, hatten sie die Lehnen abgesenkt und es sich so bequem wie möglich gemacht. Vollkommen übermüdet, war Marcas als Erster eingeschlafen. Er hatte gerade noch gesehen, wie Anaïs schweigend vor sich hin starrte. Dann war er weggedämmert.

Jetzt erhellte das schwache Licht des Morgengrauens die kahle Ebene, die sich bis zum Horizont erstreckte. Der Regen wurde stärker. Marcas erschauderte.

Anaïs drehte im Schlaf den Kopf zur Seite. Er betrachtete sie mit einer Zärtlichkeit, die ihn selbst überraschte. Sie hatte gelitten und war auf brutale Weise verfolgt worden, war einem grausamen Tod von der Schippe gesprungen, und dennoch zeigte sie eine Stärke, die Antoine nur bewundern konnte. Wenn man in die entspannten Züge der Schlafenden schaute, käme man nie auf die Idee, dass ihr Leben zu einem realen Albtraum geworden war. Er zog seine Leidensgenossin näher an sich. Trotz der Kleidung spürte er die Wärme ihrer Haut. Sein Blick verirrte sich zu dem Verschluss des BHs, der sich unter ihrem Hemd erahnen ließ. Erotische Gefühle wallten plötzlich in ihm auf. Auch wenn er sich dafür schämte, verspürte er große Lust, seine Hand unter ihr T-Shirt zu schieben und ihre jungen, festen Brüste zu streicheln. Anaïs hatte im Schlaf ihren Schenkel in seinen Schritt gedrückt. Das Blut strömte in seinem Unterleib zusammen.

Du bist mies und besessen.

Er unterdrückte seine Lust mit aller Macht und rückte zur Seite, um ein wenig Distanz zu schaffen. Langsam war er wieder fähig zu denken. Wie durch ein Wunder hörte der Regen plötzlich auf, und ein schwacher Lichtstrahl drang durch die dichte, graue Wolkendecke. Die Fensterscheiben des Autos waren beschlagen. Marcas hob den Kopf, um sich ein wenig zu strecken, und sah einen mageren Raben über die Ruine des Gasthauses fliegen.

Ein böses Omen? Glücklicherweise war er nicht abergläubisch. Um auf andere Gedanken zu kommen, überlegte er, welche Möglichkeiten ihnen jetzt blieben.

Keine davon gefiel ihm. Wenn sie nach Paris zurückfuhren, musste er seinen Vorgesetzten alles erzählen, haarklein. Nur so würde er Anaïs in Sicherheit bringen können. Doch selbst wenn er ihnen sagte, was sie über Dupin erfahren hatten, wäre seine Suspendierung unausweichlich. Für den Berater des Ministers war er ein gefundenes Fressen. Vielleicht würde man gegen den Modeschöpfer ermitteln, ihm persönlich würde es aber nichts nützen.

Antoine fühlte sich hilf- und haltlos. Er befand sich in einem fremden Land und hatte keinerlei Möglichkeit, sich zu verteidigen. Der Kommissar Marcas, der Anweisungen gab und souverän Ermittlungen leitete, existierte nicht mehr.

Ein Taugenichts. Entwaffnet wie ein Kind.

Nicht nur konnte er hier in Spanien nichts mehr ausrichten, nein, das Schlimmste war, dass er auch in Paris machtlos sein würde. Niemand würde mehr einen Finger krümmen, um ihm zu helfen.

Anselme fehlte ihm sehr. Er hätte gewusst, was zu tun wäre. Doch ohne seinen Freund fühlte sich Marcas wie ein Schiffbrüchiger auf einem winzigen Floß, der auf offener See eine riesige, dunkle Wasserwand unausweichlich auf sich zukommen sah.

Angst stieg in ihm auf. Wenn Dionysos' Schergen, diese Schweine, sie abermals aufspürten, würde er nicht mehr kämpfen können. Er war am Ende.

Die Sonne drang jetzt an vielen Stellen durch die Wolken und begann ihren Lauf von Ost nach West. Marcas dachte an den Orient, den Osten der Freimaurer. Von dort kommt das Licht, und es steht symbolisch für den Übergang zu einem anderen Leben.

Er führte sich seine Arbeit in der Loge vor Augen und begann wieder ruhiger zu atmen. Auch dachte er an das musivische Pflaster, den kubischen Stein, die Genauigkeit des Winkelmaßes und des Zirkels. An all die Zeichen der Harmonie, die er in der Loge tausendfach erlebt hatte.

Und immer wieder der Osten. Die Hoffnung, die jeden Morgen neu geboren wird.

Über die schlechte Luft im Wagen legte sich der Geruch nach feuchter Erde. Allmählich verschwand seine Angst.

Ein Gedanke hatte sich in sein müdes Hirn eingeschlichen. Er war plötzlich ganz aufgeregt. Nein, er würde sich nicht zitternd jagen lassen. Eine schwache, doch spürbare Energie durchströmte seine schmerzenden Glieder.

Er würde Dionysos aufspüren.

Anaïs öffnete die Augen. Sie lächelte Marcas an und kuschelte sich in seinen Arm. Die angenehme Wärme der jungen Frau gab ihm Kraft.

Die Idee nahm Gestalt an.

Dupin war der Schlüssel. Nur er konnte sie zu Dionysos führen. Marcas dachte daran, was die Schauspielerin ihnen zum Schluss noch verraten hatte. Sie hatte ihnen von Dupins Ball erzählt, der angeblich in drei Tagen auf seiner Privatinsel stattfinden sollte. *Der unsichtbare Meister lässt sich Dupins Ball nie entgehen.* Der Satz schwirrte ihm im Kopf herum.

Dort mussten sie hin und zuschlagen. Wenn der Guru am wenigstens damit rechnete.

Sie mussten nach Venedig. Ins Herz des Bösen.

55
Paris

Ödipus stieg die Stufen hinab, die auf die Tanzfläche führten. Unten angekommen, nickte er einer mit einem ultrakurzen Rock bekleideten Hostess zu, ging zum Tresen und setzte sich dort auf einen Hocker. Der Barmann, ein großer Schwarzer mit kahl geschorenem Kopf, begrüßte ihn jovial.

«Na, Sie haben wir hier ja schon lange nicht mehr gesehen.»

«Ich habe Urlaub in Andalusien gemacht.»

«Eine Bloody Mary wie immer?»

«Ja gern. Wie gehen die Geschäfte, Jonas?»

«Sehen Sie sich um. Wir müssen sogar Leute abweisen. Die vom *Bougies* werden ganz schön fluchen. Seit dem Artikel in … keine Ahnung, wie die Zeitung hieß … können wir uns vor Gästen kaum retten.»

«Noch eine Titelgeschichte auf einem Wochenma-
gazin über Swinger? Das ist ja mittlerweile fast so ein
Modethema wie die Freimaurer oder die Immobilien-
branche. Obgleich sich Sex doch eigentlich im Sommer
besser verkauft.»

Der Barmann brach in schallendes Gelächter aus.

«Sommer, Winter, Frühling … die Lust kennt keine
Jahreszeiten.»

Ödipus ließ den Blick über die Tanzfläche schweifen. Etwa ein Dutzend Paare tanzte anzüglich zu einem
Hit von Michel Polnareff aus den siebziger Jahren. Er
beobachtete eine Rothaarige im Minirock und langen
Stiefeln. Sie kniete vor einer Stange, die für Amateur-
Striptease-Abende eingebaut worden war. Auf dem
großen roten Sofa saß ein bekannter Schriftsteller, ein
ehemaliger Goncourt-Preisträger, der sich angeregt mit
einem Künstler aus Saint-Germain unterhielt. Eine bekannte Fernsehmoderatorin streichelte mit verklärtem
Gesichtsausdruck die Schenkel eines Unbekannten.

«Besondere Vielfalt für die Sinnesfreuden» lautete das
Motto der Casanova-Clubs, deren freizügiger Ruf auf
der ganzen Welt bekannt war. Auch Nichtmitglieder
hatten Zutritt zu dem Club im Westen von Paris, sofern
sie bereit waren, die einhundertfünfzig Euro Eintritt
und die gleiche Summe auch für eine Flasche Champagner zu bezahlen. Mit einem Star auf Wolke sieben zu
schweben, kostete dafür nichts. *Und davon zehrt man
noch, wenn man alt ist*, dachte Ödipus, während ihm der
letzte Silvesterabend in den Sinn kam, an dem er sich
mit einem entfesselten amerikanischen Topmodel ver-
gnügt hatte.

Nachdem er sein Glas geleert hatte, verließ er die Bar und ging um die Tanzfläche herum zu den Herrentoiletten, die so weitläufig angelegt waren wie ein großbürgerlicher Salon mit hohen Spiegeln an den Wänden. Wer sich hier erleichterte, konnte sich in Aktion bewundern. Ödipus reagierte nicht auf das aufdringliche Lächeln eines sichtlich beschwipsten Mannes, der mit offener Hose da stand. Sorgfältig schloss er die Tür einer Kabine und drückte dann auf einen Knopf, der hinter dem Spülkasten versteckt war. Der große Spiegel an der Wand drehte sich und öffnete den Weg zu einem schummerig beleuchteten Gang. Er schlüpfte hinein. Die Spiegeltür schloss sich hinter ihm. Ödipus nahm den leichten Moschusgeruch wahr, der in der Luft hing.

Hinter diesem Duft steckte Dionysos. *Moschus reizt die Sinne, ohne sie zu befriedigen*, behauptete der Meister immer. Ödipus schritt den Gang aus einsehbarem Spiegelglas hinab, der in den Salon «Völkerverständigung» führte. Der Raum wurde von einem fünf Meter breiten Bett mit Baldachin dominiert. Mit Kennerblick bewunderte er die akrobatischen Verrenkungen der drei Paare, die auf dem Bett zugange waren. Auf einem kleinen Tisch standen drei Flaschen Champagner. Diese Kamasutra-Gruppe musste dem Club ungefähr eintausendfünfhundert Euro Umsatz gebracht haben. Im Geiste verneigte er sich vor dem finanziellen Pragmatismus seines Meisters, der in den Reichenvierteln der großen Städte in schicke Swingerclubs investiert hatte.

Das Geld floss in seine okkulten Aktivitäten.

Ödipus ging einen anderen Gang entlang und öffnete auf Augenhöhe einen kleinen Spion. Das «Schwarze

Zimmer». Hierhin zogen sich Paare zurück, die noch halb bekleidet waren und sich gegenseitig zur Schau stellten. Dieser Salon war Ödipus' Lieblingsraum, sehr viel sinnlicher als der erste. Hier ging es um Blicke und Sehnsüchte. Er wusste, dass der Spion auf der anderen Seite in einem Casanova-Gemälde verborgen war. Er sah eine junge, rothaarige Frau in einem weiten Kleid, die von zwei Männern liebkost wurde, während eine andere Frau sie beobachtete und sich dabei selbst streichelte.

Ödipus schloss den Spion und ging weiter zu einer Metalltür am Ende des Gangs. Eine blaue Kontrolllampe, die im Dunkel aufleuchtete, bedeutete ihm, dass er eintreten konnte. Er drückte die Klinke hinunter und trat in ein zwei mal drei Meter großes Zimmer, an dessen Wänden ein Bildschirm über dem anderen angebracht war. Über den Reihen von je sieben Monitoren hingen digitale Uhren und Schilder, in die die Namen von Städten eingraviert waren. Die Szenen, die gut versteckte Kameras in den Casanova-Clubs auf der ganzen Welt filmten, wurden live hierher übertragen.

Das Bildschirmmosaik zeigte Bilder von Hunderten von Männern und Frauen beim Liebesakt in allen erdenklichen Positionen. Endlos schien die Zahl der Körper. Auf einem der Monitore erkannte Ödipus die viktorianischen Salons des Londoner Clubs mit seinen berüchtigten Bollywood-Orgien. Daneben sah er die in sehr modernem Design gehaltenen Räumlichkeiten in Los Angeles, wo gerade zu Champagner und Langusten gefeiert wurde, was der Jet-Set dort sehr schätzte. Wei-

ter rechts ging im Club in Sankt Petersburg die Zaren-
und Bauernnacht ihrem Ende entgegen ...

Ödipus war respektvoll an der Tür stehengeblieben.
In der Mitte des Raums betrachtete Dionysos in einem
Drehsessel aus rotem Leder sein Imperium. Er kehrte
Ödipus den Rücken zu.

Der Killer sah lediglich die Hand, die eine schmale Zigarette hielt, auf der Armlehne. Die melodiöse Stimme
flötete:

«Weiß er, warum ich diesen Ort so liebe?»

Einmal mehr ärgerte sich Ödipus darüber, dass sein
Meister ihn in der dritten Person ansprach.

«Nein ...»

«Er erinnert mich an ein Gemälde, auf dem einer
der Höllenzirkel dargestellt ist. Dort sieht man ganze
Horden von ineinander verschlungenen Verdammten.
Mein persönliches Gemälde ist allerdings ständig in Bewegung. Mag Ödipus das?»

«Ja, es ist außergewöhnlich. Eine universelle Orgie.»

«Genau. Das Faszinierendste ist die Energie, die von
all diesen Menschen ausgeht. Eine ununterbrochene sexuelle Kraft.»

Mit einer Fernbedienung vergrößerte Dionysos das
Bild, auf dem die Liebesspiele in der Berliner Dependance zu sehen waren. Das Bild einer sinnlichen Brü-
netten nahm den gesamten Monitor ein. Sie wirkte sehr
erregt. Ihre weitgeöffneten Augen waren auf einen imaginären Punkt gerichtet, und sie stöhnte.

«Sieht er diesen Gast? Sieht er ihre Augen? Ihre Pupillen sind erweitert. Bei Frauen hat die Wollust diesen Ef-
fekt, anders als bei Männern. Man nennt das Mydriase.»

«Tatsächlich?»

«Ja, bei Frauen vergrößern sich die Pupillen über dem Abgrund der Lust. Ich liebe es, diesen Moment der Ekstase auf meinem Computer abzuspeichern. Diese Gesichter altern niemals. Auf ihre Weise sind sie meine Stars.»

Ödipus schwieg. Er blickte lieber nicht zu lange auf die Bildschirme, um nicht in einen endlosen Taumel zu geraten. Dionysos drehte seinen Sessel herum und blickte den Killer jetzt direkt an.

«Sein Misserfolg in Granada ist sehr bedauerlich. Die beiden müssen aufgespürt werden, bevor ich nach Venedig fahre. Anaïs darf uns nicht entwischen. Sie ist mir zu wertvoll.»

«Wird erledigt. Ödipus entschuldigt sich vielmals.»

Ödipus wusste, dass das nicht genügte. Er würde bestraft werden. Aber nicht der Moment seiner Bestrafung war entscheidend, sondern das genaue Maß. Dionysos schien seine Gedanken zu erraten und lächelte, während er ihn mit seinen hellen Augen ansah. Seine Ausstrahlung bereitete Ödipus Unbehagen.

«Er soll zu mir treten! Ich werde ihm das Schmerzensgeschenk überreichen.»

Ödipus ging vor seinem Meister auf die Knie. Die Geräuschkulisse von den Bildschirmen war jetzt lauter. Lustschreie erfüllten den Raum.

«Ödipus hat in unserem Orden den Grad des Ipsissimus inne. Das heißt, sein Leiden ist meine Pflicht ... und meine Lust», zischte Dionysos.

Der Hausherr zog aus der Innentasche seines Gehrocks eine kleine Brosche, die das Horusauge darstellte, und ließ die Nadel aufschnappen. Ödipus gab keinen Mucks von sich.

Dann nahm Dionysos die Hand seines Untergebenen, führte die Metallspitze an die Kuppe des Zeigefingers und bohrte sie langsam unter den Fingernagel. Ödipus biss die Zähne zusammen. Der Schmerz war schon jetzt nicht mehr erträglich. Und er wusste, dass es erst der Anfang war.

Die Nadel drang unerbittlich immer tiefer in das Fleisch ein. Dionysos murmelte mit ekstatischem Blick:

«Lust und Leiden werden eins. Seine Schreie verschmelzen mit dem erregten Stöhnen meiner Gäste.»

Dabei ließ er den Blick nicht von dem Bildschirm, auf dem die Frau tausend Kilometer entfernt in Berlin ihren Höhepunkt erlebte. Er spürte eine unbändige Energie in sich.

Nach sekundenlanger Qual begann Ödipus zu brüllen.

56
Almería

Das Cybercafé *El Loco* war früh am Nachmittag praktisch verwaist. Es lag in der Altstadt, wenige Schritte von der Mauer der alten maurischen Festung Alcazaba entfernt. Das Café befand sich in einer ehemaligen Flamenco-Bar. Als Kontrast zu den Reihen flimmernder Bildschirme hatten die neuen Eigentümer die Plakate mit den feurigen Zigeunerinnen hängen lassen.

Anaïs und Marcas saßen an einem Computer am Ende des Raums. Der Polizist hatte seine Kreditkarte herausgeholt und tippte die Geheimzahl ein. Nach einigen Sekunden schickte die Website der Fluggesellschaft Iberia ihnen eine Buchungsbestätigung. Marcas schob seinen Stuhl zurück und trank sein Glas aus.

«Das ist also erledigt. Abflug vom Flughafen Almería um 17 Uhr, Ankunft in Barcelona um 17 Uhr 20. Weiterflug nach Venedig um 20 Uhr.»

«Wann kommen wir dort an?»

«Gegen 21 Uhr 45», antwortete Marcas und stellte sein Glas auf dem Tisch ab. «Wenn alles klappt, sind wir gegen Mitternacht im Stadtzentrum.»

«Mitternacht in Venedig … Das ist doch eigentlich sehr romantisch. Natürlich nehmen wir uns ein Zimmer im Danieli …», sagte Anaïs mit einem verführerischen Lächeln.

Marcas erhob sich und blickte auf die Uhr.

«Das werde ich gleich erfahren, wenn ich meinen Kontaktmann in Paris anrufe. Dafür muss ich aber rausgehen, hier drinnen ist kein guter Empfang.»

«Na, geh schon.»

Anaïs klang noch immer heiter.

Vor dem Café setzte sich Marcas auf eine Bank in die Sonne. Seine Erregung hatte seit ihrer Weiterfahrt heute Morgen nicht nachgelassen. Anaïs hatte sich ohne Widerstände überreden lassen, mit ihm nach Venedig zu fahren. Es war fast zu einfach gewesen. Sie wollte sich rächen. Er würde sie gut beobachten müssen. Das Ziel lautete, Dionysos festzunehmen, nicht, ihn zu töten. *Wie kommt man nur am besten an ihn heran*, überlegte er.

Wenn Anaïs ihn in Venedig identifizieren könnte und es Marcas dann gelänge, die Polizei zu benachrichtigen, wäre ihr Albtraum beendet. Ihr Status als Zeugin des Massakers von Cefalù würde sie schützen. Und er selbst brächte den entscheidenden Beweis der Verbindung zwischen den Toten im Palais Royal beziehungsweise in Granada.

Anaïs hatte dafür plädiert, nicht bis Madrid zu fahren, sondern Almería anzusteuern. Die Küstenstadt lag näher und besaß ebenfalls einen großen Flughafen. Auf halbem Wege hatten sie auf der Hochebene zwischen Granada und Almería an einem Gasthaus gehalten, von wo aus Marcas den *beleibten Bruder* angerufen hatte. Es war ihm gelungen, ihn davon zu überzeugen, dass er ihnen erneut helfen musste. Allein hätten sie in Venedig keine Chance. Der Berater des Polizeipräfekten von Paris hatte ihn gebeten, sich wieder zu melden, bevor sie sich auf den Weg zum Flughafen machten.

Der Kommissar drückte die Wahlwiederholung. Sonnenstrahlen wärmten sein Gesicht. Am liebsten wäre er den ganzen Nachmittag dort sitzen geblieben und hätte alles andere vergessen. Er lauschte der Abfolge der Geräusche, die bei internationalen Verbindungen immer zu hören war. Neben ihm auf der Bank lag eine Ausgabe von *ABC*, der konservativen spanischen Tageszeitung.

Los asesisos de la semana santa. Das Foto auf der ersten Seite sprang ihm sofort ins Auge. Es zeigte das lächelnde Gesicht eines der beiden Polizisten, die ihnen geholfen hatten, sich aus Ödipus' Fängen zu befreien. Marcas versuchte den Bericht zu übersetzen und verstand, dass zwei weitere Personen bei der Schießerei ums Leben gekommen waren. Die Täter konnten entkommen.

Auf dem unteren Teil der ersten Seite war ein Bild von Manuela Réal zu sehen. Doch Marcas hatte keine Zeit, sich auch diesen Artikel noch anzuschauen, da er in dem Moment eine vertraute Stimme in der Leitung vernahm. Er stopfte sich die Zeitung in die Jackentasche und fragte: «Hast du alles organisiert?»

«Ja, einer unserer italienischen Brüder wird euch am Flughafen Marco Polo abholen. Er wird dich sicher in die Stadt bringen.»

«Und wie erkenne ich ihn?»

«Er wird ein Schild in der Hand halten, auf dem der Name ...»

«Ja, welcher Name?»

«Auf dem der Name ‹Boas› steht.»

«Sehr komisch. Und sein richtiger Name? Wie heißt er im profanen Leben?»

«Giacomo Teone. Ehemaliges Mitglied des italienischen Geheimdienstes, der später auf Boote und Wassertaxis umgesattelt hat. Meister vom Stuhl in der Loge Hermes di Venezia. Das ist eine schwarze Loge. Er ist ein persönlicher Freund von mir.»

Marcas verstand die Hinweise des *beleibten Bruders*. Der Italiener war Hochgradmaurer. Ganz unten waren die blauen Logen mit den klassischen Bauhütten anzusiedeln. Die Grade endeten hier beim Meister. Darüber hinaus gab es aber die grünen, roten und schwarzen Logen. Als Mitglied einer schwarzen Loge musste Teone einen Grad zwischen dem neunzehnten und dreißigsten innehaben. Marcas hielt persönlich wenig von den verschiedenen Schärpen, an denen man die unterschiedlichen Grade erkannte. Allerdings gefielen ihm die klingenden Namen. Die Bedeutung der verschiedenen Grade interessierte ihn dagegen nicht. *Ritter der ehernen Schlange, Prinz des Tabernakels, Ritter Rosenkreuzer, Erhabener Schotte des himmlischen Jerusalem* ... Altmodische Namen, aber viele Freimaurer träumten davon, sie tragen zu dürfen.

«Aber sag mir bitte nicht, dass er früher der Loge P2 angehört hat.»

«Würdest du mir denn ein Nein überhaupt glauben?»

«Nein, aber ich befinde mich ohnehin gerade in einer Situation, in der man mit den Brüdern seiner Brüder nicht allzu kritisch sein kann.»

Marcas hörte das Warnsignal des Akkus.

«Ich muss aufhören. Vielen Dank für deine Hilfe.»

«Sei vorsichtig. Die Akte über den Tod der Geliebten des Ministers wird heute übrigens offiziell geschlossen. Natürliche Todesursache, Sex hin oder her. Der Kollege, der für dich eingesetzt wurde, hat kurzen Prozess gemacht. Der Mediziner im gerichtsmedizinischen Institut kann es noch immer nicht fassen. Aber der Berater des Ministers ist zufrieden, und die Journalisten haben die Geschichte anstandslos geschluckt.»

Marcas seufzte verärgert. «Das habe ich mir gedacht. Ich rufe dich morgen wieder an.»

«Nein, warte. Ich habe noch eine schlechte Nachricht für dich. Der Berater hat deinen Vorgesetzten um deine sofortige Rückkehr nach Paris gebeten. Sie haben herausgefunden, wer das Mädchen ist, das dich begleitet. Mein Informant bei der Generalinspektion hat mir gesagt, dass sie deinen Assistenten geknackt haben. Er musste es ihnen verraten. Dir wird wohl eine offizielle gerichtliche Untersuchung blühen.»

«Die Finsternis dringt in den Osten», erwiderte Marcas matt.

«Für deine Handynummer wird es eine Fangschaltung geben. Ruf mich in Venedig von einem anderen Telefon aus an.»

«Danke für alles.»

Er wählte eine weitere Nummer in Paris. Sofort nach Beendigung dieses zweiten Gesprächs würden sie zum Flughafen aufbrechen müssen. Eine weibliche Stimme drang durch den Hörer.

«Ja?»

«Hier ist Marcas.»

«Antoine, ich habe mir schon Sorgen gemacht. Wo bist du?»

«In Almería, in Südspanien. Isabelle, ich brauche deine Hilfe. Ich bin Henry Dupin auf der Spur.»

Am anderen Ende der Leitung herrschte Schweigen.

«Erinnerst du dich, dass du ihn mir gegenüber erwähnt hast? Manuela Réal hat mir gestern Abend den entscheidenden Hinweis gegeben. Und der scheint mit den anderen Indizien zusammenzupassen. Übrigens bräuchte ich Informationen über diesen, du weißt schon, diesen Crowley, von dem du mir auch erzählt hast.»

«Warum?»

Seitdem er Paris verlassen hatte, war nicht eine Minute Zeit gewesen, um sich Anselmes Dossier anzusehen. Aber das Symbol des Sterns spielte sowohl bei dem Minister als auch bei Manuela Réal eine entscheidende Rolle. Nur welche?

«Es geht um eine Karte aus dem Thot-Tarot, den Stern.»

«Ich sehe zu, was ich finden kann, aber es wird eine Weile dauern. Kommst du nach Paris zurück?»

«Nein, ich fliege nach Venedig weiter. Die Chancen stehen gut, dass Dupin sich dort aufhält.»

«Das ist doch verrückt! Du hast keinerlei Beweise.»

«Noch nicht, aber bald, hoffe ich. Jedenfalls habe ich nichts mehr zu verlieren. Ich rufe dich morgen von Venedig aus noch mal an.»

«Mach's gut.»

«Du auch.»

Er beendete das Gespräch. Anaïs war aus dem Halbdunkel der Bar ins Freie getreten. Sie legte ihm die Hand auf die Schulter.

«Eine gute Freundin?»

Marcas musste schmunzeln. Gegen die weibliche Eingebungskraft war man machtlos.

«Eine Schwester. Isabelle. Sie wird uns helfen.»

Anaïs schwieg einen Moment, bevor sie wieder das Wort ergriff.

«Also auf nach Venedig?»

«Auf nach Venedig.»

VIERTER TEIL

Die hochwürdigen Meister gehen weiter:
Sie lieben den Tod so sehr,
weil er der einzige Weg ist,
der zur Perfektion führt.

1765, Freimaurerritus von Melissino,
einem Freund Casanovas

57
Venedig

Das *motoscafo* zog durch das eiskalte Wasser. Die Gischt verlor sich in kleinen Wellen in der schwarzen Nacht. Geschickt wich das Motorboot den Bojen aus. Anaïs und Marcas saßen unter Deck bequem auf Lederbänken und versuchten durch die Bullaugen die Lichter der Stadt der Dogen zu erkennen, doch sie sahen nur einige Lämpchen von anderen Booten. Der Tod der Schauspielerin war ein Schock für sie gewesen. Anaïs hatte im Flugzeug den langen Artikel in der spanischen Tageszeitung übersetzt, in dem vermutet wurde, dass eine Gasexplosion für das Unglück verantwortlich war. Sie glaubten nicht eine Sekunde daran.

Ihr Flug war der letzte des Abends gewesen, und die Einreiseformalitäten waren schnell erledigt, nicht zuletzt, weil die Beamten selbst rasch nach Hause wollten. Eine Landung spanischer Touristen war gewöhnlich nichts Verdächtiges.

Der Mann, der sie hinter der Zollkontrolle in Empfang genommen hatte, unterhielt sich an Deck mit dem Bootsführer und hatte den rechten Arm auf die Reling gelehnt. Giacomo Teone, ein Mann in den Fünfzigern mit silberfarbenem Haar und dem Profil eines Raubvogels, hatte Marcas mit einem herzlichen Handschlag willkommen geheißen und Anaïs sogar mit einem Handkuss begrüßt. Eine altmodische Höflichkeitsbekundung, die der Venezianer ausgezeichnet beherrschte. *Er sieht aus wie der Graf aus Transsylvanien in dem alten Film «Tanz der Vampire»*, hatte Anaïs dem Polizisten zugeflüstert. Teone besaß ein *motoscafi*-Unternehmen. Mit diesen Außenbordbooten gelangte man bequem vom Flughafen ins Zentrum von Venedig. Außerdem war er Teilhaber einer Fährlinie in der Adria. Er hatte Charisma und strahlte eine subtile Autorität aus. Sein Französisch war perfekt.

Das Boot schlug einen Haken nach rechts und fädelte sich zwischen zwei im Wasser stehenden Pfosten hindurch.

«Endlich, da ist Venedig! Man sieht schon die beleuchteten Fassaden», rief Anaïs, die sich erhoben hatte, um besser sehen zu können.

Marcas reckte ebenfalls den Hals und bestaunte das Schauspiel, das sich ihnen bot. Die auf Pfähle gebaute Stadt schien aus dem Wasser aufzusteigen. Ein irisierendes Licht ging von ihr aus, als würde sie jeden Moment erlöschen oder von einer riesigen Welle verschluckt werden. Marcas, der bereits zweimal in Venedig gewesen war, erkannte am Ufer das Viertel Cannaregio, das sich im Norden der Stadt befand. Demnach fuhr das Boot gerade durch den Canale delle Fondamente Nove. Er setzte sich auf die gegenüberliegende Bank, um zu sehen, ob er mit seiner Vermutung recht hatte.

Vor ihm erhob sich seine venezianische Lieblingsinsel. San Michele lag im Dunkeln, lediglich einige schummerige Lichter waren zu sehen. Venedigs Friedhofsinsel, auf der überall Zypressen wuchsen. Schön und karg. Wahrscheinlich war sie das Modell für Brocklins Gemälde *Insel der Toten* gewesen. Erinnerungen kamen in ihm hoch. Eine andere Frau. Das war lange her.

Giacomo Teone kam zu ihnen herunter und setzte sich neben Marcas, während er Anaïs einen kurzen Blick zuwarf.

«Wir legen ein Stück weiter im Viertel des Arsenals an. Sie werden im Haus eines Freundes wohnen, der im Moment verreist ist. Gern hätte ich Sie bei mir untergebracht, aber unser gemeinsamer Bruder hat mir mitgeteilt, dass Sie lieber selbständig wären. Was genau brauchen Sie von mir?»

«Informationen und … Waffen.»

Der Mann sah ihn gelassen an, als wäre seine Bitte das Selbstverständlichste der Welt.

«Zwei kostbare Güter. Beginnen wir mit den Informationen. Ich nehme an, es geht Ihnen um Henry Dupin und seinen Palazzo.»

«Ja. Wie ich sehe, hat unser Bruder schon gut vorgearbeitet.»

«In Ihrer Unterkunft liegt auf dem Tisch im Salon ein Dossier, das ich für Sie zusammengestellt habe.»

«Kennen Sie Dupin?»

«Nein. Viele reiche Leute besitzen Häuser in Venedig, kommen aber nur selten hierher. Einen Großteil des Jahres stehen diese schönen Anwesen leider leer, und sie sind kalt und verwaist. Dupin, wie andere auch, kommt im Februar zum Karneval und einige Wochen im Sommer. Aber …»

«Aber?»

«Er sticht dennoch aus der Gruppe der reichen Ausländer heraus. Er hat sich die Insel San Francesco del

Deserto auf der anderen Seite der Stadt, in der Lagune, gekauft. In zwei Tagen veranstaltet er dort einen großen Maskenball, was zu dieser Jahreszeit ungewöhnlich ist. Ein Partyservice und ein Kostümverleih haben entsprechende Aufträge erhalten.»

«Interessant», mischte sich Anaïs, die näher an Marcas herangerückt war, in das Gespräch ein.

Das Boot wurde langsamer. Das Klatschen der Wellen gegen den Anleger war bereits gut hörbar.

«Und wie sieht es mit den Waffen aus?»

«Ich habe eine Liste gemacht: zwei Kleinkaliberpistolen, zwei Berettas. Außerdem ein Nachtsichtgerät und eine Handgranate.»

Teone grinste.

«Planen Sie eine Invasion der Insel? Brauchen Sie vielleicht auch noch eine Panzerrakete und ein Landungsboot? Aber ich bringe Sie jetzt erst mal zu Ihrer Wohnung.»

Das *motoscafo* hatte angelegt. Der Fahrer war ans Ufer gesprungen, hatte das Boot vertäut und ein Brett zum Aussteigen ausgeklappt. Anaïs fröstelte. Ein leichter Nebel hing in der Luft. Die eleganten Straßenlaternen warfen ockerfarbenes Licht gegen die hohen Fassaden der Gebäude. Zu ihrer Linken erhoben sich die beiden Türme des Arsenals mit Zinnen, auf denen dunkle Fahnen flatterten. Sie bildeten den Eingang zu dem alten Zeughaus der Stadt.

Etwa zehn Minuten gingen sie schweigend durch enge Gassen, wobei sie zweimal einen großen Schritt über einen schmalen Kanal machen mussten, der unter morschen Portalvorbauten entlangfloss. Selbst am helllichten Tag hätte Marcas sich in diesem Labyrinth nicht zurechtgefunden. Hinzu kam der Nebel, der zwischen den geisterhaft wirkenden Häusern hing.

«Da sind wir», sagte Teone und holte einen schweren, alten Schlüssel hervor, den er in eine ovale Holztür steckte.

Bevor er das viergeschossige Haus betrat, merkte sich Marcas, dass sie sich in der Calle dell'Arco befanden. Sie überquerten einen kleinen gepflasterten Hof, auf dessen gegenüberliegender Seite sich eine Eichentür befand. Teone tippte einen Code in das Tastaturfeld, das in den Stein eingelassen war, worauf sich die Tür zu einem hohen Korridor aus wassergrünem Marmor öffnete. Sie stiegen eine Treppe hinauf, auf der Teppich in derselben Farbe lag, und gelangten in die zweite Etage. Teone zog erneut einen Schlüsselbund hervor und wählte jetzt einen moderneren Schlüssel. Warme Luft schlug ihnen entgegen, als sie in die Wohnung eintraten.

«Hier ist es endlich mal wieder angenehm warm», seufzte Anaïs und legte ihren Mantel auf einen Sessel.

Teone führte sie in einen kleinen Salon, der in einem etwas manirierten Stil eingerichtet war. Ein mit blauem Samt bezogenes Kanapee mit dazu passenden Sesseln sorgte für eine weichere und heimeligere Atmosphäre, als der dunkle Eingangsbereich es hätte vermuten lassen. Teone zog die Vorhänge zurück, sodass man draußen durch den Nebel hindurch einen Kanal und die Fassade eines Palazzos mit geschlossenen Fensterläden erkennen konnte.

«Setzen Sie sich», forderte der Venezianer sie mit fester Stimme auf und wies auf die zwei Sessel, die an einem Tisch standen. «Reden wir Klartext. Ich würde gern wissen, was Sie mit den Waffen genau vorhaben.»

«Diesbezüglich würde ich lieber diskret bleiben», antwortete Marcas.

«Damit habe ich gerechnet, aber … nicht mit mir. Ich habe keine Lust, dass die Polizei bei mir vor der Tür steht, wenn Ihr Ausflug zu Monsieur Dupin ein schlechtes Ende nimmt. In dieser Frage gibt es keinen Verhandlungsspielraum. Andernfalls reisen Sie morgen früh wieder ab. Der erste Flug nach Paris geht um 7 Uhr 30.»

Er hatte seine Warnung kaum ausgesprochen, als ein großer, breitschultriger Mann mit einer langen Narbe auf der Wange das Zimmer betrat. Marcas ahnte, was sich unter der Beule in seiner Jacke verbarg. Der Mann stellte sich hinter Anaïs und legte die Hände auf die Sessellehne.

Die junge Frau sprang auf und warf dem Kommissar einen beunruhigten Blick zu, der vom veränderten Tonfall ebenfalls überrascht war. Teone lächelte nicht mehr. Marcas überlegte einen Moment. Als er auf dem Tisch eine rote Mappe entdeckte, die in geschwungenen Lettern mit HENRY DUPIN beschriftet war, stimmte er zu: «Einverstanden. Mir bleibt nichts anderes übrig. Aber ich sage Ihnen gleich, ich werde eine Weile für meine Ausführungen brauchen.»

«Zeit hat in Venedig eine andere Bedeutung. Ich höre.»

Es dauerte eine gute halbe Stunde, bis Marcas und Anaïs ihren Bericht über ihre Odyssee und die Flucht vor Dionysos' Schergen beendet hatten. Währenddessen hatte Teones Leibwächter den Franzosen sogar einen

Imbiss serviert. Nachdem Marcas zum Schluss noch erklärt hatte, wie er heimlich auf Dupins Privatinsel gelangen wollte, schickte Teone den Mann mit der Narbe fort. Dann stützte er das Kinn auf die Hände und sah den Kommissar und die junge Frau an.

«Diesen Dionysos sollte man nicht unterschätzen. Ich will Sie nicht verärgern, aber Ihr Plan klingt ziemlich naiv. Die Insel wird von einem privaten Wachtrupp gesichert, wenn der Eigentümer sich dort aufhält. Dionysos ausfindig zu machen und dann mit dem Mobiltelefon die Polizei zu benachrichtigen ist eine unrealistische Wunschvorstellung.»

«Ich habe keine andere Wahl.»

«Doch. Vielleicht gibt es noch eine Alternative, um in seinen Palazzo hineinzukommen. Sie müssten sich als Gast des Maskenballs ausgeben.»

«Ich komme aber auch mit», ergriff Anaïs und wandte sich an Marcas: «Nur unter dieser Bedingung habe ich der Reise nach Venedig zugestimmt. Ich habe noch eine Rechnung mit Dionysos offen.»

«Das ist viel zu gefährlich für eine schöne junge Frau wie Sie», gab Teone zu bedenken und lächelte Anaïs an. «Hier sind Sie in Sicherheit.»

«Ich wünsche Ihnen nicht, dass Sie einmal erleben müssen, was ich seit einer Woche durchmache, Herr Teone. Ich glaube, ich weiß, was das Wort ‹Gefahr› bedeutet. Mehr als alle anderen Personen in diesem Raum.»

Marcas griff nach der Hand der jungen Frau.

«Er macht sich nur Sorgen um dich.»

«Und ich wollte Ihnen bestimmt nicht zu nahe treten», fügte Teone hinzu.

«Sie brauchen gar nichts mehr zu sagen, du auch nicht, Antoine. Ich gehe mit, und damit basta.»

Es herrschte Stille. Der Italiener lehnte sich auf seinem Stuhl zurück.

«Wie Sie wünschen. Meine Idee ist also, dass Sie als Gäste auf dem Fest erscheinen. Ich kenne den Besitzer des Kostümverleihs. Von ihm kann ich eine Liste der Personen bekommen, für die der Modeschöpfer Kostüme angefragt hat. Ich habe auch einige gute Freunde bei der venezianischen Polizei. Ich werde einen hohen Kriminalbeamten ins Vertrauen ziehen.»

«Einen Bruder?»

«Prinz von Jerusalem, um genau zu sein.»

«Sechzehnter Grad, stimmt's?»

«Bravo. Also, wenn man ihm in Aussicht stellt, die Verantwortlichen des Massakers von Cefalù verhaften zu können, ist es sicher nicht schwer, ihn davon zu überzeugen, einige seiner Leute in einem Boot in der Nähe der Insel zu postieren. Sobald Sie Dionysos erkannt haben, geben Sie ihnen Bescheid.»

Anaïs Gesicht hellte sich auf.

«Das könnte funktionieren. Aber wir bräuchten Einladungskarten. Selbst wenn wir verkleidet sind, können wir dort nicht einfach so hineinspazieren.»

Teone lächelte.

«Auch daran habe ich gedacht! Ach ja, unser Bruder in Paris hat mich noch nach einem Casanova-Spezialisten gefragt. Warum? In Venedig gibt es natürlich viele davon.»

Marcas dachte an Manucla Réals Bericht. Wenn sie recht hatte, sahen sich Dupin und seine Gefolgsleute als okkulte Nachfahren des venezianischen Verführers. Eine delikate Information, die er nicht gern preisgeben wollte. Im Moment jedenfalls noch nicht.

«Anscheinend interessiert sich Henry Dupin sehr für Casanova. Das könnte eine Spur sein.»

«Das reicht nicht als Indiz, Herr Kommissar! Hier in Venedig verbringen mindestens zehn Casanovisten gleichzeitig ihre Zeit damit, in den Archiven zu wühlen. Wahre Bücherwürmer.»

«Dann sagen Sie mir, wer der Beste ist!»

«Also, der Seriöseste ist André del Sagredo. Er arbeitet in der Fondation Finni, der renommiertesten Privatbibliothek von Venedig. Er ist eine Koryphäe auf seinem Gebiet. Wenn Sie wollen, kann ich ihn kontaktieren.»

«Ja, bitte. Ich möchte ihn so bald wie möglich treffen.»

«Das arrangiere ich für Sie. Ich muss jetzt gehen. In der Schublade der kleinen Kommode am Eingang liegt ein Handy, das Sie benutzen können. Der Code ist innen mit Tesafilm eingeklebt. Ihre Betten sind bezogen.»

«Vielen Dank für Ihre Hilfe.»

«Gern. Das erinnert mich an die gute alte Zeit der riskanten Operationen beim Geheimdienst. Und außerdem würde ich mein Gelübde, einem Bruder in Not zu helfen, niemals brechen. Bis morgen.»

Anaïs verabschiedete sich höflich von dem Italiener, der mit seinem Leibwächter in Richtung Ausgang ging. Bevor er die Tür hinter sich schloss, drehte Teone sich noch einmal um: «Das habe ich ganz vergessen: Dupin ist eine Stunde vor Ihnen mit dem Flugzeug aus Paris gekommen.»

58
Venedig

Als Marcas erwachte, war es bereits helllichter Tag.
Sein Körper schmerzte noch, aber es war die erste ruhige Nacht seit den Geschehnissen in Granada gewesen.
Sie hatten in getrennten Zimmern geschlafen, obwohl
er insgeheim gern ein Bett mit Anaïs geteilt hätte. Die
Erregung, die er am Morgen an dem verfallenen Gasthaus gespürt hatte, war in ihm noch sehr lebendig.

Als er den Salon betrat, sah er Anaïs in einem Sessel
sitzen. Die Füße hatte sie auf einen Stuhl gelegt. Mit einer Tasse Kaffee neben sich, war sie in das Dossier über
Henry Dupin vertieft. Als sie den Kommissar hörte, hob
sie den Kopf.

«Guten Morgen. Du bist ein richtiges Murmeltier.»

«In meinem Alter braucht man seinen Schlaf.»

Sie lächelte. Marcas mochte dieses Lächeln.

«Möchte der alte Antoine vielleicht einen Kaffee? In
der Küche steht noch welcher. Teone hat vorhin angerufen. Wir treffen uns später mit dem Casanova-Spezialisten im Café …»

«Warte … im Café Casanova?»

«Dieser Teone hat Humor», bestätigte die junge Frau
und streckte sich. «Und charmant ist er auch.»

«Ist er etwa dein Typ? Mit den grauen Schläfen und
dem altmodischen Benehmen … eine Vaterfigur», erwiderte Marcas allzu forsch.

Anaïs erhob sich, immer noch lächelnd.

«Mein kleiner Kommissar ist eifersüchtig … wie nied-
lich. Und auf welchen Typ Frau stehst du? Diese Isa-

belle? Eine intellektuelle Schwester mit Schurz, die sich während des Liebesaktes über Winkelmaß und Zirkel auslässt?»

«Das ist gar nicht lustig», schimpfte Marcas verlegen.

Auf diesem Gebiet fühlte er sich alles andere als souverän. Wie auf allen anderen Gebieten derzeit auch.

«Mit Isabelle habe ich wohl ins Schwarze getroffen?»

«Quatsch», brummte er und griff nach dem Dossier über Henry Dupin. «Und, was steht da drin?»

Anaïs verzog das Gesicht.

«Zeitungsausschnitte, eine Vermögensaufstellung, ein Interview, in dem er über seine Leidenschaft für Casanova spricht. Es gibt auch eine Reportage über sein Anwesen auf der Insel, ein ehemaliges Franziskanerkloster, mit interessanten Details, darunter ein Grundriss, der hilfreich für uns sein könnte.»

Marcas blickte aus dem Fenster auf die Stadt. Der Nebel hatte sich verzogen, nichts erinnerte mehr an die geisterhafte Atmosphäre von letzter Nacht. Plötzlich fiel ihm ein, dass er Isabelle anrufen musste.

«Ich muss kurz telefonieren.»

«Mit Isabelle, nehme ich an. Wie rührend», neckte ihn Anaïs und nahm sich die rote Mappe wieder vor.

Marcas holte das Mobiltelefon aus der Kommode im Flur und tippte die Nummer ein.

«Isabelle Landrieu am Apparat.»

«Marcas, guten Morgen.»

«Antoine! Wo bist du?»

«In Venedig.»

«Du bist wirklich hartnäckig. Aber nun erzähl mir, was passiert ist.»

Der Kommissar war in den Salon zurückgekehrt und hatte sich in einen Sessel fallen lassen, der vor einem großen Fenster stand. Er begann mit seinem Bericht. Von Zeit zu Zeit blickte er verstohlen zu Anaïs in ihrem übergroßen Herrenpyjama und dem zerzaustem Haar hinüber. Er beendete seine Ausführungen mit der Erläuterung des Plans, wie sie auf Dupins Insel zu gelangen gedachten.

«Du bist verrückt. Das ist eine Nummer zu groß für dich.»

Marcas mochte es nicht, wenn ihm jemand etwas nicht zutraute. Besonders, wenn es eine Frau war, die an seinen Fähigkeiten zweifelte. Alter Machoreflex. Er verspannte sich.

«Mein Entschluss steht fest. Von dir hätte ich gern lediglich die Informationen, um die ich dich gebeten habe. Schick sie doch bitte an meine E-Mail-Adresse, die ich von hier aus abrufen kann.»

«Wie geht es Anaïs?»

Antoine war einen Moment sprachlos.

«Woher weißt du …?»

«Von Alexandre Parell. Dein Assistent hat anscheinend ausgepackt. Ist dir bewusst, dass dich alle fallengelassen haben wie eine heiße Kartoffel?»

«Ja», gab der Kommissar zu.

«Bist du noch immer entschlossen, dich mit diesem Mädchen in die Höhle des Löwen zu begeben?»

«Ja.»

«Gut. Falls es länger dauert, bis die venezianische Polizei eintrifft, spiele deinen einzigen Trumpf aus: die Königin der Herzen. Deine Anaïs.»

«Könntest du das bitte genauer erläutern?»

«In der Regel haben alle Gurus einen schwachen Punkt. Sie mögen es nicht, wenn sich ehemalige Jünger gegen sie wenden. Aus Angst, ihre Macht zu verlieren, können sie dann rasend werden. Ihr größter Sieg wäre es, das verlorene Schaf wieder für sich zu gewinnen. Bei Gruppierungen, mit denen ich zu tun hatte, ist das schon vorgekommen.»

«Ich weiß nicht, worauf du hinauswillst. Anaïs hasst diesen Menschen so sehr, dass sie ihn am liebsten mit eigenen Händen umbringen würde.»

«Es wäre doch nur, um Zeit zu gewinnen, wenn sich das Eintreffen der Polizei verzögert. Sag Anaïs, sie soll ihm etwas vorspielen, wenn es schwierig wird. Sie soll sich ihm zu Füßen werfen und so tun, als würde sie dich verraten. Damit gewinnst du vielleicht etwas Zeit.»

«Er wird ihr nie glauben.»

«Das ist nicht gesagt. Ich habe mich lange damit beschäftigt, was in den Köpfen von Sektengründern vorgeht. Erniedrigung und Macht sind die Schlüsselwörter ihrer innersten Perversion. Wenn sie sich ihm zu Füßen wirft, wird er sich aufplustern wie ein Pfau, besonders wenn andere Jünger dabei sind.»

«Mal sehen», antwortete Marcas skeptisch. «Ruf mich wieder an, wenn du mir geschickt hast, was du über Crowley gefunden hast.»

«Pass auf dich auf, mein Bruder.»

«Ja, mach ich.»

Marcas legte auf. Isabelle hatte recht mit ihren Warnungen. Die Angst stieg wieder in ihm auf. Ihm blieb nicht mehr viel Zeit, um sich auf die Konfrontation mit

Dionysos und den Seinen vorzubereiten. Zum ersten Mal seit seiner Ankunft in Venedig spürte er seine Verletzlichkeit.

59
Paris

Kalter Regen peitschte über den Quai de Conti. Die wenigen Fußgänger hatten sich unter Regenschirmen versteckt. Ödipus eilte direkt aus dem Gebäude zu dem Taxi, das am Straßenrand auf ihn wartete.

«Roissy, Terminal 2 D», wies er den Fahrer an.

«Ist gut.»

Das Taxi fuhr los und ordnete sich in den Verkehr ein. Ödipus betrachtete seinen verbundenen Zeigefinger. Das war der Preis, den er für die vielen Vorteile zahlen musste, die er durch Dionysos genoss. Die kleine Folterstunde hatte ihn leider daran gehindert, sich noch mit einigen weiblichen Gästen im Club zu vergnügen. Ein Privileg, das er sich sonst immer gestattete, wenn er Dionysos in seiner Höhle einen Besuch abstattete. Er verstand nicht, warum sich der Meister selbst nie unter die Gäste mischte. Er, der dem Sex eine so große Bedeutung zumaß, hielt sein eigenes Sexualleben vollkommen unter Verschluss. In den fünf Jahren, die Ödipus ihn kannte, hatte er ihn noch nie in Begleitung einer Frau oder eines Mannes gesehen. Selbst während der Praxiseinheiten der Initiierten beobachtete er die anderen nur. Eines der zahlreichen Mysterien, die den Meister umgaben.

Das Taxi nahm die Busspur und schoss frech an den Autos vorbei, die im Stau standen. Noch einmal tastete Ödipus nach dem Air-France-Ticket und dem gültigen Pass in der Innentasche seiner Jacke.

Im Kopf ging er alle Aufgaben durch, die ihm in der Lagunenstadt bevorstanden. Dionysos' Anordnungen waren unwiderruflich. Und selbst ein abgebrühter Killer wie er erschauderte, wenn er an den Plan dachte, den der Meister von langer Hand vorbereitet hatte.

Die ganze Welt würde sich daran erinnern, was bald in Venedig geschah.

Dionysos würde sich ins kollektive Gedächtnis der Menschheit tiefer einprägen als Casanova.

60
Venedig

Sie warteten geduldig, bis eine chinesische Touristengruppe die winzige Steinbrücke überquert hatte, und gingen dann selbst über den Kanal, auf dem es von Barken und Gondeln nur so wimmelte. Hinter ihnen stürmte bereits eine französische Schulklasse auf sie zu. Anaïs und Marcas stellten sich an die Seite, um die Drängler vorbeizulassen.

«Der Bürgermeister von Venedig sollte Gruppenreisen verbieten. Das macht alles kaputt.»

Marcas tätschelte die Hand seiner jungen Begleiterin.

«Nun werde mal nicht elitär. Auch diese Leute haben

ein Recht darauf, dem Charme dieser Stadt zu verfallen.»

«Tut mir leid, ich bin kein Anhänger der touristischen Demokratie. Venedig ist die Stadt der Paare und der sich zaghaft Liebenden oder aber der sentimentalen Trennungen. Irgendwelche Blagen und unkultivierte Horden haben hier nichts zu suchen.»

Marcas las die schwarzen, eingravierten Buchstaben an der Brücke: *Ponte della Nostalgia*.

Dann blickte er auf den in Plastik eingeschweißten Stadtplan. Nach kurzem Suchen fuhr er mit dem Finger den Kanal entlang. «Wenn ich mich nicht täusche, ist es die nächste Straße rechts.»

«In welcher Ecke befinden wir uns?»

«Im ehemaligen Judenviertel. Dem Ghetto. Ein Konzept, das schnell in anderen Ländern Europas übernommen wurde. Aber ursprünglich war es im 16. Jahrhundert eine Erfindung des venezianischen Senats. Die Juden wurden ins Gießereiviertel verbannt, dem *geto*, daher stammt der Name. Es war praktisch, weil die Behörden nachts oder während christlicher Feste einfach die Brücken schließen konnten.»

«Das ist aber nichts, worauf die Venezianer stolz sein können, oder?»

«Die Venezianer waren schon immer sehr pragmatisch veranlagt. Ah! Da sind wir. Café Casanova.»

Das Lokal lag hinter einer Hausecke versteckt, Lichtjahre von dem berühmten Café Florian auf dem Markusplatz entfernt, das seit mehr als einem Jahrhundert Touristen aus der ganzen Welt verzückte. Wahrschein-

398

lich hatte der Besitzer gedacht, der Name des international bekannten Verführers würde einige Touristen anlocken, aber es hatte offensichtlich nicht geholfen. Als sie das Café betraten, saßen dort nur ein paar Stammgäste. Die meisten von ihnen waren in eine scheinbar endlose Partie Domino vertieft. Ein Mann in einem Tweedanzug erhob sich und strich sich mit den Fingern über den weißen Spitzbart.

«Sind Sie die Freunde von Giacomo Teone?»

Marcas konnte sich nur schwer vorstellen, dass der temperamentvolle Geschäftsmann und ehemalige Geheimagent tatsächlich eine hohe Meinung von diesem Mann hatte, der eher wie ein drolliger Professor wirkte.

«Ja. Darf ich Ihnen …»

Marcas' Satz blieb unvollendet, denn der altersgebeugte Gelehrte hatte sich bereits auf Anaïs gestürzt und ihr die Hand geküsst.

«Erlauben Sie mir, dass ich mich vorstelle. André del Sagredo. Mein Freund Teone hat mir bereits beschrieben, wie schön Sie sind, doch seine Lobpreisung wird Ihrer Person nicht gerecht, eine Metapher wäre angemessen gewesen!»

«Kennen Sie den Bru …, Herrn Teone gut?», erkundigte sich der Kommissar und versuchte die verbalen Ergüsse seines Gegenübers zu unterbrechen.

«Hier in Venedig kennt jeder jeden. Es gibt so viele sich überschneidende Interessen. Teone hat sich gegenüber der Fondation Finni, wo ich meines Amtes walte, sehr großzügig gezeigt. Deshalb habe ich, als er mir erzählte, dass zwei Besucher aus dem Ausland sich für Casanova interessierten …»

Anaïs schnitt ihm das Wort ab.

«Wir sind, was Casanova angeht, leider nicht sehr bewandert und bräuchten einige Auskünfte ...»

«Genauer gesagt, würden wir gern Ihre Meinung zu dem nicht veröffentlichten Casanova-Manuskript hören, das kürzlich in Paris versteigert wurde», beendete Marcas den Satz.

«Sie kommen von einer Versicherung, stimmt's?»

Die Augen des Forschers funkelten schelmisch.

Anaïs und Marcas antworteten nicht.

«... aber das verstehe ich, ich verstehe Sie gut! Sie wollen, dass die Sache diskret behandelt wird. Man muss sagen, dass ...»

«Was?»

«Dass angesichts des Preises ...»

Der alte Mann wusste Effekte zu setzen wie auf einer Theaterbühne.

«Was wollen Sie damit sagen?» Marcas wurde ungeduldig.

«Dass es keine Kleinigkeit ist, ein solches Manuskript zu versichern.»

Anaïs beschloss, sich wieder einzuschalten. Wenn der Bücherwurm mit dem Spitzbart sie für Versicherungsleute hielt, warum gaben sie sich dann nicht einfach dafür aus?

«Wissen Sie, unsere Gesellschaft hat bereits Kunstobjekte versichert, die um einiges wertvoller waren.»

«Das mag sein! Das ist gut möglich! Aber stellen Sie sich vor, mit dem Manuskript geschieht etwas, dann müssten Sie eine stattliche Summe auszahlen.»

«Eine Million Euro», verkündete Marcas, der einen

400

Teil der Nacht damit verbracht hatte, die genauen Details der Versteigerung im Internet zu recherchieren.

«Das ist viel», beharrte del Sagredo.

«Aber deutlich weniger als die Summen für Kafka- oder Céline-Manuskripte.»

«Aber teuer ist es nach wie vor», sagte der alte Mann trotzig.

«Warum bestehen Sie so darauf?»

«Weil es gefälscht ist!»

61

Venedig
Calle d'Oro
Loge San Giovanni della Fedeltà

Bruder Teone verließ den Logenraum als einer der Letzten. Im Vorhof wurde leise über die Zeichnung, den rituellen Vortrag, diskutiert, der während der Tempelarbeit gehalten wurde. Einige der Brüder gingen noch in den Clubraum. Von der Bar waren Lacher zu hören, während bereits dichter Zigarettenqualm im Treppenhaus hing. Ein Beamter der Loge, der Experte, legte die Schärpen sorgfältig gefaltet in einen schwarzen Koffer, während der Zeremonienmeister die aktuellen Nachrichten der Großloge von der Informationstafel nahm.

Venedig war eine Stadt, die tolerant mit Freimaurern umging, doch in der Vergangenheit war das nicht immer so gewesen. Die Brüder hatten sich deshalb angewöhnt, alles zu beseitigen, was bei unerwarteten Besuchern Anstoß erregen könnte. Lediglich die eingerahmte Kopie der Gründungscharta der Loge aus dem Jahr 1780 blieb an einer Wand im Vorhof hängen. Das Original wurde in den Nationalarchiven aufbewahrt.

Teone war ein besonnener Mann. Er entschied nichts, ohne die Informationen, die er erhalten hatte, überprüft zu haben. Eine Vorsichtsmaßnahme, die er sein ganzes Leben hindurch so gehandhabt hatte. Nachdem er sich auf dringende Bitte des *beleibten Bruders* der beiden Franzosen angenommen hatte, war er bereit gewesen, sich den Bericht ihrer seltsamen Irrfahrt unvoreingenommen anzuhören. Heute Abend wollte er jedoch überprüfen, was sie gesagt hatten, um dann endgültig zu entscheiden.

Der Meister vom Stuhl kam auf Teone zu und fasste ihn am Arm. «Komm mit, ich bringe dich zu der Person, nach der du mich gefragt hast.»

Teone folgte dem Bruder schweigend. Er hatte ihn um Hilfe gebeten, nachdem er Marcas und Anaïs am Abend zuvor in der Wohnung zurückgelassen hatte. Das Gespräch mit dem Meister vom Stuhl war kurz gewesen, da dieser sofort gewusst hatte, was Teone von ihm wollte. Als Hochgradmaurer konnte er einem Bruder seines Ranges nichts abschlagen. Schon gar nicht, wenn er Giacomo Teone hieß.

«Ich habe den englischen Salon öffnen lassen. Wir benutzen ihn selten, aber dort seid ihr ungestört.»

Der englische Salon! Bei den Logenbrüdern war er fast zu einem Mythos geworden. Nachdem John Ruskin durch seine Bücher dafür gesorgt hatte, dass ganz Europa den vergessenen Charme der Serenissima wieder entdeckte, hatten sich Hunderte von kultivierten Engländern im 19. Jahrhundert auf klassische Bildungsreise nach Venedig begeben. In der Folge hatten sich viele von ihnen in der Stadt niedergelassen und Palazzi gemietet oder gekauft, die sie aufwendig restaurieren ließen.

Unter ihnen waren viele Freimaurer, und sie besuchten regelmäßig die Loge San Giovanni della Fedeltà, die den im britischen Königreich sehr verbreiteten schottischen Ritus praktizierte. Das Miteinander mit den italienischen Brüdern funktionierte reibungslos, dennoch hatten die Angelsachsen das Bedürfnis, sich gelegentlich unter ihresgleichen zu treffen. Sie erhielten die Genehmigung, sich in der oberen Etage des Logenhauses einen eigenen Raum einzurichten. Die Türen zu diesem Ort der Begegnung, in dem man jahrzehntelang die Themen Ihrer Majestät besprach, wurden geschlossen, als Mussolini an die Macht kam. Nach dem Ende des Zweiten Weltkriegs waren sie nicht wieder geöffnet worden, doch die diversen Meister vom Stuhl behandelten den englischen Salon seitdem wie ein Heiligtum, als Zeugnis einer unvergleichlichen brüderlichen Vergangenheit.

Teone trat ein. In einem Ledersessel saß ein Mann in einem dunklen Anzug. Er war um die fünfzig und hatte weißes, kurzgeschnittenes Haar. Der Meister vom Stuhl stellte ihn vor.

«Teone, darf ich dir Bruder Michele vorstellen.»

«Sehr erfreut, lieber Bruder. In welcher Loge bist du?»

Michele blickte schelmisch drein, während der Meister vom Stuhl zu lachen begann.

«Bruder Michele gehört ... dem Orden der Dominikaner an! Du hast mich nach einem Spezialisten für Sekten gefragt ... und hier ist er!»

Plötzlich verstand Teone, warum für sie der englische Salon geöffnet worden war. Ein Geistlicher durfte
den Logenraum, wo die Tempelarbeit stattfand, nicht
betreten. Er wollte sich gerade für seine Ignoranz entschuldigen, als Bruder Michele das Wort ergriff und mit
einer Erklärung begann.

«Seit unserer Gründung im 18. Jahrhundert kämpft
unser Orden gegen die Ketzerei. Heute bedeutet das vor
allem, sich gegen die Verbreitung von Sekten einzuset-
zen.»

Die Stimme des Dominikaners war klar und kühl.
Teone lief es kalt den Rücken hinunter. Die Erinnerung
an die Heilige Inquisition war vielen Venezianern und
vor allem den Freimaurern tief ins kulturelle Gedächtnis
eingeprägt. Aber er brauchte mehr Informationen über
Sekten.

«Eigentlich will ich etwas über ...»

«Ihr Meister vom Stuhl hat erwähnt, dass Sie an sektenähnlichen Gruppierungen interessiert sind, die sexuelle Riten praktizieren, stimmt das?»

Teone zögerte, bevor er antwortete.

«Um ehrlich zu sein ...»

Der Dominikaner zog eine Zigarre aus einem Leder-
etui.

«Rauchen Sie?»

«Ja.»

«Dann bedienen Sie sich bitte. Wenn ich das Kloster
verlasse, erlaube ich mir diese lässliche Sünde. Die Zi-

garren heißen übrigens *Romeo und Julia*. Ein mythisches Paar. Wie Sie sehen, bleiben wir beim Thema.»

Teone musste angesichts des Humors des Geistlichen schmunzeln. Dann nahm er sich eine Zigarre und steckte sie zwischen die Lippen. Der Dominikaner begann mit seinen Ausführungen.

«Am Anfang aller sektenähnlichen Strömungen, die die Sexualität ins Zentrum stellen, steht der Glaube an eine Art Urpaar, deren Verbindung zu einem neuen, androgynen Wesen führt.»

«Woher kommt dieser Glaube?»

«In der christlichen Welt ist es eine falsche Interpretation der Schöpfungsgeschichte. Für bestimmte Sekten ist die Trennung der Geschlechter im Paradies der wahre Sündenfall.»

Der Qualm der Zigarren stieg langsam zur Decke. Teone nahm einen Zug, bevor er die Frage aussprach, die ihm auf der Zunge brannte. «Und durch Geschlechtsverkehr kann man diesen Urzustand angeblich wieder herstellen?»

«Es gibt zwei Methoden, die beide auf Sex basieren. Sie haben die Wahl zwischen einer Orgie und der Zurückhaltung des Samens.»

«Das mit der Orgie leuchtet mir ein, aber die Zurückhaltung des Samens ...»

«Das Ejakulat wird aufbewahrt. Dieser Methode wird deutlich der Vorzug gegeben.»

Bruder Teone wurde unweigerlich sarkastisch. «Auch in der christlichen Tradition?»

Der Dominikaner lächelte.

«Haben Sie *Die Fragen Marias* gelesen?»

«Nein.»

«Das ist ein gnostischer Text, der zu Beginn des Christentums entstanden ist. Dort ruft sich Jesus das Bild von Maria Magdalena ins Gedächtnis und hat dann eine ungeheuere Erektion.»

«Eine Erektion?»

«Eine Erektion und eine Ejakulation.»

«Sie scherzen.»

«Nein. Wenn Sie wüssten, was man noch alles in diesen ketzerischen Texten findet. Gott sei Dank hat man für die Bibel eine vernünftige Auswahl getroffen, und diese Geschichten, die kranken Seelen entsprungen sein müssen, wurden nicht aufgenommen.»

Teone legte seine Zigarre in einen Aschenbecher. An Gewährsleuten mangelte es dem Dominikaner nicht.

«Jesus und Maria Magdalena haben geheiratet und hatten viele Kinder, die sie die Kinder des Grals nannten … Das erinnert mich an einen Bestseller! Sind aus anderen religiösen Traditionen vergleichbare Auffassungen über den Geschlechtsverkehr hervorgegangen?»

«Ja, der Tantrismus in Indien und der Taoismus in China. In der Praxis ist es das Gleiche. Während des sexuellen Kontakts muss der Mann den Samenerguss immer weiter hinauszögern. Mit der Zeit weckt dieses Zurückhalten eine Kraft, die von den Tantristen die *Kraft der Schlange* oder *Kundalini* genannt wird.»

«Eine spirituelle Energie?»

«Ja, sie führt zu einer inneren Wandlung, man erreicht eine andere Bewusstseinsstufe, bis man das Gefühl hat, vom Blitz getroffen zu sein, die vollkommene Erleuchtung erfahren zu haben.»

Der Exgeheimagent sah den Geistlichen eindringlich an: «Mal ganz ehrlich, glauben Sie an so was?»

«Was mich beschäftigt, ist, dass die Sekten daran glauben!»

Teone begann zu zweifeln. Ja, er hatte sich der beiden Franzosen angenommen, aber über gewisse Teile ihrer Vergangenheit war er sich noch nicht im Klaren. Andererseits hatte der *beleibte Bruder* sie ihm ans Herz gelegt. Dennoch … er musste noch etwas überprüfen.

«Aleister Crowley, sagt Ihnen der Name etwas?»

Der Dominikaner ließ seine Zigarre auf dem Rand des Aschenbechers ausbrennen.

«Der ist der Schlimmste! Der war nicht auf spirituelle Energie, sondern auf Macht aus. Macht über andere. Um diese Macht zu erlangen, praktizierte er sexuelle Magie. Es ging ihm darum, Menschen zu verhexen.»

«Und wie hat er das gemacht?»

«Durch Kopulation und Masturbation. In beiden Fällen hat er das Resultat des Aktes instrumentalisiert und es für seine Verschwörungsriten benutzt.»

Die Franzosen hatten also nichts erfunden, es gab tatsächlich mindestens seit der Antike eine Tradition, die gewisse sexuelle Praktiken als Tor zum Himmel oder zur Hölle darstellte. Teone wusste jetzt, was er zu tun hatte.

«Haben Sie noch weitere Fragen?»

Die Stimme des Dominikaners holte ihn aus seinen Gedanken zurück.

«Nein, ich danke Ihnen.»

Teone erhob sich. Es war an der Zeit zu gehen.

«Ich weiß nicht, wie ich Ihnen dafür danken soll, dass Sie gekommen sind ... hierher.»

Der Dominikaner winkte ab.

«Es war mir eine Freude. Ich war noch nie zuvor bei den Freimaurern.»

Bruder Teone hatte plötzlich die reflexhafte Vision, dass der Geistliche wiederkäme und ein ganzes Sortiment an Kreuzen und allem, was man für einen Scheiterhaufen und die Inquisition braucht, bei sich hätte. Er hatte es auf einmal eilig zu gehen.

Zehn Minuten nachdem Teone den englischen Salon verlassen hatte, begleitete der Meister vom Stuhl seinen Gast hinaus. Bruder Michele war schon fast am Ausgang, als er dem Freimaurer gegenüber bemerkte: «Ihr Freund scheint ein großes Interesse an Sekten zu haben.»

«Wahrscheinlich bereitet er einen Vortrag, eine Zeichnung, wie wir sagen, zu dem Thema vor.»

«Wahrscheinlich. Aber er weiß bereits gut Bescheid. Es gibt nicht viele, denen der Name Aleister Crowley etwas sagt.»

Der Meister vom Stuhl antwortete nicht, er war mit dem Aufschließen der Tür beschäftigt.

«Ich war übrigens erstaunt, dass er mich nicht über jemand anderen ausgefragt hat.»

«Über wen denn?»

«Casanova.»

62
Venedig

Anaïs und Marcas sahen ihren Tischgenossen im Café erstaunt an.

«Das Casanova-Manuskript soll eine Fälschung sein?»

André del Sagredo nickte lächelnd.

«Ja, es ist eine Fälschung, ganz sicher.»

Anaïs insistierte.

«Aber bei dem Preis werden die Experten doch alles genau untersucht haben! Schrift, Tinte, Papier ...»

«Selbstverständlich, und ich bin mir sicher, dass alle Ergebnisse positiv sind. Denn bei dem Preis gehen auch die Fälscher kein Risiko ein.»

«Aber man kann die Schrift aus dieser Zeit nicht nachmachen!»

«Glauben Sie das nicht, das ist noch das Leichteste. Im 18. Jahrhundert waren die Gebildeten wahre Kalligraphen. Vergleichen Sie mal Voltaires Schrift mit der von Rousseau, sie sind fast identisch, was sie unterscheidet sind die Größe und die Schrägstellung sowie einige persönliche Eigenheiten. Wenn man diese Parameter festgelegt hat, ist es nicht schwer, mit einer guten Gänsefeder eine Fälschung zu erstellen.»

Marcas blieb skeptisch.

«Und die Tinte? Da braucht man doch nur eine Probe zu nehmen und eine Analyse zu machen ...»

«Richtig, aber man weiß, was für Tinte damals benutzt wurde, und kennt die genaue Zusammensetzung. Entsprechende Speziallabors veröffentlichen ihre Analy-

409

seergebnisse im Internet. Man braucht nur die richtige Mischung. Und erzählen Sie mir nichts von Radiokohlenstoffdatierung, das funktioniert für diese Zeit nicht. Zu nah an der Gegenwart dran.»

«Und das Papier?», warf Anaïs ein.

«Schauen Sie mal im Internet unter ‹alte und seltene Bücher› nach. Wenn man dann noch ‹Manuskript› eingibt, findet man unter anderem Rechnungsbücher aus dem 18. Jahrhundert. Sehr oft haben die Händler, die in diesen Büchern ihre Geschäfte notierten, nicht alle Seiten benutzt und es bleiben zehn, zwanzig oder fünfzig unbeschriebene Blätter, manchmal mehr. Man braucht sich nur zu bedienen!»

Antoine verstand gar nichts mehr.

«Aber welches Interesse steckt dahinter?»

Del Sagredo gab sich fatalistisch.

«Die Verlockung des Geldes. Casanova-Manuskripte sind rar gesät. Als unser Venezianer starb, hat er eine Vielzahl an unveröffentlichten Schriften hinterlassen. Aber die hat sofort die Familie Waldstein an sich genommen, bei der er wohnte, und dann sind sie ohne Umwege im Staatsarchiv in Prag gelandet. Es ist ausgeschlossen, dass auch nur eine Seite übersehen wurde.»

«Und das Manuskript der Memoiren?»

«Ist seit 1820 im Besitz von Brockhaus in Deutschland. Dort liegt es bis heute, und der Verlag würde bestimmt keinen Teil davon aus der Hand geben. Da also kein Manuskript im Umlauf ist, besteht ein finanzielles Interesse daran, eins zu *kreieren*!»

«Nochmal zusammengefasst», ergriff Marcas das Wort. «Es gibt also keine Möglichkeit, dass noch etwas Unveröffentlichtes von Casanova entdeckt werden könnte, also ...»

«Also handelt es sich um eine Fälschung, dafür würde ich meine Hand ins Feuer legen!»

«Und was ist mit dem Inhalt?»

Jetzt schien del Sagredo nicht zu verstehen.

«Was soll mit dem Inhalt sein?»

«Na, damit Käufer sich dafür interessieren, muss der Text in irgendeiner Hinsicht brisant sein. Und wenn ich mich nicht täusche, enthält dieses Manuskript neue Enthüllungen über Casanova.»

«Besonders über seine freimaurerischen Aktivitäten», fügte Anaïs hinzu.

Der Experte brach in Gelächter aus.

«Dass Casanova Freimaurer war, weiß doch jeder! Erkundigen Sie sich mal bei unserem gemeinsamen Freund Teone. Das ist weiß Gott nichts Neues!»

«Aber warum baut die Fälschung dann darauf auf?»

Del Sagredo klang plötzlich ungeduldig. «Warum? Aber überlegen Sie doch mal! Angenommen, Sie sind Fälscher. Casanovas Leben ist heutzutage bis ins kleinste Detail bekannt, was kann man da noch Neues hinzufügen?»

«Ich weiß nicht, eine neue Geliebte vielleicht», schlug Anaïs vor.

«Unmöglich! Casanova ist ein Nostalgiker, sobald er eine neue Eroberung gemacht hat, erwähnt er sie später immer wieder, auch wenn sie längst der Vergangenheit angehört! Kommt er in eine Stadt, in der er jemanden geliebt hat, macht er sich sofort auf die Suche nach seinen alten Leidenschaften. Jede Geliebte wird mindestens zehn Mal in seinen Memoiren erwähnt. Von daher ist es ausgeschlossen, dass er einer Frau ein Kapitel widmet und an keiner anderen Stelle mehr über sie geschrieben hat.»

«Also?»

«Nun, genau deshalb bietet sich die Freimaurerei an! Sie gehört zu dem Bereich seines Lebens, den er, wie man so schön sagt, gern *diskret* behandelte und über den man am wenigstens weiß, obwohl selbst darüber Dutzende von Büchern geschrieben worden sind. Stellen Sie sich vor, es gibt nur ein einziges Dokument, das Casanovas Zugehörigkeit zu den Freimaurern tatsächlich beweist, eine Unterschrift unter einem Tapis, einer Lehrtafel im Tempel!»

«Aber Sie haben doch gerade gesagt, jeder wüsste, dass Casanova Freimaurer war?»

«Weil er es laut herausposaunt hat! Weil es in jener Zeit zum guten Ton gehörte, Bruder zu sein! Weil er für die Nachwelt redete und schrieb! Aber was er bei den Freimaurern tat, ist nicht bekannt.»

Jetzt wurde Antoine ungeduldig.

«Sie meinen also, dass sich ein Fälscher absichtlich diesen Aspekt aus dem Leben Casanovas herausgesucht hat, um so viel Spielraum wie möglich zu haben?»

Del Sagredo blickte auf die schäbige Holzuhr, die über der Theke hing. Der Abend war bereits fortgeschritten.

«Ja, und es gab noch einen weiteren Grund.»

«Welchen?», fragte Anaïs.

«Um den potenziellen Kundenkreis zu erweitern.»

«Inwiefern?»

Als der Experte sich anschickte, seine Brieftasche

herauszuholen, bedeutet Marcas ihm, sie wieder einzustecken. Aber der Mann ließ sich nicht abhalten.

«Nein, nein! Sie sind Freunde von Teone, ich lade Sie ein. Wissen Sie, hier in Venedig kursiert eine Legende. Man erzählt sich, dass Casanova seine eigene Loge gegründet hat, und vor allem soll er einen eigenen Ritus entwickelt haben.»

«Einen eigenen Ritus ...», wiederholte Antoine mit lauter Stimme, ohne sich dessen bewusst zu sein.

«Ja, einen Ritus mit eigentümlichen Praktiken. Als Casanova hier in Venedig festgenommen wurde, hat man zahlreiche Bücher bei ihm gefunden. Über Magie, Zauberei und Geheimwissenschaften!»

«Sicher? Ist das bewiesen?», fragte Anaïs entgeistert.

«Ja, es gibt einen Bericht der Inquisitoren, die die Bücher konfisziert und eine Liste erstellt haben. Eine wahre Bibliothek des Okkultismus!»

«Und?»

«Jetzt stellen Sie sich einmal vor, man findet, wie durch ein Wunder, ein Manuskript, eine perfekte Fälschung, in dem dieser Ritus dargestellt ist, wo alles genauestens beschrieben wird. Stellen Sie sich das nur vor! Wer interessiert sich dafür?»

Marcas dämmerte es. Allerdings hatte er längst noch nicht alles verstanden.

«Sie sagen ja gar nichts? Dann werde ich es Ihnen verraten! Mystiker, Esoteriker und spirituelle Fanatiker stürzen sich darauf!»

«Aber warum?», fragte Anaïs aufgeregt.

«Um eine neue Religion zu begründen. Ihre Religion.»

63
Venedig

Das viergeschossige, graue Gebäude wirkte im Vergleich zu der Pracht Venedigs wie ein architektonisches Verbrechen. Teones Firmensitz, der sich zwischen zwei leerstehenden Lagerhallen am Bahnhof Santa Lucia befand, hätte auch in einem heruntergekommenen Mailänder oder Turiner Industriegebiet stehen können. Drei verrostete *motoscafi* lagen wie gestrandete Fische auf alten Ausweichgleisen, die seit dreißig Jahren nicht mehr benutzt wurden. Von dem kleinen Kanal, der an dem Gebäude entlangfloss, ging ein moderiger Geruch aus.

«Faszinierend. Das ist also das mysteriöse Venedig, das in keinem Reiseführer erwähnt wird. Dagegen ist der Markusplatz und das Danieli ja absolut uninteressant», murmelte Anaïs und hielt sich die Nase zu.

«Egal, um den touristischen Teil kümmern wir uns später. Zum Beispiel, wenn wir uns auf Dupins Insel befinden ...», antwortete Marcas gereizt und trat von einem Fuß auf den anderen, weil ihm kalt war.

Sie standen vor einer olivgrün gestrichenen Tür mit einem vergitterten Fensterchen. Marcas klingelte. Keine zehn Sekunden später wurde das Gitter zur Seite geschoben, und das Gesicht eines Mannes tauchte hinter der Scheibe auf.

«Hermes», sagte Marcas mit rauer Stimme.

«Trismegist», erwiderte sein Gegenüber.

Der Koloss, den sie am Abend zuvor in der Wohnung kennengelernt hatten, öffnete ihnen die Tür und führte sie in einen Raum, der voll mit Bojen, alten Schiffsteilen und lackierten Holzschildern war. An der Wand baumelte ein Anker an einem wuchtigen Nagel. Er sah aus wie ein rostiger Angelhaken. Sie durchquerten den Raum und gelangten in ein Zimmer, das sich in einem noch schlimmeren Zustand befand. An der rechten Wand hing ein riesiges, vergilbtes Poster von einem Sonnenaufgang, wie es während der Hippiezeit modern war. Links enthüllte ein alter Kalender aus dem Jahr 1969 die verborgenen Reize eines Pin-up-Girls, das inzwischen wahrscheinlich sein Dasein in einem Altersheim fristete. Der Schreibtisch aus massivem Sperrholz verschwand unter Bergen von Packpapier.

«Teones Geschäfte scheinen nicht sehr gut zu laufen», flüsterte Anaïs.

Der Chef der Firma Teone hob den Blick von seinem Computer und sah sie lächelnd an.

«Willkommen im Palazzo Teone, liebe Freunde.»

Anaïs warf Marcas einen vielsagenden Blick zu. Der Venezianer rührte sich nicht und bot ihnen auch keinen Platz an. Sie kamen sich vor wie bestellt und nicht abgeholt.

«Geben Sie es zu. Sie haben sich etwas Schickeres vorgestellt?»

«Na ja, der erste Eindruck …», erwiderte Marcas mit einem Augenzwinkern. «Wo ist der Polizist, den wir treffen sollten?»

«Der erste Eindruck trügt», antwortete Teone und erhob sich. Er drehte sich um und drückte mit der Hand auf einen kleinen Plastikanker an der Wand.

Vor den Augen der beiden Franzosen tat sich hinter

dem großformatigen Poster mit dem Sonnenuntergang eine versteckte Tür auf.

«Erst aus den Sternen entspringt das wahre Licht … Wenn Sie mir folgen wollen», sagte Teone mit gewichtiger Miene. «Geben sie Acht, die Treppe ist steil.»

Sie stiegen einige Betonstufen hinab, die in einen engen Gang führten, der gerade breit genug für eine Person war. In gleichmäßigen Abständen waren kleine Lichter angebracht, die jedoch kaum hell genug waren, um die Pfützen auf dem Boden zu beleuchten. Sie gingen langsam. Nach einer weiteren Treppe gelangten sie an eine Metalltür, über der ein riesiges Porträt von Mussolini mit Helm hing. Die Glupschaugen des Diktators blickten an die Decke: *Con il Duce, fino alla morte!*

«Sehr charmant», stellte Anaïs fest. «Begeben wir uns jetzt in den Versammlungsraum für alte Faschisten? Ich habe meine Springerstiefel vergessen.»

Teones Stimme hallte in dem Gang wider. «Ich habe diesen Geheimgang entdeckt, als mein Vater hier in den sechziger Jahren mit seiner Firma einzog. Die Faschisten haben ihn gebaut, um für eine Außenstelle des Geheimdienstes einen versteckten Ausgang zu schaffen. So konnten Spitzel ein und aus gehen, ohne dass die Partisanen etwas davon mitbekamen.»

«Und jetzt, wozu dient er jetzt?», fragte Marcas und tastete sich dabei vorsichtig weiter.

«Um in mein richtiges Büro zu gelangen. Mein Refugium. Seit ich nicht mehr beim Nachrichtendienst bin, habe ich ein nostalgisches Verhältnis zum Untergrund. Der Duce ist mit einem Augenzwinkern zu verstehen.»

Teone schob eine schwarze Plastikkarte in einen

Schlitz aus gebürstetem Stahl, der sich an der Stelle des Schlüssellochs befand. Er drückte die Tür auf und ging vor den Franzosen hindurch. Das Licht ging an, und sie traten in ein riesiges, modernes Büro. Entlang der Wände, die in einem warmen Hellbraun vertäfelt waren, drang durch schmale Fenster Tageslicht in den Raum. Ein langer, dunkelroter Perserteppich lag auf dem Parkett. Über dem Bücherregal hing ein großes Gemälde, auf dem die Kirche San Giorgio Maggiore vom Canal de Giudecca aus zu sehen war. Marcas war sich nicht sicher, ob es sich um einen echten Canaletto oder um eine exzellente Kopie handelte.

Auf einem sandfarbenen Sofa saß ein korpulenter Mann in einer Tweedjacke, der lässig eine Zigarette rauchte. Auf einer Wange hatte er eine feine Narbe. Mit seinen blassblauen Augen musterte er die Neuankömmlinge eingehend. Teone ging auf ihn zu und deutete auf Marcas und Anaïs.

«Lieber Polizeihauptmann Pratt. Das sind meine Freunde. Sie haben eine lange Reise hinter sich.»

Der Mann gab den dreien kurz die Hand, bevor sich alle setzten.

«Herr Pratt spricht ebenfalls Ihre Sprache, er war vor zehn Jahren für Interpol in Lyon», erklärte Teone. «Fangen Sie an, Herr Polizeihauptmann.»

Der italienische Polizist hatte einen genauen Plan der Insel San Francesco del Deserto auf dem klobigen Glastisch ausgebreitet. Er sah Marcas und Anaïs eindringlich an.

«Teone hat mir Ihre Geschichte im Detail erzählt. Ich will Ihnen nicht verheimlichen, dass Ihr Vorhaben ein hohes Risiko birgt. Von meinen Männern kann Sie jedenfalls keiner auf Henry Dupins Anwesen begleiten. Dafür habe ich kein Mandat.»

«Das würden wir auch nie verlangen. Lediglich eine logistische Unterstützung, um Dionysos festzunehmen», erwiderte Marcas.

«Erklären Sie mir kurz, wie Sie genau vorgehen wollen», forderte Pratt ihn auf und zog an seiner Zigarette.

«Wir gehen mit den Einladungskarten eines anderen Paares auf Dupins Ball. Sobald Anaïs Dionysos vor Ort identifiziert hat, hoffentlich ohne dass wir demaskiert werden, rufe ich Sie auf dem Handy an, und dann kommen Sie mit Ihren Leuten, um ihn zu verhaften.»

Pratt wandte den Blick zu Teone, dann sah er wieder die beiden Franzosen an.

«Das ist zu gefährlich … Das überzeugt mich nicht. Ich riskiere zu viel, wenn es schiefgeht.»

Anaïs schaltete sich mit sanfter Stimme ein.

«Herr Polizeihauptmann, das Risiko gehen doch wir ein. Wenn Dionysos oder einer seiner Schergen uns erkennt, werden sie uns, ohne zu zögern, umbringen.»

«Sicher, aber ich muss dann Rechenschaft darüber ablegen, warum ich heimlich meine Leute mobilisiert habe. Da das nicht von oben abgesegnet ist, kann es mich sehr teuer zu stehen kommen.»

«Es sei denn, Sie verhaften den Verantwortlichen für das Massaker von Cefalù. Dann wird Ihnen die ganze Ehre zuteil», gab die junge Frau zu bedenken.

Der Polizist drückte seine Zigarette im Aschenbecher aus.

«Mademoiselle, es gibt noch eine andere Möglichkeit,

die viel einfacher ist. Ich lasse Sie jetzt gleich als wichtige Zeugin festnehmen. Sie werden schließlich überall im Land von der Polizei gesucht. Zudem lasse ich Dupins Insel umzingeln, um Dionysos auf dem Fest zu stellen. Wir lassen alle Gäste vorführen, und Sie zeigen ihn mir. Dann würde ich auch die Lorbeeren einheimsen, und Sie würden nicht Ihr Leben riskieren.»

Anaïs warf Marcas einen beunruhigten Blick zu.

«Gute Idee, lieber Kollege», antwortete Antoine. «Aber wenn Anaïs festgenommen ist, bedeutet das noch nicht, dass Ihre Vorgesetzten Sie damit beauftragen, Dionysos auf dem Fest zu überführen. Außerdem ist Anaïs nicht nur Zeugin, sondern auch … Verdächtige. Eine Verdächtige, die sehr gut mitschuldig sein könnte.»

«Niemand wird jemals glauben, dass eine Frau in einer so diabolischen Sekte zu den Drahtziehern gehört. Leider sind es immer Männer, die so etwas Widerwärtiges machen», entgegnete der Polizeihauptmann.

«Für diese Macho-Bemerkung bin ich Ihnen ausnahmsweise dankbar», sagte Anaïs grinsend.

Teone hatte seine Beine gekreuzt auf das Sofa gelegt.

«Mein lieber Pratt. Die beiden haben recht. Man muss sie in die Höhle des Löwen lassen. Und ich habe beschlossen, sie zu begleiten, um ihnen ein wenig zur Seite zu stehen.»

Antoine und Anaïs sahen ihn überrascht an. Auch Pratt hob die Brauen. Teone tat ihre Bedenken mit einer Handbewegung ab.

«Keine Diskussion. Das erinnert mich an gute alte Zeiten. Seit ich in diesen Fall involviert bin, muss ich

dauernd mit Wehmut an meine aktive Zeit beim Geheimdienst zurückdenken.»

Marcas reagierte als Erster: «Aber dann brauchen
wir noch eine weitere Einladung.»

Teone lächelte verschmitzt.

«Das habe ich mit dem Kostümverleiher bereits be-
sprochen. Drei Gäste werden, wenn sie sich auf den
Weg zum Ball machen, von meinen Helfern abgefan-
gen. Leute aus bester Gesellschaft. Einer ist Bankier in
Lugano, den sehr Vermögende konsultieren, wenn sie
Steuern umgehen wollen. Die beiden anderen sind ein
Paar, korrupte Fernsehproduzenten aus Mailand. Die
Casanova-Loge rekrutiert ganz oben in den besseren
Kreisen. Wir werden sie so lange festhalten wie nötig.
Dann lassen wir sie wieder laufen. Sie werden den Mund
halten und froh sein, dass sie das, was sie für eine skru-
pellose Entführung halten, unbeschadet überstanden zu
haben.»

Anaïs musste lachen. Die italienischen Verhältnisse
waren unglaublich.

«Uns bleibt noch ein Tag bis zu dem Ball. Sind Sie dabei, mein lieber … Prinz von Jerusalem?», fragte Teone
den italienischen Polizisten.

«Ich hoffe, mein lieber Bruder, dass Sie wissen, in was
Sie uns da hineinziehen.»

«Nein, und das ist ja das Schlimme», schloss Marcas.

64
Venedig

Die Sonne versank hinter den Dächern der Palazzi mit ihren bröckelnden Fassaden. In den oberen Fenstern der Gebäude spiegelten sich, ebenso wie im Meer, rote Lichtreflexe. Unten, in den engen Gassen an den Kanälen, drang die Nacht nach und nach in alle Ecken.

Drei geisterhafte Gestalten in schwarzen Umhängen gingen schweigend durch die Lagunenstadt. Die wenigen Passanten, an denen sie vorbeikamen, wunderten sich nicht über ihre Verkleidung. Die kleine Gruppe war zehn Minuten zuvor beim Kostümverleih im Viertel Dorsoduro aufgebrochen und ging nun in Richtung des Anlegers an der Akademie.

Wieder einmal hing Nebel über der Lagune, was die meisten Venezianer dazu veranlasste, nach Hause zu eilen. Nur einige Touristen hielten sich noch am Ufer des Canal Grande auf.

Sie erreichten den Anleger, den ein Vaporetto gerade mit stotterndem Motor verlassen hatte. Die Fassade der Akademie hinter ihnen war bereits in dichten Dunst gehüllt, und ihre Umrisse waren kaum noch zu sehen.

Anaïs schob die Kapuze ihres schweren Umhangs zurück, und eine weiße venezianische Halbmaske mit schwarz-grün schillernden Federn kam zum Vorschein. Nur die Mund- und Kinnpartie war frei. Unruhig sah sie sich in alle Richtungen um.

«Abends ist es hier nicht gerade einladend», sagte sie zu ihren beiden Begleitern, deren Masken von den Kapuzen nach wie vor verdeckt waren.

«Es gab eine Zeit, in der Mörder ihre Opfer bevorzugt genau hier in den Kanal geworfen haben. Das war, bevor die Akademie gebaut worden war», erklärte Teone und schob seinerseits die Kapuze nach hinten. Seine Maske aus dünnem Ebenholz stellte einen Raubvogel dar, die Löcher für die Augen waren schräge Schlitze.

Marcas blickte auf die Uhr. Das *motoscafo* müsste jeden Moment kommen, um sie auf Dupins Insel zu bringen. Er zog seine Einladungskarte aus der Tasche. Sie war aus dickem schwarzem Lackkarton. In der Mitte prangte in einem ovalen Medaillon ein schlichtes Porträt von Casanova. Auf der Rückseite stand auf Französisch in geschwungenen Lettern:

Nacht der Sterne am östlichen Fenster.
Henry Dupin
Palais del San Francesco del Deserto.

Antoine roch das feste Leder seiner mondförmigen Halb-maske. *Sterne am östlichen Fenster,* überlegte er, während er die Karte wieder einsteckte. Immer dasselbe Symbol, das Crowley so liebte. Es erinnerte ihn auch an ein Buch mit dem rätselhaften Titel: *Der Engel vom westlichen Fens-ter.* Und an ein Abenteuer des Comic-Helden Corto Mal-tese, dessen Autor Hochgradmaurer war. Merkwürdig, was ihm alles so im Kopf rumschwirrte.

Er trat näher an Anaïs heran, die mit ihrer behand-schuhten Hand nervös auf ihren Umhang klopfte.

«Noch können wir alles abblasen.»

Sie nahm seine Hand.

«Ich weiß. Ich bin kurz davor wegzurennen. Mir … graust es vor dem, was ich dort sehen werde.»

«Sollen wir aufgeben?»

Sie verschränkte ihre Finger mit den seinen.

«Nein, das wäre feige. Ein Teil von mir stirbt fast vor Angst, aber der andere ...»

«Was ist mit dem anderen?»

«... der andere drängt mich, diesen Irren noch einmal zu sehen. Es ist so schwierig, dass ich mich einfach nicht entscheiden kann. Wenn das Boot nicht gleich kommt, verliere ich den Mut. Ich beneide dich darum, dass du so ruhig bleiben kannst.»

Marcas umfasste ihre Schultern.

«Das sieht nur so aus ... Ich versuche, die Fassung zu bewahren. Außerdem bin ich froh, dass Teone uns begleitet.»

«Danke, dass Sie es so sehen», sagte der Venezianer mit warmer Stimme. «Und wir sollten kurz an unsere drei Mitglieder der Casanova-Loge denken, die wir so mutig vertreten, während sie in einem feuchten Keller hocken. Ah, da ist ja unser Chauffeur.»

Ein schwarzes Motorboot tauchte langsam aus dem Nebel auf und legte vor ihnen an. Pratt kroch aus der Kabine. Er trug eine lange anthrazitfarbene Jacke und eine Schutzmaske, die er sich auf die Stirn hochgeschoben hatte.

«Entschuldigen Sie die Verspätung. Wegen der schlechten Sicht müssen wir im Kanal langsamer als sonst fahren. Steigen Sie ein.»

Sie kletterten hinein und hatten sich kaum auf den Bänken niedergelassen, als sie bereits auf dem Weg aus dem Canal Grande hinaus waren. Bald darauf passierten sie das Guggenheim-Museum. Pratt blieb die ganze

Zeit über stehen und hielt sich an den Griffen fest, die an der niedrigen Decke befestigt waren.

«Wir haben nicht viel Zeit, bis wir auf der Insel anlegen. Hören Sie mir also gut zu. Ich werde Ihnen einen kleinen Sender mitgeben, der so groß ist wie ein Schlüsselanhänger. Damit kann man über eine Entfernung von etwa einem Kilometer elektronische Signale senden. Dieses Signal aktiviert eine Leuchtrakete, die meine Männer sehen werden.»

«Warum eine Leuchtrakete? Das wird doch alle alarmieren und Dionysos wird abhauen.»

«Den kriegen wir schon, keine Sorge. Sollte es Probleme geben, sagen Sie, dass die Polizei die Insel umzingelt hat. Schlimmstenfalls nehmen sie Sie als Geisel, um ein Druckmittel zu haben.»

«Sehr verlockend. Und wo sind Ihre Leute?»

«Drei Boote, die im Dreieck um die Insel herum postiert sind. Zweihundert Meter hinter den Bojen und außerhalb der Reichweite des Radars von Dupins Sicherheitsleuten, der dazu dienen soll, unerwünschte Gäste aufzuspüren.»

«Und was ist mit der Leuchtrakete?»

«Einer meiner Taucher hat sie auf einem Pfahl, der sich unter Wasser befindet, befestigt, fünfzig Meter von der Insel entfernt. Wenn Sie im großen Saal des Klosters stehen, wird sie links von Ihnen zu sehen sein.»

Marcas hatte seine Maske abgenommen. Schweißperlen liefen ihm über die Stirn. Anaïs behielt ihre auf und bewegte sich nicht. Pratt machte sie nervös.

«Eine Sache noch. Theoretisch dauert es von dem Moment an, in dem Sie das Signal senden, bis zum Eintreffen meiner Männer auf der Insel gut fünf Minuten. Wir lassen die Sirenen heulen, um die Sicherheitsleute aufzuschrecken.»

Anaïs erkundigte sich mit tonloser Stimme. «Und wer sagt Ihnen, dass Sie damit nicht eine Schießerei vom Zaun brechen?»

«Das würde ein privater Sicherheitsdienst gegen die Polizei niemals wagen. Aber sicher, man muss immer mit dem Schlimmsten rechnen. Sie könnten uns schon einige Probleme bereiten.»

Das Boot hatte gerade den Lido passiert, der von der untergehenden Sonne erleuchtet wurde. Antoine wandte sich Anaïs zu:

«Wird es gehen?»

«Nein. Ich könnte jetzt gut einen Schluck vertragen, um mir ein wenig Mut anzutrinken.»

Aus einer tiefen Schublade unter der Bank holte Teone eine braune Flasche hervor. Daraus schenkte er eine bernsteinfarbene Flüssigkeit in zwei kleine Tontassen und hielt sie den beiden Franzosen hin.

«Curaçao, es gibt nichts Besseres, bevor man sich in die Höhle des Löwen begibt.»

«Danke, sehr beruhigend», sagte Anaïs und trank den Orangenlikör nichtsdestotrotz mit einem Schluck aus.

Das Boot wurde langsamer. Eine von Bäumen gesäumte Fahrrinne führte zu Dupins Insel. An ihrem Ende konnte man die ockerfarbenen Mauern des Klosters erahnen. Ein ehemaliges Franziskanerkloster. Moderiger Geruch stieg von der Lagune auf.

«Es ist soweit», sagte Pratt und trat zum Bootsführer.

425

Die drei Gäste setzten sich die Masken wieder auf und erhoben sich. Marcas legte Anaïs die Hand auf den Arm und nickte ihr zu.

«Ein einziges Wort von dir und das Boot nimmt dich wieder mit. Danach ist es zu spät.»

Anaïs sah ihn durch die Maske hindurch an. In ihren grünen Augen funkelte eine fast beunruhigende Härte.

«Zu spät ist es bereits … seit Sizilien. Gehen wir.»

Das Boot legte an einem Holzsteg an. Mindestens fünfzig in gleichmäßigen Abständen aufgestellte Fackeln erhellten die Nacht.

Am Ende des Steges standen, wie ein Geistertribunal, drei Figuren aus der Commedia dell'Arte auf einer Treppe. Sie traten näher heran.

Anaïs und ihre Begleiter gingen nacheinander an Land. Ein als Harlekin verkleideter Mann streckte ihr die Hand entgegen, um ihr beim Hinausklettern zu helfen, wobei er sich übertrieben galant verneigte.

«*Benvenuti a San Francesco del Deserto. Mi presenti i suoi invite.*»

Marcas zog die drei Einladungskarten hervor und reichte sie Pulcinella, der sich ebenfalls verneigte und mit klangvoller Stimme rief: «*Vi aspetta una notte di piacere. Che colui che regge il cielo abbia cura … del resto!* Einen vergnüglichen Abend und lass des Himmels Lenker für den Rest sorgen.»

«*Grazie mille*», antwortete Teone.

Pulcinella musterte einen Moment lang die Kostüme der drei Neuankömmlinge, gab ihnen die Karten dann zurück und ließ sie passieren. Der Motor des Bootes, das sie gebracht hatte, heulte auf. Langsam entfernte es sich vom Ufer. Anaïs spürte, wie sich ihr Magen zusammenzog, während das *motoscafo* im Nebel verschwand. Je mehr sie sich ihrem Ziel näherten, desto schneller ging ihr Puls. Das Licht der Fackeln tanzte in der dunklen Nacht.

Sie erinnerten Anaïs an andere, tödliche, unerbittliche Flammen.

Sie konnte die Hitze beinahe hinter ihrer Maske spüren. Alles würde sich wiederholen, es würde genauso ablaufen wie auf Sizilien. Das Ende auf dem Scheiterhaufen stand ihnen bevor. Lebendig verbrannt …

Sie blieb abrupt stehen. *Ich hätte niemals zusagen sollen. Wie konnte ich nur so dumm sein!* Sie drehte sich um und sah, wie Pratts Boot endgültig im Nebel verschwand. Zum Umkehren war es zu spät.

Sie griff nach Antoines Hand.

«Nur nicht den Mut verlieren», flüsterte er ihr ins Ohr.

Die junge Frau antwortete nicht. Sie wusste, mit jedem Schritt, den sie tat, näherte sie sich dem absolut Bösen.

Das Kloster, das von hohen Zypressen umgeben war, erhob sich jetzt majestätisch vor ihnen. Am Ende eines Kieswegs, vor einem hohen, reich verzierten Tor, stand ein Diener in einem schwarzen Gehrock und Perücke, doch ohne Maske.

Als sie nur noch knapp drei Meter von ihm entfernt waren, hätte Anaïs vor Entsetzen fast geschrien. Das letzte Mal hatte sie diesen Mann gesehen, als er ihr Wein einschenkte. Im großen Saal der Abtei von Cefalù. Am letzten Abend. Dem Abend des Massakers.

65
Venedig

Teone zeigte dem Diener die Einladungen, worauf dieser höflich nickte und ihnen das Tor öffnete. Verkrampft ging Anaïs an Dionysos' Mann vorbei, so dicht, dass sie den widerlichen Zitronengeruch seines Aftershaves wahrnahm. Der Diener hob den Kopf und lächelte sie an. Anaïs beschleunigte den Schritt.

Meine Maske schützt mich. Aber wie lange? ...

Ein anderer Diener nahm ihnen die Umhänge ab und deutete auf eine ovale Tür, aus der schrille Musik drang. Sie traten in einen riesigen Saal, der früher der Mittelpunkt des Klosters gewesen sein musste. Die Spitzbogenfenster waren von hohen steinernen Arkaden umrahmt, die von silbern leuchtenden Fackeln erhellt wurden, sodass es aussah, als würde die Decke bis ins Unendliche des Himmels reichen. Auf jede der ockerfarbenen Wände war, wie eine Schablone, das Porträt Casanovas projiziert.

Zahlreiche Frauen und Männer in venezianischen Kostümen flanierten durch den Saal. Eine Verkleidung war eleganter als die andere. Barockroben, die im Spiel der Lichter raffiniert glänzten, bestickte Gehröcke, die wie Kristall funkelten, Gewänder, die dunkle, tiefe Falten warfen. Und alle trugen Masken, um die eigene Identität so gut wie möglich zu verbergen. Wie Geister aus einer anderen Zeit, deren Silhouetten im Schein von Dutzenden Kandelabern tanzten. Zu einem dumpfen Dröhnen der Bässe, das von dem monotonen Gesang einer schrillen, fast androgynen Stimme unterbrochen wurde, bewegten sich die kostümierten Gestalten im Saal, der durch die Lichteffekte aus den Arkaden zum Schillern gebracht wurde.

Am Ende des Raums befand sich im Halbdunkel eine Empore aus Marmor, in deren Mitte ein steinerner Thron stand.

An den Seiten drängten sich Gäste um ein Buffet, auf dem köstliche Delikatessen angerichtet waren: Schalen mit Kaviar, bergeweise gefüllte Wachteln und große Platten mit Wildfleisch.

«Damit könnte man die halbe Stadt ernähren», flüsterte Anaïs Antoine zu.

Livrierte Kellner gingen zwischen den Gästen hindurch und boten Champagner an. Teone nahm ein Glas und hielt es der jungen Frau hin. «Trinken Sie, das kann nicht schaden, bevor wir uns zwischen diesen vielen Leuten auf die Suche nach unserem Guru machen. Das Beste wird sein, sich in die Menge zu stürzen und so zu tun, als amüsierten wir uns», empfahl er.

Gelächter und Stimmen in allen möglichen Sprachen hallten in Wellen von den Klostermauern wider.

«Nun, wir werden sehen, ob wir uns amüsieren …», wisperte Anaïs mit matter Stimme. «Ich habe das Gefühl, mich beim *Tanz der Vampire* zu befinden.»

«Dieser Film macht anscheinend besessen», antwortete Antoine und ließ den Blick durch den Saal wandern, um nach möglichen Fluchtwegen Ausschau zu halten.

«Ich muss unweigerlich an die Szene denken, in der die Helden inmitten all der kostümierten Vampire vor einem Spiegel tanzen und ihr Spiegelbild sie schließlich verrät. Die Blutsauger werfen sich auf ihre Opfer und …»

«Sei beruhigt, ich sehe hier keinen einzigen Vampir», unterbrach Marcas sie gereizt.

«Nur Perverse, die Menschen verbrennen.»

Plötzlich verstummte die Musik, und die Farbe der Lichter änderte sich. Der ganze Saal wurde in ein Nachtblau getaucht, das die Gäste unwirklich erscheinen ließ. Nur die Casanova-Porträts hoben sich davon ab.

Einer der Kostümierten löste sich aus der Menge und stieg die vier Marmorstufen der Empore hinauf zu dem Thron, wo wahrscheinlich früher der Abt seinen Platz gehabt hatte. Er stellte sich an ein Mikrofon, weißes Licht umgab ihn und bildete einen starken Kontrast zu seiner schwarzen Kleidung und dem dreieckigen Hut. Das Gesicht, bis hinauf über die Stirn, war hinter einer Wolfsmaske verborgen.

Die Gestalt hob die Hand, und die Gespräche unter den Gästen, die alle den Blick auf die Empore gerichtet hatten, erstarben.

Der Kommissar nahm die Hand seiner Begleiterin. «Ist … er das?»

Anaïs atmete schnell, antwortete aber nicht. Sie war wie hypnotisiert. Marcas tastete in der großen Tasche seines Kostüms nach dem Sender. Erleichtert fühlte er das kleine, eckige Gerät. Er brauchte nur den Knopf zu drücken, und schon wäre der Alarm ausgelöst.

«Anaïs, antworte mir. Ist das Dionysos?»

Die junge Frau sah den Kommissar durch die Augenschlitze hindurch gequält an.

«Ich … ich weiß es nicht. Mit der Wolfsmaske ist es schwer zu sagen. Vielleicht erkenne ich ihn, wenn er etwas sagt.»

Marcas drehte sich zu Teone um, der sich aber bereits zur Empore durchgeschlängelt hatte.

Die Person am Mikrofon zog langsam die Maske ab.

Anaïs hatte das Gefühl, innerlich zu zerbersten. Sie heftete den Blick auf das Kinn, das zuerst zum Vorschein kam, und rechnete fest damit, im nächsten Moment in das so verhasste Gesicht von Dionysos zu blicken. Jetzt waren bereits die Unterlippen zu sehen, dann der ganze Mund ... *Schneller, du Mistkerl! Zeig dich!*

Antoine umklammerte den Sender, als wollte er ihn zerquetschen. Ein Knopfdruck genügte.

Schließlich war das Gesicht im mondartigen Licht vollständig zu sehen.

Henry Dupin. Der Hausherr auf San Francesco del Deserto.

«Nein ... nein», stieß Anaïs atemlos hervor.

Marcas ließ das eckige Plastikgerät los.

«Scheiße.»

Henry Dupins Stimme erklang donnernd unter den Arkaden.

«Ich heiße euch herzlich willkommen. Auch in diesem Jahr sollen in diesen Gemäuern Amüsement und Amore herrschen.»

Die Menge applaudierte.

«Hiermit erkläre ich die Nacht der Sterne am östlichen Fenster für eröffnet. Doch zuvor ...» Der Modeschöpfer wusste die Effekte versiert zu setzen. «Doch zuvor möchte ich noch die Gelegenheit nutzen, um an denjenigen zu erinnern, ohne den das alles hier nicht möglich wäre. Unseren wahren Meister: Sir Aleister Crowley. Den Befreier des Sterns.»

In dem Moment, als er den Namen des englischen Magiers aussprach, verschwanden alle auf die Wände projizierten Casanova-Bilder wie durch einen Zauber. Stattdessen erschien das Porträt eines glatzköpfigen Mannes mit abwesendem Blick.

«Crowley», bestätigte Marcas.

Der Magier schien seine Untertanen mürrisch von oben herab zu betrachten. Ein verunstalteter Erzengel, der auferstanden war, um erneut das Zepter mystischen Wahnsinns zu schwingen.

Die Menge johlte vor Begeisterung, wie besessen bejubelte sie ihren Messias. Henry Dupin hob die Hand.

«Begrüßen wir jetzt unseren eigentlichen Meister. Den Erben des Propheten des wahren Wortes. Er befindet sich unter uns», sagte er und deutete auf die vordersten Reihen der Zuhörer.

Antoine spürte, wie sich Anaïs' Hand verkrampfte, und umfasste instinktiv erneut den kleinen Sender. Der Augenblick war gekommen.

«Ich werde Pratt alarmieren.»

«Nein», zischte Anaïs. «Noch nicht, ich will ihn erst sehen.»

«Aber …»

«Antoine, ich flehe dich an.»

Henry Dupin ließ die Hände sinken und faltete sie wie zu einem Gebet. Dann fuhr er fort:

«Man möge sich formieren!»

Sofort bildete die Menge einen Kreis, eine sich windende Schlange, die im Begriff war, sich in den Schwanz zu beißen.

«Die Auserwählten mögen erscheinen!»

Fünf Maskierte traten vor.

«Sie mögen einen Stern bilden.»

Die Auserwählten stellten sich in einem kleineren Kreis inmitten des großen auf, als wären sie die Spitzen eines Sterns.

«Der Stern hat sich gebildet. Man möge ihm die Erde bringen!»

Anaïs und Antoine wandten den Blick zu einer kleinen Tür hinüber, aus der eine nackte, nicht maskierte Frau mit entrücktem Blick auftauchte. Sie war jung und hatte große Brüste.

«Sie möge sich im Zentrum des Sterns platzieren.»

Marcas betrachtete den unbekleideten Körper, der sich jetzt auf dem Boden räkelte.

«Meine Schwestern, lasst den in der Erde ruhenden Samen sprießen.»

Zwei der Auserwählten verließen jeweils ihre Spitze des Sterns und legten sich zu der Unbekannten. Anaïs senkte den Kopf. Vom Marmorboden war ein unterdrücktes Stöhnen zu hören.

«Der Samen sprießt!»

«Der Samen sprießt!», rief die Menge im Chor.

Das Stöhnen wurde intensiver.

«Die Brüder mögen sich vorbereiten.»

An den drei verbleibenden Spitzen des Sterns entledigten sich die Maskierten der Unterteile ihrer Kostüme.

«Die Lebensbäume mögen wachsen.»

Auch Antoine senkte jetzt den Blick. Er hörte die gleichmäßigen Schritte, die dann unvermittelt innehielten. Die Männer umstellten die nackte Frau. Dupins vibrierende Stimme war wie eine lodernde Flamme.

«Meine Brüder, dieser Abend ist einzigartig. Ihr erreicht heute den höchsten Grad, den des Hochwürdigen Meisters. Wie Crowley. Wie Casanova. Ihr werdet den Stern entdecken.»

Ein Raunen ging durch die Menge. Die Schwestern nahmen ihre ursprünglichen Positionen wieder ein.

«Mögen die Sternspitzen Erfüllung erfahren.»

Ein heiserer Schrei der Frau drang vom Boden herauf, gefolgt von einem Aufheulen, als auch der letzte Mann in sie eindrang. Die Menge riss vor Begeisterung die Arme in die Höhe.

«Die Erde ist fruchtbar gemacht! Die Erde ist genommen! Die Erde ist gesättigt!»

Frenetischer Jubel brandete auf und dauerte mehrere Minuten an. Dann donnerte die Stimme des Modeschöpfers durch das Gewölbe des Saals: «Zieht euch zurück, meine Brüder!»

Marcas hob den Blick.

Die Unbekannte am Boden war nur noch ein lebloses Stück Fleisch. Die Frau war tot.

«Mein Gott», seufzte Anaïs entsetzt. «Die sind doch alle krank.»

Ein wenig abseits von der Empore stand einer der Kostümierten mit einer weißen Maske und starrte ebenfalls auf die Tote. Die Hände auf den Bauch gelegt, wirkte die Gestalt wie hypnotisiert vom Leichnam der jungen Frau.

«Und jetzt möge der Tanz des Todes beginnen. *La danse macabre!*», rief Henry Dupin mit gellender Stimme.

«*La danse macabre!*», antwortete die Menge wie in Trance.

434

Grünes und weißes Licht blendete von den Arkaden herab.

«Ich fasse es nicht, sie werden doch jetzt wohl nicht tanzen», stammelte der Kommissar. Schrille Töne schallten aus den versteckten Lautsprechern. Der Rhythmus wurde immer schneller. Die Maskierten fassten sich an den Händen, und die finstere Farandole begann.

Anaïs wandte sich Antoine zu: «Was ist das für ein Tanz?»

Der Kommissar hatte jedoch keine Zeit zu antworten, denn jemand hatte seine Hand genommen und zerrte ihn mit sich. Er sah nur noch, wie Anaïs ihrerseits rückwärts gezogen wurde, als wäre sie in einen Strudel geraten.

«Antoine! Hilfe!»

Ihre panische Stimme verlor sich in der geisterhaften Menge, die sie verschluckte.

Marcas wollte sich befreien, doch der kräftige Griff des anderen brachte ihn fast zu Fall. Er versuchte die zweite Hand in der Tasche zu behalten, doch eine weitere Gestalt hatte sie sich bereits geschnappt. Links und rechts von sich erkannte er Harlekin und Pulcinella. Um die zwei maskierten Männer zu zwingen, ihr Tempo zu verlangsamen, ließ er sich absichtlich über den Boden schleifen, doch sie hielten ihn unerbittlich fest und quetschten ihm dabei fast die Finger ab. Sie ließen ihn zappeln wie eine Puppe mit ausgerenkten Gliedern. Vor Marcas' Augen verschwamm alles, er kam sich vor wie in einem grotesken Schleudergang. Die spöttischen Masken sprangen um ihn herum wie in einem Kaleidoskop. Das sonore Hämmern der Musik wurde zunehmend lauter. Er spürte, wie die durchdringenden Bässe von seinem Inneren Besitz ergriffen.

Harlekin und Pulcinella hatten ihn bis vor die Empore gezerrt, wo sie ihn unsanft fallen ließen. Er versuchte sich wieder aufzurichten, doch sein Kopf hörte nicht auf, sich zu drehen. Über sich erblickte er Crowleys unheilverheißendes Gesicht.

Ein Stöhnen ließ ihn auffahren, und er sah Teone neben sich kauern. Die Maske saß ihm im Haar. Blut rann aus seinem Mund.

«Dio ... ich habe Dionysos gesehen. Da ...»

Dann brach der Venezianer zusammen, den Mund voller Blut.

«Nein!», brüllte Marcas.

Er wollte gerade die Hand in die Tasche schieben, als ihn ein Knüppel an der Schläfe traf.

66
Venedig

Vor den hohen Spitzbogenfenstern erhob sich der steinerne Thron. In der Lehne, an der die Zeit genagt hatte, war eine runde Platte mit dem Stern des Salomon eingelassen. Ein Symbol, über das seit Jahrhunderten gestritten wurde.

Das nachtblaue Licht, in das der Saal nun wieder getaucht war, reichte nur bis zum Fuß des Throns. Der Sitz selbst wurde von Strahlern umrahmt, von denen blendend helle, gebündelte Lichtkegel ausgingen.

Neben dem Thron lag auf einem kleinen Pult ein großes, in Leder gebundenes Buch.

Langsam stieg Dionysos die Stufen hinauf und blieb dann neben dem antiken Thron stehen. Sanft strich er mit Handschuhen über die steinerne Armlehne. Gleichzeitig sprach er zu sich selbst und dem Publikum:

«Dieser Thron ist in Venedig unter dem Namen ‹Stuhl von Antiochien› bekannt. Man sagt, dass er auf den Apostel Simon Petrus zurückgeht, den ersten Papst. Bis vor kurzem befand er sich in der Kirche San Petro di Castello. Aber als er wegen Restaurierungsarbeiten ausgelagert werden musste, habe ich die Gelegenheit genutzt, ihn durch eine Kopie ersetzen zu lassen.»

Er sah über die Menge hinweg, die sich in einem kollektiven Trancezustand zu befinden schien, und blickte Anaïs eindringlich an, die von zwei Männern in schwarzen Gehröcken festgehalten wurde. Ihre Maske hatte man ihr heruntergerissen. Blanker Hass funkelte in ihren Augen. Zwei Meter von ihr entfernt lag Marcas in gekrümmter Haltung bewusstlos am Boden. Vor den Stufen erkannte sie Teones Leichnam in einer Blutlache.

Dionysos fuhr fort: «Die Legende besagt, wer auch immer von diesem Stuhl Besitz ergreift und sich darauf niederlässt, dem werden alle Wünsche erfüllt. Wir werden sehen ...»

Andächtig nahm er auf dem Thron Platz und legte die Hände auf die Armlehnen.

«Mein erster Wunsch wurde erhört. Ich wollte meinen kleinen Stern wiedersehen. Anaïs. Da steht sie.»

Die junge Frau sah ihn mit einem mörderischen Hass in den Augen an.

«Wie hast du uns unter all diesen Geisteskranken erkannt?»

Dionysos legte den Zeigefinger auf die Lippen.

«Keine Beleidigungen in den Hallen unseres edlen Gastgebers. Es ist ganz einfach. Bei eurer Ankunft hat Pulcinella euch mit einer kurzen Passage des Dichters Ariosto empfangen, die Casanova in seinen Memoiren zitiert, als es ihm gelingt, aus den Bleikammern des Dogenpalastes zu fliehen. *Che colui che regge il cielo abbia cura ... del resto!* Lass des Himmels Lenker für den Rest sorgen. Darauf hättet ihr antworten müssen: *Che la providenza se ne occupi se non spetta al cielo.* Oder die Vorsehung, wenn es nicht Ihn bekümmert. All unsere Gäste kannten dieses Passwort. Außer euch.»

«Du hast uns seit unserer Ankunft beobachtet ...»

«Ja, Pulcinella hat Alarm geschlagen, die ganze Insel wird von Kameras bewacht ... Aber ich habe noch einen zweiten Wunsch. Mal sehen, ob dieser Thron Wunder vollbringen kann. Ich möchte, dass dieser französische Kommissar stirbt. Wir wollen die Legende doch nicht Lügen strafen. Ödipus, jag ihm eine Kugel in den Schädel.»

«Nein!», schrie Anaïs.

Alle Blicke richteten sich auf die junge Frau, die wild um sich schlug. Marcas musste unbedingt aufwachen und den Sender betätigen, dann würde die italienische Polizei bald eingreifen. *Sie musste Zeit gewinnen. Großer Gott, jede Minute zählte. Sie musste Antoines Rat befolgen und des Meisters Hochmut vor seinen Schülern befriedigen. Nur so hatte Marcas vielleicht genug Zeit, um wieder zur Besinnung zu kommen.*

Sie rief so laut, dass jeder es hören konnte: «Ich weiß, dass ich Fehler gemacht habe. Ich bitte um Vergebung für das, was ich getan habe. Dionysos, nimm mich wieder auf.»

Der Meister zeigte keine Regung, er war wie versteinert, doch dann murmelte er: «Nach all dem, was ich dir angetan habe? Nachdem dein Geliebter an jenem sizilianischen Strand verbrannt ist? Ich habe den einzigen Mann umgebracht, den du je geliebt hast und nun bittest du mich um Verzeihung?»

«Ja», sagte die junge Frau und wendete sich dem Saal zu. «Der Tod ist nur ein vorübergehender Zustand. Das verkünde ich vor euch allen. Der Meister hatte mir den Weg gezeigt, doch ich habe ihn nicht verstanden.»

Dionysos gab Ödipus und dem anderen Mann ein Zeichen, worauf diese den Griff lockerten. Anaïs sah erneut den Menschen an, den sie mehr als alle anderen auf der Welt hasste. Doch sie musste dieses erniedrigende Theater weiterspielen. Zeit gewinnen. Sie kniete sich nieder.

Bewegungslos saß Dionysos auf dem Thron und beobachtete, was geschah. Das kalte, grelle Licht umgab sein weißmaskiertes Gesicht wie ein Heiligenschein mit einer unheimlichen Aura. Sein Mund formte sich zu einem herablassenden Lächeln. Anaïs setzte ihr Flehen fort. «Ich bitte dich, gewähre mir deine Erlösung.»

Ein Raunen ging durch die Menge.

«Erhebe dich, mein Kind. Ödipus, lass sie zu mir kommen, da sie es nun einmal wünscht.»

Anaïs blickte aus den Augenwinkeln zu Marcas hinüber. Er schien noch immer bewusstlos zu sein. *Der Sen-*

der, großer Gott, möge der Alarm doch losgehen. Sie erhob sich langsam und versuchte möglichst unterwürfig zu wirken. Der Hass brannte ihr in der Seele und zerfraß sie fast. Mit tonloser Stimme hörte sie sich fragen: «Sind mir meine Fehler verziehen … Meister?»

Dionysos hatte einen Ellenbogen auf dem Thron aufgestützt und das Kinn in die Hand gelegt. Hinter der weißen Maske glänzten seine Augen. «Ich will an deine Aufrichtigkeit glauben, mein kleiner Stern, aber du hast an mir gezweifelt. Ich habe dir die Unsterblichkeit versprochen. Was wirst du tun, um mir zu zeigen, dass du es ernst meinst? Es ist seltsam, wie die Frauen mich verraten, genauso wie die liebe Manuela …»

«Alles», murmelte Anaïs mit vor Wut erstickter Stimme. *Antoine, nun wach doch endlich auf und drück auf diesen Knopf.*

Dionysos streckte die Hand nach ihr aus und bedeutete ihr, zu ihm zu kommen.

«Setz dich zu mir. Deine Mission ist noch nicht beendet.»

Während Anaïs die Stufen der Empore hinaufging, sah sie aus den Augenwinkeln, dass sich der Kommissar ein wenig regte. Seine Finger bewegten sich über den Marmorboden.

Die junge Frau setzte sich auf die oberste Stufe. Ihre Augen befanden sich auf der Höhe von Dionysos' Knien. Alles in ihr sträubte sich. Der Meister legte ihr die Hand auf den Kopf und strich ihr beiläufig übers Haar. So, wie man einen treuen Hund streichelte. Innerlich tobte sie. Sie wollte Thomas' Mörder an die Gurgel springen, ihm die Maske herunterreißen und die Augen auskratzen, ihm mit voller Wucht in die hübsche Visage schlagen, das dämonische Lächeln für immer auslöschen.

Beruhige dich. Jede Sekunde zählt. Schmier diesem Abschaum Honig ums Maul.

Klar und deutlich rief sie: «Dionysos ist mein einziger Meister.»

«Ist das so? Dann verdienst du eine Belohnung. Sieh mich an!»

Langsam zog sich der Mann auf dem Thron die Maske ab. Sein ebenmäßiges Gesicht strahlte in dem hellen Licht. Glühende Wut stieg in Anaïs auf. Er wirkte genau so wie auf Sizilien. Ein selbstsicherer, unerbittlicher Herrscher.

«Aber wir wollen noch sehen, ob unser junger Stern wirklich aufrichtig ist. Ödipus, gib ihr deine Waffe. Anaïs, töte diesen Monsieur Marcas.»

Folgsam reichte der Killer Anaïs die Waffe. Sie erhob sich schwankend, nahm die Pistole und hielt sie verkrampft in der Hand. Amüsiert beobachtete Dionysos die Szene.

«Nun, mein Stern! Hast du meine Devise vergessen? *Tu, was du willst.* Ich vertraue dir. Schließlich könntest du dich auch umdrehen und auf mich zielen.»

Sie wollte nur eins. Die Waffe an die Schläfe ihres Peinigers drücken und schießen, bis das Magazin leer war. Seinen Schädel in tausend Stücke zerspringen sehen. Thomas rächen. Endlich. Aber sicher würden die Wachen dazwischengehen. Und was würde dann aus Antoine? Er durfte nicht sterben. Es war nicht seine Rache.

Ich flehe dich an, steh auf.

«Mein kleiner Stern, du verschwendest unsere Zeit. Jetzt schieß!»

In diesem Augenblick hob Marcas den Kopf. Endlich, dachte Anaïs. Mit Mühe rappelte er sich vor aller Augen hoch. Dionysos beobachtete ihn mit eisigem Blick. *Vielleicht gelingt es Antoine doch noch, das Signal zu senden.* Anaïs stieg erst eine Stufe von der Empore hinab, dann die zweite.

Der Kommissar hockte jetzt auf Knien und massierte sich die Schläfen. Er konnte nicht klar sehen. Langsam schob er den Arm in Richtung Jackentasche. Der Sender.

«Meine liebe Anaïs, nicht schwächeln!», ermahnte Dionysos sie.

Erst jetzt blickte Marcas zu Dionysos auf und erstarrte.

«Antoine, drück auf den Sender!», schrie Anaïs.

Doch der Polizist blieb mit hängenden Armen und mit vor Entsetzen weit aufgerissenen Augen knien reglos. Anaïs hatte das grausame Gefühl, dieser Albtraum würde nie enden. Sie waren verloren, wenn er nicht endlich den Alarm auslöste.

«Antoine, ich flehe dich an! Drück endlich den Knopf, schnell!», schrie Anaïs.

Marcas erhob sich schwerfällig und bewegte sich wie ein Schlafwandler auf die Treppe zu. Mit erstickter Stimme rief er: «Das kann nicht sein. Nicht du …!»

Dionysos brach in sein merkwürdig helles Lachen aus.

«Isabelle …», stammelte Marcas leise.

67
Venedig

«Antoine, mein lieber Bruder, ich heiße dich herzlich bei uns willkommen!»

Isabelles Stimme, die jetzt von einem unsichtbaren Mikrophon verstärkt wurde, schallte aus den versteckten Lautsprechern durch das alte Kloster. Die Jünger drängten sich um die Empore, um das Spektakel nicht zu verpassen. Marcas konnte den Blick nicht von der Frau lassen, die sich Dionysos nannte. Anaïs versuchte es abermals: «Antoine!»

Der Kommissar reagierte nicht auf ihr Flehen, seine Augen waren auf Isabelle gerichtet. Er konnte nicht glauben, was er sah. Die feinen Züge, der harte Blick, das spöttische Lächeln. Diese sanfte, intelligente Frau, die ihm geholfen hatte, existierte nicht mehr. Isabelle hatte sich in ein Monster verwandelt. Das Gesicht war noch das gleiche, aber sie schien von einem Dämon besessen. Weder Mann noch Frau oder beides auf einmal. Ein perfekt androgynes Wesen.

Sie musterte ihn herablassend.

«Antoine Marcas, mein Bruder. Bist du überrascht, dass Dionysos eine Frau ist? Willst du mit uns an diesem rührenden Wiedersehen teilnehmen? Anaïs will dir ja anscheinend keine Kugel in den Kopf jagen.»

Dem Kommissar schwindelte.

«Warum?»

Isabelle lehnte sich mit triumphierender Miene auf ihrem Thron zurück.

«Es gibt so viele ‹Warum›, dass du die Antworten gar

nicht verarbeiten könntest. Sagen wir einfach, dass ihr beide Instrumente einer Zukunft seid, die euch überholt.»

Plötzlich drehte sich Anaïs um und richtete die Pistole auf Dionysos. Sofort sprang Ödipus, der seine Harlekinmaske abgenommen hatte, mit zwei Wachleuten auf die Empore. Ihre Waffen hatten sie auf die junge Frau und auf Marcas gerichtet.

«Du nimmst jetzt die Pistole runter, sonst jage ich dir eine Kugel in den Kopf», brüllte der Killer.

«Ganz ruhig. Anaïs tut nichts. Stimmt's, mein kleiner Stern?», ging Isabelle dazwischen.

Anaïs' Hand zitterte, sie umklammerte die Waffe und sah über den Lauf hinweg direkt in Dionysos' Gesicht. Ein einziger Druck auf den Abzug, und der Albtraum wäre endgültig vorbei.

«Es ist mir egal, wenn ich sterben muss. Du hast Thomas und die anderen auf dem Scheiterhaufen verbrennen lassen und mich gnadenlos verfolgt. Warum?»

«Noch ein ‹Warum›?» Dionysos legte die Hände aneinander wie zu einem Gebet. «Ich muss dir etwas gestehen: Dein Leben war nie in Gefahr. Nicht ein einziges Mal! Ich habe dir nie etwas antun wollen.»

Anaïs brüllte vor Wut. «Das ist gelogen. Dein Bluthund hat mich auf Sizilien verfolgt, und wenn ich keinen Zufluchtsort gefunden hätte, wäre ich längst tot. Dafür wirst du bezahlen.»

«Ach ja?», erwiderte Dionysos und hob die rechte Hand, um jemanden aus der Menge zu sich zu winken.

Zwei als Prinzen der Renaissance kostümierte Männer traten vor. Anaïs schrie: «Nicht bewegen. Sonst schieße ich.»

«Meine Freunde, nehmt eure Masken ab, damit sie beruhigt ist. Und sagt unserer kleinen Anaïs guten Tag», forderte Dionysos.

Die beiden Männer taten, was sie verlangte. Anaïs stieß einen Schrei der Entgeisterung aus.

«Nein, das … ist unmöglich.»

Vor ihr standen Giuseppe und sein Vater, die Sizilianer, die ihr das Leben gerettet hatten. Sie lachten sie an, als hätten sie gerade eine alte Freundin wiedergetroffen. Anaïs war wie benommen, sie konnte es nicht fassen. Der junge Sizilianer warf ihr einen Kuss zu.

«Das kann nicht sein.»

«Oh doch. Giuseppe und sein Vater sind meine treuesten Jünger auf Sizilien. Ich wollte von Anfang an, dass du dem Scheiterhaufen entkommst. Du hast nur ganz wenig Schlafmittel bekommen, damit du rechtzeitig aufwachst. Anschließend haben dich meine Leute in gebührendem Abstand bis zum Bauernhof verfolgt. Ich habe dich sogar nachts im Haus von Giuseppes Vater besucht. Du hast geschlafen wie ein Baby, und ich habe dir über die Stirn gestreichelt …»

«Aber Don Sebastiano und seine Tochter, die sich umgebracht hat …?», stammelte Anaïs.

«Alles Märchen.»

Verstört sah Anaïs Giuseppe an. Dieser Mann, der sie heimlich geliebt hatte, der so sanft und einfühlsam gewesen war. Er machte sich über sie lustig! Sie alle hatten mit ihr gespielt!

«Aber das ergibt doch keinen Sinn!», mischte sich Marcas jetzt lautstark ein. «Die Verfolgung am Flughafen von Palermo?»

«Alles nur vorgetäuscht. Ihr Hass sollte wachsen, genährt und immer stärker werden. In Paris haben wir ihre Wohnung und die ihres Onkels überwacht. Sie hat uns doch ihr ganzes langweiliges Leben erzählt, als sie unserer Gruppe angehörte.»

«Aber was sollte dann die Schießerei in dem Pariser Einkaufszentrum?»

«Ich muss gestehen, dass Ödipus hier improvisiert hat. Alles war bedacht, außer, dass ihr beiden euch begegnet. Der Zufall hat es gewollt, dass der kleine Freimaurer-Kommissar mit dem Fall des Ministers beauftragt wurde und den Kontakt mit Manuela suchte. Und dass Anselme euch zusammengeführt hat. Ich musste meine Pläne ständig anpassen. Was für ein Glück, dass deine Großloge mich gebeten hat, dir zu helfen. Das habe ich als Wink des Schicksals empfunden.»

«Und Sevilla?»

«Ödipus sollte euch zurückholen und Manuela eliminieren. Eure Flucht aus Granada hat die Sache etwas komplizierter gemacht. Kurz dachte ich schon, ich hätte euch verloren, doch zum Glück hatte der nette Bruder Marcas die Idee, seine liebe Schwester Isabelle um Hilfe zu bitten. Die Entscheidung, nach Venedig zu fliegen, war für uns perfekt. Ödipus hätte euch auch hierhergebracht.»

Anaïs ließ die Waffe sinken.

«Sie ist nicht geladen, stimmt's? Du wolltest mich nur manipulieren.»

«Ganz und gar nicht. Aber ich weiß, dass du nicht schießen wirst. Nicht, ohne erfahren zu haben, welche Rolle ich dir eigentlich zugedacht habe.»

Antoine hielt plötzlich den Sender hoch.

«Es ist vorbei, Isabelle. Die venezianische Polizei hat die Insel umzingelt. Das Ende deiner Geschichte kannst du vor Gericht erzählen.»

Unruhe machte sich unter den Jüngern breit, die sich unschlüssige Blicke zuwarfen.

«Er blufft», behauptete Henry Dupin, der sich langsam dem Thron genähert hatte.

Der Kommissar wandte sich an die aufgebrachte Menge. Sein Sender wirkte wie eine lächerliche Waffe. Hinter ihm lächelte Isabelle verächtlich, während Aleister Crowley mit bedrohlicher Miene auf seine Jünger herunterblickte.

Marcas drückte den Knopf. Scheinbar lautlos detonierte etwas vor den Fenstern des Klosters. Die Ballbesucher drehten sich um, als eine Rakete in den Himmel aufstieg. Am Ende ihrer Flugbahn explodierte der Leuchtkörper wie eine verglühende Sonne und erhellte den Nachthimmel, bevor er in die Lagune stürzte.

Ein Raunen ging durch den Saal. Die Gäste ließen ihre Masken fallen, und angespannte Gesichter kamen zum Vorschein. Erneut erfüllte Dionysos' Stimme das Kloster. «Wunderschöner Stern, wirklich. Die Idee hätte ich haben müssen, als ich die Verbrennung von Cefalù geplant habe.»

Im nächsten Moment ertönten Polizeisirenen im Nebel. Marcas schrie der Menge zu: «Gleich sind die Carabinieri hier. Machen Sie sich nicht zu Komplizen weiterer Morde. Alles ist vorbei.»

Panik brach aus. Die Ballbesucher rannten auf der

Suche nach den Ausgängen in alle Richtungen. Henry Dupin hatte die Empore bereits verlassen. Ödipus und die beiden Sizilianer waren ebenfalls verschwunden.

Isabelle blieb seltsam ruhig auf ihrem Thron und betrachtete das Durcheinander, als ginge es sie nichts an.

«Geht nur, meine Kinder, wir werden uns wiedersehen», rief sie. Und dann sagte sie an Anaïs gewandt: «Eine letzte Überraschung habe ich noch für dich.»

Langsam erhob sie sich und zog einen Sack aus Leinen hervor, der hinter dem Petrus-Thron versteckt war. Sie schwenkte ihn auf Augenhöhe und kippte den Inhalt dann mit einer Bewegung auf der Empore aus.

Abermals hatte Anaïs die Waffe auf Isabelle gerichtet. Schweißperlen liefen ihr über die Stirn.

Etwas Dunkles fiel auf die Stufen und kullerte ihr vor die Füße, sie wendete jedoch den Blick nicht von ihrer Peinigerin ab.

«Willst du ihn dir gar nicht anschauen, Anaïs? Ich habe ihn extra aufgehoben, als Erinnerung an jenen Abend am Strand von Cefalù.»

Anaïs spürte den Gegenstand an ihrer Fußspitze. Sie wollte nicht den Blick senken. *Nicht hinschauen. Auf keinen Fall hinschauen.* Sie wusste, was es war.

Marcas näherte sich der jungen Frau und sah Isabelles grausames Werk.

Vor ihm lag ein verkohlter Kopf, in dem man die schwarzen Augenhöhlen erkennen konnte. Die Knochen waren zu einer grotesken Grimasse verzogen, und Fleischreste hingen noch am Kiefer und an der Stirn.

«Sieh nicht hin!, Anaïs. Gib mir die Waffe. Es ist vorbei. Nicht schießen!», flehte Antoine sie an.

Anaïs ließ den Arm sinken, als würde sie sich den Anweisungen des Kommissars fügen. Durch die Fenster sah man die Scheinwerfer der Polizeiboote die Fassaden des Klosters absuchen. Die Carabinieri waren soeben an Land gegangen. Aus den Lautsprechern schallte Isabelles Stimme: «Anaïs! Willst du deinen Liebhaber nicht ein letztes Mal sehen? Ich habe ihm eigenhändig den Kopf abgetrennt, direkt nach deiner Flucht.»

«Nein!», kreischte Anaïs, als sie auf den verbrannten Schädel vor ihren Füßen hinabsah.

In ihren Augen funkelte unbändiger Hass. Sie richtete die Waffe auf Isabelles Kopf. Ihr Finger berührte den Abzug.

«Nicht schießen, Anaïs! Wenn du sie tötest, werden wir nie die Wahrheit erfahren!», brüllte Marcas.

In dem Augenblick stürmte die Polizei den Saal.

Isabelle stand auf und griff nach dem alten Buch, das auf dem Pult neben dem Thron lag. Sie wirkte vollkommen entrückt und hielt den in Leder gebundenen Band vor sich wie Moses die Gesetzestafeln.

«Die Antwort auf das ultimative Mysterium von Liebe und Tod befindet sich in diesem Manuskript Casanovas. Alle falschen Religionen werden nach und nach verschwinden, wenn jeder von seinen Lehren erfahren hat. So wie Aleister Crowley es vorhergesagt hat. In Wahrheit besitzt dieses Buch die Macht, Männer und Frauen in Sterne zu verwandeln. Ich schenke der gesamten Menschheit … die ultimative Freiheit.»

«Das Manuskript ist eine Fälschung! Casanova hat diesen Text niemals geschrieben. Leg das Buch hin und ergib dich», brüllte Marcas.

Isabelle frohlockte: «Und du, mein Lieblingsstern, glaubst du mir auch nicht? Weißt du, dass es mir gar nicht leichtfiel, die Knochen deines Geliebten auf dem Scheiterhaufen zu suchen? Sein hübsches Gesicht …»

Ein Schuss ging los. Ein zweiter …

Isabelle riss die Augen auf und sah, wie sich ihr Gewand auf der Brust rot färbte. Das Casanova-Manuskript fiel zu Boden.

Marcas stürzte sich auf Anaïs und entriss ihr die Pistole.

Isabelle taumelte. Ihr Blut floss über das Buch.

«Anaïs, ich bin ein Stern …»

Sie drehte sich einmal um sich selbst und brach dann zusammen.

68
Zwei Monate später

Auf der Videoleinwand loderten Flammen in der Nacht. Auf fünf Scheiterhaufen schrien vier Frauen und fünf Männer vor Schmerzen. Dionysos, dessen Gesicht unter einer schwarzen Maske verborgen war, stand mit erhobenen Armen am Feuer und leierte Beschwörungsformeln herunter, während sich die Körper der Opfer in alle Richtungen krümmten. An seiner Seite bellten zwei riesige Dobermänner und fletschten die spitzen Zähne. Eine nackte junge Frau mit viel Oberweite lief im Hintergrund über eine Wiese.

Eine Stimme aus dem Off berichtete:

«*Die junge Französin musste das vom sadistischen, bisexuellen Kopf der Casanova-Loge angeordnete Massaker machtlos mit eigenen Augen ansehen. Sie musste zusehen, wie Thomas, ihr Liebhaber, verzweifelt gegen die Flammen kämpfte. Vergeblich. Splitterfasernackt hatte sie sich hinter einem Baum versteckt und schwor Rache für ihren gepeinigten Geliebten.*

Sehen Sie nach der Werbung die Fortsetzung unserer Dokufiktion über das Massaker von Cefalù, das mit Schauspielern nachgestellt wurde.»

Als *special guest* der Sendung *Die Wahrheit hinter den Nachrichten* sah sich Anaïs die Fernsehdokumentation ihrer Geschichte mit wachsendem Ekel an. Die Schauspielerin, die Anaïs spielte, war eine dümmliche, falsche Blondine, die ihr überhaupt nicht ähnlich sah. Der Dionysos-Darsteller sah aus wie ein Transvestit vom Boulevard des Maréchaux. Und die Handlung war gespickt mit Unwahrheiten. Angespannt wartete sie darauf, dass die Sendung endlich zu Ende ging. Sie hätte niemals zusagen sollen, daran teilzunehmen, aber jetzt war es zu spät.

Vor der Dokumentation hatte sie eine halbe Stunde lang Fragen über sich ergehen lassen. Doch die Produzenten hatten beschlossen, das aufgezeichnete Interview im Anschluss an den Film auszustrahlen, um so den Eindruck zu erwecken, Anaïs hätte an der Fernsehdarstellung nichts auszusetzen.

Die Scheinwerfer gingen an. Donnernder Applaus war im Studio zu hören.

Die Moderatorin lächelte breit mit ihren Silikonlippen und hob beschwichtigend den Arm, um den Applaus zu beenden.

«Ein bestürzender Bericht! Wenn man sieht, was diese außergewöhnliche junge Frau durchgemacht hat, kann man sie nur zu ihrem Mut beglückwünschen! Anaïs Lesterac, vielen Dank, dass Sie heute zu uns ins Studio von *Die Wahrheit hinter den Nachrichten* gekommen sind.»

Der Regieassistent hob ein Schild hoch, und eine weitere Welle von Applaus brandete im Aufnahmestudio auf. Da sie durch die Scheinwerfer geblendet wurde, konnte Anaïs die Gesichter des Publikums nicht erkennen, das auf Kommando in Beifallsstürme ausbrach. Sie fühlte sich unwohl angesichts des Beifalls und des Bildes von Dionysos, das über ihr auf einem riesigen Bildschirm prangte. Sie wollte nur eins: so schnell wie möglich fort von hier.

Die Moderatorin neben ihr lächelte sie freundlich an und drückte dabei leicht auf ihren Knopf im Ohr. Anaïs hörte sie unverständliche Worte murmeln. Der Regieassistent hob ein weiteres Schild, auf dem in großen roten Buchstaben das Wort STOPP stand. Der Applaus verstummte augenblicklich. Das Publikum hatte dieses Prozedere vor der Aufnahme ein Dutzend Mal geübt. Anaïs wollte etwas sagen, um die groben Fehler richtigzustellen, doch ihr Mikrophon war bereits abgeschaltet. Die Moderatorin, die merkte, wie ihr Gast langsam die Geduld verlor, ergriff das Wort: «Ich danke Ihnen allen für Ihr Interesse an unserer spannenden Spezialsendung über die grausame Casanova-Sekte. Eine Akte, die noch lange nicht geschlossen ist. Nächste Woche beschäftigen wir uns in *Die Wahrheit hinter den Nachrichten* mit dem Tabuthema: Transsexualität bei Körperbehinderten. Liebe Freunde vom *Infokanal Wahrheit*, bis bald!»

Dröhnende Musik ertönte, während die Zuschauer sich erhoben und das Sicherheitspersonal für ein geordnetes Verlassen des Studios sorgte. Die Moderatorin wandte sich lächelnd an Anaïs: «Hinter den Kulissen gibt es noch einen kleinen Cocktail. Darf ich Sie dazu einladen?»

«Nein, danke, ich muss gehen. Mein Freund wartet auf mich. Aber Ihre Dokumentation war voller Fehler, ich war zu keiner Zeit nackt, ich …»

«Das spielt keine Rolle», schnitt ihr die prominente Fernsehfrau, die mehrmals im Jahr die Titelseiten der Klatschmagazine zierte, das Wort ab, «man muss dem Fernsehzuschauer etwas bieten. Sie sind jetzt ein Medienstar. Wann bringen Sie übrigens Ihr Buch raus?»

«Welches Buch?»

«Nun tun Sie nicht so! Die Dionysos-Affäre hat überall Schlagzeilen gemacht. Gegen so einen Skandal ist die Sonnentempel-Sekte der reinste Kinderkram! Die schöne Isabelle, die grausame Androgyne, brillant, pervers, trickreich, die Inkarnation des Bösen, Hohepriesterin eines sexuellen Kults, Betreiberin einer luxuriösen Swingerclub-Kette … Die Journalisten werden sich darum reißen, alles über sie zu erfahren! Und Sie, die einzige Überlebende des Massakers von Cefalù, schreiben nicht Ihre Memoiren?»

«Nein.»

Die Moderatorin legte ihr die Hand auf den Arm.

«Nächsten Monat erscheinen zwei Sachbücher über Dionysos. Ich weiß, dass bereits mehrere Verlage bei Ihnen angefragt haben, ob Sie Ihre Erlebnisse nicht aufschreiben wollen, und sie haben Ihnen gute Angebote gemacht. Man ist auch an einen meiner Redakteure herangetreten, der Ihnen vielleicht beim Schreiben behilflich sein könnte ...»

«Da hat er Pech gehabt, denn ich werde alle Angebote ablehnen.»

Anaïs zog ihr Mikrophon vom Revers ihrer Kostümjacke und erhob sich. Die Moderatorin blieb erstaunt und enttäuscht sitzen.

«Sex, Esoterik, Freimaurer, ein Minister im Irrenhaus ... Der Stoff hat das Potenzial zu einem Prime-Time-Film. Schade, dass es kein Bild von den Praktiken der Casanova-Loge gibt ... Aber nochmals Danke, dass Sie gekommen sind. Die Sendung wird nächsten Samstag ausgestrahlt. Ach, ich habe ganz vergessen, Ihnen zu sagen, dass unser Sicherheitschef am Eingang zwei junge Leute abgewiesen hat. Bei der Kontrolle sind bei ihnen zusammengefaltete Transparente gefunden worden, auf denen stand ‹Dionysos, unsere Befreierin›. Die beiden sind der Polizei übergeben worden.»

«Das hätte mir gerade noch gefehlt! Verrückte, die Dionysos und ihre Lehre unterstützen! Nun, ich bin mittlerweile umgezogen und habe meinen Job aufgegeben, aus Sicherheitsgründen. Wenn nur meine Zeugenaussage etwas bringt ... Aber ich muss jetzt wirklich los.»

Anaïs verabschiedete sich von der Moderatorin, ließ sich schnell abschminken, und weniger als fünf Minuten später stand sie vor der kleinen Ausgangstür, die nur für Gäste der Sendung bestimmt war. Sie erkannte Marcas' vertraute Silhouette und eilte zu ihm. Sie fielen sich in die Arme, als hätten sie sich seit Tagen nicht gesehen.

«Antoine, bring mich ganz weit weg von hier.»

«Ein Taxi wartet auf uns. Wie war's?»

«Grausam. Der Bericht war …», sie schüttelte den Kopf, «aber das Schlimmste waren die Fragen der Moderatorin …, besonders die über die sexuellen Praktiken der Loge, sie kam immer wieder darauf zurück. Wie besessen.»

«Das ist normal. Für die Einschaltquote tut sie alles. Vielleicht auch deshalb, weil sie eine gute Kundin in Dionysos' Swingerclub war … Ein Kollege vom Nachrichtendienst hat es mir gesteckt.»

«Das ist mir egal, das ist ihre Privatsache, und ich wäre die Letzte, die sie dafür verurteilen würde. Aber ihre Fragen waren wirklich nicht in Ordnung.»

Sie stiegen in das Taxi, und Anaïs schmiegte sich an Marcas. Auf der Autobahn, die zur Porte de la Chapelle führte, lief der Verkehr recht flüssig, und der Wagen schlängelte sich im Slalom zwischen den Autos durch.

«Gibt es Neuigkeiten bei der Ermittlung?», fragte Anaïs, während sie draußen die grauen Hochhäuser vorbeiziehen sah.

«Ja. Die italienische Polizei hat die Verhöre abgeschlossen. Dupin und seine Freunde haben alles abgestritten. Unser Freund Pratt hat bestätigt, dass es sich um Notwehr handelte. Du hast nichts zu befürchten. Auf jeden Fall haben die Gäste versucht, sich schnellstens aus dem Staub zu machen, als du Isabelle niedergestreckt hast. Der Prozess wird in drei Monaten stattfinden, wahrscheinlich in Rom.»

«Und Ödipus?»

«Unauffindbar. Laut den Carabinieri sind noch ungefähr zehn Jünger auf freiem Fuß. Das wird dauern.»

Das Taxi bog auf die Péripherique ein und fuhr in Richtung Porte d'Auteuil. Die beleuchteten Schilder oben auf den Gebäuden blinkten in der Dunkelheit der Nacht. Marcas streichelte Anaïs über die Schulter. Er wollte so schnell wie möglich zurück in ihre neue Wohnung in der Rue de l'Assomption, die sie in der Woche zuvor gemeinsam bezogen hatten.

Da vibrierte Anaïs' Mobiltelefon in ihrer Manteltasche. Sie stieß einen Seufzer aus.

«Das ist das Journalisten-Handy. Ich glaube, ich werfe es bald in die Seine. Ich habe die Nummer nur drei oder vier Typen gegeben, aber innerhalb von ein paar Tagen war sie bei allen Redaktionen bekannt ... Es klingelt ständig. Außer diesem Anruf habe ich schon wieder zehn SMS bekommen.»

Marcas lächelte. Er hatte sie dazu überredet, sich auf das Spiel mit den Medien einzulassen. Zu Beginn hatte sie sich vehement dagegen gesträubt, aber angesichts all der absurden Dinge, die über sie geschrieben wurden, und nach dem Abdruck eines gefälschten Interviews hatte sie sich gefügt. Gelangweilt und genervt ging Anaïs dran: «Ja ...?»

Marcas spürte, wie sich Anaïs plötzlich an seinem Arm festklammerte. Im orangefarbenen Licht des Autobahntunnels wirkte sie auf einmal aschfahl.

«Ich ... ich ... das ist unmöglich ...»

Sie ließ ihr Handy auf den Sitz fallen. Marcas fasste sie an den Schultern.

«Was ist los?»

Die Panik war ihr ins Gesicht geschrieben.

«Isabelle ...»

«Was, Isabelle?»

«Sie lebt, sie hat mich gerade angerufen.»

69
Paris

«Scheiße! Und was hat sie gesagt?»

Anaïs brachte kaum einen Ton heraus, sie war wie versteinert.

«… ich soll meine Mails anschauen.»

Sie fuhren gerade an der Abfahrt Porte Maillot vorbei. Bis zu ihrer Wohnung waren es noch zehn Minuten.

Marcas merkte, wie sein Herz schneller schlug.

«Das kann doch nicht sein», fluchte er. «Isabelle ist tot! Sie kann dir nichts mehr anhaben. Ich habe ihren Leichnam persönlich mit Polizeihauptmann Pratt in Venedig identifiziert. Offensichtlich erlaubt sich jemand mit dir einen schlechten Scherz, indem er ihre Stimme imitiert.»

«Mit vollem Erfolg … Sie hat mir gesagt, dass ich es bald verstehen würde … dass ich alles verstehen werde. Es war ihre Stimme, Antoine. Es war Dionysos' Stimme», wisperte Anaïs, die sich noch immer verzweifelt an ihm festklammerte.

Marcas nahm sie fest in den Arm. Tief in seinem Inneren hatte er geahnt, dass der Fall der Casanova-Loge mit Isabelles Tod nicht beendet war. Er hatte sich die schlimmsten Szenarien ausgemalt, doch dass die Meisterin der Casanova-Loge von den Toten auferstehen würde, damit hatte er nicht gerechnet. Wie konnte das sein?

Das Taxi hatte die Péripherique an der Porte de la Muette verlassen und fuhr jetzt durch kleinere Straßen. Anaïs sagte nichts mehr. Ihr unruhiges Atmen wurde vom Rauschen und Knistern des Taxifunks überdeckt.

Marcas fiel es schwer, sich zu konzentrieren. Er wollte so schnell wie möglich an den Computer und die Mails lesen. Was konnte nur darin stehen? Und wer erlaubte sich diesen üblen Scherz?

Endlich bog das Taxi in die Rue de l'Assomption ein. In den meisten Wohnungen brannte kein Licht mehr. Das Taxi kam langsam zum Stehen. Während Marcas in seinen Taschen nach Geld kramte, sagte er leise zu Anaïs: «Geh schon mal nach oben und mach den Computer an. Bis ich gezahlt habe …»

«Nein, ich habe Angst! Ich gehe nicht alleine rauf!»

Marcas drängte sie nicht weiter und gab dem Fahrer das Geld. Sie stiegen aus dem Auto, und Anaïs blickte sich um, die leere Straße wirkte feindselig auf sie. Jede dunkle Ecke am Eingang des Wohnblocks war ein potenzielles Versteck für ihren Feind. Für Ödipus. Oder schlimmer noch, für Isabelle, die auf wundersamem Wege wieder zu Fleisch und Blut geworden war. Anaïs versuchte, nicht in Panik zu geraten. Es war ganz sicher Isabelle gewesen, die am anderen Ende der Leitung mit ihr gesprochen hatte. Marcas täuschte sich. Diese zuckersüße Stimme, der ironische Tonfall, der sie immer nervös gemacht hatte. Dionysos war nicht tot.

Marcas tippte den Türcode ein und schob die schwere verglaste Eingangstür auf. Instinktiv legte er die Hand an sein Holster, um sich zu vergewissern, dass seine Waffe noch da war. Seit seiner Rückkehr aus Venedig trug er sie immer bei sich.

Im Eingangsbereich vor dem Aufzug war alles ruhig. Anaïs drückte auf den Knopf und warf Marcas einen verängstigten Blick zu.

«Erinnerst du dich an Isabelles Worte, bevor ich sie … getötet habe?»

Marcas nickte, jedes Detail hatte sich in sein Gedächtnis eingebrannt. Ihr wahnsinniger Gesichtsausdruck, ihre gestreckten Arme, die das Casanova-Manuskript hochgehalten hatten, und ihre letzten Worte.

«Ja, sie sagte: *Ich bin ein Stern.* Aber ich habe nicht wirklich verstanden, was sie damit meinte.»

Sie stiegen in den Aufzug. Die Fahrt in die sechste Etage kam ihnen ewig lang vor. Anaïs wühlte in ihrer Tasche und zog den Schlüsselbund heraus.

«Ich hoffe, dass … dass in der Wohnung niemand auf uns wartet.»

Marcas drückte ihr zur Beruhigung die Hand und verließ die Kabine als Erster. Dann nahm er Anaïs den Schlüssel ab und steckte ihn ins Schloss. Er bedeutete ihr zu warten und zog seine Dienstwaffe. Die Tür öffnete sich mit dem gewohnten Quietschen in den Angeln. Marcas trat vorsichtig ein, schaltete das Licht an und hielt seine Pistole in Richtung Flur. Nachdem er einige Sekunden gewartet hatte, betrat er das Wohnzimmer. Alles war ruhig. Von den Straßenlaternen schien schwach orangefarbenes Licht durch die Fenster. Beruhigt ging er kurz durch alle anderen Räume und gab Anaïs dann vom Flur aus ein Zeichen, zu ihm zu kommen.

Sie eilte ins Arbeitszimmer und warf ihren Mantel achtlos auf einen Stuhl.

Sobald sie am Schreibtisch saß, schaltete sie den Computer an.

«Antoine, bring mir bitte einen Wein, sonst traue ich mich nicht, die Mailbox zu öffnen.»

Marcas nahm eine Flasche aus einer der Kisten, die noch unausgepackt in der Küche standen, öffnete sie und legte den Korkenzieher auf den Wohnzimmertisch aus Glas. Anaïs trank das Glas aus, ohne abzusetzen, während die Festplatte surrte und die Startseite lud. Sie loggte sich ins Internet ein und entdeckte kurz darauf das Briefsymbol auf der Menüleiste. Sie klickte es an. Die Mail beinhaltete eine angehängte Datei. Eine Video-datei. Anaïs zögerte, klickte dann jedoch erneut. Nun gab es kein Zurück mehr.

Marcas stand hinter ihr und hatte die Hände auf ihre Schultern gelegt, seine Augen waren auf den Bildschirm geheftet. Das Fenster, auf dem man den Ladevorgang der Datei verfolgen konnte, verschwand, und auf dem Monitor erschien das Video.

Antoine fluchte leise. Anaïs wich instinktiv zurück.

Lächelnd blickte Isabelle sie an. Sie saß auf dem venezianischen Petrus-Thron und gab ein Zeichen, woraufhin man sie in Großaufnahme sah.

Im selben Moment schallte auch ihre androgyne Stimme aus dem Lautsprecher des Computers.

«Ich freue mich, euch wiederzusehen.» Ihr Tonfall war einschmeichelnd und gelassen. «Ihr seid überrascht, mich zu sehen? Es geschieht nicht alle Tage, dass jemand von den Toten aufersteht, um mit den Lebenden zu sprechen! Um mit jenen zu sprechen, deren Aufgabe noch nicht beendet ist. Wie ist es euch seit unserem letzten Treffen ergangen, Anaïs und Antoine?»

Es folgte ein Schweigen, als würde sie auf eine Antwort warten. Die beiden sahen sich fragend an, bis Isabelle fortfuhr:

«Ich habe ganz vergessen, dass ihr mir nicht antworten könnt ... Übrigens, wenn ihr dieses Video erhaltet, das am Tag meiner Hinrichtung aufgenommen wurde, werde ich nur noch ein lebloser Kadaver sein.»

Sie machte eine Pause.

«Dies ist mein virtuelles Testament, das nur für euch bestimmt ist. Ich rate euch deshalb, genau zuzuhören. Ein weiteres Testament wird danach, ebenfalls virtuell, an die gesamte Menschheit geschickt. Anaïs, du hast ein Recht darauf zu erfahren, warum ich es zugelassen habe, dass du mich tötest. Du warst das Instrument meines Todes. Ich habe es so gewollt.»

Marcas machte sich an der Tastatur zu schaffen, um das Video zu speichern. Ein wichtiges Beweisstück für den bevorstehenden Prozess.

Isabelle blickte direkt in die Kamera.

«Angefangen hat alles vor vier Jahren, als mein Vater in meinem Leben wieder auftauchte oder vielmehr einer seiner Anwälte. Er war bei einem Autounfall ums Leben gekommen und hat mir ein überraschendes Erbe vermacht: die Casanova-Swingerclubs. Casanova hatte ihn von jeher fasziniert. Damals arbeitete ich als Soziologin in der Wissenschaft, mein Spezialgebiet waren Sekten, und ich war Freimaurerlehrling. Dann stürzte dieses Erbe auf mich ein. Für mich war es zunächst un-

461

denkbar, sein Unternehmen offiziell zu übernehmen. Also habe ich mit dem Buchhalter meines Vaters beschlossen, eine Reihe von Scheinfirmen zu gründen, damit ich mein normales Leben weiterführen konnte. Ich habe die Erbschaftssteuer bezahlt, tauchte aber in den Unterlagen der Clubs nicht auf. Der Buchhalter war mit der Geschäftsführung beauftragt.»

Isabelle rückte näher an das Objektiv heran.

«Auf der Beerdigung meines Vaters habe ich dann seinen engsten Freund, Henry Dupin, kennengelernt, der ihm geholfen hatte, sein Unternehmen aufzubauen. Wir kamen uns näher, und er hat mich verführt, warum auch nicht. Durch ihn bin ich in seine kleine esoterische Gruppe geraten, in der sexuelle Magie betrieben wurde. Für mich war es eine Revolution. Unvorstellbar! Ein neues Leben. Eine Wiedergeburt! Die praktische Lehre beruhte auf den Schriften eines außergewöhnlichen Mannes, Aleister Crowley, auf den ich Antoine aufmerksam gemacht habe. Monatelang habe ich dessen Gedankenwelt und Techniken studiert, und sehr bald war ich als Schülerin dem Meister überlegen. Meine freimaurerische Arbeit mit den Logenschwestern kam mir im Vergleich dazu nüchtern, unnötig streng und vollkommen langweilig vor. Die Sexualität, die in Freimaurerritualen nicht vorkommt, schien mir ein Weg der spirituellen Entwicklung, der viel … bereichernder war. Ich wusste jetzt, wo meine Zukunft lag. Und durch die Clubs meines Vaters hatte ich nicht nur finanzielle Macht, sondern gleichzeitig auch grenzenlose Experimentiermöglichkeiten. Innerhalb von zwei Jahren bin ich zu Dionysos geworden, dem Meister der Casanova-

Loge. Aber gleichzeitig bin ich Isabelle Landrieu geblieben, die anerkannte Sektenspezialistin und bescheidene, gehorsame Freimaurerschwester. Was für eine Ironie!»

Ihr Lächeln verzerrte sich zu einer Fratze.

«Während einer Schottlandreise, auf der ich gemeinsam mit Dupin Crowleys ehemaliges Anwesen besucht habe, kam es zu einer erneuten Schicksalsfügung. Bei einem Antiquar fanden wir unveröffentlichte Schriften des Magiers, die der Händler seit Jahren im Bestand hatte, und machten darüber hinaus eine erstaunliche Entdeckung: ein von Casanova unterschriebenes Manuskript, das Crowley während seines Deutschlandaufenthalts aufgetrieben hatte. Zurück in Paris haben wir die Texte genauestens studiert. Aus ihnen ging hervor, dass es eine bis dato unbekannte tantrische Technik gab, die Crowley auf der Basis von Casanovas Erlebnissen in Granada entwickelt hatte. Aber Crowley ging in der Liebeskunst noch sehr viel weiter als der venezianische Verführer. Er nannte seine Lehre den ‹Pfad zum Stern›, bei dem Sex, Herz und Hirn miteinander wirken. Erinnerst du dich, Anaïs?»

Anaïs wurde rot.

«Aber Dupin hat das Casanova-Manuskript heimlich von Experten überprüfen lassen. Es ist eine Fälschung, die Crowley selbst verfasst hat, um seiner Lehre Glaubwürdigkeit zu verschaffen oder um es einem reichen Jünger seiner spirituellen Gruppe für viel Geld anzudrehen! Der Magier war zum Meister der Doppelbödigkeit geworden. Wie ich.»

Die Stimme verstummte plötzlich. Isabelle stützte mit schmerzverzerrtem Gesicht den Kopf in die Hände.

Marcas und Anaïs schwiegen. Sie waren wie gebannt von dem Bericht der Toten. Nach einigen Sekunden richtete sich Isabelle wieder auf und fuhr fort.

«Ich habe Dupin vorgeschlagen, Crowleys Technik mit den Mitgliedern der Loge zu praktizieren. Es war phantastisch, eine Art Liebesakupunktur, die sich auf die erogenen Zonen des Körpers konzentrierte. Sie wurde zur Droge. Orgasmus nach Wunsch. Aber das war nur der Anfang. Crowley sagt, dass man weitergehen muss, um über den Zustand der Ekstase hinauszukommen und an den ultimativen Punkt zu gelangen: an die Schwelle zum Tod. Eros und Thanatos vereint. Ich war die Erste, die sich eines Abends auf diese Reise begab. Was ich erlebte, ist unbeschreiblich. Aber als ich erwachte, war der Mann, mit dem ich diesen Liebesakt vollführt hatte, tot. Riss der Blutgefäße. Ein Aneurysma. Erst da erkannte ich die Tragweite dieser Erfahrung und wusste, welche Mission ich zu erfüllen hatte.»

«Das kann doch alles nicht wahr sein», murmelte Anaïs.

«Also haben wir parallel die Gruppe der Abtei gegründet, eine offene Struktur, die mit den Methoden von Sekten arbeitete. Im Gegensatz zu der elitären Casanova-Loge war sie für jedermann zugänglich, um, wie soll ich sagen, ... unsere Praktiken zu verifizieren, ohne die Jünger über den genauen Hintergrund der Lehre, also das wahre Ende, aufzuklären. Dupin hat mir gezeigt, wie ich meine androgyne Seite betone, was ihm als Modeschöpfer nicht fremd war. Ihm ist zu verdanken, dass ich problemlos als Mann durchging. Wir kamen durch die Werbung für ein Pariser Kaufhaus auf diese Idee, in

464

der ein Model, Laëtitia Casta, glaube ich, als Mann ge-
stylt wurde. Das Resultat war absolut faszinierend. Bei
mir war es noch spektakulärer. Ich konnte mich wie ein
Mann kleiden, wie ein Mann denken, wie ein Mann be-
gehren. Ich ließ die Gäste meiner Clubs heimlich filmen
und anhand des Filmmaterials konnte ich die Anatomie
des männlichen Begehrens auf unvergleichliche Weise
studieren. Aber …»

Isabelle hielt inne, um sich die Schläfen zu massieren,
sie schien zu schwitzen.

«… kurze Zeit später fing alles an zu verschwimmen.
Ich litt unter unglaublich starken Kopfschmerzen. Eine
meiner Freundinnen, Dr. Cohen, bot mir an, mich zu
untersuchen. Routine, sagte sie damals. Anaïs, hat dein
Freund, Kommissar Marcas, dir nicht davon erzählt? Er
war durchaus von ihr fasziniert, als er sie im Krankenhaus Saint-Antoine getroffen hat!»

Anaïs warf Marcas einen fragenden Blick zu, dieser
nickte kurz.

«Sie hat einen Tumor entdeckt. Einen kleinen Zell-
haufen in meinem Gehirn. Im Medizinjargon nennt man
es ein Karzinom. Auf dem Röntgenbild sieht es wie ein
kleines Gestirn aus, eine Art Todesstern. Man gab mir
noch höchstens zwei Jahre. Da habe ich verstanden.»

«Der Stern», seufzte Marcas.

«Ich verstand den tieferen Sinn meines Schicksals.
Aber ich wollte nicht gehen, ohne eine Spur zu hinterlassen. Ich musste der Menschheit den Weg des Sterns
aufzeigen. Ich wollte, dass meine Lehre durch ein besonderes Ereignis weitergetragen wird. Wenn ich an Krebs
gestorben wäre, hätten meine Jünger aus der Loge und

der Abteigruppe den Dionysoskult im kleinen Kreis auf-rechterhalten. Wie so viele erbärmliche Sekten auf der ganzen Welt, die ihren toten Guru verehren. Wie der arme Crowley, der ein obskurer Magier geblieben ist, den kaum jemand kennt. Nein, mein Leben sollte ein grandioses Ende haben.»

Plötzlich wurde ihre Stimme lauter.

«Ich habe mein Leiden instrumentalisiert. Ich bin zu einer Märtyrerin geworden. Wie Christus will ich geop-fert werden. Meine Zeitgenossen werden mich zunächst verachten, bis sie merken, dass ich die Auserwählte …»

«Sie ist verrückt», rief Marcas.

«… aber dafür brauchte ich auch meinen eigenen Ju-das. Dich, Anaïs!»

Isabelles Finger stach in die Kamera.

«Ich habe dich unter all meinen Jüngern auserwählt. Die einzige Überlebende der Gruppe der Abtei, vom Hass besessen, nur du konntest mich kreuzigen. Nach der Verbrennung habe ich deinen Hass geschürt. Ödi-pus hat dir meine kleine Botschaft in Granada über-bracht, um die Flamme nicht erlöschen zu lassen. Wie sehr habe ich mich über das Foto mit den vor Zorn fun-kelnden Augen gefreut. Wenn du in Venedig nicht den Mut gehabt hättest, mich zu töten, sollte einer meiner Jünger schießen, während du den Revolver noch in der Hand hieltest.»

Isabelle hörte auf zu sprechen. Ihre Augen näherten sich der Kamera.

«Und dich, Antoine, hätte ich fast vergessen. Mein armer Freimaurerbruder! Du musst den Eindruck ha-ben, in dieser Geschichte, in der die Frauen einmal die

Hauptrolle spielen, überflüssig zu sein. Doch du warst mit deinen Ermittlungen im Fall der Toten im Palais Royal das I-Tüpfelchen. Der Kulturminister und Manuela hatten sich mit ihren Partnern ebenfalls für den Pfad zum Stern entschieden. Sie kannten den Preis! Du musstest dich mit dem Resultat befassen! Marcas, Marcas, ich habe viel Spaß mit dir gehabt, indem ich dir Indizien über Crowley lieferte und dich ins Krankenhaus Saint-Antoine mitnahm. Das war ein netter Zeitvertreib. Wenn ihr ein wenig gewiefter gewesen wäret, du und deine Brüder, hättet ihr euch bei meiner Großloge über mich erkundigt. Ich habe nämlich bei einer Zeichnung über Crowley etwas zu offen geredet, und einige meiner Schwestern wurden skeptisch. Armer Marcas! Frauen sind einfach scharfsinniger!»

Isabelle stieß völlig unvermittelt einen Schmerzensschrei aus und gab der Kamera ein Zeichen. Es folgte ein Schwenk zu den beeindruckenden Spitzbogenfenstern des Klosters von San Francesco.

Anaïs war wie hypnotisiert von den Worten Isabelles und starrte auf den Bildschirm.

«Ich habe mich austricksen lassen. Ich habe mich …»

«Nein, das ist ein Bluff! Eine Provokation post mortem! Ein Trick! Du wirst dich nie wieder ausnutzen oder instrumentalisieren lassen», erwiderte Marcas, doch er klang nicht sehr überzeugt.

Die Kamera war erneut auf Isabelles angespanntes Gesicht gerichtet.

«Es ist Zeit, dieses Testament zu beenden. Ich muss mich auf heute Abend vorbereiten. Auf euer Kommen zu meinem großen Maskenball unter dem Motto

‹Nacht der Sterne am östlichen Fenster›. Ihr seid meine Ehrengäste. Ihr, die ihr meinen Tod zu verantworten habt, der für die Nachwelt gefilmt werden wird. Doch das ist noch nicht alles: Crowleys Vorbild folgend, habe auch ich den alten Verführer Casanova instrumentalisiert. Meine Jünger werden bald, zusammen mit einem zweiten Testament von mir, sein Manuskript in Umlauf bringen. Die Tatsache, dass ich es für eine Million Euro selbst zurückgekauft habe, verleiht ihm Authentizität. Der liebe Casanova wird der Begründer eines Kults sein, dessen Messias ich sein werde. Ich, eine Frau ... Was für eine Ironie! Diese Aufnahme endet hier. Sie löscht sich automatisch. Adieu ihr beiden. Mein Kult beginnt noch heute Abend!»

Isabelles triumphierendes Gesicht verschwand vom Bildschirm. Marcas sprang auf und bearbeitete fieberhaft die Tastatur, um das Video zu speichern.

«Scheiße, alles weg.»

Anaïs starrte auf den leeren Bildschirm.

«Die Geschichte mit dem zweiten Testament ... Ich ... ich habe das Gefühl, der Albtraum beginnt von vorn.»

Antoine nahm sie in den Arm.

«Aber nein! Isabelle ist verrückt, sie ist krank. Morgen werde ich Spezialisten daransetzen, und wir werden den Absender der Nachricht ausfindig machen. Vielleicht ist es Ödipus oder ein anderer ihrer Gefolgsleute, keine Ahnung, aber ich verspreche dir, dass wir Erfolg haben werden. Der Albtraum ist ein für allemal vorbei.»

«Bist du dir sicher?»

«Ja, das bin ich. Lass uns jetzt schlafen gehen.»

Anaïs wies ihn ab.

«Nein, ich kann jetzt nicht schlafen. Ich bin zu aufgeregt. Ich werde ein bisschen fernsehen und komme dann nach. Ich muss mich ein wenig entspannen.»

«Na gut, aber mach nicht so lange.»

«Versprochen.»

Marcas ging ins Schlafzimmer und hörte, wie der Fernseher eingeschaltet wurde. Er ging davon aus, dass Anaïs nicht vor ein Uhr käme, denn er verstand ihre Schlafprobleme nur allzu gut. Auch er würde lange brauchen, um wieder zur Ruhe zu kommen und einen klaren Gedanken fassen zu können. Isabelles Videoaufzeichnung spukte in seinem Kopf herum. Wie hatte er sich von dieser Geisteskranken so an der Nase herumführen lassen können?

Gerade als er die Nachttischlampe ausgeknipst hatte, durchschnitt ein Schrei die Dunkelheit.

70
Paris

Marcas sprang aus dem Bett und stürzte ins Wohnzimmer. Er sah Anaïs' vor Angst verzerrtes Gesicht. Ödipus hielt ihr ein Messer an den Hals. Wie schon in Venedig und Granada hatte Dionysos' Killer dieses ironische Lächeln aufgesetzt, als würde er sich pausenlos über die Welt lustig machen. Als er Marcas kommen sah, grinste er breit.

«Der liebe Marcas! Endlich sind wir wieder vereint!

Ich hatte geglaubt, dass ihr mich in dem staubigen Küchenschrank finden würdet. Ihr müsst schon ein bisschen besser sauber machen, die Wohnung wirkt ein wenig vernachlässigt!»

«Lass sie los!»

«Na, na, ganz ruhig bleiben, Kommissar! Ich bin kurz davor, ihr die Kehle durchzuschneiden. Also setz dich lieber vor den Fernseher. Schön brav sein. Du darfst dir jetzt was Nettes ansehen. Nun mach schon!»

Machtlos ließ sich Marcas auf dem Sofa nieder und fluchte innerlich, dass er seine Waffe im Arbeitszimmer gelassen hatte.

Noch immer hielt Ödipus Anaïs das Messer an den Hals. Mit der rechten Hand strich er ihr wie beiläufig über die Brüste.

«Klein, aber fest, genau wie ich es mag. Du langweilst dich sicher nicht, kleiner Kommissar! In der Abtei hatte sie den Ruf, sich gern hinzugeben.»

Marcas ließ die Klinge nicht aus den Augen. Der Killer fuhr fort: «Aber da ich die Anweisungen der verstorbenen Isabelle befolgen muss, habe ich überhaupt keine Zeit mehr für mich. Das Video per E-Mail verschicken, der Anruf, bei dem ich ein Band abgespielt habe, der Besuch hier, um über das Leben im Allgemeinen zu plaudern … Das alles ist sehr anstrengend. Zum Glück ist meine Mission bald zu Ende.»

Anaïs versuchte sich aufzurichten, doch der Killer drückte das Messer noch fester an ihren Hals. Blut kam zum Vorschein. Marcas sprang auf.

«Noch eine Bewegung, und sie ist dran! Setz dich hin, Bulle! Jetzt!»

Schäumend vor Wut, setzte sich Marcas wieder aufs Sofa. Im Fernsehen war der Vorspann eines Politmagazins zu sehen. Dann verkündete der Moderator in ernstem Tonfall: «Unserer Redaktion ist ein Dokument zugespielt worden, das den Fall um die Casanova-Loge und das Massaker von Cefalù in einem neuen Licht erscheinen lässt. Es handelt sich um ein Videoband von Isabelle Landrieu, alias Dionysos, das angeblich kurz vor ihrem Tod aufgenommen wurde. Nach kontroversen Diskussionen innerhalb der Redaktion sind wir zu dem Schluss gekommen, dass wir unseren Zuschauern das Band, das wir exklusiv von einem anonymen Absender erhalten haben, nicht vorenthalten dürfen.»

Marcas erstarrte. Genau wie er saßen jetzt Millionen von Fernsehzuschauern ebenfalls gebannt vor den Bildschirmen. Die Bilder zeigten Isabelle vor demselben Hintergrund wie auf dem Video, das sie per E-Mail erhalten hatten.

«Guten Tag, ich heiße Isabelle Landrieu. Sie kennen mich auch unter dem Namen Dionysos, dem spirituellen Kopf der Casanova-Loge. Dies ist mein Testament. Wenn mir etwas zustößt, soll die Welt erfahren, dass meine Gruppe und ich Opfer eines internationalen Komplotts geworden sind. Das schreckliche Massaker von Cefalù habe ich niemals angeordnet, wir sind pazifistisch eingestellt. Die wahren Verantwortlichen für dieses grausame Verbrechen sind die hohen Tiere in den europäischen Regierungen, die unter dem Einfluss der internationalen Freimaurerei stehen. Ich weiß, wovon ich rede, denn ich war selbst Mitglied einer Loge. Als anerkannte Sektenexpertin hätte ich niemals eine der-

471

artige Gruppe aufgebaut. Ich hoffe, dass es unter Ihnen freie Geister gibt, die gewillt sind, mir zu glauben. Ich weiß, dass man mich umbringen will. Eine meiner jungen Sympathisantinnen wurde von den Kräften, die ich gerade beschuldigt habe, manipuliert. Ich nehme es ihr nicht übel, sie haben sie zum Lügen gezwungen und ihr gedroht, sie sonst zu töten ...»

«Miststück!», stöhnte Anaïs.

Isabelles Stimme zitterte: «Ich weiß nicht, was mich erwartet. Meine Freunde und ich werden von einem Polizeikommando gejagt, das aus italienischen und französischen Freimaurern besteht, von denen einer der obskuren Loge P2 angehört hat. Sie sind gnadenlos und haben Verbindungen zu denen, die meine Freunde auf Sizilien verbrannten. Ich habe Angst. Eine letzte Sache möchte ich noch loswerden, bevor ...»

Sie hielt einige Sekunden inne, um sich den Schweiß von der Stirn abzuwischen, dann sprach sie weiter: «In einem Manuskript von Giacomo Casanova bin ich auf ein unerhörtes Geheimnis über die Liebe gestoßen. Ein Geheimnis, das die Menschheit grundlegend verändern könnte und den Regierenden daher Angst bereitet. Wir werden das Manuskript über das Internet an so viele Empfänger wie möglich schicken. Ich verabschiede mich jetzt von Ihnen und bitte Sie vor allem, nicht an die Lügen der Politiker und der Medien zu glauben, die von den Machthabern manipuliert werden. Ich beschwöre Sie ... Die Casanova-Loge darf nicht untergehen!»

Isabelle warf einen letzten verängstigten Blick in die Kamera, dann verschwand ihr Gesicht.

Marcas rieb sich die Wangen und rief dann: «Bravo!

Super gemacht, wirklich toll! Ein gefundenes Fressen: ein internationaler Komplott, die Freimaurer, die arme manipulierte Jüngerin, gekaufte Journalisten, die Loge P2 … fehlt nur noch Bin Laden. Deine Meisterin hat es uns allen gezeigt. Deshalb hat sie dieses spektakuläre Massaker geplant und versucht jetzt, die Falschen dafür verantwortlich zu machen. Sie will sich zu einem Opfer hochstilisieren. Zu einer Ikone.»

«Mehr noch. Zu einem Mythos», fügte Ödipus hinzu, «sie möchte unsterblich sein, für immer jung. Eine Marilyn der Spiritualität … Sie wird zur Märtyrerin einer neuen Religion, die von mysteriösen Mächten geopfert wurde … Und ein großer Teil der Bevölkerung wird ihre Mystifizierung fortführen. Ich wette, dass sich die Nachricht übers Internet wie ein Lauffeuer verbreiten wird.»

Im Fernsehstudio eröffnete der Moderator die Diskussion. Ödipus blickte gebannt auf den Bildschirm. Marcas schob sich auf dem Sofa langsam vor und griff unauffällig nach der Fernbedienung.

«Und wie geht es weiter? Was passiert jetzt?», erkundigte er sich.

«Ganz einfach. Die arme Anaïs wird tot aufgefunden werden, und man wird bei ihr ein Geständnis finden, das sie mir freundlicherweise schreiben wird. Darin bestätigt sie, von ihrem Freimaurer-Kommissar manipuliert worden zu sein. Von da an …»

«Was?»

«Nun, ihr Leben hat keinen Sinn mehr, seit sie Dionysos getötet hat. Und du weißt ja, was aus Judas geworden ist …»

Marcas betätigte plötzlich die Lautstärkeregelung

473

und hielt den Knopf gedrückt. Die Stimme des Journalisten schallte unerträglich dröhnend und immer lauter durch den Raum, so dass die Glasscheiben des Bücherschranks vibrierten.

«Wir weisen unsere Zuschauer darauf hin, dass es bislang keine Beweise für Dionysos' Version gibt ...»

«Stell sofort leiser!», brüllte der Killer.

Doch seine Worte wurden vom Fernseher übertönt und waren kaum noch hörbar.

«... Im Gegenteil, die Ermittlungen haben eindeutig ergeben, dass Isabelle Landrieu und die Mitglieder ihrer Gruppe für das Massaker verantwortlich sind. Die Experten sind sich sicher, dass ...»

Marcas schaltete plötzlich auf einen Musikkanal und warf die Fernbedienung Ödipus vor die Füße. Ohrenbetäubende Techno-Musik brandete durch die Wohnung.

«In fünf Minuten stehen die Nachbarn vor der Tür. In diesem Haus versteht man bei solchen Dingen keinen Spaß», brüllte er.

Ödipus schien die Fassung zu verlieren. Von oben war bereits ein heftiges Klopfen zu hören. Das Dröhnen der Lautsprecher wurde immer unerträglicher. Der Killer griff nach der Fernbedienung und zog Anaïs mit hinunter.

In dem Moment sprang Marcas auf und schlug dem Eindringling mit der Faust gegen die Schläfe. Benommen ließ Ödipus die junge Frau los und hackte wie wild auf der Fernbedienung herum. Anaïs rollte zur Seite. Auf dem Bildschirm war nur noch Schnee zu sehen. Die Musik verstummte.

Die beiden Männer gingen wütend aufeinander los.

Ödipus versuchte Marcas mit dem Messer zu verletzen. Der Kommissar ging in Deckung, doch sein Gegner war schneller und traf ihn an der Schulter. Marcas taumelte gegen den Wohnzimmertisch aus Glas. Ödipus setzte nach und schlug ihm mit der Faust ins Gesicht. Marcas spürte, wie seine Lippen aufplatzten und der Killer ihm die Kehle zudrückte. Ihm wurde schwindelig. Bald würde sein Gehirn kein Blut mehr haben. Er angelte sich einen Aschenbecher und schleuderte dem Angreifer den harten Gegenstand an den Kopf. Ödipus schrie vor Schmerzen auf, lockerte aber seinen Griff nicht. Marcas schlug abermals zu. Endlich löste sich die würgende Hand. Marcas schluckte einige Male und sammelte seine letzten Kräfte, um sich mit voller Kraft auf seinen Gegner zu werfen. Ödipus geriet aus dem Gleichgewicht und stürzte. Marcas trat dem Killer jetzt mit voller Wucht in die Seite; der am Boden Liegende schrie erneut auf.

Verstört beobachtete Anaïs die Schlägerei über die Lehne des Sofas hinweg, an der sie sich wie gelähmt festklammerte. Blutverschmiert wandte sich Marcas ihr zu: «Lauf ins Arbeitszimmer, schnell!»

Anaïs stand schwankend auf, als sie plötzlich sah, wie sich Ödipus hinter Marcas erhob. Sein verzerrtes Gesicht wurde durch das Flimmern des Fernsehers in ein unheimliches Licht getaucht. Da blitzte sein Messer auf.

«Antoine! Hinter dir!»

In dem Moment sah auch Marcas den Killer und die glitzernde Klinge im Spiegel. Er sprang zur Seite und rammte dem Angreifer in seiner Verzweiflung den Glastisch vor die Schienbeine.

Ödipus beugte sich vor, um ihn wegzuschieben, doch Anaïs' Hand erwartete ihn bereits.

Sie rammte ihm den Korkenzieher in den Rücken. Ödipus heulte auf wie ein verwundetes Tier. Sein Messer glitt ihm aus der Hand und fiel aufs Sofa. Er versuchte danach zu greifen, doch Marcas war schneller und stieß zu.

Anaïs sah, wie sich Ödipus den Bauch hielt. Ein roter Fleck breitete sich auf seinem hellen Hemd aus.

«Isabelle …»

Wie eine Marionette, der man die Fäden durchgeschnitten hat, brach Ödipus zusammen. Er krümmte sich winselnd auf dem Boden. Blut sickerte in den Teppich.

Anaïs kauerte sich an seine Seite. Ihre Stimme war heiser.

«Es tut so gut, dich leiden und … qualvoll verenden zu sehen.»

Marcas kniete sich neben sie.

«Wir müssen einen Krankenwagen rufen.»

«Nein», rief Anaïs. «Ich möchte ihn wie ein Schwein verbluten sehen.»

Der Killer wand sich wie ein zerteilter Wurm, seine Augen flehten um Hilfe. Ein scharfer Geruch von sich entleerenden Organen breitete sich im Zimmer aus.

«Es reicht! Ich rufe Hilfe», entschied Marcas.

Ödipus regte sich kaum noch und stammelte unverständliche Worte, als Anaïs sich zu ihm hinabbeugte und ihm etwas ins Ohr flüsterte, was Marcas nicht verstand. Der Killer blickte ins Leere, dann hob sich seine Brust zum letzten Mal.

«Er braucht keine Hilfe mehr», sagte Anaïs und stand auf.

«Was hast du ihm gesagt?»

«Dass Thomas jetzt gerächt ist.»

Epilog
Biarritz
Hôtel des Bains
einen Monat später

Die Abendzeitung lag gefaltet auf dem Tisch. Marcas las die Schlagzeile. Er versuchte noch, die Zeitung beiseite zu schieben und sie verschwinden zu lassen, doch Anaïs hatte bereits die Hand danach ausgestreckt. Er wagte es nicht, ihr ins Gesicht zu sehen.

Auf der Terrasse saßen einige Paare beim Abendessen. Sie wurden von Kellnern in weißen Smokings bedient, eine alte Tradition aus dem 19. Jahrhundert. Es war Frühsommer, und das Hôtel des Bains war um diese Jahreszeit eine Oase der Ruhe und der Zurückgezogenheit. Deshalb hatte er es ausgewählt.

Mit tonloser Stimme durchbrach Anaïs die Stille und las vor:

«Gestern wurde erneut ein Leichnam in einer Wohnung in der Rue Volta gefunden. Es ist der sechste im Großraum Paris innerhalb von drei Tagen. Wie in den vorhergehenden Fällen handelt es sich um eine junge Frau. Die Todesursache ist noch nicht geklärt, den Ermittlungsbehörden zufolge wurden jedoch Lobpreisungen für den Guru Dionysos sowie ein rotierender Stern, das Symbol der Sekte, an den Wänden gefunden. Die Liste der Ritualmorde wird immer länger. Trotz *massiver Maßnahmen gelingt es den Behörden offensichtlich nicht, diese Welle okkulter Gewalt zu stoppen.»*

Die Gespräche auf der Terrasse waren verstummt. Nervös hielt sich Marcas an seinem Glas fest. Das Paar am Nebentisch sah zu ihnen herüber. Der Mann beugte sich zu Anaïs vor und streckte die Hand nach der Zeitung aus.

«Sie erlauben?»

Anaïs nickte zustimmend. Das Paar überflog den Artikel.

«Schockiert Sie das?», erkundigte sich die blonde Frau.

Marcas blickte sie an. Er schätzte sie auf dreißig oder fünfunddreißig Jahre. Eleganter Blazer und eine edle Jeans im Used-Look. An den hochhackigen Schuhen klebte Sand.

«Sie nicht?», wunderte sich Anaïs.

«Nein. Diese Isabelle Landrieu war sehr schön, und ihre Geschichte ist faszinierend. Wussten Sie, dass Unbekannte ihr Gesicht mit Schablonen überall an die Wände sprühen? Wir planen mit befreundeten Galeristen eine große Ausstellung ...»

«Und die Toten? Halten Sie die auch für Kunst?», unterbrach sie Marcas gereizt.

«Zumindest haben sie ein erfülltes Ende gewählt. Das ist besser, als in einem Pflegeheim dahinzusiechen oder im Krankenhaus zu sterben wie viele alte Menschen. Und darüber hinaus ...»

«Und darüber hinaus?»

«... ist da noch die Lust», fügte die Frau hinzu und sah ihren Begleiter vielsagend an. Der hatte gerade die

480

Zeitung niedergelegt und grinste breit, während er seine Brille mit dem dünnen Goldrand abnahm.

Marcas beugte sich zu Anaïs vor.

«Wenn du das Gespräch mit diesen beiden Subjekten nicht unbedingt fortsetzen willst, könnten wir vielleicht gehen?»

«Das wollte ich dir auch gerade vorschlagen, Chéri ...»

Sie erhoben sich wortlos, ließen das verblüffte Paar zurück und gingen so schnell wie möglich auf ihr Zimmer.

Marcas hielt Anaïs die Tür auf und schloss sie dann langsam hinter sich. Als er ihre Hand auf seiner Schulter spürte, fasste er sie um die Taille und berührte mit seinen Lippen ihre Wange. Anaïs tat so, als wolle sie sich wehren.

«Aha, Kommissar, diese junge Frau spricht von Lust, und das inspiriert Sie?»

«Bisweilen lasse ich mich leicht beeinflussen», sagte er und zog sie näher zu sich heran. «Die Lust ...»

Anaïs flüsterte ihm ins Ohr: «Lust ... die wissen doch gar nicht, wovon sie sprechen.»

Marcas küsste sie auf den Hals.

«Genau, die Frage wollte ich dir schon länger stellen. Wie ... Also schließlich war Dionysos' Lehre nicht nur theoretisch ... Heißt das, dass seine Jünger auch ...»

«Dass auch Lust zu seiner Lehre gehörte, meinst du das? Seit wir zusammen sind, warte ich schon auf diese Frage.»

Marcas wagte nicht zu antworten. Er blickte Anaïs lange an, zog sie dann aufs Bett. Wie sie so in seinen Armen lag, war er wie verhext von ihrer warmen Stimme.

«Soll ich es dir zeigen? Vielleicht das, was wir Zärtlichkeiten ... der Bacchantinnen nannten.»

«Bacchantinnen ... da bin ich aber gespannt.»

«Es beginnt wie ein Kitzeln. Entspanne dich und ge-
nieße.»

Ihre Körper fanden zueinander, und die sommer-
lichen Kleidungsstücke landeten wie helle Farbkleckse
auf dem Teppichboden. Sie hatten sich eng umschlungen, als wären sie eins.

Mehr brauchte es nicht. Dionysos, der Wahnsinn mit
der Sekte, die neuen Jünger ... nichts war mehr wichtig.
Wenn nur dieser Zustand nicht endete.

Marcas lehte sich zurück. Anaïs' Zeigefinger strich
langsam auf der Rückseite seines Oberschenkels entlang,
hielt direkt unter seinem vor Erregung angespannten
Po inne und glitt dann ein Stück auf die Innenseite. Sie
strich über die sensible Region, und eine Welle der Erregung stieg in ihm auf wie eine sprudelnde Quelle. Sie
streichelte ihn noch einmal mit denselben Bewegungen
und berührte dabei nur zart die Haut ihres Partners. Ein
Prickeln, das ihn zusammenfahren ließ, lief durch seinen Körper.

«Hör besser auf ... Ich halte es sonst nicht mehr
aus.»

«Allein mit dem Streicheln der Zone der Bacchantinnen könnte ich dich zum Höhepunkt bringen», seufzte
sie. «Du siehst ... Darin besteht das Gcheimnis. Liebesakupunktur. Es ist nicht nur ein einziger Punkt ...»

Erneut strich sie über die erogene Zone, und Marcas
drang in sie ein.

Langsam wurde es dunkel über dem leeren Strand. Mit jeder Welle kam die Flut ein wenig weiter an Land und begrub die Sandburgen unter sich, die die Kinder am Nachmittag gebaut hatten. Marcas beobachtete, wie die Türme durch die wiederholte Umspülung zusammenbrachen.

«Da kann man nichts machen. Man kann die Menschen nicht ändern. Das Verbotene wird sie immer faszinieren.»

«Auch wenn sie dabei sterben müssen?»

Marcas antwortete nicht. Am Steg, der zum Jungfrauenfelsen führte, stiegen sie den Steilhang hinauf. Der Pfad wand sich wie eine lange hölzerne Schlange durch die von der Brandung geformten Felsen.

«Pass auf, die Bretter sind rutschig wegen der Gischt.»

Anaïs ging langsam wie eine Schlafwandlerin. Marcas nahm ihre Hand.

Als sie an der «Grotte de la Chambre d'Amour», dem Liebeszimmer, angekommen waren, ließen sie sich dort nieder.

«Keine Sorge, ich pass auf dich auf.»

«Gut, dass du da bist.»

Anaïs schloss die Augen und schmiegte sich näher an Marcas heran. Draußen stieg die See an.

Plötzlich tauchte ein Kind auf, und sie erschraken.

«Wir sollten zurückgehen», sagte Marcas.

«Ja, wir haben ein Bett, das auf uns wartet.»

Das Kind verschwand hinter einem Felsen, und nur seine Rufe waren über die Brandung hinweg noch zu hören.

«Du würdest nicht gern …», begann Anaïs.

Da hörten sie Schritte und erblickten kurz darauf die blonde Frau von der Terrasse, die ihnen mit einer Stola um den Schultern entgegengestakst kam. Das Bild einer Touristin auf ihrem Abendspaziergang.

«Oh nein! Nicht schon wieder diese Idiotin, lass uns abhauen.»

Anaïs beschleunigte den Schritt. Im Vorbeigehen lächelte die Frau sie vertraulich an.

Marcas wandte den Blick ab.

«Ich wünsche Ihnen einen schönen Abend …»

Eine riesige Welle brandete donnernd gegen die Felsen.

«… mit Dionysos.»

*Ich war stets von einem Dämon besessen, der mich
überleben und wieder auferstehen wird.*

Aleister Crowley

ANHANG

Casanovas Memoiren
oder
Die Odyssee eines Manuskripts

Wahrscheinlich beginnt Casanova im Frühsommer des Jahres 1789 damit, sein Leben aufzuschreiben. Zu dieser Zeit ist er bereits fünfundsechzig Jahre alt und lebt zurückgezogen auf Schloss Dux in Böhmen, wo er als Bibliothekar der Familie Waldstein arbeitet. Während er sich mit mathematischen Problemen befasst – er arbeitet mit Leidenschaft an der Frage der Würfelverdoppelung –, wird er ernsthaft krank. Sein Arzt verbietet ihm daraufhin «schwierige Aufgaben, die das Hirn ermüden» und schlägt ihm vor, er solle sich stattdessen «an die schöne Zeit erinnern, die er in Venedig und an anderen Orten der Welt verbracht hat …».

Casanova befolgt den Rat und beschäftigt sich die nächsten vier Jahre fast ausschließlich mit der Niederschrift seiner Memoiren, manchmal bis zu «dreizehn Stunden am Tag». 1793, nachdem er die ersten fünfzig Jahre seines Lebens aufgeschrieben hat, unterbricht er seine autobiographische Arbeit, weil ihn der Tod einiger enger Freunde belastet. Zudem bedrückt ihn, was aus der Französischen Revolution geworden ist. Erst 1794, nach der Begegnung mit einem angesehenen Aristokraten, dem Prinzen von Ligne, nimmt er seine Arbeit wieder auf, da dieser Interesse an seinen schriftlich fixierten Erinnerungen hat und in Aussicht stellt, sie zu veröffentlichen. Um dem Urteil eines geschulten Lesers zu genügen, beginnt Casanova den gesamten Text zu überarbeiten und eine Reinschrift anzufertigen. Bis zu seinem Tod im Juni 1798 ist er damit beschäftigt. Zu diesem Zeitpunkt umfasst das überarbeitete Manuskript 3700 Seiten, behandelt aber nur sein Leben bis 1774, während Casanova seine Erinnerungen eigentlich bis zum Jahr 1797 schriftlich festhalten wollte. Über mehr als zwanzig Jahre des großen Verführers gibt es also keine schriftlichen Dokumente ... es sei denn, Teile der Manuskripte wären verschwunden!

Nach seinem Tod erbt sein angeheirateter Neffe die Memoiren. Dessen Kinder verkaufen die Schriften 1820 an den Brockhaus Verlag in Deutschland.

Ab 1824 veröffentlicht der Verlag eine erste Version von Casanovas Erinnerungen. In der Übersetzung aus dem Französischen, der Sprache, in der Casanova geschrieben hat, wurde viel verändert, und einige Passagen wurden ganz gestrichen, weil man meinte, die Öffentlichkeit sonst zu sehr zu schockieren.

Selbst in dieser bereinigten und zensierten Fassung wurde die erste Ausgabe im deutschen Sprachraum ein großer Erfolg. Viele Fälschungen und illegale Übersetzungen, besonders in Frankreich, haben Brockhaus schließlich dazu bewogen, das Manuskript in seiner Originalsprache – auf Französisch – herauszugeben.

Diese Aufgabe wird einem Professor namens Jean Laforgue anvertraut, der Casanovas Originaltext, seinen persönlichen Überzeugungen entsprechend, bearbeitet. Das betrifft vor allem Casanovas politische Haltung.

Zum Beispiel werden alle Bemerkungen über das «Ancien Régime», die Laforgue zu positiv erscheinen, konsequent entfernt.

Der erste Band dieser neuen Ausgabe erscheint 1826. Aufgrund von Problemen mit der königlichen Zensur wird die Veröffentlichung aber 1832 unterbrochen und erst 1838 fortgesetzt.

Diese Zwischenzeit nutzt der französische Verleger Paulin, um zunächst eine Raubkopie der Laforgue-Ausgabe herauszubringen und 1837 eine bislang noch nicht veröffentlichte Fortsetzung vorzulegen.

Diese Fortsetzung nährt seitdem das Gerücht, es existiere ein unbekanntes Casanova-Manuskript, denn jener Text von 1837 enthält einige Passagen und bis dato unveröffentlichte Ergänzungen, deren Richtigkeit und spektakuläre Details inzwischen von Fachleuten bestätigt worden sind.

Noch immer spaltet dieses Rätsel die Casanova-Forschung, die hin und her gerissen ist zwischen einer besonders gut recherchierten Fälschung und der Hoffnung, man möge doch noch ein Manuskript des großen Venezianers finden.

Der Magier Aleister Crowley

*«Aleister Crowley war die schmutzigste und
perverseste Persönlichkeit im gesamten Vereinigten
Königreich.»*

Erklärung des englischen Justizministers
anlässlich des Todes des Magiers 1947

Abartig, diabolisch, verdorben, visionär, verrückt,
sadistisch … Ein Mörder, Guru, Abenteurer – Aleister
Crowley war eine rastlose Person und wurde mit den
unterschiedlichsten Begriffen beschrieben.

Für einige Menschen, die sich laienhaft mit schwarzer
Magie beschäftigen, ist er der uneingeschränkte Meister,
der die okkulten Praktiken wiederbelebt hat und ihnen
eine theoretische und praktische Basis gab. Da seine Magie eng mit Sexualität verbunden ist, wurde er zur Ikone
moderner satanistischer Bewegungen.

Von den zahlreichen Initiationsgruppen, an denen
Crowley teilnahm oder die er gegründet hat, existiert
ein Teil, auch in Kontinentaleuropa, bis heute, und sie
beschäftigen sich nach wie vor mit den Lehren Crowleys, der sich *The Great Beast 666* nannte.

Rockstars wie David Bowie und Mitglieder der
Gruppe Iron Maiden, Mick Jagger oder Marilyn Manson
haben sich zu dem englischen Magier bekannt. Jimmy
Page, Gitarrist der Gruppe Led Zeppelin, hat ein ehemaliges Anwesen Crowleys, den Landsitz Boleskine in
Schottland, gekauft und aus seiner Bewunderung für
dessen Lehren nie einen Hehl gemacht. Crowleys Bild
findet sich auch auf der Plattenhülle des berühmten

Beatles-Albums *Sergeant Pepper's Lonely Hearts Club Band* zwischen vielen anderen Fotos von «verehrten» Berühmtheiten (aber man achte auf die Mischung, es ist wohl eher mit einem Augenzwinkern zu verstehen denn als aufrichtige Bewunderung).

Crowley war eine Ausnahmeerscheinung, und aus heutiger Sicht scheint sein Leben abseits jeglicher Normen gestanden zu haben.

1875 wird er als Edward Alexander Crowley in eine Familie hineingeboren, die einer radikalen protestantischen Sekte angehört. Seine Erziehung war extrem moralistisch geprägt, was er als «Kindheit in der Hölle» bezeichnet. Wenn seine Familie auch einen Glauben vertritt, der auf einer wörtlichen Auslegung der Bibel und ihrer Gebote basiert, ist Aleisters Vater doch dem gehobenen Bürgertum zuzurechnen. Dementsprechend lässt er seinem Sohn eine strenge, aber auch weltoffene Ausbildung angedeihen.

1895 wird Crowley im altehrwürdigen Trinity College in Cambridge aufgenommen. Dort veröffentlicht er seine ersten Gedichte und macht homosexuelle Erfahrungen, die grundlegend für ihn werden. Außerdem erlebt er zum ersten Mal eine mystische Ekstase, die ihn völlig aus der Bahn wirft.

Als Philosophiestudent auf der Suche nach einer höheren Spiritualität wird er Freimaurer. 1896 tritt er der Keltischen Kirche bei, einer rätselhaften Gruppierung, deren Mitglieder sich als geistige Nachfahren von Josef von Arimathäa verstehen, jenem Jünger Jesu, der angeblich den Gral nach England gebracht hat. 1898 kommt

es dann zu der für seinen weiteren Lebensweg entscheidenden Begegnung mit Julian Baker, einem begeisterten
Alchimisten, der ihn in die berühmteste Geheimgesell-
schaft Englands im 20. Jahrhundert einführt: den *Golden
Dawn*. Dieser okkulte Orden, der 1885 von Hochgrad-
maurern und diversen Esoterikern gegründet worden
war und dem auch Persönlichkeiten wie Bram Stoker,
der Autor von Dracula, der Literaturnobelpreisträger
William Butler Yeats und Robert Louis Stevenson (*Die
Schatzinsel*) angehörten, hat sich zum Ziel gesetzt, die
esoterischen Lehren der Kabbala und der Rosenkreuzer
wiederzubeleben, und praktiziert zeremonielle Magie.
Besonders von diesem letzten Aspekt fühlt sich Crowley angesprochen, und er erreicht in dem Orden schnell
einen hohen Grad. Dieser kometenhafte Aufstieg führt
letztlich zum Zerwürfnis innerhalb des Ordens, und
Crowley verlässt Europa in Richtung Mexiko, wo er
sich Freimaurerlogen anschließt. Dort wird er schließlich in den dreiunddreißigsten Grad nach dem alten und
anerkannten schottischen Ritus erhoben. Zu keiner Zeit
seines Lebens jedoch wird er zu einem wahrhaften Freimaurer, da sein Denken nicht mit der freimaurerischen
Lehre zu vereinen war.

1902 hält er sich in Indien auf, wo er sich zum einen
mit Yoga beschäftigt, zum anderen von dort aus das Eve-
rest-Massiv besteigt. Doch erst in Kairo erfährt er im
April 1903 die Erleuchtung, die sein Leben von da an
bestimmen wird. In drei Nächten schreibt er – in einem
Zustand erweiterter Sinneswahrnehmung – das *Buch
des Gesetzes*. Nach vier Jahren magischer Praxis und esoterischer Recherchen gründet Crowley seinen eigenen

Initiationsorden, den *Astrum Argentinum*, der in seinen Ritualen die Lehren des *Golden Dawn* mit den in Ägypten erfahrenen Erkenntnissen verbindet.

1912 tritt er dem irregulären esoterischen Orden, dem *Ordo Templi Orientis*, bei, dessen Besonderheit darin besteht, sexuelle Riten zu praktizieren und damit eine magische Wirkung erzielen zu wollen. Mit dieser Erkenntnis definiert Crowley sein Konzept von Esoterik vollkommen neu.

Während des Ersten Weltkriegs engagiert sich Crowley für die irische Unabhängigkeitsbewegung, indem er sie in Zeitungsartikeln unterstützt … heimlich wird er von Deutschland dafür bezahlt! Eine Tatsache, die ihm den Verdacht der Spionage einbringt, worauf er sich bis 1920 nicht mehr in England aufhalten kann. Verheiratet, geschieden, bisexuell, besessen von Magie – Crowleys Ruf ist dermaßen schlecht, dass man ihm lieber aus dem Weg geht.

Die Figur des Ministers, der mit seiner Geliebten magisch-sexuelle Praktiken ausführt, woraufhin sie stirbt und er wahnsinnig wird, haben wir uns ausgedacht. Dem Werk *Le Marché du diable* von Roger Faligot und Remi Kaufer (Fayard) ist jedoch zu entnehmen, dass Crowley selbst etwas Ähnliches erlebt hat. Demnach wurde er eines Tages vollkommen verstört in einem Hotelzimmer am linken Seine-Ufer in Paris neben dem leblosen Körper eines Liebhabers aufgefunden. Die beiden Männer hatten ein Ritual praktiziert, bei dem sie eine heidnische Gottheit anriefen … einen Ziegenbock. Der Magier wurde daraufhin in eine Anstalt gesperrt und später des Landes verwiesen.

1920 lässt Crowley sich auf Sizilien in der Nähe von Cefalù nieder, wo er die «Abtei von Thélèma» gründet. Dort probiert er mit seinen Jüngern nach der Devise «Tu, was du willst», die er sich von Rabelais klaut, obskure Wege der Esoterik aus. Er herrscht als unerbittlicher Guru, der seine Jünger sexuell missbraucht und Frauen, die ihm nicht gehorchen, ganze Tage ans Kreuz nagelt; der seinen Jüngern eine Rasierklinge gibt, damit sie sich damit selbst den Arm aufschneiden, sollten sie es wagen, von sich selbst in der ersten Person zu sprechen ... Nach dem Tod eines Jüngers wird er beschuldigt, diesen in einer magischen Zeremonie geopfert zu haben, worauf Mussolini ihn schließlich aus Italien ausweist.

Drogenabhängig und verwahrlost, irrt Crowley durch Europa, wo ihm sein schlechter Ruf stets vorauseilt. Obwohl er von einigen Schülern und aktiven Bewunderern weiterhin unterstützt wird, unter ihnen der portugiesische Schriftsteller Pessoa, führt Crowley bis zu seinem Tod 1947 ein zunehmend erbärmliches Leben.

Für einige bleibt er der große Guru, für andere ist er ein Psychopath, der unter anderem die Worte geschrieben hat: «Noch vor Hitler komme ich.» In jedem Fall bleibt er bis heute ein Rätsel. Bezeichnenderweise wurde die satanische Bibel von Anton La Vey, an deren Veröffentlichung während der Entstehung dieses Buches gerade gearbeitet wurde, durch Crowleys Schriften inspiriert. Die Faszination, die diese häretischen Glaubensrichtungen speziell auf leicht beeinflussbare Menschen ausüben, ist beunruhigend.

Die Tarotkarte *Der Stern* gibt es wirklich. Sie ist Teil

des Thot-Tarots, zu dem Crowley in *Das Buch Thot* Stellung nimmt. Ein falsches Casanova-Manuskript hat er jedoch nie geschrieben.

Magische Sexualität

Zu tantrischen Praktiken, in denen Magie und Sexualität verquickt werden, gibt es zahlreiche Bücher. Eines der erstaunlichsten ist *Magia Sexualis* von P. B. Randolph. Es stammt aus dem 19. Jahrhundert und ist auf Deutsch in der Edition Ananael erschienen. Darin wird die Lehre für weniger dämonisch angehauchte Interessierte dargestellt. Der Autor, ein Berater Abraham Lincolns, war Begründer einer Bruderschaft, des *Hermetic Brotherhood of Luxor,* die magische Sexualität praktizierte.

Venedig und Hugo Pratt

Die Kathedrale von San Pietro di Castello, die Figur des Bruders Teone, die Ponte della Nostalgia, der Polizeihauptmann Pratt … Der in Venedig spielende Teil ist voller Anspielungen auf die «freimaurerischen Abenteuer» des Comic-Helden Corto Maltese in dem unvergleichlichen Heft *Venezianische Legende* (Carlsen). Der Erfinder der Figur, Hugo Pratt, war Hochgradfreimaurer.

Das freimaurerische Universum

Einige Namen, die in diesem Buch verwendet werden, sind Anspielungen auf freimaurerisches Vokabular wie zum Beispiel Dr. Anderson oder die Rue Moabon.

Weitere Informationen über Freimaurer findet man in dem tatsächlich existierenden Blog hiram.canalblog.com, den auch Kommissar Marcas benutzt.

Für einen Einstieg in die Freimaurerei ist das bei Wiley-VCH erschienene Buch *Freimaurer für Dummies* zu empfehlen. Der Verfasser ist Christopher Hodapp, ein amerikanischer Freimaurer.

Freimaurerisches Glossar

Allsehendes Auge: Mit einem Auge verziertes Dreieck, das den *Osten* überragt.

Alte Pflichten: Das Grundgesetz der Freimaurer, entstanden im 18. Jahrhundert.

Aufseher: Erster und Zweiter Aufseher. Sie tagen im *Westen.* Jeder von ihnen leitet eine *Kolonne,* d. h. eine Gruppe von Freimaurern während der Arbeiten in der *Bauhütte.*

Bauhütte: Versammlung der Freimaurer in der *Loge.*

Beamte: Freimaurer, die von den Brüdern gewählt sind, die *Bauhütte* zu leiten.

Boas: Eine der Säulen am Eingang des Tempels.

Bruder: So nennen sich Freimaurer untereinander.

Brudermahl: Gemeinsam eingenommene Mahlzeit nach der *Tempelarbeit.*

Bruderkette: Gedenkritual, das von den Freimaurern

am Ende einer *Tempelarbeit* durchgeführt wird.

Clubraum: Gesonderter Raum im *Tempel,* in dem das *Brudermahl* stattfindet.

Experte: *Beamter,* der das Initiationsritual und das Übergangsritual zu einem höheren *Grad* vollzieht.

Grade: Es gibt drei *Grade:* Lehrling, Geselle, Meister.

Griffe: Manuelle Erkennungszeichen, die sich je nach *Grad* unterscheiden.

Großlogen: Logenverbände. In Frankreich sind die wichtigsten die GODF, die GLF, die GLNF, die GLFF und die Droit humain.

Handschuhe: Sind immer weiß und für die *Tempelarbeit* obligatorisch.

Hiram: Der Legende zufolge war er der Architekt des Salomonischen Tempels. Er wurde von drei bösen Gesellen umgebracht, die ihm seine Geheimnisse um die Erlangung des Meistergrads entlocken wollten. Sagenhafter Ahne aller Freimaurer.

Hochgrad: Nach dem Meistergrad gibt es weitere *Grade,* die in weiterführenden *Logen,* sogenannten Perfektionslogen, erlangt werden können. Nach dem schottischen Ritus gibt es z. B. 33 Grade, die allerdings nicht über die drei ersten Grade hinausführen, sondern diese vertiefen.

Kolonnen: Die beiden Reihen (die nördliche und die südliche), in denen die Brüder während der *Tempelarbeit* sitzen. Symbolisiert durch die Säulen Jachin und Boas.

Loge: Ort der Versammlung und der Arbeit der Freimaurer während der *Tempelarbeit*.

Meister vom Stuhl: Freimaurer-Meister, der von seinesgleichen gewählt wurde, um die *Bauhütte* zu leiten. Befindet sich im *Osten*.

Musivisches Pflaster: Schachbrettförmiges Viereck in der Mitte der *Loge*.

Osten: Der Osten der *Loge,* auch Orient genannt. Symbolischer Ort, an dem sich der *Meister vom Stuhl*, der *Redner* und der *Sekretär* während der *Tempelarbeit* befinden.

Pentagramm: Freimaurer betrachten den fünfzackigen Stern als Sinnbild der Geometrie, der Grundbedingung für Schönheit und Harmonie.

Protokoll: Schriftlicher Bericht des *Sekretärs* über die *Tempelarbeit*.

Rauer Stein: Symbol für den Freimaurer-Lehrling, steht für den unbearbeiteten Stein, der sich zum Kubus zu wandeln hat, damit er beim symbolischen Tempelbau (Utopie einer harmonischen Vereinigung aller Menschen als Brüder) in das Gesamtkunstwerk eingefügt werden kann. Der selbstkritische Freimaurer wird sich allerdings sein Leben lang als «Rauer Stein» begreifen, da Vollkommenheit dem Menschen nicht gegeben ist.

Redner: Einer von zwei *Beamten* im *Osten*.

Ritus: Ritual, das die Arbeiten in der *Loge* regelt. Die zwei am häufigsten praktizierten Riten sind der französische und der schottische Ritus.

Säulen: Befinden sich am Eingang in den *Tempel*. Sie tragen die Namen von Jachin und Boas.

Schärpe: Verzierte Schärpe, die während der *Tempelarbeit* um den Hals getragen wird.

Schurz: Wird um die Taille getragen. Unterscheidet sich je nach *Grad*.

Schwester: So nennen sich u. a. Freimaurerinnen. Sie haben eigene Logen.

Sekretär: Stellt die Ereignisse der *Tempelarbeit* in einem *Protokoll* zusammen.

Sternenzelt: Symbolische Decke der *Loge.*

Tapis: Rechteckige Tafel, die in den Einweihungsritualen zur Vermittlung von Lehrinhalten dient, liegt in der Mitte des *Tempels* und ist von drei kleinen Lichtern umgeben.

Tempel: Bezeichnung der *Loge* während einer *Tempelarbeit.*

Tempelarbeit: Versammlung in einer *Loge.*

Vorhof: Versammlungsort am Eingang des *Tempels.*

Wachhabender: *Beamter,* der während der *Tempelarbeit* die Tür des *Tempels* bewacht.

Westen: Der Westen der *Loge,* auch Occident genannt, wo sich der Erste und der Zweite *Aufseher* sowie der *Wachhabende* während der *Tempelarbeit* befinden.

Winkelmaß: Siehe *Zirkel.*

Zeichnung: In der *Loge* gehaltener ritueller Vortrag.

Zeremonienmeister: *Beamter,* der die rituellen Abläufe in der *Loge* anleitet.

Zirkel: Zusammen mit dem *Winkelmaß* eines der beiden Hauptwerkzeuge der Freimaurer.

Danksagung

Dank gebührt P. Sablon für sein Wissen über Casanovas Freimaurertum, das er mit uns geteilt hat, sowie all denjenigen, die uns geholfen haben und sich in dem Buch wiedererkennen.

Dank auch an das Team von Fleuve Noir: Béatrice Duval, Anne-France Hubau, Marie-France Dayot und Estelle Revelant.

Jilliane Hoffman
Cupido

Der Albtraum jeder Frau: Du kommst abends in dein Apartment. Du bist allein. Alles scheint wie immer, nur ein paar Kleinigkeiten lassen dich stutzen. Du gehst schlafen. Und auf diesen Moment hat der Mann, der unter deinem Fenster lauert, nur gewartet ...
3-499-23966-3

German Angst? American Fear!
«Knallhart gut.»
Der «Stern» über «Cupido»

P. J. Tracy
Der Köder

Nach dem Überraschungserfolg von «Spiel unter Freunden», das von Lesern und Kritikern mit Lob überhäuft wurde: «Ebenso spannend wie unterhaltsam. Ein witziger, gelungener Thriller, der den Leser von der ersten Seite an fesselt.» *(Publishers Weekly)*
3-499-23811-X

Kate Pepper
5 Tage im Sommer

Auf einem Supermarktparkplatz verschwindet eine junge Mutter. Vor sieben Jahren wurde eine andere Frau entführt, kurz darauf verschwand ihr siebenjähriger Sohn. Und tauchte nie wieder auf. Im Gegensatz zu seiner Mutter.
3-499-23777-6

Weitere Informationen in der Rowohlt Revue oder unter www.rororo.de

Raymond Khoury
Scriptum
Thriller
Rache verjährt nie! Eine glamouröse Ausstellungseröffnung in New York. Plötzlich erscheinen vier Tempelritter und stürmen die Ausstellung. Zielsicher stehlen sie einen Rotorchiffrierer. Eines der dunkelsten Geheimnisse des Vatikans droht entdeckt zu werden ... rororo 24208

Thriller bei rororo
Lies um dein Leben!

Karin Slaughter
Dreh dich nicht um
Thriller
Schon der dritte Tote am Grant College in einer Woche. Chief Tolliver und Gerichtsmedizinerin Sara Linton werden den Verdacht nicht los, dass mit diesen «Selbstmorden» etwas nicht stimmt ...
rororo 23649

Declan Hughes
Blut von meinem Blut
Thriller
Vor 20 Jahren ... verschwand Eds Vater ... hatte seine Mutter eine Affäre ... sah er Linda zum letzten Mal. Nun ist seine Mutter tot. Linda ermordet. Die Spur führt in die Vergangenheit. Dieses Mal kann Ed Loy nicht fliehen.
rororo 24142

Weitere Informationen in der Rowohlt Revue *oder unter* www.rororo.de

P. J. Tracy
Spiel unter Freunden
Thriller
«Lesen sie dieses Buch auf keinen Fall abends im Bett, solange sie nicht alle Termine für den nächsten Tag abgesagt haben», warnte «Kirkus Reviews» vor dem fulminanten Thriller-Debüt des Autorenteams aus Mutter und Tochter.
rororo 23821

P. J. Tracy bei rororo
«Ein Mahlstrom von Gewalt und Obsession ...»
(Philip Kerr)

P. J. Tracy
Der Köder
Thriller
Im verschlafenen St. Paul wird der achtzigjährige Morey Gilbert tot aufgefunden – mit einer Kugel im Kopf. Die Polizei steht vor einem Rätsel. Der Tote war allseits beliebt. Ein Mann ohne Feinde. Scheinbar ...
rororo 23811

P. J. Tracy
Mortifer
Thriller
Von einer Wagenpanne in eine Geisterstadt verschlagen, treffen die FBI-Agentin Sharon sowie die Computerspezialistinnen Grace und Annie statt auf die erwartete Hilfe auf ein brutales Söldnerheer, das Jagd auf sie macht.
rororo 24203

Weitere Informationen in der Rowohlt Revue *oder unter* www.rororo.de